D1395704

RÉVEILLER LES LIONS

DU MÊME AUTEUR

Une nuit, Markovitch, Les Presses de la Cité, 2016, 10/18, 2017

Ayelet Gundar-Goshen

RÉVEILLER LES LIONS

Roman

Traduit de l'hébreu
par Laurence Sendrowicz

PRESSES
DE LA CITÉ

Titre original : תוירא ריעהל

L'édition originale a été publiée par Kinneret, Zmora-Bitan, Dvir, Tel Aviv

Ce livre est une œuvre de fiction. Les noms, les personnages, les lieux et les événements sont le fruit de l'imagination de l'auteur ou sont utilisés fictivement. Toute ressemblance avec des personnes réelles, vivantes ou mortes, serait pure coïncidence.

Le Code de la propriété intellectuelle n'autorisant, aux termes de l'article L. 122-5, 2ᵉ et 3ᵉ a), d'une part, que les « copies ou reproductions strictement réservées à l'usage privé du copiste et non destinées à une utilisation collective » et, d'autre part, que les analyses et les courtes citations dans un but d'exemple et d'illustration, « toute représentation ou reproduction intégrale ou partielle faite sans le consentement de l'auteur ou de ses ayants droit ou ayants cause est illicite » (art. L. 122-4). Cette représentation ou reproduction, par quelque procédé que ce soit, constituerait donc une contrefaçon, sanctionnée par les articles L. 335-2 et suivants du Code de la propriété intellectuelle.

© Ayelet Gundar-Goshen, 2014
© Presses de la Cité, 2017 pour la traduction française
ISBN 978-2-258-13384-6

Presses
de   un département **place des éditeurs**
la Cité

place
des
éditeurs

À Yoav

L'homme, il le percute précisément au moment où il songe que c'est la plus belle lune qu'il a vue de sa vie. Il continue encore un instant à se dire que c'est la plus belle lune qu'il a vue de sa vie et soudain cette pensée s'arrête net, telle une bougie qu'on aurait soufflée. La portière du 4 x 4 s'ouvre, il l'entend, sait que c'est lui qui l'a ouverte, que c'est lui qui sort à présent de la voiture, mais il accomplit tous ces gestes sans vraiment les connecter à son propre corps, c'est comme de passer la langue sur des gencives anesthésiées, tout y est, mais pas vraiment. Ses pieds écrasent le gravier du désert, le scratch-scratch prouve que c'est bien lui qui marche et qu'après son prochain pas, il y aura l'homme qu'il a percuté. De là où il se trouve, il ne peut pas encore le voir mais l'autre sera là, inexorablement – encore quelques centimètres et il l'aura atteint –, alors le pied déjà levé reste en suspens, essaie de retarder cette foulée ultime, définitive, après laquelle il n'y aura plus d'autre choix que de regarder celui qui est couché au bord de la route. Si seulement on pouvait figer ce pas mais c'est impossible, de même qu'on ne peut pas figer l'instant d'avant, celui où précisément un 4 x 4 heurtait un homme, c'est-à-dire l'instant précis où un homme roulant en 4 x 4 heurtait un homme marchant à pied. Et c'est le prochain pas qui va révéler si cet homme, celui qui marchait, est encore un homme ou déjà quelque chose d'autre, quelque chose dont la seule évocation crispe les muscles et leur refuse le mouvement, car le pied, une fois posé, risque de découvrir qu'au bout de sa trajectoire, l'homme qui marchait n'est plus un homme qui marchait, n'est plus un homme du tout, rien qu'une enveloppe d'homme, une coquille fissurée dans laquelle il n'y a plus personne. Et si celui qui gît là n'est plus un homme, qu'adviendra-t-il de celui qui, debout, tremble de tous ses membres et ne se résout pas à achever un simple pas.

Qu'adviendra-t-il de lui ?

PREMIÈRE PARTIE

1

De la poussière, il y en a partout. Une fine couche blanche, comme le nappage d'un gâteau d'anniversaire dont personne ne voudrait. Elle s'accumule sur les feuilles des palmiers de la grand-place (des arbres transportés là déjà adultes, vu que personne ne croyait que des jeunes plants résisteraient sous cette latitude.) Il y en a sur les affiches des dernières élections municipales qui, trois mois après le vote, pendouillent encore aux balcons et exhibent leurs chauves à moustache dont les yeux continuent à chercher, malgré la saleté accumulée, une foule d'électeurs potentiels, les uns arborant un sourire tranquille, les autres un regard sévère (selon les recommandations du conseiller en communication du moment). Il y a aussi de la poussière sur les panneaux publicitaires, les abribus, les bougainvilliers abrutis par la soif qui s'étiole le long des trottoirs. Il y en a partout.

Pourtant, personne ne semble s'en préoccuper. À Beer-Sheva, on s'est accoutumé à la poussière comme au reste – au chômage, à la délinquance, aux tessons de bouteille dans les parcs. Ici, on se réveille dans des rues pleines de poussière, on se contente de métiers poussiéreux, on s'envoie en l'air couverts de poussière et on accouche d'enfants dont les yeux reflètent la poussière. Parfois, il se demande ce qu'il hait le plus : la poussière ou les habitants de cette ville. Apparemment, la poussière. Parce que les habitants de cette ville, eux, ne salissent pas son 4 x 4 tous les matins. La poussière, si. Une pellicule blanche transforme systématiquement le rouge flamboyant de sa grosse cylindrée en un rosâtre ridicule.

En rage, Ethan passe un index sur son pare-brise pour effacer un peu de cette abomination, s'essuie le doigt sur son pantalon, mais la poussière est tenace et ne partira, il le sait, que lorsqu'il se sera lavé les mains à l'hôpital. Putain de ville !

(Parfois, quand il se surprend à avoir ce genre de pensées, il s'affole et se hâte de se rappeler qu'il n'est pas raciste. Qu'il vote à gauche pour le Meretz. Qu'avant de devenir Liath Green, la femme qu'il a épousée s'appelait Liath Samouha, un nom qui dit tout de son origine ethnique. Ces arguments le rassurent un peu et il peut, en toute bonne conscience, recommencer à haïr la cité poussée dans le désert à l'extrême sud d'Israël.)

Assis au volant, il veille à garder l'index en l'air, comme si celui-ci ne faisait pas partie de son corps, comme s'il s'agissait d'un prélèvement anatomique qu'il irait déposer en cours devant le Pr Zackaï afin qu'ensemble ils le dissèquent de leurs regards concupiscents – allez, dévoile-toi ! Évidemment, c'est sans compter que Zackaï se trouve actuellement à des kilomètres de là, que sa journée a commencé dans les rues proprettes de Raanana sans un gramme de poussière, qu'il s'est installé dans sa Mercedes argentée, et qu'en ce moment il roule bien tranquillement vers l'hôpital, en dépit des bouchons quotidiens de la région centre.

Tout en fonçant à travers les rues vides de Beer-Sheva, Ethan souhaite au grand professeur de se retrouver coincé au moins une heure et quart dans sa voiture avant d'atteindre l'échangeur de Geha et de suer avec une clim cassée, même si la clim des Mercedes ne se détraque jamais (il le sait très bien) et que les bouchons à l'échangeur de Geha font partie des doux souvenirs de ce qu'il a dû quitter en emménageant ici – une réelle métropole, un endroit qui attire tout le monde. À Beer-Sheva, aucun problème de circulation, comme il ne manque jamais de le préciser quand il discute avec ses amis restés à Tel-Aviv, même s'il ne peut s'empêcher (malgré un sourire faussement serein et un fier regard de seigneur du désert) de se dire que dans les cimetières non plus, il n'y a pas d'embouteillages, pourtant, jamais il ne choisirait de s'y installer. Le pire, c'est que les immeubles de l'avenue Rager lui rappellent effectivement un cimetière : rangées de façades ternes et uniformes qui ont été blanches et virent au gris. Immenses pierres tombales aux fenêtres desquelles apparaît de temps à autre le visage fatigué et poussiéreux de quelque fantôme.

Il se gare sur le parking de l'hôpital Soroka et croise le Dr Zendorff qui lui demande, très avenant :

— Comment va le docteur Green ce matin ?

Ethan va puiser au fond de lui un sourire contraint et se l'applique sur le visage avant de répondre :

— Bien, merci.

De l'autre côté des portes du bâtiment qu'ils franchissent ensemble, l'heure et la température ambiantes sont chassées par l'arrogance des climatiseurs et de l'éclairage électrique, lesquels leur assurent un matin éternel et un printemps sans fin. Arrivé devant l'entrée de son service, Ethan abandonne son confrère au profit du lavabo dans lequel il entreprend de frotter minutieusement son index sale, et il s'y emploie jusqu'à ce qu'une jeune infirmière lui lance :

— Vous avez des doigts de pianiste, docteur.

C'est vrai, songe-t-il, il a effectivement des doigts de pianiste. Les femmes le lui disent souvent. Mais la seule chose sur laquelle il joue c'est la matière grise, laissant courir sur des neurones abîmés ou déconnectés ses mains gantées, avec l'espoir d'en tirer, autant que faire se peut, une quelconque mélodie.

Étrange instrument que le cerveau. Tu appuies sur une touche et tu ne peux jamais prévoir quel effet tu obtiendras. Bien sûr, si tu excites le lobe occipital d'une personne à l'aide d'un très faible courant électrique, il est fort probable que celle-ci te dira qu'elle voit des couleurs ; de même qu'une pression sur les neurones du lobe temporal créera presque assurément l'illusion de sons et de voix. Mais quels sons ? Quelles images ? C'est là que ça se complique. Car la science a beau avoir une prédilection pour la généralisation et l'uniformisation, les êtres humains, eux, tiennent beaucoup à leur singularité. Avec quel entêtement agaçant ils s'évertuent à fabriquer des symptômes toujours différents qui, bien qu'étant de l'ordre d'une variation sur un même thème, sont tout de même trop éloignés pour qu'on puisse en tirer la moindre conclusion générale. Deux malades atteints au niveau du cortex orbitofrontal ne daigneront jamais harmoniser leurs réactions. L'un aura un comportement brutal et vulgaire alors que l'autre ne pourra s'empêcher de rire. L'un ne cessera de faire des allusions sexuelles déplacées, l'autre ne pourra contrôler un besoin compulsif de soulever tous les objets qu'il aura sous la main. Bien sûr, l'explication donnée à la famille bouleversée sera identique : suite à telle ou telle raison (accident de voiture, tumeur cancéreuse, balle perdue…), le cortex orbitofrontal en charge de tempérer le comportement a été endommagé. Pas de déficit neurocognitif à déplorer, tout reste opérationnel – la mémoire ainsi que les principales fonctions ne sont pas abîmées. Malheureusement, la personne que vous connaissiez n'existe plus. Qui viendra à sa place ? Impossible à prévoir, on ne peut pas en dire davantage, là s'arrête la science et commence le règne du hasard. Le hasard, cette espèce de gigolo arrogant qui roule des mécaniques entre les lits du service, crache sur les blouses blanches, chatouille les points d'exclamation de la science jusqu'à les obliger à baisser la tête et à se courber en points d'interrogation.

« Alors, comment peut-on tout de même savoir quelque chose ? » avait-il lancé de sa place au milieu de l'amphi.

Quinze ans s'étaient écoulés depuis, mais il n'avait pas oublié le coup de chaud qu'il avait ressenti lorsqu'il avait compris, en ce début d'après-midi somnolent, que le métier qu'il apprenait n'offrait pas plus de certitudes que n'importe quel autre domaine d'activité, n'en déplaise à sa voisine de banc qui s'était réveillée en sursaut à cause de son exclamation et l'avait taxé d'un regard hostile. Quant aux autres étudiants, ils attendaient que le grand professeur reprenne son cours dont le contenu ferait assurément partie des sujets d'examen. Le seul à ne pas avoir été dérangé par la question avait été le Pr Zackaï lui-même.

« À qui ai-je l'honneur ? avait-il demandé, amusé.

— Ethan. Ethan Green.

— Eh bien, Ethan, le seul moyen de savoir quelque chose est d'examiner la mort. C'est elle qui vous enseignera tout ce que vous devez savoir. Prenons par exemple le cas de Henry Gustav Molaison, un épileptique du Connecticut. En 1953, un neurochirurgien du nom de Scoville a localisé des foyers épileptogènes dans les deux lobes temporaux et pratiqué sur Henry Molaison une ablation des zones responsables de la maladie, dont l'hippocampe. Savez-vous ce qui est arrivé ensuite ?

— Le patient est mort ?

17

— Oui et non. Henry Molaison n'est pas mort, puisqu'il s'est réveillé après l'opération et a continué à vivre. Mais d'un autre côté, il est bien mort, car à partir de ce jour-là, il n'a plus été capable de se créer le moindre souvenir. Il ne pouvait plus ni tomber amoureux, ni se mettre en colère, ni poursuivre une idée nouvelle plus de deux minutes, parce que, au bout de ce délai, l'objet de son amour, la raison de sa colère ou son idée nouvelle s'effaçaient tout simplement. Il avait vingt-sept ans quand il a été opéré, et bien qu'il soit mort à quatre-vingt-deux ans, il est resté éternellement un jeune homme de vingt-sept ans. Vous comprenez, Ethan, ce n'est qu'après lui avoir enlevé l'hippocampe qu'on a découvert que celui-ci était en fait responsable de l'encodage de la mémoire à long terme. Nous sommes obligés d'attendre qu'un élément soit détruit pour comprendre son rôle antérieur. C'est la méthodologie fondamentale dans les recherches sur le cerveau. On ne peut pas simplement prélever des tissus sur des sujets pour voir ce qui se passe, on est obligé d'attendre que ça se fasse tout seul et alors, telle une bande de charognards, les scientifiques fondent sur les restes que le hasard leur a laissés, et essaient d'arriver à ce que vous cherchez vous aussi, Ethan – la connaissance.»

Est-ce là que l'hameçon avait été lancé, dans ce grand amphi ? Est-ce que déjà à cette époque, le Pr Zackaï avait compris que l'étudiant sérieux et fasciné lui obéirait au doigt et à l'œil, comme un fidèle toutou ?

Ethan enfile sa blouse blanche tout en se moquant de sa naïveté d'alors. Lui qui ne croyait pas en Dieu, lui qui, enfant, refusait d'écouter la moindre histoire dérivant, ne serait-ce qu'un peu, vers le surnaturel, avait érigé cet homme en dieu vivant. Jusqu'au jour où le dévoué admirateur avait refusé de jouer le jeu, d'être aveugle, sourd et muet. Il s'était alors attiré les foudres de son dieu, qui l'avait chassé aussi sec du paradis tel-avivien et envoyé croupir dans cette contrée désertique : l'hôpital Soroka.

— Docteur Green ?

La jeune infirmière de tout à l'heure s'arrête à côté de lui pour lui rapporter les événements de la nuit. Il lui accorde toute l'attention requise puis va se préparer un café. En passant dans le couloir, il en profite pour observer ses patients : une jeune femme retient des sanglots silencieux ; un Russe d'âge mûr essaie de remplir une grille de sudoku malgré sa main tremblante ; quatre membres d'une même famille bédouine fixent avec des yeux mornes le téléviseur accroché au-dessus de leurs têtes, qui montre un guépard en train de s'escrimer sur les restes de chair de ce qui a été, aux dires du commentateur, un renard roux. Voilà bien la preuve que toute vie est vouée au néant, et même si cet état de fait n'a pas droit de cité dans les couloirs d'un hôpital, il s'expose sans la moindre gêne sur un écran de télévision.

Quelques instants plus tard, il n'y a pas que les Bédouins qui suivent le documentaire animalier, le Russe a posé son sudoku et levé la tête, quant à la femme qui sanglotait, elle aussi suit l'action sur l'écran à travers un rideau de larmes encore accrochées à ses cils. Le guépard mastique énergiquement les restes du renard roux. La voix off parle de sécheresse. Privés trop longtemps de pluie, les animaux de la savane commencent à dévorer leurs propres petits. Fascinés, les occupants du service de neurochirurgie ne ratent pas une seule des images rarissimes (au dire du commentateur) d'un lion africain en train de dévorer sa progéniture. Ce n'est pas pour avoir découvert la morphine qu'Ethan devrait remercier les dieux de la science, mais pour le Toshiba 33 pouces.

Quatre ans auparavant, une patiente au crâne rasé lui avait craché au visage, le traitant de cynique. Il gardait encore le souvenir cuisant de la salive qui dégoulinait sur sa joue. C'était une jeune femme, pas particulièrement jolie et pourtant, elle se promenait dans le service avec une telle majesté que les malades aussi bien que les infirmières s'écartaient instinctivement sur son passage. Il était en pleine visite matinale, et au moment où il s'éloignait de son lit, elle lui avait craché à la figure et reproché son cynisme. Il avait essayé de comprendre le pourquoi d'une telle réaction, en vain. Lors de leurs précédents échanges, il lui avait posé des questions précises auxquelles elle répondait laconiquement et jamais elle n'avait tenté de lui parler dans le couloir. Cet acte, justement parce que inexpliqué, l'avait déstabilisé, ravivant toutes sortes de superstitions selon lesquelles les aveugles voyaient vraiment et les mourants, surtout les femmes chauves, étaient soudain dotés d'un regard radioscopique qui transperçait le cœur et les reins de leurs interlocuteurs. Cette nuit-là, couché à côté de sa femme entre des draps qui dégageaient une odeur de sperme, il lui avait demandé :

« Tu me trouves cynique ? »

Elle avait ri.

« À ce point ? s'était-il vexé.

— Non, avait-elle alors répondu avant de lui embrasser le bout du nez. Pas plus que les autres. »

Franchement, il n'était pas cynique. Enfin, pas plus que les autres. Le Dr Green n'était ni plus ni moins lassé par ses patients que ses collègues. Et ce, bien qu'il ait été envoyé en exil dans cet océan de poussière et de sable, banni de l'hôpital central du pays pour la désespérante aridité en béton de Soroka.

Imbécile, se chuchote-t-il en luttant pour ressusciter la clim agonisante de son bureau. Imbécile et naïf. Car quoi, à part l'imbécillité, peut pousser un jeune médecin prometteur à s'opposer frontalement à son chef de service ? Quoi, à part l'imbécillité sous sa forme la plus pure, peut l'inciter à se cramponner à ses valeurs alors que son supérieur (par ailleurs son mentor depuis les bancs de l'université) l'avait mis en garde ? Quoi, à part l'imbécillité, dans une version nouvellement inventée par ce jeune médecin prometteur, a pu lui dicter de taper du poing sur la table dans ce qui se voulait un geste péremptoire en lançant : « Ça s'appelle des pots-de-vin, Zackaï, et moi, je vais faire éclater tout ça au grand jour ! » ?

Et au moment où il avait révélé au directeur de l'hôpital l'existence d'enveloppes d'argent liquide aussitôt suivies d'opérations urgentes et prioritaires, comment avait-il pu être assez con pour croire au regard étonné que ce dernier avait affiché ?

Le pire, c'est que, si c'était à refaire, il ne changerait rien. Il avait d'ailleurs failli récidiver lorsque, deux semaines plus tard, il avait découvert que la seule et unique réaction en haut lieu se résumait à trouver un arrangement pour le muter.

« Je vais alerter les médias, avait-il alors dit à Liath. Je ferai un tel raffut qu'ils ne pourront pas me réduire au silence.

— D'accord, mais attends qu'on ait terminé de payer la crèche de Yali, le crédit de la voiture et notre emprunt immobilier. »

Ultérieurement, elle prétendrait que c'était lui qui avait pris la décision. Mais jamais il n'oublierait que les yeux de sa femme avaient soudain perdu leur nuance de miel pour virer à un marron dur et qu'elle s'était battue toute la nuit contre des cauchemars dont il devinait la nature. Le lendemain matin, il entrait dans le bureau du directeur et acceptait sa mutation.

À peine trois mois plus tard, ils emménageaient dans une des villas blanchies à la chaux de la banlieue résidentielle d'Omer, Yali et Itamar s'appropriaient la pelouse tandis que Liath cherchait où accrocher leurs tableaux. Quant à lui, il contemplait la bouteille de whisky, cadeau de départ de ses collègues, et se demandait s'il devait en rire ou en pleurer. Finalement, il l'avait emportée avec lui à l'hôpital et posée sur l'étagère de son bureau entre ses diplômes – comme eux, elle était porteuse de signification. Une époque révolue, une bonne leçon. Et chaque fois qu'il a une minute de répit entre deux patients, il prend la bouteille, la regarde attentivement, relit la carte de vœux, « Pour Ethan, bonne continuation », des mots qui semblent le narguer, d'autant qu'il reconnaît l'écriture du Pr Zackaï, des pattes de mouche qui, à l'époque de ses études, en avaient fait pleurer plus d'un et suscité en amphi des dialogues du genre :

« Excusez-moi, pouvez-vous répéter à haute voix ce que vous venez d'écrire ?

— Je préfère conseiller à mademoiselle d'apprendre à lire.

— Mais ce n'est pas clair.

— La science, mesdames et messieurs, n'est jamais chose claire. »

Tous les étudiants râlaient en prenant des notes puis se défoulaient en fin d'année dans l'évaluation particulièrement féroce qu'ils attribuaient à leur professeur, mais ça ne changeait strictement rien : l'année suivante, Zackaï recommençait à faire cours dans l'amphi et à couvrir le tableau de son odieuse écriture. Le seul à se réjouir de le revoir, c'était Ethan. Lentement, avec une dévotion studieuse, il avait appris à déchiffrer les gribouillis de Zackaï (sa personnalité, en revanche, resterait à jamais une énigme).

« Pour Ethan, bonne continuation. » La carte de vœux accrochée au goulot dans une étreinte éternelle lui donne tellement la nausée qu'à de nombreuses reprises il s'est imaginé la déchirer et la jeter à la poubelle. Et peut-être se débarrasser de la bouteille par la même occasion. Mais à la dernière minute il renonce et fixe la phrase manuscrite, aussi concentré sur les lettres formées par Zackaï qu'il l'a été, dans sa jeunesse, sur des équations compliquées.

Cette garde n'en finit pas. Il terminera très tard, cette nuit. Trop de travail, il le sait. Ses muscles sont doulou-reux, l'effet du café ne dure pas plus d'une demi-heure et il dissimule derrière sa main des bâillements qui risquent d'avaler toute la salle d'attente.

À vingt heures, il appelle chez lui pour souhaiter une bonne nuit aux garçons, mais il est déjà si fatigué et tendu qu'il vexe Yali : le petit lui demande d'imiter le cheval et le ton sur lequel il le rabroue les effraie tous les deux. Itamar prend aussitôt les rênes de la conversation en lui demandant comment ça se passe à l'hôpital et s'il rentrera tard. Une fois de plus, Ethan s'étonne de la maturité de son aîné si attentif, si prompt à éviter les conflits, alors qu'il n'a pas encore huit ans. Il entend en arrière-fond les reniflements de Yali, qui pourtant essaie de pleurer sans attirer l'attention de son grand frère. Bref, lorsqu'il raccroche, Ethan est doublement fatigué et, de surcroît, il se sent coupable.

Il culpabilise presque chaque fois qu'il pense à ses enfants. Quoi qu'il fasse, ça n'est jamais assez à ses yeux. Comment savoir si ce ne sera pas cette conversation-là justement, celle où il a refusé d'imiter le cheval, qui restera gravée dans la mémoire de son cadet pendant des années ? Lui, par exemple, a surtout retenu de son enfance non pas les câlins reçus mais ceux qu'on lui a refusés, comme lors de cette visite scolaire dans le laboratoire de son père à l'université de Haïfa, où il a éclaté en sanglots et où sa mère, une des accompagnatrices, s'est contentée de lui chuchoter qu'il devrait avoir honte. Peut-être l'a-t-elle pris dans ses bras juste après. Ou tiré de son porte-monnaie cinq shekels, ersatz de bisou, pour qu'il aille s'acheter une glace à l'eau ? Ça ne compte pas, il ne s'en souvient pas. De même qu'il a oublié toutes les fois où il a sauté de l'arbre du jardin et où la terre l'a gentiment accueilli pour ne retenir que la seule et unique fois où il s'est cassé la jambe. Comme tous les pères, il sait qu'il n'y peut rien. Qu'il est condamné à décevoir son fils. Et comme tous les pères, il garde le secret espoir qu'avec lui, ce sera différent. Que peut-être dans leur famille, ça n'arrivera pas. Qu'il sera peut-être capable de donner à ses deux garçons exactement ce dont ils ont besoin. Qu'ils ne pleureront qu'en cas d'extrême nécessité, c'est-à-dire uniquement quand ils auront foiré. Eux, pas lui.

Après avoir raccroché, tandis qu'il avance dans le couloir du service sous la brûlure glaciale des néons, il essaie d'imaginer ce qui se passe chez lui. Itamar range ses dinosaures dans sa chambre, du plus grand au plus petit. Yali s'est certainement calmé. Cet enfant ressemble à Liath, il s'enflamme aussi vite qu'il se calme. Rien à voir avec lui, dont la colère fonctionne comme une plaque chauffante de shabbat : une fois en marche, elle reste allumée pendant deux jours. Oui, Yali est déjà apaisé et, installé sur le canapé, il regarde *The Penguin King* pour la millième fois. Ethan connaît le film par cœur. Les traits d'humour du commentateur, le thème musical, et jusqu'au déroulé du générique de fin. Il connaît aussi par cœur les réactions de son fils, peut prévoir à quel moment le gamin rira, récitera en même temps que la voix off une phrase particulièrement bien tournée ou regardera l'écran, caché derrière un coussin. À chaque fois, les mêmes passages drôles déclenchent son rire et les passages effrayants sa peur – étrange, car combien de fois peut-on rire de la même blague et avoir peur d'un phoque en embuscade, alors qu'on sait qu'à la fin, le pingouin arrivera à lui échapper ? Pourtant, à chaque apparition du prédateur, Yali plonge sous le coussin, surveillant à distance les mésaventures du héros tandis qu'Ethan, qui le regarde regarder, se demande quand il laissera enfin tomber ce DVD. Quand les enfants cessent-ils de réclamer l'archiconnu et exigent-ils du nouveau ?

Cela dit, quoi de plus génial, de plus rassurant que de savoir dès le milieu du film comment l'histoire se finira ? La dangereuse tempête de la trente-deuxième minute devient nettement plus supportable si tu sais qu'elle se calme à la quarante-troisième. Et que dire des phoques, des mouettes et de tous ces méchants prédateurs qui lorgnent vers l'œuf pondu par la reine des pingouins mais n'arrivent jamais à s'en emparer ? Et chaque fois que l'embuscade tendue par le phoque échoue – bien sûr – Yali exulte, se débarrasse du coussin et demande :

— Papa, je peux avoir mon chocolat ?

Et comment ! Dans le verre violet. Cet enfant ne boit que dans le verre violet. Trois petites cuillères de cacao en poudre. Bien mélanger pour éviter les grumeaux. Lui rappeler que s'il en prend un maintenant, il n'en aura pas un autre plus tard parce que c'est mauvais pour la santé. Savoir que, dans deux heures, le petit malin fera tout de même une tentative, avec une grande probabilité pour qu'il ait gain de cause vu que Liath ne supporte pas ses pleurs. Se demander comment il arrive, lui, à les supporter. Se demander si c'est parce qu'il est vraiment un excellent pédagogue, un père responsable et cohérent, ou bien si ça n'a rien à voir.

Pour Itamar, le coup de foudre avait été immédiat. Avec Yali, ça avait pris plus de temps. Ethan n'en parlait jamais. Ce ne sont pas des choses à dire au sujet de ses enfants. Au sujet des flirts, oui. On peut raconter qu'on sort ensemble depuis un mois mais qu'on n'est toujours pas amoureux. Alors que ton gosse, tu es censé l'aimer au premier regard. Même si tu ne le connais pas. Itamar avait eu une place dans son cœur avant même qu'on l'ait lavé, alors qu'on ne distinguait pas encore clairement les traits de son visage. Peut-être parce que, au cours des dernières semaines de grossesse, Ethan avait passé son temps à faire de la place. Dans les armoires pour y ranger ses petits vêtements, dans les tiroirs de la commode pour ses jouets, sur les rayonnages pour ses couches. Si bien que lorsque le bébé était enfin arrivé, il avait occupé la place libre avec un total naturel. Il s'y était installé et n'en avait plus bougé.

Pour Liath, le lien n'avait pas été aussi facile. Ils avaient incriminé les douleurs liées à l'accouchement couplées à la chute des hormones et avaient décidé que si elle ne cessait pas de pleurer dans les dix jours, ils iraient consulter. Elle avait cessé de pleurer avant ce délai, mais il avait fallu encore attendre un certain temps pour qu'elle retrouve le sourire. Ils n'en avaient jamais parlé parce qu'il n'y avait rien à en dire, mais tous les deux savaient qu'Ethan avait immédiatement aimé Itamar, alors que Liath ne s'y était mise qu'au bout de deux semaines. À la naissance de Yali, ça avait été le contraire. Une question restait cependant en suspens : le parent qui avait pris du retard, qui avait rattrapé l'amour de l'autre au terme d'une course essoufflée et coupable, ce parent-là marchait-il à présent vraiment de concert ou y avait-il toujours un petit décalage avec l'autre ?

Six heures après son coup de fil à la maison et après avoir réussi à stabiliser l'état des blessés de l'accident de voiture qui a eu lieu dans la vallée de l'Arava, Ethan enlève enfin sa blouse.

— Vous avez l'air épuisé, vous feriez mieux de dormir ici, lui conseille son infirmière.

Trop fatigué pour songer à l'éventualité d'un sous-entendu de la part de la jeune femme, il la remercie poliment, se rince le visage et sort dans la nuit. Dès le premier pas, il sent ce que les dix-neuf heures d'air conditionné lui ont fait oublier : la chaleur du désert, pesante et poussiéreuse. Quant au délicat ronronnement des couloirs de l'hôpital – douce symphonie des moniteurs rythmée par les sonneries d'ascenseur – le voilà subitement remplacé par le tapage nocturne de Beer-Sheva. Les grillons transpirent trop pour striduler, les chats de gouttière sont trop déshydratés pour miauler mais une radio dans un appartement de l'immeuble d'en face hurle, entêtée, une chanson pop très connue.

En voyant le parking désert, il se prend à espérer qu'on lui a volé son 4 x 4. Liath piquerait une crise, solliciterait toutes ses relations et maudirait les Bédouins comme elle seule savait le faire. Puis l'argent de l'assurance leur serait versé et elle insisterait pour en racheter un. Sauf que cette fois il refuserait, ce qu'il n'avait pas osé faire à l'époque tant elle avait insisté pour le gâter à l'occasion de leur déménagement. Elle avait parlé de « gâterie » et non de « compensation », pourtant aucun des deux n'était dupe.

« Avec une bagnole comme ça, on va déchirer les dunes autour de Beer-Sheva, lui avait-elle promis. Tu passeras ton doctorat en conduite tout-terrain. »

Dans la bouche de sa femme, ça sonnait presque juste et, durant les premiers jours passés à emballer

27

leurs affaires, penser à des descentes à pic et des ravines abruptes réussissait encore à le consoler. Mais à peine installés, Liath avait été happée par son nouveau poste, ce qui avait repoussé leurs balades en 4 x 4 aux calendes grecques. Au début, il avait essayé d'appâter Sagui ou Nir par des virées dans les dunes mais, depuis qu'il avait quitté l'hôpital, leurs relations s'étaient distendues et à un certain moment, l'idée même de sorties communes lui avait paru incongrue. Le 4 x 4 rouge avait rapidement accepté sa mutation de loup tout-terrain en caniche de bitume et, à part le léger rugissement qu'il lâchait sous la pression d'accélérateur à la sortie d'Omer, il ressemblait à n'importe quelle voiture de banlieusard. Quant à Ethan, la haine qu'il éprouvait envers ce mastodonte grandissait de semaine en semaine et, ce soir-là, en le voyant garé derrière le cabanon du gardien, il a du mal à réprimer son envie de flanquer un bon coup de pied dans le pare-chocs.

C'est au moment où il ouvre la portière qu'il se rend compte avec stupéfaction à quel point il est éveillé. Un dernier stock de noradrénaline vient de se libérer de quelque recoin caché de son cerveau et lui apporte un nouveau flux, totalement inattendu, d'énergie. Dans le ciel, la pleine lune scintille d'un blanc gorgé de promesses. Il met le contact et entend le moteur gronder : pourquoi pas cette nuit ?

Sans réfléchir, au lieu de prendre à droite, il tourne le volant vers la gauche et fonce droit vers les dunes au sud de la ville. Une semaine avant son déménagement, il a découvert sur Internet l'existence d'un circuit tout-terrain particulièrement excitant non loin du kibboutz Tlalim. À cette heure-là, par les rues désertes, il y sera en vingt minutes. Le 4 x 4 vrombit de plaisir dès que le compteur dépasse les cent vingt kilomètres-heure. Pour la première fois depuis des semaines, il se surprend à sourire, un sourire qui se mue carrément en joie parce qu'il découvre, au bout de dix-huit minutes exactement, que le circuit en question mérite largement sa réputation. La lune, immense, illumine le chemin de terre blanc, les roues de son véhicule foncent et s'enfoncent de plus en plus dans le désert... pour freiner dans un crissement au bout de quatre cents mètres. Un énorme porc-épic prend ses aises au milieu de la route. Ethan s'attend à ce qu'il s'enfuie, mais non, l'animal reste là, sans bouger, à le regarder. Sans même daigner hérisser ses piquants. Voilà exactement le genre de mésaventure qui plairait à Itamar. Il songe à prendre une photo avec son téléphone mais se ravise, ça gâcherait ce qu'il racontera à son fils. Ce porc-épic ne mesure même pas un mètre de long alors que celui qu'il décrira sera d'au moins un mètre et demi. Ce porc-épic ne hérisse pas ses piquants alors que l'autre les lancera de toutes parts. Ce porc-épic n'émet aucun son alors que celui de l'histoire lui demandera très poliment s'il a l'heure.

Il sourit en imaginant l'enthousiasme de son aîné. Qui sait, peut-être ensuite répétera-t-il cette histoire à ses petits camarades de classe ? Oui, peut-être arrivera-t-il à les captiver grâce à ce porc-épic imaginaire. Ethan sait bien qu'il faudrait davantage qu'une bestiole sortie du désert pour briser le mur de verre qui sépare Itamar des autres enfants.

Il a beau se creuser la tête, il ne comprend toujours pas comment ils ont fait pour avoir un fils si introverti. Car ni lui ni Liath n'ont été de ceux qui restent à l'écart. Certes, ils sont tous les deux un peu distants, voire parfois un rien méprisants, mais jamais en retrait. Par exemple, ils dansent à une fête tout en se moquant des autres danseurs. Ou bien ils passent une bonne soirée entre couples et cassent du sucre sur le dos des autres pendant le trajet de retour. Itamar, lui, est différent. Il contemple le monde de l'extérieur. Liath a beau assurer que ça convient au gosse et pourquoi chercher midi à quatorze heures, Ethan n'est pas du tout convaincu que cette attitude correspond à un choix. Non qu'Itamar soit mis à l'écart. Il a son ami Nitaï. Oui, bon, mais personne d'autre. (Ce qui est très bien, ne cesse d'affirmer Liath, il y a des enfants qui ont des tas de copains et des enfants qui préfèrent un seul vrai ami.) Loin d'être convaincu par les propos de sa femme, il se décarcasse systématiquementpour être agréable à cet unique ami, propose de commander des pizzas, de leur trouver un bon film, tout pour que Nitaï soit satisfait. En même temps, il essaie de lire dans ses yeux : veut-il vraiment être ici ou cette visite n'est-elle qu'un pis-aller (parce qu'aucun autre enfant n'est disponible aujourd'hui ; parce que sa mère veut en profiter en venant le chercher pour demander un conseil au papa médecin) ?

Liath, ça la gonfle, cette fébrilité permanente.

« Arrête avec tes pizzas ! Itamar va finir par croire que tu lui achètes des copains, alors qu'il s'en fait très bien tout seul. »

Peut-être a-t-elle raison. Peut-être devrait-il relâcher la pression, son gamin ne montrant aucun signe de souffrance à l'école. Mais il s'inquiète c'est plus fort que lui. Parce que lui n'était pas comme ça. Adolescent, quand il sortait en ville avec ses copains, il faisait partie du groupe. Pas au centre du groupe mais intégré. Son fils, non. Aucune raison que ça l'embête, mais ça l'embête quand même. (Est-ce vraiment l'inquiétude qui le motive ou bien la peur d'être déçu par Itamar, justement parce que, sur les autres points, ils sont si proches, presque aussi semblables que des frères siamois ? Dans le doute, il a pris sa déception et l'a enfermée à double tour le plus profondément possible, sa seule crainte étant qu'elle lui échappe et jaillisse soudain à la face de son fils.)

Devant la voiture, le porc-épic fait demi-tour et reprend sa route, s'éloigne de son train de sénateur. En toute arrogance, ses piquants raclant le sol derrière lui, il disparaît entre les rochers. Dégagée et aguichante, la voie s'offre à nouveau à lui. Il a même l'impression que cet arrêt est survenu uniquement pour qu'il prenne pleinement conscience de sa soif d'action, de sa terrible envie de vitesse, tout simplement. Mais minute papillon... toute course folle se doit d'être accompagnée d'une bande-son adéquate. Un long moment, il hésite entre Janis Joplin et les Pink Floyd puis décide qu'il n'y a rien de mieux que les hurlements douloureux de Janis Joplin pour sa chevauchée nocturne. Et effectivement, elle hurle, elle s'en donne à cœur joie, le moteur hurle avec elle et Ethan n'attend pas longtemps avant de hurler lui aussi, il hurle avec enthousiasme dans la descente de dingue, hurle avec morgue en entamant la montée et se lâche totalement en amorçant le virage au pied de la dune. Là, il se tait (Janis Joplin, elle, continue. Incroyables, les cordes vocales de cette nana !), fonce et ne reprend le refrain avec elle que s'il la sent vraiment trop seule. Ça fait des années qu'il n'a pas autant pris son pied sans avoir à partager l'émerveillement avec un autre regard, sans avoir quelqu'un qui fasse écho à sa propre joie. Dans son rétroviseur, il voit le reflet d'une lune immense, majestueuse.

L'homme, il le percute précisément au moment où il songe que c'est la plus belle lune qu'il a vue de sa vie. Il continue encore un instant à se dire que c'est la plus belle lune qu'il a vue de sa vie et soudain cette pensée s'arrête net, telle une bougie qu'on aurait soufflée.

La première chose qui lui vient à l'esprit, c'est qu'il a terriblement envie de chier. Un besoin urgent et impératif qu'il a du mal à contenir. Comme une soudaine descente d'organes, comme si son appareil digestif s'était décroché d'un coup, et que, dans une seconde, tout allait sortir de manière incontrôlée, même pas la peine de discuter. Et alors, tout aussi soudainement, c'est la déconnexion physique. Son cerveau passe en pilote automatique. Il ne ressent plus le besoin de chier. Ne se demande plus s'il tiendra jusqu'à sa prochaine respiration.

C'est un Érythréen. Ou un Soudanais. Ou Dieu sait quoi. Un homme d'une trentaine ou d'une quarantaine d'années, impossible de déterminer avec précision l'âge de ces gens-là. Au Kenya, à la fin de son safari, il avait laissé un pourboire à leur chauffeur. Flatté par la gratitude que l'homme avait exprimée en retour, il avait ajouté quelques questions banales pour marquer une sincère empathie, lui avait demandé son nom, son âge et le nombre d'enfants qu'il avait. L'homme s'appelait Houssou, était père de trois enfants et avait le même âge qu'Ethan, alors qu'il en paraissait dix de plus. Ces gens-là naissaient vieux, mouraient jeunes et... entre les deux, quoi ? Lorsqu'il lui avait demandé sa date de naissance exacte, il avait découvert qu'ils étaient nés à un jour d'intervalle – ça lui avait fait un drôle d'effet bien que ce n'eût aucune signification. Et maintenant celui-là, âgé de trente ou de quarante ans, qui gît sur la route, le crâne défoncé.

Malgré Janis Joplin qui le supplie de prendre encore un petit morceau de son cœur, il met un genou à terre et plaque l'oreille contre les lèvres fendillées de l'Africain.

Un médecin de Soroka termine son travail à deux heures du matin après être resté dix-neuf heures sur le pont. Au lieu de rentrer dormir chez lui, il décide de tester les limites de son 4 x 4. En pleine nuit. À toute blinde. On prend combien, pour ça ?

Ethan a beau fixer d'un regard implorant le trou béant sur la tête de l'homme, la boîte crânienne ne semble pas prête à se ressouder comme par enchantement. Pour l'examen de cinquième année, le Pr Zackaï leur avait demandé quel était le protocole à suivre face à un blessé qui arrivait le crâne ouvert. Les stylos avaient été mâchouillés, des chuchotements échangés, mais ils avaient tous eu un zéro.

« Votre problème, c'est que vous supposez qu'il y a quelque chose à faire, les avait nargués Zackaï. Quand la voûte est écrasée avec de gros dommages neuro-chirurgicaux, la seule chose à faire, c'est d'aller boire un café. »

Malgré tout, Ethan prend le pouls de l'inconnu, constate qu'il est petit et filant. Quant à la recoloration, elle est extrêmement lente. Il s'assure ensuite, avec un soin ridicule, que les voies respiratoires sont bien dégagées. Il ne peut tout de même pas, nom de Dieu, rester les bras ballants à regarder cet homme agoniser !

Il entend la voix de Zackaï qui avait calmement résonné dans l'amphi :

« Vingt minutes, pas une de plus. Sauf pour ceux qui ont commencé à croire aux miracles. »

Ethan réexamine la plaie. Il faudrait beaucoup plus qu'un miracle pour que la matière grisâtre qui apparaît sous les cheveux soit à nouveau recouverte, tous ces neurones mis à nu qui scintillent, révélés par la clarté lunaire. Du sang coule par les oreilles de l'Africain, clair et fluide à cause du liquide céphalorachidien qui commence à se répandre. Pourtant, Ethan se relève, court jusqu'à sa voiture et en revient avec sa trousse d'urgence. Il a déjà sorti une compresse stérile de son emballage lorsqu'il se fige. À quoi bon. Cet homme va mourir.

Au moment où il se formule enfin le mot, il a l'impression que tous ses organes internes gèlent. Une couche de givre se répand de son foie à son estomac, de son estomac à son côlon. La longueur de l'intestin est de six à huit mètres – plus de trois fois la hauteur d'un homme – et de trois centimètres de diamètre, une taille qui varie selon les âges. L'intestin grêle est formé de trois parties, le duodénum, le jéjunum et l'iléum. Retranché derrière ses connaissances, Ethan se laisse gagner par une étrange sérénité, blanche et cotonneuse. S'attarder sur l'intestin grêle. L'examiner. Sa surface intérieure, par exemple, est épaissie par les villosités intestinales qui ressemblent à des doigts, une structure qui multiplie par cinq cents sa surface interne et peut lui faire atteindre jusqu'à deux cent cinquante mètres carrés. Incroyable. Simplement incroyable. En cet instant, il est submergé de gratitude envers la Faculté ! Un solide rempart de savoir se dresse entre lui et ce verbe, ce verbe si répugnant – mourir. Cet homme va mourir.

Tu dois appeler Soroka et leur demander d'envoyer une ambulance, se dit-il. De préparer le bloc. De convoquer immédiatement le Pr Tal.

D'appeler la police.

Parce que c'est ce qu'ils feront. C'est ce qu'ils font toujours lorsqu'on leur signale un accident de la route. Que par hasard le soignant soit également le conducteur impliqué n'y changera rien. Ils appelleront la police, la police viendra et il leur expliquera qu'il faisait noir. Qu'il n'a rien vu – comment pouvait-il se douter que quelqu'un marcherait au bord de la route à une heure pareille ? Liath

34

l'aidera. Être marié à une inspectrice de police doit bien servir à quelque chose, non ? Elle trouvera les arguments et ils comprendront. Ils seront obligés de comprendre. D'accord, il roulait bien au-dessus de la vitesse autorisée et d'accord, il n'avait pas dormi depuis plus de vingt heures. Mais l'irresponsabilité en l'occurrence était celle de l'Africain, comment Ethan aurait-il pu imaginer la présence de qui que ce soit à cet endroit ?

L'Africain avait-il une raison d'imaginer ta présence à toi ? Froide et sèche, la voix de Liath résonne sous son crâne. Il a déjà entendu sa femme parler sur un tel ton, mais jamais à son encontre. Elle s'adressait à la femme de ménage qui avait fini par avouer avoir volé ses boucles d'oreilles en perle, ou à l'entrepreneur qui avait admis avoir gonflé le devis. C'est toujours avec plaisir qu'il se la représente au travail, il la voit lever un regard détaché et amusé vers un suspect assis face à elle, lionne indolente qui joue un peu avec sa proie avant de fondre dessus. Sauf que là, c'est face à lui qu'il la voit. Elle braque ses yeux bruns sur l'homme à terre. Puis les relève vers lui.

Il regarde à nouveau le blessé. Le sang qui s'échappe de sa tête a maculé le col de sa chemise. Avec un peu de chance, il n'écoperait que de quelques mois. Mais il ne pourrait plus jamais exercer. Pas de doute là-dessus. Personne n'engagerait un médecin accusé d'homicide. Et les médias ? Et Yali et Itamar ? Et Liath ? Et sa mère ? Et les gens qu'il croiserait dans la rue ?

L'Africain continue à se vider de son sang, on dirait qu'il le fait exprès.

C'est alors qu'Ethan comprend. Il doit partir. Maintenant. Puisqu'il ne peut pas sauver cet homme, qu'il essaie au moins de sauver sa peau.

Et soudain, dans la fraîcheur de la nuit, c'est simple comme bonjour : il doit remonter dans la voiture et se tirer. Il contemple tout d'abord cette possibilité de loin, les sens en éveil, guette le moindre de ses mouvements, mais voilà qu'une terreur pétrifiée et oppressante s'abat sur lui, le ceinture, et hurle : remonte dans le 4 x 4 ! Tout de suite !

À cet instant, le blessé ouvre les yeux. Cloué sur place, Ethan manque d'étouffer, sa langue devient aussi abrasive que du papier de verre. À ses pieds, vraiment à un centimètre de ses chaussures à semelles orthopédiques achetées au duty-free, gît un homme au crâne fracassé et aux yeux grands ouverts.

Qui ne le regarde pas. Allongé là, il fixe le ciel avec une telle concentration qu'Ethan ne peut s'empêcher de jeter lui aussi un coup d'œil vers le haut, vers ce point que fixe l'agonisant, peut-être y a-t-il tout de même quelque chose dans le firmament ? Non. Rien. Rien qu'une lune splendide, une voûte céleste d'un bleu profond parsemée d'étoiles, si parfaite qu'on la croirait photoshopée. Lorsque son regard redescend sur terre, il constate que l'Africain a baissé les paupières et qu'il a une respiration régulière. Rien à voir avec la sienne, rauque et accélérée, lui qui tremble de tous ses membres. Comment partir en laissant un homme avec des yeux ouverts ou qui risque de les rouvrir. D'un autre côté, des yeux ouverts ne veulent rien dire, ou en tout cas beaucoup moins que le liquide céphalorachidien qui, non content de couler par les oreilles, passe à présent par le nez et sort en écume par la bouche. Ça y est, le malheureux a les membres raides, il est en position de décérébration. Avec la meilleure volonté du monde, il n'y a pas le moindre gramme de vie à sauver. En toute sincérité.

Et en toute sincérité, on dirait que l'homme lui-même se résigne avec cette sérénité africaine bien connue. Pour preuve, il garde à présent les paupières gentiment baissées et se contente de respirer calmement tandis que sur son visage, la grimace se rapproche de plus en plus du sourire. Ethan le regarde une dernière fois avant de tourner les talons et de regagner son 4 x 4, se persuadant que le sourire lui était adressé et que, par ses yeux fermés, l'agonisant lui donnait son aval.

2

Cette nuit-là, il dort bien, il dort même merveilleusement bien. D'un sommeil calme et profond, qui se poursuit malgré le lever du jour et des garçons. Malgré Liath qui les houspille en haussant le ton. Il dort malgré les hurlements de Yali qui s'en prend à un jouet récalcitrant. Malgré la télévision qu'Itamar allume à fond. Il dort encore lorsque la porte de la maison claque et que le ronronnement de la voiture, qui s'éloigne avec les siens, s'éteint lentement. Il dort, dort et dort, puis il dort encore, jusqu'au moment où il lui est totalement impossible de continuer à dormir – et là, il se réveille.

Le soleil de midi qui filtre à travers les volets danse sur les murs de la chambre. Dehors, un oiseau pépie. Une petite araignée téméraire, qui ose défier la propreté obsessionnelle de la maîtresse de maison, s'évertue à tisser sa toile dans un coin au-dessus du lit. Ethan la regarde longtemps avant que le brouillard bienfaisant du sommeil se dissipe et laisse apparaître une vérité toute simple : cette nuit, il a écrasé un homme et a repris la route. Chaque cellule de son corps émerge dans cette réalité limpide et irréversible. Il a écrasé un homme. Il a écrasé un homme et a repris la route. Il se le répète encore et encore, essaie d'en faire une phrase claire et cohérente. Mais plus il les formule dans sa tête, plus les mots se disloquent et finissent par perdre tout sens. Il en vient à les prononcer à voix haute pour permettre aux sons de prendre forme dans la pièce. J'ai écrasé un homme. J'ai écrasé un homme et j'ai repris la route. Il a beau formuler et reformuler la phrase, au début en chuchotant puis en donnant de la voix, il la sent toujours aussi peu tangible, voire idiote, comme s'il s'agissait d'un article de journal ou d'une très mauvaise émission de télé. Il ne trouve pas davantage de secours en se raccrochant à l'araignée ou à l'oiseau – de plus, on pourrait à juste titre espérer qu'aucun oiseau ne chante à la fenêtre de quelqu'un qui a écrasé un homme et repris la route ; qu'aucune araignée ne veuille élire domicile au-dessus de son lit. Pourtant oiseau et araignée poursuivent imperturbablement l'un son chant, l'autre son tissage, et même le soleil, loin de priver de lumière un tel individu, continue à briller derrière ses volets et à dessiner sur le mur de sa chambre de magnifiques taches claires. Qu'Ethan veut soudain voir de plus de près. Chatoiement clair sur mur blanc.

Parce que voilà : un homme se lève de bon matin, sort de chez lui en toute innocence, embrasse sa femme sur le bout du nez, lui dit « à ce soir » car il n'a aucune raison de penser qu'il ne la retrouvera pas le soir. Il dit à l'épicier « à bientôt » en toute sincérité car il est effectivement persuadé de revoir le bonhomme et ses tomates quelques jours plus tard. Il n'imagine logiquement aucun grand changement, sauf peut-être une augmentation du prix des fruits et des légumes. Le baiser sur le bout du nez, la palpation des tomates dans leur cageot, les taches de lumière qui envahissent le mur blanc chaque jour sous le même angle à la même heure. On vit tous en supposant que ce qui a été sera. Qu'aujourd'hui, comme hier, comme avant-hier, la Terre tournera toujours autour de son axe avec la même indolence, celle qui berce présentement

Ethan comme s'il était un bébé. Parce que si la Terre se mettait soudain à ne plus tourner rond, il trébucherait. Et tomberait.

Bien qu'il soit totalement éveillé, il reste allongé dans le lit, sans bouger. Comment oser se mettre debout après avoir écrasé un homme et repris la route ? Comment imaginer que le sol ne se dérobera pas sous ses pieds ? Vraiment ? lui susurre une petite voix froide, pernicieuse et amusée. Tu crois vraiment qu'il se dérobera ? S'est-il dérobé sous les pieds du Pr Zackaï, par exemple ? À cette pensée, il se redresse et pose un pied nu sur le sol en marbre. Puis l'autre. Il a le temps de faire trois pas vers la cuisine avant que le visage du mort lui apparaisse dans un éclair et le tétanise. Parce que te répéter que tu as écrasé un homme et repris la route, c'est une chose, c'en est une autre que de voir le visage de cet homme devant toi. Il n'arrive à refouler cette image qu'au prix d'un gros effort et reprend sa progression. Mais avant d'atteindre la porte, il est à nouveau frappé par la vision, de plein fouet – les yeux de l'Africain entrouverts sur des pupilles figées dans une expression d'éternelle perplexité sont encore plus nets que précédemment. Cette fois, il redouble d'énergie pour s'en débarrasser, lui ordonne de rester enfouie tout au fond du débarras obscur où il a déjà rangé d'autres moments insoutenables de sa vie, les cadavres qu'ils ont disséqués en première année, les horribles photos de membres amputés, brûlés, rongés par l'acide, que leur prof de traumatologie de troisième année exhibait avec un plaisir non dissimulé, savourant chaque gémissement dégoûté qui montait des bancs de l'amphi.

« Vous n'avez rien dans le ventre, lançait-elle dès qu'un étudiant bredouillait un prétexte minable pour aller prendre un rapide bol d'air frais à l'extérieur. Les chochottes ne font pas de bons médecins. »

L'évocation des traits sévères de cette enseignante l'aide à calmer un peu le tumulte intérieur qui l'a assailli et il entre enfin dans la cuisine. Si propre. À croire que la pièce n'a jamais connu de violents combats de corn-flakes ni de débordements de café. Comment Liath se débrouille-t-elle pour que leur intérieur ressemble toujours à la devanture d'un magasin de meubles ?

Par la baie vitrée, il aperçoit le 4 x 4 garé dans l'allée. Pas la moindre égratignure. Il comprend maintenant pourquoi le type qui le leur a vendu assurait que c'était le « tank de chez Mercedes ». La veille, agenouillé, yeux plissés, il avait tout de même pris le temps d'examiner minutieusement le pare-chocs avant à la lueur de la lampe de son portable. Comment concevoir qu'on puisse ainsi blesser un être humain et ne laisser aucune trace ? Au moins un gnon sur la tôle ou une déformation de métal pour marquer qu'il s'est passé quelque chose, non ? Une preuve qu'il n'y avait pas que de l'air là-bas, mais aussi un corps, une masse, un coefficient de frottement ? Eh bien non : la voiture affiche une parfaite santé, aucun changement. Ethan détourne les yeux et remplit la bouilloire d'une main tremblante.

Le visage du mort recommence à lui apparaître par flashs pendant qu'il prépare son café, avec de moins en moins d'intensité toutefois. Le parfum citronné du détergent qui enveloppe la cuisine et l'éclat aseptisé de l'évier l'aident à repousser les visions de la nuit, exactement comme les vigiles refoulent les mendiants qui tentent d'entrer dans les restaurants de Tel-Aviv. Il passe une main reconnaissante sur l'inox rutilant du plan de travail. Trois mois plus tôt, Liath s'était entêtée à l'acheter alors qu'il protestait contre un tel gaspillage. Pourquoi investir autant d'argent dans une cuisine qu'il avait bien l'intention d'abandonner dans moins de deux ans, dès qu'il aurait purgé son exil forcé au milieu du désert ? Mais comme elle avait déjà décidé, il ne lui restait plus qu'à accepter. Il s'était cependant réservé le droit de lancer un regard furieux sur cette dépense inutile chaque fois qu'il entrait dans la pièce... Regard furieux qui se mue à présent en regard éperdu de reconnaissance : quoi de mieux qu'une surface lisse, fraîche et étincelante pour effacer les sombres visions ? Oui, il sait que rien de mal ne peut lui arriver entre leur lave-vaisselle intelligent et leur hotte luxueuse. Certes, en voyant sa main saisir le café, le souvenir de celle du mort l'assaille et il manque de lâcher sa tasse, mais il la rattrape à temps. D'ailleurs, si elle était tombée, où aurait été le problème ? Il aurait pris un chiffon et nettoyé le sol. Car il doit se rendre à l'évidence : des tasses tomberont assurément dans les prochains jours. Il y aura des moments dangereux. Des cauchemars, peut-être. Mais il ramassera les débris, lavera les dalles et continuera à vivre. Bien obligé. Le café dans sa bouche aura peut-être un goût amer et boueux, ses mains seront moites malgré la fraîcheur, il devra faire des efforts pour ne pas se jeter par terre et se répandre en sanglots de culpabilité, mais il continuera à marcher vers le salon un café à la main et s'installera dans le fauteuil. Cette douleur finira par se dissiper, c'est inéluctable. Ça prendra deux semaines, un mois ou cinq ans, mais ça finira par se dissiper. À chaque nouveau stimulus, les neurones du cerveau s'excitent, envoient des signaux électriques à une fréquence et une intensité exceptionnelles. Mais avec le temps, ils décroissent, jusqu'à l'arrêt total. On appelle ça le processus d'habituation. La perte progressive de la sensibilité.

« Si vous entrez dans une pièce où stagne une terrible odeur de poubelle, vous avez tout de suite envie de vomir, leur avait expliqué le Pr Zackaï. Les molécules odorantes excitent la zone corticale préfrontale qui envoie des signaux d'alerte à l'amygdale et au cortex cérébral. Vos neurones hurlent au sauve-qui-peut. Mais savez-vous ce qui se passe au bout de quelques minutes ? Ils se calment parce qu'ils se fatiguent, et quand tout à coup quelqu'un d'autre entre dans la pièce et dit : « Ça pue ici », vous ne comprenez pas de quoi il parle. »

Assis dans le fauteuil, Ethan termine son café, contemple le dépôt sombre au fond de sa tasse et se souvient de sa première dispute avec Liath. Ils ne se connaissaient que depuis trois semaines quand elle lui avait raconté que sa grand-mère lisait dans le marc de café.

« Tu veux dire, avait-il rectifié, qu'elle pense pouvoir lire dans le marc de café.

— Non, s'était-elle entêtée, elle lit vraiment dans le marc de café, elle regarde le dépôt et prédit ce qui va advenir.

— Quoi ? Que le soleil brillera demain ? Qu'on finira tous par mourir ?

— Non, idiot. Des choses qui ne sont pas connues. Par exemple, elle peut dire si la femme qui a bu le café est trompée par son mari. Ou si elle va réussir à tomber enceinte.

— Liath, comment veux-tu que des grains de café cueillis par un gosse de huit ans au Brésil et vendus à un prix exorbitant au supermarché du coin puissent prédire la grossesse d'une pauvre conne qui végète à Or-Aqiva ? »

Là, elle lui avait reproché son mépris – à juste titre. Avait dit qu'il n'y avait aucune raison de dénigrer Or-Aqiva – à juste titre aussi. Avait ajouté que ceux qui se moquaient des grands-mères de leurs petites copines se moqueraient rapidement des petites copines elles-mêmes – pas vraiment à juste titre car, même si ça sonnait très bien, ça n'était pas prouvé, mais Liath en avait conclu que mieux valait en rester là. Il avait eu tellement peur que, le lendemain, il se pointait en bas de son immeuble et la suppliait de l'emmener sur-le-champ chez ladite grand-mère pour qu'elle lui lise l'avenir. Très accueillante, la vieille dame avait préparé un café excellent quoiqu'un peu tiède et un seul coup d'œil sur le dépôt lui avait suffi pour leur prédire qu'ils se marieraient.

« C'est ce que vous voyez au fond de ma tasse ? » lui avait-il demandé avec tout le respect dont il était capable. Elle avait éclaté de rire :

« Non, c'est ce que je vois au fond de vos yeux. On ne lit jamais dans le marc de café, on lit dans les yeux des gens, dans leur langage corporel, dans la manière dont ils posent les questions. Mais si on le leur révélait, ils se sentiraient tellement nus que c'en serait très gênant. Et grossier. Alors on préfère leur raconter qu'on lit dans le fond de leur tasse. Vous avez compris, jeune homme ? »

Toujours assis dans son fauteuil, il incline sa tasse et examine le fond avec attention. Aussi noir et épais que la veille. À l'instar des oiseaux, des araignées et des rayons de soleil, il semble que le café non plus ne voie aucune raison de bouleverser ses habitudes uniquement parce que, cette nuit, l'homme qui l'a bu a écrasé quelqu'un et repris la route. L'habituation. Le visage de l'Africain s'efface petit à petit, tel un mauvais rêve dont l'effet diminue lentement au fur et mesure de la journée et qui finit par ne laisser qu'un malaise général. Ressentir un léger malaise ne signifie pas souffrir, se rassure-t-il. On peut passer une vie entière plus ou moins mal à l'aise. Cette phrase lui paraît si juste qu'il se la répète mentalement plusieurs fois, et il est tellement concentré sur cette sagesse, aussi novatrice que libératrice, qu'il n'entend pas tout de suite les coups frappés à la porte.

La femme qui se tient sur le seuil est grande, mince et très belle, mais Ethan ne remarque aucune de ces qualités, focalisé qu'il est sur deux éléments de son apparence : elle est noire et dans sa main, il y a un portefeuille qu'il connaît bien puisque c'est le sien.

(À nouveau, il est pris d'une terrible envie de chier, c'est même pire que la veille. Son estomac, qui est tombé d'un seul coup, entraîne avec lui tous ses organes internes et cette fois, nul doute qu'il n'arrivera pas à se contrôler. Qu'il doit soit courir aux toilettes, soit se soulager ici et maintenant, sur le perron, devant cette inconnue.)

Il a du mal à respirer mais reste là, debout, sans bouger, à la dévisager. Elle lui tend le portefeuille.

— C'est à vous.

Elle s'est adressée à lui en hébreu, avec un fort accent.

— Oui. C'est à moi, répond-il pour aussitôt le regretter, il aurait peut-être pu la convaincre que l'objet appartenait à quelqu'un d'autre (un frère jumeau, par exemple, qui se serait envolé la veille pour une lointaine destination, le Canada ou le Japon).

Et pourquoi ne pas simplement l'ignorer et lui claquer la porte au nez ? Ou la menacer d'appeler la police aux frontières ? Tout un tas de contre-attaques emplissent sa tête telles des bulles de savon multicolores qui éclatent au premier contact avec la réalité. Tomber à genoux et implorer son pardon ? Faire semblant de ne pas comprendre de quoi elle parle ? La traiter de folle ? Prétendre que l'homme était déjà mort quand il l'a percuté – en tant que médecin, il sait de quoi il parle, non ?

La femme ne le quitte pas des yeux. Les arguments hystériques qui défilent sous son crâne laissent soudain place à une seule voix, glacée : elle y était.

Et comme pour confirmer cette hypothèse, elle déclare en indiquant la villa blanchie à la chaux :

— Vous avez une belle maison.

— Merci.

— Et aussi un beau jardin.

Ses yeux s'arrêtent sur la voiture à pédales qu'il a offerte à Yali. Le samedi précédent, le gamin s'est amusé à rouler à toute vitesse sur la pelouse en lançant des exclamations joyeuses, et puis un autre jouet a capté son attention et il l'a abandonnée, renversée, à côté du portail. À présent, les quatre pneus rouges semblent se tendre vers le ciel comme autant de preuves accablantes.

— Qu'est-ce que vous voulez ?

— Vous parler.

De l'autre côté de la haute clôture, il entend la Mazda de la famille Dor se glisser dans le garage, suivi du claquement des portières au moment où mère et enfants sortent de la voiture, puis de la série de reproches fatigués qui accompagnent leurs pas jusqu'à la maison. Merci aux murs aveugles, merci à la merveilleuse indifférence des beaux quartiers qui a réussi à conquérir des banlieues auparavant populaires telles qu'Omer. Sans quoi il serait, en cette seconde, livré aux yeux indiscrets d'Anath Dor qui aurait volontiers oublié ses propres tracas pour essayer de savoir ce que son voisin médecin faisait avec une Noire dans le jardin. Si ce n'est que le réconfort du haut mur se réduit comme peau de chagrin dès qu'il comprend que cette pipelette n'est qu'une hirondelle annonçant le grand retour. À cette minute exactement, un troupeau de voitures converge vers sa rue. Et dans chaque voiture est assis un petit poussin, le pouce dans la bouche, qui se demande ce qu'il y a pour le goûter. Dans quelques minutes – deux ? dix ? –, Liath et leurs poussins seront de retour. Cette femme doit partir.

— Pas maintenant, je ne peux pas vous parler maintenant.

— Alors quand ?

— Ce soir. Voyons-nous ce soir.

— Ici ?

Capte-t-il une lueur sarcastique dans les yeux de l'inconnue lorsqu'elle indique du geste les chaises en pin éparpillées sur la terrasse ?

— Non, pas ici.

— Il y a un garage abandonné à côté de Tlalim. Tournez à droite, deux cents mètres après l'embranchement qui mène au kibboutz. J'y serai ce soir à dix heures.

C'est là qu'il comprend qu'elle a planifié leur rencontre dans ses moindres détails. Sa venue, juste avant que les enfants rentrent de l'école, et son obstination, insupportable, à rester là, sur le pas de sa porte, comme si elle avait tout son temps. Le froid qui se dégage de ses yeux. Pour la première fois depuis qu'ils sont face à face, il la regarde pour de vrai et voit une femme grande, mince et très belle. Elle semble s'en rendre compte et hoche la tête :

— Je m'appelle Sirkitt.

Il ne prend pas la peine de répondre, de toute façon, elle sait comment il s'appelle. Sans quoi elle ne s'attarderait pas sur sa pelouse, merveille écologique avec arrosage à récupérateur d'eau, et ne lui aurait pas fixé rendez-vous.

— J'y serai.

Sur ces mots, il tourne les talons et rentre.

La tasse de café n'a pas bougé, elle est toujours sur le meuble à côté du fauteuil. La cuisine en inox étincelle autant que d'habitude. Le soleil continue à dessiner sur le mur de magnifiques taches lumineuses.

3

À peine vingt minutes plus tard, il a l'impression que cette rencontre n'a jamais eu lieu. Par-delà les volets à moitié remontés, il observe le jardin : le buisson de romarin, la pelouse parfaitement tondue, la voiture de Yali oubliée les quatre fers en l'air. Comment croire que moins d'une demi-heure auparavant une étrangère appelée Sirkitt se tenait là, sur le perron, une étrangère dont l'existence se fait encore moins crédible à l'arrivée de Liath et des garçons, qui s'agitent dans le jardin – impossible de savoir s'ils jouent ou se livrent un combat à la vie à la mort. Entendre leurs petits pieds trottiner sur le sol balaie le souvenir de l'Africaine, exactement comme on ne pense jamais dans un bus à la personne qui a occupé précédemment le siège sur lequel on s'assoit.

Au bout d'une heure et demie environ, il est presque convaincu que la visite n'a jamais eu lieu.

« Si vous saviez tout ce dont notre cerveau est capable pour nous protéger, les avait un jour avertis le Pr Zackaï, appuyé à son pupitre, les lèvres étirées en un sourire mi-railleur, mi-bienveillant qui avait finalement viré à la franche raillerie. Le déni par exemple. Je vous accorde que c'est un terme de psychologue. Mais ne le jetez pas trop vite à la poubelle. Quelle est la première chose que vous dira une personne à qui on vient d'annoncer qu'elle a une tumeur au cerveau ?

— Ce n'est pas possible.

— Exactement. "Ce n'est pas possible." Bien sûr que si, c'est possible. C'est même ce qui est en train de se passer au moment précis où vous lui en parlez : des astrocytomes anaplasiques se multiplient de manière anarchique, s'étendent d'un hémisphère à l'autre en passant par le corps calleux. Dans moins d'un an, tout ce corps s'effondrera. D'ailleurs, notre interlocuteur souffre déjà de céphalées, de vomissements, d'hémiplégie. Et pourtant, ce cerveau malade, cette masse de neurones qui dysfonctionnent, est encore capable de faire une chose : nier la réalité. Vous lui montrez le résultat des examens. Vous répétez trois fois le pronostic, aussi clairement que possible, et pourtant la personne en face de vous, qui ne sera bientôt plus qu'une bouillie de chimiothérapie et d'effets secondaires, arrive à occulter tout ce que vous lui dites. Et rien à voir avec son niveau d'intelligence. Il se peut même d'ailleurs qu'elle soit médecin ! Mais toutes ses années d'études seront inopérantes face à l'entêtement du cerveau à ne pas voir ce qu'on lui montre. »

Le Pr Zackaï avait raison. Comme d'habitude. Du haut de l'estrade, tel un prophète de malheur aux cheveux argentés, il détaillait leur vie future. Tant qu'ils étaient en cinquième année, ses étudiants pouvaient encore facilement réduire ses paroles à de simples anecdotes cyniques, mais une fois expulsés hors de la matrice académique dans le monde réel, ils avaient constaté que ses prédictions se réalisaient les unes après les autres.

Si, c'est possible.

Non seulement c'est possible, se secoue Ethan, mais c'est à toi que ça arrive. Le seul moyen d'en finir, ce n'est pas de te fourrer la tête dans le sable de ces satanées dunes mais de filer à la banque.

Pendant tout le trajet, il se prend à rêver à un service automatisé, un robot qui exécuterait ses ordres sans un mot de trop. Mais lorsqu'il explique ce qu'il veut, l'employée au guichet lève le nez de son écran d'ordinateur :

— Waouh, ça en fait, de l'argent !

Du coup, ses trois collègues se tournent pour le dévisager à travers les cloisons transparentes, curieuses de savoir quelle somme est qualifiée de « waouh, ça en fait, de l'argent », et à quoi ressemble l'homme qui va la transporter vers une destination inconnue. Il ne réagit pas, dans l'espoir qu'une froide indifférence suffira à rabaisser le caquet de l'indiscrète dont il apprend, au moment où elle se lève, grâce au nom sur son badge, qu'elle se prénomme Ravith. Ravith qui n'est pas du tout gênée par son silence. Au contraire, la raideur de ce client au regard méprisant ne fait qu'accroître son plaisir et c'est avec jubilation qu'elle claironne :

— Alors quoi, on achète une maison ?

Ce qui, bien sûr, ne l'empêche pas de remplir sa mission, de compter et de recompter afin de s'assurer qu'elle tient bien entre les mains soixante-dix mille shekels en liquide. Elle recompte une troisième fois, rien que pour profiter encore un peu du contact d'autant de billets – l'équivalent pour elle d'au moins une année de salaire. Ethan contemple les ongles parfaitement vernis, ornés de petites pierres précieuses en plastique, qui se promènent sur son argent, sautillant d'une liasse à l'autre. Et tandis qu'elle continue à s'extasier sur le montant qu'il retire, il se met, pour sa part, à craindre que ce ne soit pas assez. L'Africaine pouvait tout aussi bien réclamer deux cent mille shekels. Trois cent mille. Et pourquoi pas un demi-million ? Quel est le prix du silence ? Quel est le prix de la vie humaine ?

En sortant de la banque, il téléphone à Liath et prétexte une sortie d'intégration, un truc organisé spontanément, un collègue a lancé l'idée et tout le service a aussitôt répondu présent, ce serait gênant qu'il soit le seul à se défiler, le rendez-vous est à vingt-deux heures autour d'une bière. Il lui promet d'essayer de rentrer avant vingt-trois heures trente.

— Bien sûr. C'est important que tu y ailles, et essaie de ne pas trop tirer la gueule, ça aussi, c'est important !

Jamais il ne lui a menti de la sorte, et il est autant soulagé qu'effrayé par la facilité de la chose.

À vingt-deux heures, Ethan éteint le moteur de son 4 x 4 devant le fameux garage désaffecté qu'il a trouvé, comme indiqué, juste à côté du kibboutz Tlalim. Trente minutes plus tôt, il est passé devant et a jeté un œil vers le hangar obscur. Aucun mouvement suspect n'était visible à l'intérieur.

Il s'arrête et songe d'abord à attendre la femme devant la porte, mais se ravise, préférant éviter que l'odeur de cet endroit et sa poussière terreuse lui collent à la peau. Une pression et les quatre vitres se ferment hermétiquement. Une pression supplémentaire et la radio s'allume. Que l'air du dehors et les bruits de la nuit s'écrasent contre le capot chromé. À vingt-deux heures tapantes cependant, il ne peut plus reculer, il le sait. Malgré lui, sa main moite se tend vers la poignée de la portière qui sépare l'habitacle chaud, où sont installés les Beatles et Led Zeppelin, de l'air frais et silencieux du désert. Une fois dehors, le bruit de ses pieds sur le gravier lui écorche les tympans, résonne loin à la ronde et tourne en ridicule tous ses efforts de discrétion.

Il n'a pas fait deux pas qu'il la distingue. Elle sort du garage, sa peau noire se fond dans la nuit, seul brille le blanc de ses yeux. Deux pupilles le fixent.

— Suivez-moi, murmure-t-elle d'un ton sans réplique.

Aussitôt, il sent ses jambes prêtes à avancer mais leur résiste.

— Je vous ai apporté de l'argent, dit-il.

Ces mots ne font apparemment aucun effet à la femme qui ne réagit pas et se contente de répéter :

— Suivez-moi.

À nouveau, Ethan sent ses jambes prêtes à obéir à l'ordre prononcé calmement, à la voix douce qui intime. Sauf que le garage lui paraît encore plus obscur que quelques minutes auparavant. Il se demande si d'autres personnes n'y seraient pas tapies, des individus à la peau et au cœur sombres qui auraient enfin l'occasion de se venger sur lui de ceux qui leur font du mal. Car bien qu'il ne leur ait jamais rien fait personnellement, bien qu'il n'ait porté préjudice qu'à l'autre, l'autre qui n'a même pas de nom, ça aurait pu, indifféremment, tomber sur l'un d'entre eux. Et même, ça aurait pu tomber sur cette femme, celle qui se tient face à lui avec quelque chose d'urgent dans le regard. S'il l'avait écrasée, elle, se serait-il rendu à la police la nuit même ? Le lendemain matin ?

Comme il ne bouge toujours pas, elle l'attrape par le bras et le tire vers la porte du bâtiment. Le peu de résistance qui lui restait (elle va te pousser à l'intérieur et ils te passeront à tabac. Ils se cachent juste là derrière et vont te tuer) se dissipe dès l'instant où il sent le contact de sa main. Il n'a plus d'autre choix que de s'enfoncer avec elle dans les abysses du garage.

Il perçoit la présence masculine avant même de la voir. Une forte odeur de transpiration. Une respiration accélérée. Une silhouette qui se dessine dans le noir. Voilà que le piège fatal se referme sur lui. À cette heure tardive, dans ce lieu désaffecté. Il est foutu. Mais alors Sirkitt allume la lumière et il se trouve devant une table en fer rouillé sur laquelle est allongé un Africain à moitié nu.

Son premier réflexe, c'est de croire qu'il s'agit de l'autre, de celui qu'il a écrasé la nuit précédente et, l'espace d'une seconde, il est submergé de joie car si tel est l'état de sa victime, tout va bien, tout va très bien. Mais la seconde d'après, il comprend qu'il se leurre. L'homme qu'il a écrasé la veille est, à cette heure-ci, totalement mort. Tandis que celui qui se trouve sur la table, malgré le fait qu'il ressemble à l'autre comme deux gouttes d'eau, ne souffre que d'une sérieuse infection au bras droit. Ethan ne peut s'empêcher de scruter la plaie. Il découvre une magnifique mosaïque aux tons rouges et violets, avec quelques touches de jaune par-ci par-là et parfois un éclat vert. Dire que cette gamme de couleurs n'est que le résultat d'une simple petite entaille causée par exemple par un fil barbelé ou des ciseaux. Cinq centimètres dans la chair, peut-être moins. Mais sans antisepsie… et en comptant quelques heures sous un soleil qui tape, un peu de poussière, un ou deux frottements avec un bout de chiffon sale – c'est la mort assurée en une semaine.

— Aidez-le.

Pas un jour sans qu'il n'entende ces deux mots des dizaines de fois. D'un ton suppliant ou confiant, d'une voix de mezzo-soprano ou de basse profonde. Mais jamais il ne les a entendus sur ce ton-là : sans la moindre nuance d'obséquiosité. Sirkitt ne lui demande pas d'aider l'homme couché sur la table. Elle le lui ordonne. Et il s'exécute.

Il retourne rapidement à sa voiture et en revient avec sa trousse d'urgence. Au moment où il enfonce l'aiguille de la seringue remplie de céphalosporine dans le muscle, le patient gémit dans une langue qu'il ne connaît pas. Sirkitt baragouine quelque chose en retour. Il lui faut encore de longues minutes pour bien désinfecter la plaie, l'homme bredouille, elle répond et Ethan découvre, à sa grande surprise, que même s'il ne comprend toujours rien à ce qu'ils se disent, il comprend tout. La langue des souffrances et du réconfort est universelle. Il étale de la crème antibiotique le long de l'entaille, explique par gestes qu'il faudra recommencer cette application trois fois par jour, mais l'homme continue à le fixer d'un regard hermétique jusqu'à ce que Sirkitt intervienne. Là, les yeux éteints s'éclairent soudain dans un visage qui se met à approuver énergiquement, avec un mouvement en tout point semblable à celui du bouledogue qui décore le tableau de bord du 4 x 4.

— Dites-lui qu'il doit laver la plaie avant d'étaler la crème. Au savon.

Elle hoche la tête, s'adresse à nouveau à l'homme qui, lui aussi, hoche la tête (avec quelques secondes de retard) et se lance ensuite dans un discours d'au moins une minute. Bien que prononcé intégralement dans cette langue inconnue, son seul et unique but est évident : le remercier. Sirkitt écoute mais ne traduit pas, ce qui fait que la gratitude s'arrête avant d'avoir atteint son destinataire (lequel, dans des circonstances normales, aurait considéré qu'il la méritait amplement).

— Vous parlez en quelle langue ?

— En tigrigna.

— Qu'est-ce qu'il dit ?

— Il dit que vous lui avez sauvé la vie. Que vous êtes bon. Que bien peu de médecins auraient accepté de venir au milieu de la nuit, dans un garage désert. Il dit que vous êtes un « ange », il...

— Stop.

Elle se tait. Au bout de quelques instants, le patient aussi se tait, se contentant de les regarder alternativement avec des yeux perplexes, comme s'il sentait, malgré sa blessure, ce qui se jouait entre eux. Elle se détourne de la table en métal rouillé et se dirige vers la porte. Ethan la suit.

— J'ai de l'argent pour vous, dit-il.

Elle hausse un sourcil qui s'arrondit, et garde le silence.

— Soixante-dix mille shekels.

Comme au bout d'un instant le sourcil reste arqué et la bouche muette, il ajoute :

— Je vous en apporterai plus s'il le faut.

Il ouvre son sac et en tire la liasse qu'il a reçue de Ravith, dont il a, entre-temps, oublié le nez refait. Sirkitt reste immobile, bras croisés, à fixer cette offrande. Malgré la fraîcheur de la nuit, les mains d'Ethan transpirent tellement qu'elles imprègnent d'une humidité embarrassante les coupures roses de deux cents shekels. C'est plus fort que lui, il se confond en excuses : bien sûr, il sait que la vie humaine n'a pas de prix, d'ailleurs, il la remercie beaucoup pour... pour lui avoir donné l'occasion ce soir de sauver une vie à la place de celle qu'il a prise, alors peut-être qu'une grosse somme d'argent combinée à des soins médicaux dévoués et non moins précieux, oui, peut-être que, que cette combinaison peut réparer, ne serait-ce qu'un peu, l'acte qu'il regrette tellement, tellement, tellement, d'avoir commis.

Il termine son laïus. Sirkitt se tait toujours et il en vient à se demander si elle a compris, il a parlé vite, peut-être trop vite, avec trop de mots, et en plus, ça sonnait tellement creux !

— Assoum était mon mari.

Il a déjà ouvert la bouche pour demander qui est Assoum quand son cerveau donne un coup de frein strident. Pauvre imbécile, quoi, il ne t'est pas venu à l'idée qu'il avait un nom, tu penses qu'ils s'appellent tous « l'autre », « l'Africain », « le clandestin » ? Il se prénommait Assoum et c'était son mari.

Mais si c'était son mari, comment peut-elle afficher un tel sang-froid, une telle assurance, alors que moins de vingt-quatre heures se sont écoulées depuis qu'elle l'a enterré (à supposer qu'elle l'ait enterré) ? Une femme qui vient de perdre son mari n'arbore pas une telle expression. La lueur dans ses yeux, l'éclat étrange de sa peau, ses cheveux crépus qui dansent littéralement dans le vent désertique de la nuit. Elle n'ajoute rien. Ethan comprend que c'est à lui de parler. Pris de court, il bredouille la première chose qui lui vient à l'esprit, à savoir qu'il est désolé. Qu'il portera cette culpabilité toute sa vie. Que pas une heure ne passera sans qu'il pense à...

— La journée, vous ferez ce que vous voulez, l'interrompt-elle, mais vous garderez vos nuits libres.

Il lui lance un regard interrogateur. Alors elle lui explique, lentement, comme à un enfant : elle allait prendre l'argent. Mais pas que. Les gens, ici, avaient besoin de soins. Ils n'osaient pas aller à l'hôpital, trop peur, trop risqué. Le généreux docteur aurait donc l'amabilité de lui donner son numéro de téléphone (qu'elle n'a pas trouvé dans son portefeuille) afin qu'elle puisse l'appeler chaque fois que nécessaire. Et vu que sa communauté était restée très longtemps sans aide médicale, il était vraisemblable qu'elle aurait beaucoup besoin de ses services, au moins dans les premières semaines.

C'est donc ça, songe-t-il, cette chienne d'Érythréenne a décidé de le faire chanter ! Aucune raison de croire qu'elle se contentera de soixante-dix mille shekels et de quelques semaines de soins. Sûr qu'il se retrouvera rapidement à signer des arrêts maladie à la moitié de la diaspora africaine du Néguev. Et puis, merde, quel médecin digne de ce nom accepterait de recevoir des patients dans un hangar pourri, sur une table de consultation rouillée ? Aussitôt, son esprit imagine des hordes d'avocats se disputant le droit de déposer une plainte pour la négligence médicale de la décennie. Non, madame Che Guevara aux yeux noirs – ça ne passera pas !

— Ce n'est pas que vous ayez tellement le choix, lui assène-t-elle comme si elle lisait dans ses pensées.

Elle a raison. De choix, il n'en a pas vraiment. Et, bien qu'il quitte les lieux d'un pas furieux, qu'il claque sèchement la portière du 4 x 4 et démarre sans lui avoir dit un mot, ils savent tous les deux que le lendemain soir, le Dr Ethan Green sera de retour dans le garage désaffecté et assurera sa deuxième consultation médicale.

On l'observe, mais elle garde les yeux secs. N'a pas de larmes pour lui. Ils se tiennent tous prêts à lui offrir leurs mots gentils, mais elle n'y aura droit qu'en échange de ses larmes. C'est comme le pain, on l'échange contre de l'argent. Tu ne peux pas simplement te servir sans rien donner en retour. Pourtant, elle rentre dans la caravane les yeux secs. Alors ils retiennent leurs formules compatissantes et la main consolatrice qui pourrait se poser sur son épaule. Elle s'en fiche. Voudrait juste qu'on cesse de l'observer. Comme la porte reste ouverte toute la nuit pour que l'air puisse circuler, les lumières de la station-service repeignent tout en jaune pâle. Dans le silence de la nuit, elle les entend aux aguets – pleure-t-elle maintenant dans son lit ? Elle sait qu'au matin, ils chercheront sur son matelas des traces de larmes, une marque humide qui prouvera combien elle reste dévouée à son homme. Comme la fois où, en d'autres temps et sur un autre matelas, on avait cherché les traces de sang prouvant qu'elle ne s'était donnée à personne avant lui.

Elle se met sur le dos. Fixe le plafond qui la sépare des nuages ou des étoiles, peu importe. Elle passe et repasse une main sur la cicatrice qui traverse sa paume. Une cicatrice sans passif, qui remonte à si loin qu'elle n'a aucune idée de ce qui l'a causée et, aujourd'hui, elle n'a plus personne à questionner. Ses doigts caressent la peau plus lisse à cet endroit. Émoussée, au contact agréable. Émoussée donc agréable. Les autres cicatrices sont tellement hérissées de souvenirs que leur contact est obligatoirement désagréable. Aucune envie de les toucher. Mais quel plaisir de passer et de repasser la main sur celle-là ! Deux centimètres de peau différente et qu'elle sait, même maintenant, même dans le noir, plus claire que le reste.

La caravane est silencieuse. Les gens qui l'ont dévisagée au moment où elle rentrait se sont tous détournés pour se mettre en position de sommeil et à présent ils dorment. Enfin, ils dorment le mieux qu'ils peuvent, parce que, après ce qu'ils ont enduré, personne ne sait plus ce que c'est que de dormir de tout le corps, ils gardent toujours une partie éveillée. Et inversement : quand ils sont éveillés, ce n'est jamais entièrement. Il y a toujours une partie d'eux qui reste endormie. Ce qui ne veut pas dire qu'ils travaillent moins bien. Jamais ils n'oublieront de sortir les frites de l'huile bouillante au bon moment, jamais ils ne lessiveront le sol d'abord pour le balayer ensuite. Garder une partie d'eux endormie ne les empêche pas de travailler. Peut-être même que ça les aide. Et inversement, garder une partie éveillée ne les empêche pas de dormir. Au contraire. Qui, parmi toutes les personnes allongées autour d'elle, oserait s'abandonner totalement au sommeil ? Cette nuit cependant, elle sent sa veilleuse interne beaucoup plus puissante que d'habitude, ses doigts montent et descendent sur sa cicatrice dans ce mouvement régulier qui l'a toujours apaisée, mais là, son sang s'obstine à couler trop vite. Elle avait oublié que le sang pouvait couler si vite ! Elle a beau savoir que ce n'est pas raisonnable, qu'elle doit dormir, qu'une longue journée l'attend le lendemain, elle n'a pas vraiment envie que ça cesse, que le flux s'épaississe à nouveau dans ses veines. Peu importe si c'est au prix d'une nuit blanche.

Pourtant, au fil des minutes, les pulsations ralentissent d'elles-mêmes. Les doigts qui se promenaient le long de sa cicatrice aussi. Ils s'arrêtent tout à coup au milieu du geste et se posent sur le matelas. Elle se détend. Un peu plus loin, elle voit deux yeux briller dans le noir et tourne la tête avant d'y déceler un reproche. Quel genre de femme es-tu ? Pourquoi ne pleures-tu pas ? À moins qu'elle n'ait pas peur du reproche mais d'autres choses qu'elle pourrait soudain lire au fond des yeux grands ouverts qu'un homme braque sur son visage au milieu de la nuit. Son mari est à présent couché dans la terre au lieu d'être couché sur elle. Elle doit faire attention. À sa gauche, la paroi. Elle serre les paupières. Inspire les relents de moisi et d'humidité à l'endroit où la peinture s'écaille et sent, par-delà le moisi et l'humidité, l'odeur de la femme sur le matelas de l'autre côté. Cette odeur lui emplit les narines depuis tellement de nuits qu'elle est certaine de pouvoir la reconnaître dans très longtemps. Elle marcherait dans la rue, une odeur la ferait se retourner et elle dirait, je me souviens de toi, c'était il y a dix ans, à l'époque aussi, tu dégageais ce parfum acidulé qui te venait du soleil.

Son sang s'est presque calmé mais dès qu'elle se remémore sa soirée, il recommence à s'accélérer et elle a l'impression qu'elle ne trouvera plus jamais le sommeil. Elle en rit, parce qu'elle se souvient de toutes les fois où elle a pensé la même chose et où elle a toujours fini par s'endormir. Quand elle était petite, les nuits lui paraissaient durer des années et les années durer l'éternité. Quand elle n'arrivait pas à dormir, elle restait allongée à écouter l'herbe pousser – de quoi devenir folle. En grandissant, les années sont devenues plus courtes, les nuits moins longues, mais certaines s'entêtaient tout de même à s'étirer bien au-delà de toute logique : la nuit où du sang avait coulé entre ses jambes pour la première fois, suivie de près par la veille de sa première nuit avec lui. Il y avait aussi eu celle d'avant leur départ. Et maintenant celle-ci. Qui peut-être se terminera tout de suite et peut-être jamais. Une moitié d'elle-même donnerait tout pour trouver enfin le sommeil, elle a trop mal à la tête et ses muscles sont trop tendus. Mais l'autre moitié sourit, contemple la caravane et sa peinture écaillée, les gens endormis et se dit « pourquoi pas ? ».

Elle dort mais sent la couverture se soulever au moment où Ethan se glisse dans le lit. Il se plaque à elle, le nez contre sa nuque, la main sur sa main, la jambe sur sa cuisse, le ventre collé à son dos. Rien ne diffère cette nuit-là des autres nuits, leurs corps s'imbriquent comme d'habitude et pourtant il y a quelque chose qui suscite un clignement de paupières. Nez sur cou, main sur main, jambe sur cuisse, ventre contre dos, mais dans une sorte d'urgence, ou plutôt de sauve-qui-peut, comme si l'homme venant d'entrer dans le lit était en fuite. C'est ce que note le clignement de paupières de Liath, mais ça s'efface dès que ses yeux se rouvrent, quatre heures plus tard, et qu'elle s'apprête à commencer sa journée.

Chaque matin, Victor Baloulou se levait, laissait cuire son œuf coque exactement deux minutes et demie puis le mangeait assis face à son poste de radio. Tandis que les journalistes parlaient de l'inflation et des consultations ministérielles, Victor Baloulou sauçait le jaune avec une tranche de pain brioché et se disait qu'il venait de s'envoyer dans l'estomac un nouveau poussin au destin brisé. Même s'il savait pertinemment que jamais les œufs vendus à l'épicerie n'auraient donné de poussins. Mais cette pensée, tout en lui retournant un peu les entrailles, lui causait un indéniable plaisir : savoir que lui, Victor Baloulou, individu insignifiant de l'avis général, avait le pouvoir de causer une aussi grande catastrophe. Un œuf chaque matin, deux minutes et demie. Trois cent soixante-trois poussins par an, en tenant compte des jeûnes de Kippour et de Tisha Beav, deux journées durant lesquelles il ne mangeait ni œufs ni rien d'autre d'ailleurs. En considérant l'âge de Victor Baloulou et en soustrayant sa première année où il ne s'était alimenté que de lait maternel, on obtenait un total hallucinant de treize mille quatre cent trente et un œufs, c'est-à-dire une cohorte jaune de treize mille quatre cent trente et un poussins qui trottinaient derrière lui où qu'il aille.

Victor Baloulou méditait sur cette cohorte duveteuse chaque fois qu'il nettoyait les restes de pain et de jaune d'œuf sur son assiette puis allait s'habiller. À en croire l'étiquette sur le col, sa chemise avait été confectionnée en Chine, était de qualité supérieure et ne devait pas être lavée à plus de trente degrés, informations auxquelles il ne prêtait que peu d'attention, voire aucune et ce, bien que la Chine soit un pays d'un milliard quatre cents millions d'habitants, une réelle grande puissance.

Sa chemise une fois boutonnée, avant d'enfiler son pantalon, il allait généralement aux toilettes. Avec une gravité non dénuée d'appréhension, il s'installait sur la lunette, curieux de découvrir ce que lui réservait sa nouvelle journée. Jamais cependant il n'avait pensé que la cuvette avait été fabriquée en Inde, un pays qui avait en commun avec la Chine une frontière et beaucoup de riz au menu. Ses besoins terminés, Victor Baloulou tirait sur la petite poignée métallique qui envoyait ses selles, loin du lieu douillet où elles avaient été conçues et modelées, rejoindre les égouts de la ville de Beer-Sheva et de là, par des voies plus ou moins contestables, la mer. Attention, les excréments de Beer-Sheva n'ont jamais été rejetés dans la mer (qui se trouve à de nombreux kilomètres de la ville), ils sont dirigés par toutes sortes de pompes et de canalisations vers une station d'épuration dans la vallée de Sorek. Mais n'est-il pas dit que tous les fleuves vont à la mer, même les cours d'eau asséchés ? Victor Baloulou tenait beaucoup à cette réalité car, même s'il éprouvait une petite gêne en pensant que son caca souillait les fonds marins, il en retirait un indéniable plaisir : savoir qu'il avait été capable, lui, individu si peu visible qu'il en oubliait parfois lui aussi sa propre existence, de créer quelque chose qui voguait présentement dans l'immensité de l'océan.

Après avoir fini le petit déjeuner, l'habillage et le délestage aux toilettes, Victor Baloulou terminait ses derniers préparatifs et sortait, non sans se reprocher d'être encore en retard. Une fois parcourue la distance qui le séparait du lieu sur lequel il avait jeté son dévolu, il s'arrêtait et attendait le temps requis pour que la femme adéquate apparaisse dans la rue. Alors, il gonflait ses poumons et rugissait :

— Sale pute !

Parfois ses victimes se figeaient sur place. Parfois elles sursautaient de frayeur. La majorité pressait le pas, certaines allant jusqu'à courir. Quelques-unes l'injuriaient en retour, se moquaient de lui ou l'aspergeaient de gaz lacrymogène au poivre. Il y en avait aussi qui revenaient au bout de quelques minutes accompagnées d'un copain ou d'un mari, ce qui lui valait une belle correction (à durée variable), administrée sous les yeux de ces dames qui, tout ce temps, le fixaient avec dégoût, peur, pitié ou mépris. Jamais, jamais avec indifférence.

Oui, Victor Baloulou passait des journées entières dans les rues de Beer-Sheva à guetter les femmes. Petites ou grandes, belles ou laides, éthiopiennes ou russes. Toutes unies par une intention semblable : le croiser sans lui adresser le moindre regard, continuer leur vie comme s'il n'était pas un homme mais une plante, un caillou ou un chat de gouttière. Tel était son combat héroïque contre l'indifférence, et il livrait bataille en tigre du désert qu'il était, gonflait ses poumons et leur assénait un « sale pute ! » rugissant.

Les bons jours, lorsqu'il avait la chance de s'être placé à un coin de rue suffisamment fréquenté, il rentrait chez lui la gorge en feu et des démangeaisons sur tout le corps à cause des nombreux regards qu'on lui avait décochés. Il se préparait un thé au citron, s'asseyait dans son fauteuil et se repassait la série de merveilles qu'il avait engrangées : le regard ahuri de la soldate à queue-de-cheval. Le dégoût insistant de la rouquine. Le mépris froid, sublime, qui avait jailli des yeux de la vieille au chemisier rayé. Et à la fin de ces journées-là, aussi bonnes que rares, Victor Baloulou allait se coucher le sourire aux lèvres.

De temps en temps, au lieu de rentrer chez lui boire son thé au citron, il se retrouvait au commissariat. Là aussi, les regards excitaient sa peau, mais il ne pouvait réprimer une légère appréhension : s'il passait la nuit au poste, il ne pourrait pas, le lendemain matin, manger son œuf coque, deux minutes et demie. Il faisait donc tout son possible pour afficher sa bonne volonté et être rapidement libéré.

Or, voilà que par manque de chance ce matin-là, il se trouve confronté à une inspectrice. Elle a les yeux de la forme des glands qu'il ramassait dans un passé lointain, en une ville lointaine qu'on appelait Nazareth et qu'il appelait Maison. Les glands, il allait les chercher dans le bosquet de chênes et les rapportait dans leur taudis pour réjouir celle qui refusait toute joie : sa mère. Lorsqu'elle mourut, les glands moururent avec elle, c'est du moins ce qu'ils auraient dû faire mais… les yeux marron de la femme assise en face de lui éveillent soudain une rage incontrôlable, il y voit l'entêtement des glands à survivre à sa mère morte et se met à hurler d'une voix plus forte que jamais :

— Sale pute !

L'inspectrice ne s'affole pas, ne se met pas en colère, ne le sermonne pas, n'appelle pas un ami. Non, elle reste assise et se contente de le dévisager avec indifférence. C'est pourquoi il élève encore plus la voix et rugit au maximum de ses poumons, malgré sa gorge douloureuse :

— Sale pute !

En vain. Il hurle autant qu'il peut jusqu'à ce qu'il sente ses forces s'épuiser. Terrorisé, il pressent que cette policière a réussi là où trois psychiatres et cinq assistantes sociales ont échoué, là où ni les menaces ni les coups n'ont été efficaces. Avec l'indifférence de ses yeux et sa sérénité nonchalante, elle vient de le dépouiller de son cri.

Et c'est à ce moment-là qu'on appelle Liath. Elle sort de la salle d'interrogatoire, en hâte et à son grand soulagement, parce que ce Baloulou a beau être marrant, de pareils hurlements sont déconseillés pour les tympans. Debout dans le couloir, elle retrouve son chef qui lui parle d'un accident mortel avec délit de fuite et d'un Érythréen écrabouillé. Elle hoche la tête car que peut-on faire d'autre dans de telles circonstances ? Ensuite, ils montent dans une voiture de police et foncent vers le sud à cent cinquante kilomètres-heure, sirène hurlante, comme si, plus vite ils arriveront sur les lieux, moins le cadavre sera mort. À intervalles réguliers, le commissaire contrôle du regard l'effet de ses talents de pilote sur sa subordonnée, laquelle est très impressionnée, car que peut-on faire d'autre dans de telles circonstances ? Ils débarquent sur place plus vite que prévu. Là, ils constatent que leur bonhomme est mort depuis plus d'une journée et que la puanteur a atteint son comble. Le chef tire un mouchoir qu'il propose à sa nouvelle inspectrice.
— Ça va, répond celle-ci, je gère.
— Vous ne préférez pas aller attendre dans la voiture ?
— Ça va, répond-elle, je gère.
Les mouches s'en donnent à cœur joie sur le crâne explosé de l'homme et quelques-unes, apparemment repues de leur festin de sang coagulé, décident de se désaltérer avec les gouttes de sueur qui perlent sur le front du commissaire.

— Venez, dit-il en les chassant d'une main énervée. Je vois bien que c'est très pénible pour vous ici. Allons interroger celui qui l'a trouvé.

Il s'appelle Gaï Davidson et a les plus grands pieds que Liath ait vus de sa vie (pourtant ses neuf ans d'ancienneté au sein de la police lui ont permis d'acquérir une grande expérience en matière de bizarreries physiques : crânes défoncés, blessures à l'arme blanche, sans compter le cadavre décapité rejeté par la mer à Ashdod qui lui avait valu sa première promotion). Mais jamais elle n'a vu quelque chose d'aussi étrange, d'aussi peu naturel que les pieds de cet homme : ils ne sont pas grands, ils sont énormes et attachés à une cheville si fine qu'elle semble inexistante. On a l'impression que la moindre pichenette pourrait suffire à les émanciper du corps qu'ils soutiennent et à les envoyer se balader tout seuls à travers le monde. Bon, pour l'instant, ils restent à leur place, sagement glissés dans d'immenses sandales Source que Liath pense avoir été fabriquées spécialement pour lui : ce type a tout à fait la tête de quelqu'un qui peut exiger d'une marque de chaussures qu'elle lui fabrique une paire sur mesure et même arriver à l'obtenir sans surcoût. Il dégage quelque chose de déterminé et de solide qui, associé au côté un peu pataud des kibboutzniks, a l'effet suivant : le commissaire se redresse un peu plus dans son uniforme et l'inspectrice se recroqueville un peu plus dans le sien.

— Il n'est pas venu au resto hier. Je me suis dit qu'il était peut-être malade. C'est ce matin qu'un de nos tractoristes l'a repéré.

En entendant son ton tranchant et autoritaire, Liath se dit qu'il baise certainement comme il parle, ça doit être tranchant et autoritaire, mais elle se contente de lui demander s'il a vu des voitures dans les parages. Davidson étire ses lèvres, dévoilant ainsi des dents gâtées par les cigarettes de mauvaise qualité qu'on distribue au kibboutz.

— Des voitures ? Sur ces chemins de terre ? Non, poupée, ce qu'on voit dans les parages, c'est des chameaux ou des 4 x 4.

Elle accueille cette réponse avec un sourire embarrassé, bien qu'elle n'ait aucune envie de sourire et ne ressente pas le moindre embarras. Mais c'est ce qu'elle faisait systématiquement quand quelqu'un l'appelait « poupée » (ce qui, en neuf ans dans la police, lui était arrivé assez souvent), que son interlocuteur soit banquier, agriculteur, avocat, entrepreneur en bâtiment, chef d'entreprise, divorcé ou marié. Jamais elle ne s'insurgeait, mais au bout d'un certain laps de temps, lorsque la « poupée » posait devant eux des aveux complets qu'elle leur demandait de signer alors qu'ils ne s'étaient même pas rendu compte qu'elle les avait soumis à un interrogatoire en règle, ça leur faisait aussitôt passer l'envie de l'appeler, ne serait-ce qu'une dernière fois, « poupée ».

— Excusez-moi. Avez-vous vu des 4 x 4 dans les parages ?

Davidson secoue négativement la tête :

— Le week-end, on a toujours des bandes de snobinards de Herzlya qui débarquent avec leurs joujoux flambant neufs, ils font de la poussière et s'en vont. Mais en milieu de semaine, c'est mort.

— Et les 4 x 4 du kibboutz ?

— Aucun de nos membres ne se serait enfui comme ça après avoir écrasé quelqu'un, assure-t-il, le regard soudain voilé.

— Comment s'appelait-il ?

— Assoum.

— Assoum comment ?

— Si vous croyez que je peux me souvenir de tous les Érythréens qui passent ici.

— Ça fait combien de temps qu'il travaille chez vous ?

— À peu près un an et demi.

— Un an et demi, et vous ne connaissez pas son nom de famille ?

— Qu'on se comprenne bien, poupée, vous savez combien de personnes j'emploie dans mon self, sans compter tous ceux de la station-service ?

Dans le lourd silence qui suit ces paroles, Liath remarque que le pied droit de son interlocuteur remue inconfortablement dans la sandale, on dirait un animal en cage.

— Revenons-en aux autres Érythréens. Est-ce que vous leur avez demandé s'ils ont vu quelque chose ? intervient pour la première fois le commissaire en se raclant la gorge.

— Je vous l'ai dit, personne n'a rien vu, répond Davidson qui à nouveau secoue négativement la tête et enchaîne : Ça serait un voleur bédouin que ça ne m'étonnerait pas. Il l'aura percuté et se sera tiré.

Le chef se lève. Liath aussi. Le dernier à se lever est le camarade Davidson, membre du kibboutz Tlalim, dont les immenses pieds font trembler le sol de la roulotte où s'est tenu leur entretien.

Arrivé devant le véhicule de police, l'homme tend à l'inspectrice une main épaisse mais d'une douceur surprenante.

— Il faut que vous attrapiez ce salopard de chauffard, leur dit-il en la regardant droit dans les yeux. On ne percute pas quelqu'un sans s'arrêter, comme si c'était un renard.

À ces mots, Liath ne peut s'empêcher de s'étonner, non seulement de la douceur de la main de Davidson, mais aussi de sa profonde humanité.

Sur le chemin de retour, le commissaire n'actionne pas la sirène. Ne fonce pas non plus. Le dossier de police portant la mention : « Accident mortel avec délit de fuite. Décès d'un clandestin. Pas de suspects. Classé sans suite » peut attendre jusqu'au lendemain. Un tube s'élève de la radio et il s'apprête à fredonner le refrain lorsque la voix de sa subordonnée coupe court à ses velléités :

— Il y aurait peut-être un moyen de retrouver le modèle du 4 x 4. D'après les empreintes de pneus sur le sol.

Il attend la fin du refrain – super chanson, vraiment – pour répondre que ça ne servira à rien. Trop de bordel, trop de personnel mobilisé pour finalement ne trouver que dalle dans les sables du désert, trop d'heures écoulées depuis l'accident. Fin de la chanson, début de la suivante, moins bonne, mais qui vaut tout de même le coup d'être écoutée en paix, sans avoir à répondre à des questions tatillonnes. Il arrive à peine à profiter des deux premiers couplets que sa nouvelle inspectrice tourne vers lui ses yeux de lionne :

— Si c'était arrivé à une gamine du kibboutz, vous auriez aussi trouvé que ça ne servait à rien de lancer de plus amples investigations ?

Le reste du trajet, ils le font en silence. Les chansons se succèdent jusqu'au flash info et au bulletin météo – une tempête de sable et de poussière est annoncée dans le Néguev, les activités physiques sont fortement déconseillées aux personnes âgées et aux asthmatiques.

4

Ils viennent en masse. La rumeur que des soins médicaux clandestins sont prodigués sans aucune formalité administrative s'est répandue plus vite que n'importe quelle infection virale. Ils viennent du désert et des vallées avoisinantes, des services d'entretien de la gare routière, des restaurants, des chantiers de construction et de terrassement jusqu'aux abords d'Arad. Avec des petites coupures que la poussière et la crasse ont transformées en dangers mortels, des mycoses génitales qui certes ne les mettent pas en danger mais leur pourrissent assurément l'existence, des infections intestinales causées par des carences alimentaires, des fractures de fatigue résultant de leurs longues marches.

Le Dr Ethan Green, neurochirurgien brillant et prometteur, les soigne tous, les uns après les autres.

Et les déteste tous, les uns après les autres.

Impossible de faire autrement, il n'y arrive pas. Il a beau se rappeler que ce n'est pas de leur faute ; que c'est elle son maître chanteur ; que ces gens sont des êtres humains ; qu'ils attendent juste d'être soignés... mais l'odeur ! Et la saleté ! Les plaies purulentes qu'ils traînent depuis le Sinaï, leur sueur acide, différente, celle d'hommes qui ont travaillé pendant des jours sous le soleil et de femmes qui ne se sont pas douchées depuis des semaines. Il les hait malgré lui et malgré le souvenir de l'accident dont la culpabilité le ronge toujours terriblement. Malgré le serment d'Hippocrate qu'il a prêté au cours de ses études, et par lequel il s'est sincèrement engagé à s'occuper de tout le monde. Mais le contact si proche, si intime entre un médecin et son patient, devient insupportable dès qu'il est imposé. C'est l'obligation qui éveille en lui un tel rejet envers ces gens et envers lui-même. Il est écœuré par la puanteur. Par les sécrétions. Les poils. Les squames et les croûtes grattées ou arrachées par des doigts répugnants. Ici ça soulève son tee-shirt, là ça baisse son pantalon, ici ça ouvre la bouche et là ça se penche pour lui montrer. Les uns après les autres, ils dévoilent leur corps devant lui, emplissent le garage d'une monstrueuse présence physique, muscles, derme, épiderme, fureur, courroux, détresse, expédition d'anges malfaisants. Il essaie de s'apitoyer sur leur sort mais n'arrive pas à contenir sa répulsion. Et pas seulement à cause de l'odeur et des sécrétions, mais aussi à cause des visages. Étrangers. Hagards. Totalement reconnaissants. Comme ils n'ont aucune langue en commun, ils ne communiquent que par gestes et par regards. Quand on ne peut pas se parler, pas même échanger au moins une ou deux phrases (l'un parle, l'autre écoute, et inversement), quand on n'a pas le moindre mot, ne reste que la chair. Fétide. Putréfiée. Couverte d'ulcères, de sérosités, d'irritations, de cicatrices. C'est peut-être ce que ressent un vétérinaire.

La nausée le prend alors qu'il est encore dans sa voiture, bien avant d'entrer dans le garage. Une sensation d'écœurement monte dans sa gorge dès qu'il quitte la route pour bifurquer sur le chemin de terre et ça redouble en face d'elle. Elle et sa posture. Elle et sa voix. Elle et sa manière de prononcer : « bonsoir, docteur ». Une profonde aversion. Une haine insondable. Il devrait se sentir coupable mais sa culpabilité, telle la rose d'un seul jour, s'est fanée sous la pression de cet odieux chantage. La facilité avec laquelle elle l'a pris dans ses rets, forte d'une incontestable légitimité, n'a pas laissé de place à autre chose que le rejet. À certains moments, il lui arrive même de craindre que les patients s'en rendent compte. D'ailleurs, ça pourrait expliquer pourquoi ils le regardent tous avec un respect aussi terrifié... bien vite remplacé par des sourires humbles qui le laissent seul avec sa haine.

Évidemment, la culpabilité est toujours là. Depuis la nuit de l'accident, il ne dort plus. Il a beau chercher le sommeil en se tournant et se retournant dans le lit ou en avalant un demi-Temesta. Le mort ne le lâche pas, s'accroche à son cou, le pince chaque fois qu'il sombre et ne desserre un peu son étreinte que dans le garage, où il cède la place au défilé des pèlerins. Des visages noirs et creusés qu'Ethan a du mal à différencier. Peut-être aussi n'essaie-t-il pas. Chaque malade ressemble au précédent, qui ressemble au précédent et ainsi de suite jusqu'à lui, son premier. Jusqu'au visage noir et creusé de l'homme qu'il a tué.

Au bout de quelques jours, il n'en peut plus. Ne peut plus voir leurs têtes. Ne peut plus supporter la puanteur de leurs corps infectés, diarrhéiques, cassés. Mains jambes aisselles estomacs aines ongles narines dents langues eczémas ulcères éruptions irritations coupures fractures infections malformations, ça défile et parfois ça s'additionne. Yeux noirs remerciant reconnaissants pieds repartant revenant révélant des membres sombres qui ratifient l'acte de capitulation l'acte d'accusation du Dr Ethan Green mais le Dr Ethan Green n'en peut plus, il sombre dans une mer noire de bras de jambes ouvrez la bouche laissez-moi toucher ça fait mal si j'appuie là quel genre de douleur, il se noie dans cette poussière humaine qui le recouvre de plus en plus.

— Tu te rends compte, il n'a absolument pas l'intention de poursuivre l'enquête ! lance Liath.

Debout dans la cuisine, qu'est-ce qu'elle est belle avec son indignation altière ! À quelques centimètres d'elle, Ethan essaie de faire bonne figure et de ne rien laisser paraître.

— Tu imagines bien que s'il s'agissait d'un gosse du kibboutz, ou même juste d'un technicien de maintenance de Yérouham, l'affaire serait traitée d'une tout autre manière.

— Pourquoi tu penses ça, Touly ? demande-t-il sur un ton neutre qui lui coûte cher en efforts (il s'en tire plutôt bien). Tu crois que c'est le seul accident avec délit de fuite à être classé sans suite ? Tu as dit toi-même que vous n'aviez rien, aucun indice, aucun début de piste.

— On aurait pu convoquer les Érythréens pour interrogatoire. Tu as besoin d'un chiffon ?

— Non, je vais me débrouiller.

Et au bout d'un instant, après avoir essuyé le café qu'il vient de renverser parce que sa tasse a tout de même vacillé dans sa main, il reprend :

— D'ailleurs, est-ce qu'ils parlent hébreu, ces gens-là ?

— On n'en est pas là ! Marciano a simplement décidé que c'était débile de convoquer au poste trente personnes pour leur poser une question dont on a déjà la réponse. Si je lui avais dit qu'en plus il fallait payer un interprète, il aurait carrément pété les plombs.

Sans qu'il ait besoin de demander, elle se détourne du plan de travail et pose devant lui une nouvelle tasse de café à la place de celle qu'il a renversée. Il songe à quel point il aime cette femme et au moment où elle s'apprête à s'éloigner, il passe la main dans son opulente chevelure. Soudain, elle fait ce qu'il n'osait pas même espérer : elle renonce à vider le lave-vaisselle, s'assied sur ses genoux et enfonce la tête dans son torse, tandis qu'il enfonce les doigts dans ses magnifiques mèches brunes.

Elle s'est douchée il n'y a pas longtemps, comme l'indiquent l'humidité de son cuir chevelu, les émanations très fraîches de shampooing qui s'en dégagent et le parfum discret qu'il hume dans son cou (et ce en dépit des demandes qu'il ne cesse de réitérer pour qu'elle reste naturelle et le laisse se shooter à son odeur véritable, une odeur qui le rend dingue mais l'embarrasse, elle. C'en est d'ailleurs devenu le sujet de nombreuses joutes entre eux. Elle essaie de la masquer et il s'entête à la traquer. Elle achète une crème hydratante parfumée qu'il fait disparaître aussi sec. Elle enlève son tee-shirt et il guette le bon moment pour la surprendre les bras en l'air et lui renifler les aisselles sous une pluie de protestations. Elle le traite de pervers, il rétorque qu'il n'y a rien de plus normal que de trouver l'odeur de sa femme excitante, pourquoi préférer celle d'un déodorant à celle de sa chérie ? Et s'il s'est résigné à ce qu'elle se mette du parfum dans le cou, le jour où elle est revenue à la maison avec un gel pour toilette intime, il a usé de son droit de veto. Il est des limites à ne pas franchir. Elle ne va pas le priver de l'odeur de sa chatte.)

À présent qu'elle est assise sur lui, il pense que n'importe quel autre soir, en de telles circonstances il aurait – elle sur ses genoux, cheveux mouillés et jambes nues –

74

aussitôt bâti toutes sortes de stratégies. Mais ce jour-là, en cet instant-là, à peine conscient du frottement des cuisses de Liath contre les siennes, il se contente de lui caresser machinalement les cheveux et d'attendre que sa nausée se dissipe, dans l'espoir de sentir enfin quelque chose (fût-ce du parfum ou même du gel pour toilette intime) qui ne soit pas terni par la puanteur de là-bas.

— Il a peut-être raison, déclare-t-elle d'une voix assourdie parce qu'elle a plaqué la bouche dans le creux de sa clavicule. Peut-être que c'est effectivement une perte de temps.

Soulagé, il retrouve lentement un pouls normal pour un homme de son âge, mais c'est alors qu'elle se lève et recommence à s'agiter dans la cuisine :

— Ça me dépasse que quelqu'un puisse laisser crever un homme comme ça, comme un chien.

— Peut-être qu'il s'est affolé. Peut-être que l'Érythréen est mort sur le coup, qu'il n'y avait plus rien à faire.

— D'après le légiste, il a agonisé pendant presque deux heures !

Ethan est sur le point de répliquer que le légiste n'est peut-être pas infaillible, mais se ravise. Elle termine de vider de lave-vaisselle, il se place à côté d'elle et entreprend de couper les tomates et les concombres en petits dés parfaits. La première fois qu'il lui avait préparé des crudités, le lendemain du jour où elle avait enfin accepté de passer la nuit chez lui, elle avait applaudi avec enthousiasme devant la minutie de son travail :

« On dirait que tu as une règle au bout des doigts.

— Seulement quand je suis stressé.

— Stressé ? Pourquoi ? »

Il s'est mis alors à lui expliquer que, avant de la rencontrer, il ne pouvait pas terminer la nuit avec quelqu'un dans son lit et était obligé, après moult excuses, de renvoyer ses conquêtes dormir chez elles. Seulement voilà, depuis deux mois qu'ils se fréquentaient, il n'arrivait plus à dormir justement parce qu'elle rentrait chez elle. Comme la veille elle avait enfin accepté de rester, il avait peur que si le petit déjeuner n'était pas parfait, elle ne reviendrait pas. Elle avait souri de ses yeux cannelle, et le lendemain soir débarquait avec sa brosse à dents.

Debout à côté de lui dans la cuisine, elle fixe le concombre qu'il découpe en dés parfaits.

— Il s'est passé quelque chose au boulot ?

— Non, dit-il en tendant la main vers une tomate. J'ai juste envie de te dorloter un peu.

Elle lui plaque un baiser sur la joue, déclare qu'elle comprend enfin que la médecine n'est, pour lui, qu'un boulot alimentaire, que sa réelle vocation c'est de couper les crudités au cordeau, et il en est déjà à espérer qu'elle a enfin laissé l'Érythréen agoniser tranquillement sur le bas-côté lorsqu'elle reprend :

— Mais tu sais quelle est l'erreur de Marciano ? Il croit que c'est un fait isolé, il ne pige pas que si quelqu'un est capable de ne pas s'arrêter après avoir réduit un Africain en bouillie, il pourra, un jour, faire la même chose avec une petite fille et se tirer.

Ethan lâche le couteau et abandonne sur la planche la tomate qu'il vient d'éventrer.

— Qu'est-ce qui se passe ? s'étonne Liath, tout sourire. Tu me plantes au milieu ?

— Je suis d'astreinte ce soir et j'aimerais avoir le temps de faire mon footing au cas où on m'appelle.

Elle approuve et le remplace sans sourciller.

— Si ça continue, il faudra que tu parles au Pr Shkedi. C'est de l'exploitation pure et simple, ça ne va pas du tout.

Ethan sort de chez lui, chaussures de course aux pieds et écouteurs dans les oreilles. Sous ce climat désertique, la nuit est fraîche, voire froide, pourtant il est en nage. Il veut courir. Aller d'un point à un autre en poussant son corps jusqu'à sa limite. Non pas que le point à atteindre soit particulièrement important, c'est juste parce que l'hypophyse tend à sécréter des endorphines lors d'un effort intense et que c'est le seul moyen légal et immédiat qu'il a trouvé pour se sentir mieux. Plus il courra vite, plus la substance euphorisante inondera rapidement son cerveau et recouvrira ses pensées. Et puis, une course rapide raréfie l'oxygène dans le cerveau. Les sentiments ont besoin d'oxygène. Il ne suffit pas de générer de la culpabilité par exemple, ou du dégoût de soi, il faut une certaine quantité d'O_2 pour les alimenter. Un cerveau avec moins d'oxygène est un cerveau moins efficace. Un cerveau moins efficace est un cerveau moins réactif. Ethan court vite, encore plus vite, encore plus vite, il continue à accélérer jusqu'à ce qu'une douleur fulgurante lui transperce le ventre et lui dise stop. Là, il s'arrête net, les téléviseurs derrière les fenêtres des villas clignotent telles des lucioles, et il rentre chez lui en marchant. Ce sera douche rapide. Tasse de café. Quarante minutes de trajet jusqu'à Tlalim et au garage désaffecté qui maintenant n'est plus du tout désaffecté.

Liath l'accompagne sur le seuil et lui donne un léger baiser d'au revoir. Un baiser quotidien qui lui effleure les lèvres. Un baiser sans érotisme ni amour, qui ne signifie rien d'autre que « Bonne nuit ». Et aussi peut-être : « Bonne nuit, je compte sur toi pour rentrer, pour que continue ce qu'on a mis en place ensemble, c'est-à-dire, toute une vie. » Il lui donne un baiser en retour. Chez lui non plus, ni érotisme ni amour, juste : « Bonne nuit. Je te mens. Tout un monde se presse dans l'intervalle étroit qui sépare nos deux bouches.»

Plus tard, dans le 4 x 4, il se demande pourquoi il lui ment. Il se pose la question mais élude la réponse que, bien sûr, il connaît.

Il lui ment parce qu'il est incapable de lui avouer qu'il vaut moins que ce qu'elle a toujours cru. Parce qu'il craint que si elle apprend qu'il vaut moins que ce qu'elle a toujours cru, elle le quittera. Pire, elle restera et le méprisera. (Comme la fois où sa mère a découvert qu'il lui avait caché une mauvaise note en calcul et qu'au lieu de le gronder, elle l'a taxé d'un regard à l'effet dévastateur, un regard qui disait : je pensais que tu valais mieux que ça.) Bien sûr, il le sait, lui, qu'il ne vaut pas mieux que ça. Mais il est le seul à le savoir, et tant que tu es le seul à savoir quelque chose, ce quelque chose existe moins. Ce que tu croises dans les yeux des autres, de ta femme par exemple, te renvoie l'image de quelqu'un de propre sur lui, de respectable. De presque beau. Qui se résoudrait à détruire ça ?

Et aussi, les yeux de Liath ne cessent de changer. Tantôt cannelle. Tantôt miel. Selon la météo, leur marron prend chaque fois une nuance différente. Et lui, ça fait déjà quinze ans qu'il se juge à l'aune intègre de ces yeux-là. Capables d'évaluer avec une précision hors du commun le juste et l'injuste. Une seule fois, le fléau de cette extraordinaire balance s'est trompé : lorsqu'il avait voulu faire éclater au grand jour la pourriture de Zackaï et qu'elle l'en a empêché. Bon, elle avait des circonstances atténuantes. Quant à lui, cette réaction l'avait tellement surpris qu'il n'avait même pas songé à la discuter. Le calme avec lequel elle avait accepté la corruption avérée du grand patron l'avait bouleversé autant, voire davantage, que la corruption elle-même. (Non qu'elle soit une sainte. Comme tout le monde elle avait fauché de temps en temps des sachets de biscuits à apéritif au supermarché et, comme tout le monde, elle jouait les innocentes en qualifiant ce vol de grappillage. Ou encore le jour où elle avait accepté de resquiller parce que, arrivés en retard à un concert au Zappa, ils n'avaient trouvé personne à la caisse. Mais elle était de ceux qui jamais, au grand jamais, n'établiraient une fausse déclaration d'impôts, même en sachant qu'ils ne risquaient rien. Du genre qui, ayant trouvé cent shekels dans la rue, va au bar le plus proche demander au patron de lui téléphoner si jamais quelqu'un cherche un billet tombé de sa poche.)

Il était resté pantois devant la facilité avec laquelle elle avait, malgré son caractère, été prête à accorder l'impunité à Zackaï. Il est sans doute des situations où les peurs existentielles supplantent les injonctions morales, et leur crédit immobilier était incontestablement une peur existentielle. Surtout pour Liath, qui savait très bien que vivre dans le rouge était loin d'être tout rose.

— Contente-toi de savoir que toi, au moins, tu as agi correctement. Que le monde est peut-être corrompu, mais que toi, tu es resté intègre.

Avec quelle assurance elle lui avait asséné cet argument, une fois toute cette affaire derrière eux ! Et elle l'avait fait avec des yeux si aimants que, sur le moment, il s'était senti flatté. Comme il lui en veut à présent. À sacraliser ainsi le bon côté de la personnalité de son mari, elle avait, sans le vouloir, occulté le mauvais, poussé sous le tapis tout ce qui ne cadrait pas avec ses valeurs, avec l'homme qu'elle voulait voir en lui. Par cette attitude, elle avait censuré des pans entiers de ce qu'il était, même si, jusqu'à présent, il en avait été ravi. Faire semblant d'être, pour elle autant que pour lui, l'incarnation de ce qu'elle jugeait être le Bien. Sauf qu'il ne l'était pas. Pas uniquement. L'Érythréen l'avait su.

Ce qu'il ne comprend toujours pas, c'est pourquoi c'est arrivé juste au moment où il voulait se débarrasser de la poussière de cette ville, où il essayait de briser la couche d'amertume et d'ennui qui l'enveloppait, oui, juste au moment où il s'était enfin décidé à foncer à toute blinde dans les sables du désert – dire qu'en plus il chantait (comme c'était ridicule de hurler à tue-tête avec Janis Joplin des mots qu'il avait pris pour argent comptant et qui à présent résonnent comme une mauvaise blague) ? Il a tué quelqu'un. Et aussitôt, il se hâte de rectifier, non, ce n'est pas toi, c'est le 4 x 4 qui l'a tué. De la tôle et de l'acier dénués de haine et de préméditation. Un moteur neutre et impersonnel, une masse x qui, à un instant t, a percuté un homme. Et le voilà qui recommence à se justifier, aucune pulsion bouillante ni incontrôlée ne l'a poussé à agir. Sa rage, il la domine parfaitement, la garde sagement posée sur l'étagère de son bureau, à température ambiante : « Pour Ethan, bonne continuation ».

Certes. Mais si tel est le cas, pourquoi avoir menti ? C'est clair, tellement clair ! Clair comme de l'eau de roche infestée. Comme une lune qui reste accrochée au-dessus du désert dans un ciel brûlant alors que la nuit est achevée depuis longtemps. Il a menti pour son bien et pour le bien de Liath. Il continue à mentir pour qu'elle ne sache jamais à quel point il est loin d'être celui qu'elle croit. Le problème, c'est que, en mentant, il s'éloigne encore davantage de cet homme-là. À présent, l'écart est si grand qu'il n'est plus qu'une caricature.

Et tout ça le renvoie aussi sec à la sorcière qui l'attend au garage. Avec ses deux billes noires. Et il s'en veut presque de se souvenir, outre les yeux et le chantage, des contours du corps qui se dessinent à travers sa large robe en coton. Comme quelqu'un qui, au moment de tomber dans le vide, prend le temps de se demander sur quelle végétation il va atterrir au fond du ravin.

Elle essaie toujours de deviner. Par exemple la raison de la dispute du couple debout devant les pompes à essence ; de la vieille et de la jeune qui attendent à la caisse du self ; des deux soldats qui sortent des toilettes. Parfois, ça s'enflamme d'un coup et tout le monde se retourne pour voir qui crie. Parfois aussi, les disputes sont plus souterraines. Le couple chuchote, mais les yeux de la femme sont humides et l'homme vérifie son reçu d'essence comme si c'était la chose la plus intéressante au monde. Les deux soldats sortent des toilettes et se dirigent vers le même autobus sans échanger un seul mot. Ou alors l'un dit, « cool », et n'a pas l'air cool du tout, son copain non plus. Parfois, la dispute ne commence qu'à la station-service, parfois, elle arrive avec eux. Rien qu'à la manière dont ils claquent la portière en sortant de la voiture, on peut deviner que ça ne va pas. Ensuite, ils s'installent à une table sans rien dire. Lisent attentivement le menu. Ou se concentrent sur leur téléphone. Et finissent par se plaindre que le café n'est pas assez chaud.

Elle n'y prête pas beaucoup attention. Elle a un sol à lessiver et des assiettes à débarrasser. Mais de temps en temps, si elle a quelques instants de calme, elle regarde le visage des clients, cherche des signes de tension et essaie d'en deviner la cause. C'est autrement plus ardu que de deviner pourquoi ils rient. Quand un homme et une femme éclatent de rire au-dessus de leur gâteau au chocolat en se dévorant des yeux, prêts à se sauter dessus, là, maintenant, sur la table qui n'a pas encore été débarrassée, inutile de se creuser la tête pour deviner ce qui se passe entre eux. Mais si un homme est tellement énervé qu'il renverse soudain son plateau, ou si une femme se lève avec le sien, s'y agrippant comme si elle allait tomber et que c'est la seule chose qui la retient, là, on peut se demander ce qui se passe. Là, ça devient intéressant.

Un jour, elle a essayé d'en parler à Assoum. Il faisait la plonge et elle débarrassait les tables. À la mi-journée, une femme était entrée et s'était soudain mise à hurler dans son téléphone. Toute la file d'attente s'était retournée pour la regarder. Ensuite, pendant leur pause derrière le bâtiment, Assoum avait imité la femme, sa voix haut perchée, c'était si drôle qu'après avoir bien ri, elle lui avait demandé s'il avait une idée de la raison des cris.

« Qu'est-ce que ça peut bien faire ? lui avait-il rétorqué, le visage soudain sérieux.

— Ce n'est pas la question. C'est comme un jeu... intéressant. »

Il avait continué à fumer sans lui répondre et elle avait bien vu que ça l'avait énervé. Les clients, il ne les regardait jamais, sauf s'il y était vraiment obligé. Les autres aussi ne les regardaient jamais. C'était une sorte de loi tacite. Au bout de quelques minutes, Assoum avait terminé sa cigarette et ils étaient rentrés à l'intérieur. Depuis, elle ne lui en avait plus parlé, mais elle continuait à observer.

Quelques jours après l'accident, elle s'était rendu compte qu'elle observait davantage à présent et que, peut-être aussi, elle y prenait encore plus de plaisir.

Une fois la nuit tombée, Sirkitt s'éclipse en silence. Elle marche vite, il doit arriver d'un instant à l'autre.

Au loin, des chiens aboient comme des fous. Elle tend l'oreille. S'ils continuent à aboyer comme ça, ses malades auront peur de venir. Ou peut-être pas. La preuve, elle n'a pas peur. Après avoir terminé de lessiver le sol du self et soigneusement rangé la serpillière, elle s'est mise en route dans l'obscurité. Les lumières de la station-service éclairent encore le chemin pendant un kilomètre mais ensuite, il n'y a plus que le noir, les chiens, et juste une fine bande de lune grise – on dirait un chiffon qui pendouille au milieu du ciel.

Elle s'arrête net juste avant d'atteindre le garage. Ouvre la bouche.

— Aaaaaaah !

Le son sort trop hésitant. Rauque. Après des heures de travail silencieux, ses cordes vocales sont un peu rouillées. Si elle avait été de plonge en cuisine, elle aurait pu papoter avec ses compagnons toute la journée. Mais le sol, on le lave sans rien dire. Rien que toi et le carrelage. Au début, c'est ennuyeux, mais ensuite, les pensées défilent et c'est plaisant, après elles se dissipent, laissent place à un silence javellisé et toi, tu flottes entre les bulles de détergent puis tu deviens de plus en plus lourde, tu sombres. Comme les frites noyées dans l'huile à la cuisine. Comme les cafards morts, allongés sur le dos dans les coins du restaurant et que ta raclette en caoutchouc emporte. Comme les boules de cheveux qui s'accrochent aux franges du balai, blonds ou noirs, longs ou courts, souvenirs de ceux qui sont venus manger et ont continué leur chemin.

— Aaaaaaah !

Il va arriver d'un instant à l'autre et elle a besoin de sa voix. Elle doit s'extraire du silence à odeur de détergent pour pouvoir continuer à lui donner des ordres.

Après le départ d'Ethan, Liath s'installe seule pour manger une salade composée pour moitié de dés parfaits et pour moitié de morceaux informes. Elle la trouve très bonne, cette salade. Parfois, au milieu d'interrogatoires aussi ennuyeux qu'épuisants, elle se demande quelle est la première chose que les suspects assis en face d'elle ôtent en rentrant chez eux. En général, les gens se débarrassent d'abord de leurs chaussures. Ethan, lui, c'est de sa chemise. Itamar, incapable de se retenir, balance son sac à dos par terre alors qu'il est encore dans le jardin et elle pense chaque fois à sa grand-mère qui dégrafait son soutien-gorge dès qu'elle posait le pied dans la cage d'escalier. « Je m'en fiche, murmurait-elle, les voisins n'ont qu'à dire ce qu'ils veulent. »

La première chose que fait Liath une fois à l'intérieur, c'est d'accrocher son regard au portemanteau.

Ensuite, elle peut enlever ses chaussures, libérer sa poitrine de l'emprise des baleines et des agrafes, troquer son pantalon pour un jogging. Mais d'abord s'occuper de ses yeux qui ne doivent pas pénétrer sans filtre à la maison après avoir traîné dans la boue et la saleté du dehors. Là où l'on croise des gens malfaisants et de terribles crimes. Une fois chez toi, tu peux te départir de ces yeux-là, de même que tu n'as pas besoin de ton pistolet. D'ailleurs, tu as intérêt à les mettre sous clé dans un tiroir. Chez toi, tout est rassurant et familier. Il n'y a de place ni pour les pistolets ni pour les regards acérés. Chez toi, on se tape des escalopes panées, on borde les enfants, on plie le linge selon des recettes bien rodées. Tellement bien rodées que tu n'as pas besoin de les noter, tu les connais par cœur, aussi bien que les juifs pratiquants leurs prières. Et s'il t'arrive de ne pas avoir envie, d'agir avec lassitude, machinalement ou même avec un brin d'amertume, tu sais que ce sera vite surmonté et que tu te réveilleras en tigresse le lendemain matin. Liath n'aime pas particulièrement les tâches domestiques, mais elle aime sa maison. Elle aime rentrer à la maison, elle aime pouvoir en appeler le souvenir au milieu de sa journée de travail. Et lorsque, tard dans la nuit, elle range les assiettes sales dans le lave-vaisselle, elle ne trouve pas cette activité si différente d'une bonne douche avec shampooing, on met tout sur pause et on ressort nickel. On retrouve son domaine – couloir, salon, cuisine et chambres – d'une propreté absolue. Frais et dispos. Car on a tous besoin d'un endroit au monde où il n'y a ni questions ni doutes. Sinon, c'est vraiment trop triste.

Deux semaines, et le flot ne tarit pas. Si Ethan espérait que cette mission ne soit que temporaire, quelques jours de bénévolat et on n'en parlerait plus, eh bien, il prend à présent la mesure de son erreur. La plupart des gens qu'il examine n'ont jamais vu de médecin de leur vie et ont tous quelque chose qui ne va pas. Un trauma ponctuel, une maladie chronique, une blessure superficielle mais qui s'est infectée, un grave problème trop longtemps négligé, ou tout à la fois. Deux semaines qu'il a troqué le bloc opératoire stérile de Soroka contre une table rouillée en plein désert, qui grince chaque fois que quelqu'un s'y allonge. Et malgré ces conditions indignes, ses patients le remercient par des discours émus que Sirkitt, toujours pressée d'introduire la personne suivante, interrompt systématiquement. Il ne lui demande plus de traduire. Il a appris tout seul que *katzé tétséliouni* signifie « j'ai mal », et *dahan*, « ça va ». Il ne lui a fallu que quelques jours pour goûter ces mots sur ses propres lèvres (la première fois qu'il a répondu *wala hanti* au *shoukran* ou au *yéqenyel ley*, il a jubilé intérieurement en voyant le regard étonné qui s'est peint sur le visage de madame son maître chanteur). Au travail, il se fait porter pâle. Annule ses gardes à l'hôpital pour les passer dans le hangar. Conscient qu'aujourd'hui on n'appelle plus que sur les portables, chaque fois que le téléphone fixe sonne chez lui, il se précipite pour décrocher de peur que ce soit quelque collègue désireux de prendre de ses nouvelles auprès de sa femme. À la maison, il est anxieux, préoccupé et rongé de culpabilité. Au garage, il guette la moindre vibration de son téléphone, appelle Liath tous les soirs et veille à ce qu'elle entende le brouhaha des malades dans son dos. Une épidémie d'Érythréens, des tonnes de travail, prétexte-t-il avant de demander à parler aux garçons pour leur dire bonsoir.

La peau de ses mains a rapidement commencé à peler. Il se les frotte à l'eau et au savon entre chaque malade, même s'il porte des gants. Allez savoir ce que ces gens-là ont rappporté de leur trou. Quelques jours de ces lavages répétés ont suffi pour provoquer des rougeurs et des picotements. Avoir les doigts qui grattent le rend fou. De même que ses douleurs musculaires qui s'intensifient après chaque nuit sans sommeil. Mais la chose la plus insupportable, c'est cette femme qui, au petit matin, se sépare de lui avec, sur le visage, une expression péremptoire :

— Merci, docteur. À ce soir.

Au bout de deux semaines, il lui dit stop, il n'en peut plus.

— Je dois me reposer.

— Mais vous ne travaillez pas le shabbat.

Elle a prononcé le mot de « shabbat » sur un ton particulier qui, malgré l'obscurité, révèle un sourire.

— Ils commencent à se poser des questions à l'hôpital. Et ma femme va bientôt s'y mettre. J'ai besoin de quelques jours normaux.

Sirkitt reprend lentement, méditative :

— Quelques jours normaux…

Ethan se rend compte que sa requête, répétée par elle, perd toute évidence et devient extrêmement étrange, comme s'il avait demandé un miracle. Il a besoin de quelques jours normaux. Le gars dont le doigt a été sectionné par une scie circulaire a aussi besoin de quelques jours normaux. Tout comme la femme de ménage qui s'est évanouie la veille à la gare. Mais Ethan, lui, en a particulièrement besoin. Voilà pourquoi il les obtiendra

— Lundi, finit-elle par lui accorder. Et n'oubliez pas d'apporter encore des médicaments.

Il est sur le point de la remercier mais s'arrête à temps et va se passer la tête sous l'eau dans le coin du garage où se trouve le lavabo. Le jet frappe ses yeux, ses joues, son front. Un baiser froid, mouillé et revigorant. Qui suffira pour le garder éveillé jusque chez lui. Il ferme le robinet et se dirige vers son 4 x 4, salué d'une main émue par un jeune homme à qui il vient de retirer du pied un clou rouillé long de deux centimètres. Il met le contact et roule vers la route. Sur le trajet du retour, il compte, à la lumière du jour qui se lève, trois charognes abandonnées sur le bas-côté.

Après avoir éteint le moteur, il ne sort pas immédiatement de la voiture. À travers le pare-brise, il scrute sa villa blanchie à la chaux. Recouverts de bougainvilliers, les murs respirent paisiblement et derrière le volet le plus à droite, se recroqueville une petite lumière, témoin muet du combat de Yali contre les ténèbres. Le soleil monte dans le ciel. L'obscurité recule. Son fils a gagné. Les fleurs du jardin commencent à s'étirer dans le jour qui se lève. Une légère brise balaie d'un coup la rosée accumulée sur le romarin. Quelques gouttes, un simulacre de pluie. Seul le 4 x 4 empeste les gobelets de café oubliés, les cartons dont les taches graisseuses marquent l'endroit où la pizza était posée, l'odeur d'un homme fatigué et pas lavé. Assis à l'intérieur, l'homme fatigué et pas lavé n'arrive pas à se décider à sortir. Pourquoi souiller de sa présence la pureté de son foyer ?

Alors il reste confiné dans l'habitacle et regarde Liath et les enfants qui dorment dans leurs lits, et même si les cieux s'obscurcissent au-dessus de leurs têtes, le toit les protège encore. Un toit de tuiles rouges qui sépare les chambres paisibles d'un firmament où s'accumulent les nuages. Bien qu'il n'y ait rien de plus idiot qu'un toit de tuiles en plein désert (franchement, quand risque-t-il de neiger par ici ?), Ethan est content de cette maison. Des murs blancs, un toit rouge, deux enfants persuadés que leur père est le top du top. Et si soudain tout ça lui paraît un peu grotesque, il ne peut s'en prendre qu'à lui-même. Car la villa et les garçons ont été créés à son image. Les parents ne fantasment-ils pas sur leur progéniture bien avant qu'elle n'arrive ? À quoi ressembleront leurs enfants, que feront-ils, qui seront-ils ? Dans un même temps, ils se projettent eux aussi : quel parent serai-je ? Quel parent pour quel enfant ? À l'instar des élèves qui montrent leur dessin à la maîtresse, ils montrent leurs petits et demandent à l'envi : c'est bien ?

Mais si les parents fantasment sur leurs enfants bien avant la naissance de ceux-ci, les enfants, eux, ne fantasment pas du tout sur leurs parents. De même que le premier homme ne peut pas fantasmer sur Dieu parce que Dieu est partout. Selon Sa volonté la lumière sera, selon Sa volonté les ténèbres régneront, l'interrupteur magique sera levé ou abaissé, le lait coulera à flots ou manquera, la couverture sera bordée ou arrachée. Les enfants posent sur leurs parents un regard dénué de toute question. Un regard de confiance absolue. Jusqu'au jour où leurs yeux se dessillent et où le parent, tel un roi déchu, en est réduit à quémander, voire à implorer : et si tu venais passer le week-end ? Comment ça se passe au travail ? (Et si tu me laissais de nouveau être, ne fût-ce qu'une seconde, le centre de ton monde, moi qui me suis absenté de mon propre monde pour toi ?) Le parent ignore que par ses suppliques, il perd le peu de majesté qui lui restait peut-être encore. Il n'y a pas d'amour plus déçu que l'amour filial.

C'est pourquoi Ethan tient toujours à être là le soir au coucher des garçons et le matin à leur réveil. À leur préparer un cacao sans grumeaux. À tout faire pour ressembler au père qui se reflète dans leurs yeux : impeccable, imbattable, infaillible. Et s'il plonge suffisamment longtemps dans leurs yeux, il arrive presque à se convaincre qu'il est effectivement ce père-là, ce qui, à chaque fois, le submerge de gratitude. Il leur donne un verre de cacao, mais eux, c'est le royaume des cieux qu'ils lui donnent en échange. Il sait qu'un jour ils découvriront que pour allumer le soleil et éteindre la nuit, il suffit d'appuyer sur un bouton. Pour faire un cacao sans grumeaux, il suffit de bien mélanger. Le monde leur appartient, ils s'y promèneront et goûteront à tous les fruits défendus qu'ils voudront. Sa grande consolation pour l'instant, c'est que l'heure de la lucidité est encore lointaine. Qu'il va se passer du temps avant qu'Itamar et Yali voient leurs parents dans leur nudité et leur dénuement (car c'est ce qui arrive à tout homme qui a croqué la pomme : ce n'est pas sa nudité qui lui est révélée, mais celle de Dieu). Il a encore de nombreuses années à voguer en eaux douces, bercé par les vaguelettes de l'admiration enfantine. C'est ainsi qu'il avait regardé son propre père. Pendant des années. Pas seulement quand il était petit. Adolescent aussi. Ruer dans les brancards au cours de crises de rage mémorables, jamais il ne l'aurait fait sans la certitude que celui contre lequel il se dressait était fort comme un roc. Qui s'en prendrait à un maigrichon d'âge mûr souffrant de douleurs lombaires ? Les adolescents maudissent leurs parents comme Job maudit Dieu. Ou plutôt Le vénère : car celui qui accuse Dieu des maux de la terre suppose que c'est Lui qui en a le contrôle. Que tout obéit à Sa volonté.

Ceci dit, la majeure partie du temps, Ethan oubliait cette certitude qu'un jour ses enfants le verraient avec la même lucidité qu'il avait lui-même vu ses parents. Qu'un jour ils cesseraient de l'admirer et de le brusquer. Il trouvait l'amour de ses garçons, si fort et si dense, que, parfois, il pensait étouffer. Dès qu'il rentrait à la maison, les deux petits se disputaient son attention d'une manière tantôt craquante, tantôt pesante. Souvent, il trouvait épuisant (bien que très flatteur) d'être le centre de leur monde. Peut-être parce qu'il était parfaitement conscient des contraintes que ça impliquait. Et du danger.

C'est pour toutes ces raisons qu'il appréhende de sortir du 4 x 4 et de ternir l'innocence de son foyer. Une telle profanation, il le sait, est impardonnable. Il finit pourtant par s'y résoudre, se lève, sort, verrouille, marche, ouvre la porte. Entre en silence. Un bref regard suffit pour le réconforter – son intérieur est toujours aussi rangé, propret, prêt à entamer une nouvelle journée. Et surtout, cet intérieur-là ignore tout d'une autre réalité, cernée aussi de quatre cloisons mais qui ne dispose ni de lits ni d'eau chaude, vingt matelas étendus à même le sol avec la tuberculose sautillant allègrement de l'un à l'autre.

Debout dans l'entrée de sa villa résidentielle, il se demande soudain combien de matelas tiendraient sur le parquet de son salon. Vingt Érythréens pourraient assurément se serrer ici dans un confort relatif. Trente, non. C'est exactement à cause de ce genre de pensées qu'il préfère rester dans son 4 x 4. Il aura suffi qu'un instant tu t'autorises un peu de pitié et tout de suite ton empathie devient incontrôlable, se transforme en un monstre de culpabilité oppressante, maligne. Une meute de loups vient d'entrer avec lui à l'intérieur, tous les éclopés qu'il a vus pendant la semaine envahissent à présent sa maison avec leurs regards avides. Sa cuisine en inox, son téléviseur géant. Ils bavent sur le tapis Ikea, sur l'immense maison en Lego de Yali.

— Dehors, hurle Ethan, dehors !

Mais ils refusent de s'en aller. Vingt sorcières érythréennes dansent autour de sa table à manger. L'homme dont il a sauvé le pied en lui retirant le clou de deux centimètres saute sur le canapé blanc en même temps que le gars au doigt sectionné. Au milieu de toute cette agitation, Sirkitt, calme et imperturbable, lui lance un sourire de défi au-dessus de l'expresso qu'elle vient de se faire avec sa machine à café.

Désespéré, il se précipite dans la salle de bains. Se brosser les dents et aller dormir. Se brosser les dents, aller dormir et demain se renseigner pour obtenir sa mutation aux États-Unis. Il y a là-bas suffisamment d'hôpitaux qui seraient ravis d'accueillir un médecin très dévoué et aux exigences salariales minimales. Sauf que Sirkitt exige soudain qu'il lui passe la serviette et il comprend que la meute n'est pas restée dans le salon ou dans la cuisine, qu'elle l'a suivi jusque dans la salle de bains.

Dos à lui, elle se lave la tête, une chevelure noire que l'eau a transformée en serpents qui ondulent jusqu'aux fesses. La voilà qui fait mousser le savon bio de Liath sous ses aisselles et lui demande s'il a un rasoir.

Il se réfugie dans sa chambre à coucher.

Enfin le silence. Le calme des rideaux fermés. Le souffle de sa femme qui respire sous la couverture. Reconnaissant, Ethan la prend dans ses bras. Une agréable lassitude envahit ses membres. Il est rentré à la maison.

5

— Mais je ne comprends pas pourquoi tu ne lui dis rien !

Ils s'étaient installés dans le jardin pour ce qui devait être un agréable petit déjeuner de shabbat. Sauf que, depuis un bon moment, ça n'en est plus un. C'est une dispute. Leurs chuchotements ne peuvent pas le cacher et même, pense Ethan, c'est justement cette manière de parler qui la révèle. La preuve : Yali et Itamar, qui n'ont cessé de s'asticoter toute la matinée, ont arrêté de jouer dès que leurs parents ont baissé le ton.

— Papa, maman, pourquoi vous parlez tout bas ?

Et aussitôt Liath sort le prétexte habituel :

— Pour ne pas vous déranger, mon cœur. Pour que vous puissiez jouer tranquillement.

Il a toujours détesté cette réponse. Pas seulement parce qu'il déteste la voir mentir (c'est sa merveilleuse sincérité qui l'a séduit en premier), mais à cause du manque de considération que ce genre de réponse sous-entend : prend-elle leurs enfants pour des idiots ? Croit-elle qu'ils ne savent pas identifier le moment où le silence normal se mue en silence tendu ? Ils le savent, bien sûr. Même à leur âge. Les chiens aussi en sont capables. Et c'est exactement ce qui est arrivé quand Liath lui a demandé quel était le planning de ses gardes pour la semaine à venir.

— Je suis libre jusqu'à lundi et ensuite, j'ai deux gardes et demie, une astreinte plus quelques heures de consultations en privé.

— Mais enfin, Thany, c'est inhumain ! Tu dois en parler avec le Pr Shkedi !

— Touly, je viens d'être embauché, alors tu imagines bien que je ne suis pas en position de demander quoi que ce soit. On a un collègue à l'armée pour sa période de réserve, Bitan a eu des jumeaux ce mois-ci, il faut que quelqu'un assure.

— Mais trop, c'est trop ! La semaine dernière, cette semaine... Non, vraiment !

— C'est comme ça.

Pourquoi, loin d'estimer son mari pour sa capacité à assumer la réalité avec pragmatisme (qualité qu'elle-même avait revendiquée sans complexe à l'époque des enveloppes en liquide de Zackaï), a-t-elle décidé de si mal le prendre ?

— Tu acceptes ça avec une telle sérénité que je commence à me demander si ça te dérange vraiment de ne pas passer le week-end avec nous, lui a-t-elle reproché.

— Ne sois pas débile.

— *Don't call me like that next to the kids.* En fait, ne me traite jamais de débile, que ce soit devant les gosses ou pas.

Et maintenant, ses yeux sombres brillent. Malgré leurs quinze ans de vie commune, il n'arrive toujours pas à savoir si c'est parce qu'elle va pleurer ou parce qu'elle enrage et, cette fois, il espère sincèrement qu'elle va pleurer. Il s'en sortira mieux avec ses larmes qu'avec sa colère.

— Je suis désolé, mais ça me fout en l'air ! Pourquoi, au lieu de voir à quel point je me défonce pour vous, tu crois que je n'en ai rien à cirer ?

Tout en parlant, il juge cette conversation terriblement rebattue. Les mots échangés sont rebattus, rebattues aussi les tasses de café qui refroidissent, le gâteau à moitié mangé dans l'assiette. La seule nouveauté en l'occurrence, c'est son mensonge, rose et virginal.

— Mais pourquoi tu ne lui dis rien ? s'entête Liath.

Il recule sur sa chaise et laisse la duplicité parler à sa place :

— Ça sera bientôt fini, ma chérie. La période est particulièrement chargée dans le service, c'est tout. Dans une ou deux semaines, quand ça se calmera, on se souviendra de ceux qui ont répondu présents et de ceux qui se sont défilés.

Elle écoute attentivement ces mots. Elle les soupèse tellement qu'il craint un instant d'être démasqué. Yeux marron ou pas, elle a le cerveau aussi aiguisé qu'une épée, Ethan est bien placé pour le savoir. Mais soudain elle se lève, vient s'asseoir sur ses genoux et lui chatouille la joue du bout de son nez :

— Excuse-moi... c'est juste que... tu me manques un peu.

— Toi aussi, mon ange, toi aussi.

Et dans un geste qui ne lui ressemble pas du tout, il lui plaque soudain un baiser sur la bouche devant les enfants, au milieu du jardin. Il en est d'ailleurs le premier étonné, comme s'il s'était laissé entraîner par son imposture vers un endroit où se mêlent culpabilité et plaisir.

— Maman, papa, beurk ! Vous vous embrassez avec la langue ?

— Non, mon cœur, on fait juste semblant.

Derrière la station-service et le self, il y a un terrain caillouteux où les camions viennent décharger leurs cargaisons. Ensuite, le sol devient de plus en plus sablonneux et le désert se creuse en ravine. C'est le lit d'une ancienne rivière. Difficile d'imaginer qu'il fut un temps où l'eau coulait par ici. Pourtant, elle a entendu des gens affirmer qu'avant, ça coulait de partout dans ce coin. Même si c'est vrai, le désert n'en a pas gardé la trace. Les versants sont tellement chauds et arides que les ronces n'arrivent pas à s'y agripper. Rien que les sacs plastique venus peut-être du self, des bas-côtés de la route ou de lieux encore plus éloignés. Comment savoir ? Peut-être ont-ils volé à travers un Sahara quelconque avant d'arriver ici et d'être piégés par le sable ou arrêtés par toutes ces vieilleries qui traînent au fond de la ravine. L'endroit n'est pas beau avec ce bric-à-brac et ces sacs plastique accrochés çà et là, mais c'est tranquille. Parfois, quand le bruit des consommateurs, la musique et les cris te cassent trop les oreilles, ça fait du bien de prendre l'air quelques minutes. Et aussi, c'est mieux de chier ici dans le sable que dans les toilettes, vraiment trop dégoûtantes. Il faut juste s'éloigner un peu, sinon, on risque de te voir. Et si tu t'enfonces encore davantage et que tu dépasses la zone qui pue déjà pas mal la merde, tu découvres que la vallée s'élargit et qu'il n'y a plus de fourbi entassé parce que ceux qui veulent jeter quelque chose ne prennent pas la peine de s'éloigner autant. En revanche, il y a la chaise en plastique qu'Assoum a un jour piquée au self et sur laquelle il s'installait pour une pause cigarette. À présent, c'est elle qui s'y assied… mais elle a beau se dire qu'il ne peut pas la voir, elle se relève au bout de quelques instants. Puis se rassied.

Dans le sable tout autour gisent les mégots qu'il a fumés. Elle en ramasse un. Le roule entre ses doigts. Le met dans sa bouche, malgré la nausée que lui a toujours provoquée l'odeur du tabac. Effectivement, la nausée arrive. Gérable.

Rien à voir avec les fois où Assoum lui parlait de si près que cette odeur la saisissait à la gorge. D'ailleurs au bout de quelques minutes, elle se sent mieux, puis carrément bien, assise sur la chaise d'Assoum, à mâcher le mégot d'Assoum en fixant le lit asséché de la rivière.

Elle enlève ses tongs en plastique et enfonce les pieds dans le sable chaud et sec. Son mari avait le gros orteil normal, mais le deuxième particulièrement grand, plus long que les autres. Aucune raison qu'elle se souvienne justement de ce détail, une petite chose qu'une femme sait sur son mari. Peut-être qu'un jour elle l'oubliera. Ou pas. Peut-être que, jusqu'à son dernier souffle, elle se souviendra de ce deuxième orteil particulièrement long. L'être humain meurt mais il laisse des traces derrière lui. Une chaise. Des mégots. Le souvenir d'un pied. Et aussi la chanson qu'il sifflotait et qu'elle n'arrive pas à retrouver maintenant. Comment est-ce possible qu'elle n'y arrive pas ? À moins que le sifflotement, à l'instar des sacs plastique, soit encore en train de se balader dans le désert. Un homme est mort, mais son sifflotement court toujours dans le vent, traverse des routes et des vallées, s'accroche au sable et aux objets abandonnés.

Trois contaminations virales. Deux grippes intestinales. Une fracture ouverte. Une suspicion d'entorse. Neuf infections, dont une sévère. Il travaille vite. Économise les « ça va faire un peu mal », « je termine tout de suite ». Donne de courtes réponses à de longues questions. Il est mort de fatigue mais le pire, ce qui l'achève vraiment, c'est la contrainte. Il ne veut pas être là, il y est obligé. Il ne devrait pas y penser. Il devrait penser à l'homme qu'il a tué. À la vie qui s'est brutalement interrompue à cause de lui. Mais ça, il le refoule, ce qui ne fait qu'accentuer sa culpabilité. Lui aurait-on pardonné s'il avait avoué que, certes, il a tué un Érythréen et s'est enfui mais que, depuis, il est rongé par le remords ? Sauf que, même si effectivement il a tué un Érythréen et s'est enfui, il ne pense qu'à une chose : s'en tirer. Comment confesser une attitude pareille ? Un tel aveu ne mérite que des réactions horrifiées. Et en même temps, il a envie de vomir en pensant à toutes ces belles âmes qui se montreraient horrifiées. Tous ces gens qui le regarderaient avec un dégoût moralisateur et s'en laveraient les mains uniquement parce que, par hasard, eux ne s'étaient pas trouvés au mauvais endroit au mauvais moment. Comme s'ils ne tuaient pas, eux aussi, des tas d'Érythréens en toute indifférence ! Car si tous ceux qui feraient la fine bouche devant lui donnaient ne serait-ce qu'un dixième de leurs revenus mensuels, ils pourraient sauver chacun la vie d'un Africain affamé. Un compte en banque affichant un solde de trente mille shekels ne sentirait pas passer un petit millier en moins. On peut sauver beaucoup de personnes avec mille shekels. Acheter de la nourriture pour bébés, potabiliser l'eau. Pourtant, les shekels restent bien au chaud à la banque, et la discussion morale reste bien au chaud autour de la table du salon. Quelle différence entre eux et lui ? Il a abandonné un Érythréen moribond au bord de la route 40, eux abandonnent leurs Africains dans la savane. C'est pourtant une proposition aussi réaliste que réalisable : un don de mille shekels pour sauver une vie. Des volontaires ? Non. Bien sûr que non. Le problème n'est pas de fuir, le problème, c'est de ne pas se faire choper. Car tous fuient la même chose, tous sont incapables de regarder leur paternalisme en face. Tous sont des chauffards. Mais lui a été pris en flagrant délit.

Lorsqu'il termine et sort enfin du garage, quelques Érythréens qui discutent dehors s'approchent en courant.

Pour le remercier, encore et encore. Un homme maigre lui tend la main, Ethan la serre tout en comprenant que quelque part, en cours de route, sa compassion est tombée en panne. Ne devrait-il pas éprouver quelque chose ? De la bienveillance ? De la pitié ? Un sentiment de responsabilité envers son prochain ? Pas seulement envers cet homme, là, debout en train de lui secouer le bras avec ferveur tandis que lui se contente d'attendre que ça passe, mais envers l'autre, celui qui est resté couché sur le sol avec le crâne défoncé. Parce que, envers lui non plus, il n'a rien éprouvé. À moins que si, qu'il ait ressenti quelque chose, mais pas ce qu'il aurait dû. Pas ce qu'on est censé ressentir dans un tel cas.

Il le revoit maintenant avec netteté, l'Érythréen gisant sur le bas-côté. Parfois, il trouve ça un peu étrange de continuer à l'appeler l'Érythréen puisqu'il sait que l'homme s'appelait Assoum. Et ce qui est encore plus étrange, c'est qu'il ignore s'il avait un nom de famille. Enfin, bien sûr qu'il en avait un, mais lequel ? Quoique... À bien y réfléchir, peut-être qu'il n'en avait pas, peut-être que chez eux, ça n'existe pas les noms de famille. Peut-être qu'ils ont des noms de tribu ou de lignée. Il n'en a pas la moindre idée et ne cherche pas à le savoir. Il pourrait demander à Sirkitt. Peut-être même qu'elle répondrait. Du coup, pourquoi s'arrêter en si bonne voie ? Pourquoi ne pas lui demander s'il avait un surnom, et une bande de copains qui le lui auraient donné ? Une couleur préférée ? Des passe-temps ? Oui, Ethan pourrait, s'il voulait, se renseigner sur le mort. Le prendre par la main (douce ? calleuse ?) et l'extraire d'une mer d'individus identiques et dénués de visage. Il pourrait faire des efforts et ajouter quelque chose au crâne défoncé et au flot de sang sur les cailloux du désert. Essayer de trouver à cet homme une certaine valeur de son vivant, et pas seulement à l'instant où il était devenu l'Érythréen gisant sur le bas-côté. Maigre. Vêtements usés. Sang qui s'échappe d'une tête toute noire. Moins d'un mois s'est écoulé, pourtant ça lui paraît déjà loin, aussi loin que la terrible colique qui a suivi – cet abominable besoin de chier. Comme si c'est arrivé à quelqu'un d'autre. En revanche, il se souvient avec précision de chaque détail. Le bruit sourd du 4 x 4 qui percute l'homme. Les rugissements magnifiquement rauques de Janis Joplin. L'obscénité du corps projeté au sol. Il se souvient du crissement du gravier sous ses pieds au moment où il est sorti du véhicule. De la différence entre la chaleur de l'habitacle et le froid de l'extérieur. Il se souvient qu'il s'est précipité dehors, encore accroché à l'espoir que ce n'était pas trop grave, que peut-être le blessé allait se relever dans la seconde en lui hurlant de regarder où il roule. Il se souvient de tout, mais de loin. En fait, on peut dire qu'il ne se souvient pas, qu'il sait. Ou plutôt qu'il ne sait pas mais récite. Il y a un Érythréen gisant sur le bas-côté. Du sang s'échappe d'une tête toute noire. Tout cela est arrivé à quelqu'un d'autre.

Sauf que c'est à toi que c'est arrivé.

À toi.

Non, ça ne le fait pas. Ça reste ailleurs. Loin. Comme si la chose en elle-même, dans sa réalité, dépassait simplement son entendement. Voilà, sa raison n'arrive pas à l'intégrer, à le digérer. Maintenu hors des remparts de sa conscience, l'Érythréen écrasé a beau frapper à sa porte, frapper très fort, demander en criant qu'on le laisse entrer – à l'intérieur on n'entend qu'un écho feutré. Comme le bruit sourd au moment du choc.

Peut-être que c'est mieux. Peut-être que c'est ainsi que ça doit se passer. Qu'y a-t-il de si urgent à se fourrer cet

Érythréen dans la tête. Il retire sa main de celle du patient à la reconnaissance si insistante et se tourne vers son 4 x 4.

Ce qu'il voit lui fait l'effet d'un coup de poing dans le ventre. Lui coupe le souffle. Gisant contre sa roue droite, il y a un corps noir, bras écartés, jambes allongées. Non, ce n'est pas vrai, essaie-t-il de se rassurer, ce n'est qu'une hallucination modelée par la nuit et causée par trop d'heures sans sommeil. Pourtant le corps est réellement là, le long de sa voiture. À ce moment-là, il sent ses jambes le trahir.

Et peu importe si quelques secondes plus tard, l'homme endormi, répondant à l'appel de son nom, se lève et s'en va. Trop tard, parce que lorsque Ethan l'a regardé, c'est le cadavre de l'autre qu'il a vu. Cette fois, pour de vrai. C'est comme si, d'un seul coup, il avait appuyé sur l'interrupteur qui, depuis l'accident, empêchait le contact entre sa tête et son corps. Ça lui déclenche un énorme haut-le-cœur. Il a tué quelqu'un. Un être humain. Crâne défoncé sur les cailloux. Sang qui coule par les oreilles. Il a tué un être humain. Lui ! Tué ! Un être humain ! Et devant les Érythréens ahuris, il s'agenouille et vomit ses tripes, un flot chaud, jaune et acide. Quelqu'un court jusqu'au garage et en revient avec de l'eau. Ethan, assis par terre, tremble de tous ses membres face aux jambes figées en position fœtale, aux mains que sa victime ne pouvait pas bouger et aux yeux, aux yeux qui avaient cillé. Oui, ses yeux l'avaient fixé.

Il se penche pour vomir à nouveau mais cette fois, rien ne sort. Son ventre se tord en spasmes violents, incontrôlés. Tout à coup, il comprend : il veut sa mère. Il veut se blottir entre des bras tendres, réconfortants, des mains qui repousseront du front ses cheveux collés de sueur, essuieront les restes de vomi aux coins de sa bouche et apaiseront son corps tremblant et disloqué en lui assurant que tout ira bien.

Il a tué un homme.

Il

a

tué

un

homme.

Il s'assied. Reprend une gorgée d'eau. De nouveau lui reviennent le visage, les yeux, le crâne défoncé, le sang par les oreilles. Mais cette fois, ce n'est plus la nausée qui monte en lui. C'est le début d'une terrible colère. Le tout, tout début d'une terrible colère. Il ne comprend pas. Ne veut pas comprendre. Il attend que sa respiration se calme puis regagne son véhicule à la hâte, sans répondre aux paroles des Érythréens inquiets qui s'agitent autour de lui, lui proposent encore de l'eau et l'accompagnent des yeux bien après qu'il s'est éloigné.

Les escalopes panées, Liath les fait toujours au four. C'est meilleur pour la santé et moins chiant à préparer. Elle place quatre blancs de poulet dans un plat creux. Verse dessus de la sauce soja sucrée mélangée à une cuillerée de paprika et les laisse mariner. Deux heures plus tard, l'alarme de son téléphone lui rappelle ce qu'elle se serait rappelé toute seule : battre un œuf, écraser de l'ail, ajouter de l'huile d'olive, plonger les escalopes dans la mixture puis dans la chapelure, bien tasser pour que ça adhère. À four moyen, quinze minutes environ de chaque côté. Ou jusqu'à ce que ça dore. Itamar aime sa viande un peu brûlée. Yali demandera les escalopes en forme d'animaux qu'on trouve au supermarché, comme celles qu'il mange chez Tamir, son copain de classe. Mais avec tous les conservateurs et les colorants artificiels, c'est hors de question.

Quand Ethan rentrera, il mettra la table et préparera la purée. C'est sa spécialité. Yali voudra regarder la télé en mangeant, elle refusera en espérant tenir bon et fera diversion en lui posant des questions sur sa journée à l'école, embrayera ensuite avec les mêmes questions pour Itamar, et à Ethan, elle demandera comment ça s'est passé à l'hôpital. Ce sera le prolongement direct de la purée et des escalopes panées, de l'odeur de shampooing qui s'élève de la tête des enfants et des verres de cacao posés sur le plan de travail. Qu'est-ce qu'une famille assise autour d'une table sinon des miettes d'instants ? Pourtant, sait-on toujours de quoi les autres ont été honteux ou fiers au cours de leur journée ? Ce qu'ils ont aimé ou détesté ? Ils ne parlent pas de ça. Ils mâchent leurs escalopes panées et leur purée. Et seule Liath, mue par une inquiétude sourde, insiste pour que chacun lui réponde. Ne se contente pas d'un « bien », mais veut des détails pour faire adhérer ensemble toutes ces miettes de vécu, comme elle a précédemment fait adhérer la chapelure à la viande rose et humide.

Ethan va mieux lorsqu'il entame sa garde suivante dans le garage. Il arrive à maintenir à distance vomissures, tremblements, Érythréen écrasé et même tous ces corps qu'il examine attentivement des heures durant. À certains moments, il lui semble reconnaître parmi eux les visages de ceux qui, la veille, lui ont proposé de l'eau, l'ont aidé à se relever quand ses jambes chancelaient mais aucun ne réagissant comme s'ils s'étaient déjà rencontrés, il en déduit une fois de plus qu'il les mélange tous. Que ce soit lui qui leur prenne la température ou eux qui lui tendent un chiffon pour qu'il s'essuie le front, rien ne les distingue à ses yeux. (Pas tous. Debout dans un coin, Sirkitt reste unique, point brûlant vers lequel il s'efforce de ne pas tourner le regard, ce qui évidemment la rend encore plus singulière. Il ignore si quelqu'un lui a raconté sa mésaventure de la veille, mais de toute façon, aurait-elle pu concevoir que la vue d'un clandestin allongé à côté de son 4 x 4 ait causé de ces vomissements sauvages et honteux ? Sans doute pas. Comment pourrait-elle penser qu'il a confondu un anonyme vivant à son mari mort ? Et pourtant, il évite de la regarder, embarrassé d'avoir ainsi été trahi par son corps sur le territoire qu'elle domine.)

Six heures plus tard, il se sépare du dernier patient et s'apprête à sortir. De nouveau, un groupe l'attend à l'extérieur, plus important encore que la nuit précédente.

— Shoukran, *doctor*.

— Shoukran.

Il serre les mains tendues à contrecœur, a déjà enlevé ses gants et s'est nettoyé avec soin dans le lavabo du garage, maintenant il va devoir rouler jusqu'à Omer en prenant soin de ne pas se toucher le visage, et se précipiter sur le robinet du jardin pour se débarrasser bien tardivement d'un coronavirus potentiel, d'une dysenterie hypothétique, du dégoût instinctif suscité par tout contact physique avec eux. Il sourit poliment au groupe éperdu de reconnaissance, essaie d'avancer vers sa voiture, mais les Érythréens l'entourent. Ce qui a commencé par de la gratitude timide se transforme en épanchement ému, voire en compétition – c'est presque à qui retiendra la main du docteur le plus longtemps possible dans la sienne. À qui le remerciera avec les mots incompréhensibles les plus longs possible. Et soudain, au milieu de ces corps tendus vers lui, se dessine celui de l'autre, aplati sur le sol. Et ça revient :

Il y a un Érythréen gisant sur le bas-côté. Des cuisses noires figées dans une position qui n'a rien de naturel. Tout comme les bras. Oui, évidemment, rien dans ce tableau n'était naturel. Pas seulement parce que c'était un Érythréen écrasé mais aussi parce qu'il n'aurait jamais dû se trouver là en même temps que lui. La vie d'Ethan n'incluait aucun Érythréen écrabouillé sous son pare-chocs, aucun Érythréen confondu de reconnaissance, ni même aucun Érythréen tout court. Et imperceptiblement, l'affolement et la culpabilité de la veille se dissipent et laissent place à de la colère. Pourquoi ce foutu clandestin s'est-il trouvé là-bas au beau milieu de la nuit ? Comment espérait-il qu'on puisse le voir dans le noir ? Si maigre, si insignifiant. Il balaie du regard tous ces malades qui dégoulinent de reconnaissance et n'a qu'une seule envie : les accabler de reproches. Comment pouvez-vous être si misérables ? Comment supportez-vous une existence si dégradante, si ingrate ? Pourquoi vous pressez-vous derrière moi comme une bande de petits chiens ? Il leur fait un signe d'au revoir de la tête et se glisse dans sa voiture. Mais, pendant tout le chemin de retour, ces gens le dérangent comme un grain de sable dans l'œil.

Non loin de l'embranchement vers Omer, il songe soudain à David-le-pédé, de son vrai nom David Sohnenstein, qui était avec lui en CM1 et dont le père n'était pas moins que le directeur du département de psychologie de l'université de Haïfa. Haute fonction qui n'aidait en rien le rejeton quand toute la classe se liguait contre lui. Peut-être même que ça compliquait encore les choses. Parce que n'importe quel parent serait intervenu si on avait traité son fils de pédé, si on l'avait écrit sur toutes les portes des toilettes de l'école. Le père de David, lui, n'avait pris aucune initiative concrète. Peut-être pensait-il que ce n'était qu'une histoire de gosses, que ça passerait.

Peut-être était-il occupé à résoudre les problèmes des autres, ceux qui le payaient grassement pour ça. À moins qu'au fond de lui, il ait su, lui aussi, que son fils n'était qu'un gros pédé.

Ethan ne faisait pas partie de ceux qui s'en prenaient à David-le-pédé. Non par gentillesse particulière, simplement par manque d'intérêt. Mais la fois où il avait vu des CE2, des gamins qui avaient une tête de moins que lui, le tabasser sans qu'il réagisse, il avait bien failli y aller aussi de ses coups. Pourquoi tu ne te défends pas ? Pourquoi tu réagis comme une lavette ? C'était inscrit sur le visage de David-le-pédé, qu'on pouvait tout lui faire. Alors on lui faisait tout. Ce genre d'enfant transforme ses petits camarades en monstres. Même si tu t'étais juré de ne jamais t'attaquer à lui, même si tu voulais le prendre en pitié, arrivait toujours un moment où tu craquais. Où tu commençais à le haïr d'être à ce point une nullité.

Lorsqu'ils étaient passés au collège, David-le-pédé avait changé d'établissement. Ethan ne savait pas si c'était son idée ou celle de son père, mais ça semblait une sage décision. Plus tard, à l'époque du lycée, chaque fois qu'ils se croisaient dans le bus, ils détournaient le regard en hâte. Chacun savait sur l'autre des choses désagréables. Par exemple que l'un était un gros pédé et l'autre un beau salaud.

En terminale, Ethan avait participé au traditionnel voyage scolaire en Pologne. Avec sa classe, il avait écouté les explications données par le guide dans la cour d'Auschwitz sur la vie dans le camp, les endroits où se plaçaient les gardes, les barbelés. Lorsqu'on en était venu à évoquer les douches et les chambres à gaz, Ohad Sagui avait levé la main :

« Mais pourquoi ils n'ont pas essayé de fuir ? »

Le guide avait expliqué que c'était impossible. À droite, se dressaient les crématoires.

« N'empêche, les prisonniers étaient plus nombreux que les surveillants et aussi ils n'avaient rien à perdre », avait insisté Ohad.

La réponse, visiblement irritée, ne s'était pas fait attendre :

« Celui qui ne sait pas ce qu'est une telle peur ne peut pas juger. Et ne me bassinez pas avec les moutons à l'abattoir. »

La nuit, à l'hôtel, ce même Ohad leur avait proposé une branlette collective pour voir qui éjaculerait le premier et en avait profité pour ajouter :

« Je ne comprends pas pourquoi ils n'ont pas essayé de se rebeller. Tous des pédés. »

Ethan avait pensé à David-le-pédé si honni et avait senti que, tout en dedans de lui, il les détestait aussi un peu, ces Juifs malingres, ces squelettes ambulants qui s'immisçaient dans ton âme et t'empêchaient de te branler correctement.

Il se gare, fonce dans le jardin et essaie de comprendre pourquoi il n'arrive pas à s'apitoyer sur leur sort très long-temps. Pourquoi dans sa compassion s'infiltre systémati-quement de la rage ? Est-il comme les requins que l'odeur du sang rend fous, prêt à péter un câble au moindre signe de faiblesse ? À moins que ce ne soit le contraire : il ne leur reproche pas la facilité avec laquelle on peut les anéantir mais le processus complexe par lequel ils réussissent à le détruire, lui. Il ne leur pardonne pas le fait que leur misère lui pèse, l'accuse.

Il pose une main sur la poignée, entre chez lui et referme vite la porte. Comme un homme en cavale.

Bien obligé de reconnaître que, avec le temps, les mensonges se bonifient. À cause de Liath qui continue à se plaindre de la multiplication de ses gardes, il a été contraint de rejoindre le club de poker d'Eckstein, un arrangement pratique et détestable qui l'avait écœuré la première fois qu'il en avait eu vent. Les joueurs se retrouvaient tous les mercredis depuis des années, sauf que chacun se rendait dans un endroit différent : Eckstein dans le lit de quelque interne de service, Berdugo dans la voiture de son ex (qui elle-même avait dû s'inscrire à un club bidon pour s'esquiver de chez elle), Amos sur le canapé du cabinet de l'orthophoniste où, l'après-midi, son fils apprenait à prononcer correctement le « ch ». Aujourd'hui, ce club est la bouée de sauvetage d'Ethan qui, à juste titre, a misé sur le fait que Liath tient à le voir s'intégrer au plus vite dans son nouvel environnement professionnel – et pour ça, quoi de mieux que d'abattre la carte d'un cercle de poker hebdomadaire ?

Et il y a aussi les demi-gardes avec opérations complexes qui s'éternisent jusqu'à cinq heures du matin ; les urgences avec pronostic vital engagé qui arrivent en fin de journée et obligent les chirurgiens à rester beaucoup plus tard que prévu. Il faut ajouter à ça les consultations en privé qu'il serait dommage de refuser parce qu'ils ont besoin d'argent et les conférences dont l'invitation est accrochée sur la porte du frigo en temps et en heure – alors que par le passé elles atterrissaient dans la poubelle avant même d'être totalement tirées de l'enveloppe. Maintenant, elles figurent en bonne place sous un aimant multicolore. Par exemple : « Quel avenir pour la neurochirurgie ? » à l'hôpital Ichilov de Tel-Aviv, des débats qui se terminent à vingt et une heures trente, il ne pourra donc pas être de retour avant vingt-trois heures, soit l'équivalent d'une demi-garde dans le garage.

Dans son service, c'est une autre paire de manches. Il a depuis longtemps épuisé son quota annuel de congés maladie ; a enterré deux grands-mères et accompagné son fils à toute une batterie d'examens sans qu'on lui ait trouvé quoi que ce soit. Il a aussi prétexté une réquisition d'urgence de l'armée de l'air (sur sa période de réserve obligatoire) et espère que d'ici à la fin de l'année, personne ne se souviendra qu'il n'a pas présenté de justificatif. Il a trois aphtes à l'intérieur de la lèvre, mais est trop occupé pour les soigner.

6

L'adolescent fut arrêté non loin de Yérouham, au volant d'une Mercedes Classe GLK noire. Au feu rouge, il ne montra aucune surprise face aux trois policiers qui surgirent, arme au poing. Le propriétaire du 4 x 4 appela deux heures plus tard après avoir découvert qu'on lui avait piqué sa bagnole au retour d'une baignade avec ses enfants à Ein-Aqev. Il fut tellement étonné d'apprendre que celle-ci avait déjà été localisée qu'il répéta deux fois son numéro d'immatriculation et insista pour que la standardiste vérifie.

— Monsieur, pourquoi avez-vous tant de mal à croire que la police a retrouvé votre voiture ? lui lança Esthy avant de raccrocher et d'éclater de rire.

Bon, il faut avouer que Mélamed et Samsonov ont eu la chance de leur vie, et pour Guépard, c'est carrément le jackpot. Parce que si ce gosse n'était pas tombé tout cuit dans son embuscade, il était bon pour recevoir ce mois-ci son dernier bulletin de salaire.

Le truc de dingue, c'est que le seul qui n'a pas l'air de s'émouvoir dans cette affaire, c'est le gamin, c'est-à-dire, l'ado, c'est-à-dire le jeune Bédouin arrêté au volant d'une voiture volée. Ça a fait le troisième sujet du flash infos de seize heures.

Il s'appelle Ali. Génial. Un Bédouin sur deux s'appelle Ali. Ce qui étonne Liath, c'est la léthargie qu'elle voit dans ses yeux. Un gamin de seize ans n'est pas censé avoir un tel regard.

« J'ai l'impression qu'il est un peu demeuré, l'a prévenue Guépard, mais si tu arrives à lui faire cracher où il va livrer la marchandise, ça pourrait nous servir. »

Elle examine le garçon une deuxième fois. Non, il ne lui paraît pas demeuré. Les gens confondent souvent regard absent et regard hermétique. Un regard absent s'apparente à un cerveau vide de pensées. Un regard hermétique correspond à un cerveau où les pensées sont retenues derrière une vitre opaque. Le regard du garçon est hermétique tant qu'il reste seul avec lui-même et devient absent dès qu'on s'adresse à lui. Elle commence par quelques précisions d'usage :

— D'après nos fichiers, je vois que tu n'as pas de permis de conduire.

Se trompe-t-elle en captant un sourire ironique passer brièvement sur les lèvres du jeune suspect ?

— Tu sais conduire ?

Aussitôt, le torse en face d'elle se gonfle de fierté, les yeux s'éclairent :

— Super bien.

— Donc ce n'est pas la première fois que tu conduis sans permis, relève-t-elle, se retenant difficilement de sourire à son tour.

Il la regarde sans rien dire. Sur son visage, l'homme et l'enfant se disputent encore chaque trait – des poils noirs d'une barbe naissante couvrent des joues presque aussi rebondies que celles d'un bébé ; une moustache autoritaire contredit la délicatesse d'un menton troué d'une fossette.

111

— Tu vois, Ali, tu n'as pas encore seize ans et pas de casier. Si tu collabores, je te garantis que tu n'en auras pas.

Il faut quatre heures à Liath pour obtenir enfin la liste des véhicules volés ces dernières semaines et l'adresse d'une casse non loin de Tel-Sheva. Pendant que ses collègues se préparent à y faire une descente, elle regarde à nouveau les différents lieux cités : Ein-Aqev. Maalé-Aqravim. Tlalim. Gaveï-Hava. Mashaveï-Sadé.

Tlalim.

Elle se lève d'un bond et se rue dans la salle d'interrogatoire. Un peu surpris par l'ouverture soudaine de la porte, l'adolescent retrouve pourtant rapidement son regard las.

— Ali, redis-moi : quand es-tu allé à Tlalim ?

— Une fois pour la Mazda, et une autre fois, mais ça n'a rien donné.

— C'était quand ?

— Wallah, je me souviens plus.

— Je ne veux pas entendre de « je me souviens plus », Ali. Tu oublies « je me souviens plus » et tu me dis quand tu étais là-bas pour la dernière fois.

— La dernière fois... ça fait deux semaines.

Bingo !

Elle sort avec précipitation et pousse la porte du bureau de son chef sans prendre la peine de frapper :

— Je sais qui a tué l'Érythréen.

Le gosse crie. Même, il pleure. C'est drôle de voir un grand gaillard de seize ans pleurer. Un instant plus tôt, il était encore là avec sa moustache, sa barbe naissante et cet accent arabe qui les rend toujours plus grands et plus effrayants qu'ils ne sont – et tout à coup, le voilà qui éclate en sanglots. Et toi, tu ne t'y attends tellement pas qu'au début, tu ne captes pas qu'il s'agit de sanglots, tu crois qu'il a quelque chose dans l'œil. Et dès qu'il se met à pleurer, l'issue de la guerre entre l'enfant et l'adulte qui se disputent les traits de son visage devient claire, les joues rebondies se dessinent avec une telle force que les poils de barbe semblent factices, les lèvres tremblent tellement que la moustache au-dessus a l'air de s'y être fourvoyée.

— C'est pas vrai, dit-il en s'essuyant le nez d'un revers de main.

Oui, il était au kibboutz cette nuit-là. Oui, il y était venu pour voler des voitures. Mais il n'a écrasé personne, qu'Allah le tue s'il ment.

— Ton Allah ne va pas faire l'affaire, réplique Marciano. Tu peux penser à quelqu'un d'autre ? À part lui, qui était là-bas avec toi ?

Et subitement, l'enfant s'éclipse devant l'homme. Les yeux d'Ali redeviennent hermétiques. Les larmes n'ont pas encore séché que les pupilles sont déjà dures comme de la pierre.

— Personne. Il n'y avait personne avec moi.

Liath remue sur son siège, mal à l'aise. Quelques heures auparavant, Ali lui a promis de répondre à toutes ses questions, à la seule condition qu'elle ne lui demande pas qui l'accompagne dans ses expéditions. Il était prêt à tout leur dire sur les véhicules volés, les lieux des vols – il acceptait même de prendre le risque de leur indiquer l'endroit où se trouvait la casse. Mais hors de question, hors de question, qu'il livre le nom de son complice.

À ce moment-là de l'interrogatoire, elle avait jugé l'accord convenable. Elle était prête à laisser filer un petit voyou si ça lui permettait de démasquer le grand manitou. L'adresse de la casse valait plus qu'un voleur de voitures. Mais à présent, ce complice anonyme devenait très important – personne à part lui ne pouvait corroborer les affirmations du gamin.

— Je jure que je ne l'ai pas écrasé. *Je le jure.*

— Ali, que tu jures, ça ne suffit pas, dit-elle en se penchant vers lui. On a un chauffard qui a percuté quelqu'un à côté du kibboutz cette nuit-là, et on sait que tu y étais avec un 4 x 4 juste au moment où ça s'est passé. Si tu continues à dire que ce n'est pas toi, amène-moi un témoin qui le confirmera.

Pendant qu'elle parle, elle cherche à capter son regard, mais il reste muré dans son silence, ses yeux sont redevenus une vitre opaque. Elle n'a besoin que de quelques instants supplémentaires pour comprendre qu'ils n'en tireront rien de plus. Ils le laissent donc seul en salle d'interrogatoire. Une fois la porte refermée, Marciano, ce gros cachalot en uniforme bleu, se tourne vers elle, tout sourire :

— Je vous avais bien dit que ce serait un Bédouin, mais félicitations, poupée, c'est vous qui avez résolu cette enquête, ajoute-t-il, magnanime.

Non, ce n'est pas qu'elle est « chiante ».

C'est l'histoire d'une blonde en larmes au bord d'une route. Un jeune homme freine et lui demande ce qui se passe. « J'ai crevé ! geint-elle. Et quand j'ai essayé d'appeler un dépanneur, j'ai vu qu'on m'avait volé mon téléphone ! Et je suis là, toute seule ! » Alors le gars ouvre sa braguette et lui dit : « Eh oui, c'est vraiment pas ton jour de chance ! »

Des conneries comme ça, elle peut en entendre sans problème. Elle ne se prend pas la tête.

Elle ne se sent pas discriminée. Et on peut raconter en sa présence autant de blagues pourries sur les Marocains qu'on veut, imiter les Séfarades des émissions de téléréalité et prendre leur accent chaque fois qu'on veut parler de quelqu'un de pas très futé. On peut aussi râler avec elle contre cet hôtel d'Eilat envahi par la racaille et les pétasses ou parler d'une soirée merdique parce que toute la playlist n'était composée que de musique orientale. Elle est cool, vraiment cool. Elle rit autant aux blagues sur les femmes que sur les Orientaux, et ce qui la fait le plus marrer, ce sont les blagues sur les femmes orientales. Elle rit même si, en son for intérieur, elle se déteste un peu pour ça. Mais elle préfère se détester que passer pour une chieuse vindicative. Tout pour ne pas avoir l'air de « la féministe d'Afrique du Nord mangeuse de couilles ashkénazes au petit déj ».

La plupart du temps, elle préfère se dire qu'elle avance dans ce monde, débarrassée de la couleur de peau, du nom de famille et de l'origine ethnique. Qu'elle n'est ni Liath Samouha, issue d'une cité d'Or-Aqiva, ni Liath Green résidant dans une belle villa à Omer. Simplement Liath. Sauf que son point de vue n'est pas partagé. Depuis qu'elle a quitté le quartier de son enfance, toutes ses anciennes connaissances ont changé leur regard sur elle. Certes, ils la prennent dans leurs bras quand elle revient, mais différemment. Liath était en première année de fac quand Shirane, sa voisine de palier, a eu son premier enfant, en deuxième année quand Shirane a eu son deuxième enfant et en troisième année pour le troisième. En primaire, les deux filles dormaient l'une chez l'autre toutes les nuits, inséparables au point d'en avoir presque oublié comment trouver le sommeil seules. Aujourd'hui, elles s'embrassent vite fait sur la joue et se sourient poliment. Ne restent que leurs yeux pour s'arrondir d'étonnement : quoi, c'est vraiment toi ?

Après avoir enfin eu ses propres enfants, Liath, très fière, les emmenait de temps en temps chez sa mère. Et se réjouissait de ce qu'Itamar, avec son teint olive, fasse parfaitement couleur locale. Il pouvait sans problème jouer dehors avec les enfants de Shirane. Jusqu'au jour où il avait refusé.

« C'est trop sale ici, avait-il lancé après avoir examiné les alentours.

— Sale ? s'était insurgée Liath. Pourquoi tu dis ça ? » Après avoir indiqué de la main le bric-à-brac qui rouillait dans l'arrière-cour de l'immeuble, il avait ajouté :

« Y a même pas de pelouse.

— Mais il y a d'autres jolies choses ici ! »

Il avait balayé l'espace du regard. À la recherche de ces autres jolies choses. Les yeux de Liath aussi étaient partis en quête... pour ne tomber que sur la rue grise, terne, fatiguée.

« Y a rien, ici », avait fini par dire Itamar au terme d'efforts aussi sincères qu'infructueux.

Elle avait failli lui flanquer une gifle, elle qui depuis le collège déteste viscéralement Or-Aqiva, elle qui a caché ce quartier à ses nouveaux amis comme si c'était une tare. Mais voilà que tout à coup, un gosse débarquait – le sien –, et lui renvoyait sa cité honteuse à la figure. Méprisait l'endroit où elle avait grandi.

Gamine (avec une chevelure rebelle que sa mère s'entêtait à attacher et sa grand-mère à libérer), elle n'avait jamais rêvé d'entrer dans la police. À considérer les déguisements choisis pour la fête de Pourim, représentatifs du stock disponible dans les magasins du centre commercial mais aussi indicateurs de vocation, on pouvait en déduire qu'elle était surtout attirée par la conquête spatiale : elle était papillon à neuf ans, fée à dix, et pilote à onze, arborant un authentique insigne de l'armée de l'air, trésor qu'elle avait trouvé à la gare routière. À douze ans, les limites de notre planète étant devenues trop étroites, elle avait fait une tentative avortée pour devenir la première astronaute d'Or-Aqiva. Avortée, parce que le casque de moto prêté par oncle Nissim était incroyablement lourd, sans compter le papier d'aluminium dont elle l'avait enveloppé et qui s'était presque intégralement déchiré avant la première récré. Du coup, elle l'avait laissé sur son pupitre et était sortie jouer avec un marin, une reine des fleurs et Saddam Hussein. De retour en classe, elle avait découvert que le casque s'était volatilisé et elle avait passé le reste de la journée à le chercher. Sans succès. Rongée par la culpabilité, elle avait donné tous ses bonbons à son oncle.

« Pas grave, ma puce. Ce qui est perdu est perdu », lui avait-il dit en mordant dans un caramel.

Mais elle n'avait pas lâché et s'était lancée dans une enquête personnelle qui lui avait permis, une semaine plus tard, de restituer le casque à son propriétaire. Elle était venue le lui apporter telle une relique tendue au bout de ses deux bras griffés. Sa mère avait aussitôt commencé à se lamenter sur ces blessures – tétanos assuré, d'après elle – et avait voulu l'emmener immédiatement au dispensaire. Heureusement, sa grand-mère était intervenue :

« Attends un peu, Aviva, ta fille a une histoire à nous raconter et elle ne mourra pas dans la demi-heure. »

Liath leur avait alors expliqué qu'au retour des vacances de Pourim, elle avait décidé de fixer chaque élève de sa classe droit dans les yeux et avait remarqué que seul Aviram fuyait systématiquement son regard, ou ne le soutenait qu'une seconde en râlant. Alors voilà, aujourd'hui elle était allée le trouver et lui avait annoncé qu'elle savait : il était son voleur. Il avait nié, elle avait continué : « Si, je sais que c'est toi », il avait rétorqué : « Tire-toi, sale pute » et quand il avait vu qu'elle ne se tirait pas, il avait tourné les talons. Elle l'avait alors retenu par le bras, c'est là qu'il l'avait griffée (les égratignures étaient moins terribles qu'il n'y paraissait) et à la fin, il lui avait dit : « D'accord, mais t'es vraiment dingue !» Ensuite, il l'avait emmenée chez son grand-père, c'est là qu'il habitait depuis que le tribunal l'avait retiré à ses parents. Là-bas, sous le canapé, elle avait vu le casque de moto, plus un tas d'objets qui avaient disparu de la classe depuis le début de l'année, elle s'en souvenait très bien. Comme elle ne disait rien sur ses autres larcins, Aviram lui avait demandé si elle voulait un verre de grenadine. Elle avait dit oui. Il avait ouvert le frigo et elle avait vu qu'il lui versait la boisson de la gourde violette de Morane (qui, croyant l'avoir perdue, avait pleuré toutes les larmes de son corps la semaine précédente, parce que c'était un cadeau de son père qui conduisait un taxi en Amérique). Elle avait dit au garçon qu'en fait, elle n'avait pas soif, il avait refermé le frigo, lui avait fait encore une marque sur le bras et l'avait mise à la porte :

« Prends ton casque de merde et tire-toi, espèce de tarée !»

Sa mère avait voulu appeler la police, mais oncle Nissim l'en avait empêchée :

« Pas la police, je vais aller lui parler moi-même.

— Ma chérie, protège bien tes yeux, parce que c'est un cadeau du ciel que tu as reçu là», avait dit sa grand-mère qui avait attendu d'être seule avec elle (Nissim était parti et sa mère faisait la vaisselle) pour lui glisser dans la main deux Kit Kat en chuchotant : un pour toi et un pour Aviram. Sauf que quand elle était allée lui donner le sien, il le lui avait lancé à la figure avant de se détourner. Ils ne s'étaient plus reparlé et l'année suivante, elle changeait d'établissement scolaire.

En fin de sixième, la prof principale avait convoqué la mère de Liath et lui avait dit que, pour cause de bonnes notes et de nombreuses autres raisons tout aussi bonnes, elle suggérait que sa fille intègre Maagan-Mikhaël. Cette année, le kibboutz, pour se faire bien voir du ministère de l'Éducation, était prêt à accueillir des enfants d'Or-Aqiva (certes en nombre limité, les budgets étant restreints). La fillette devait en profiter, ce serait pour elle très bénéfique. Le jour de son entrée en cinquième, Liath portait un tee-shirt à paillettes dorées et avait accepté pour la première fois d'attacher ses cheveux. Et pas seulement ses cheveux : sous son tee-shirt, une bande de tissu et un élastique compressait l'abomination que son corps lui avait infligée pendant les vacances et l'aplatissait contre ses côtes autant que possible. Combien elle avait prié en se regardant dans le miroir, pour que ces deux horribles excroissances soient aspirées, qu'elles rentrent de nouveau dans son torse qui, à peine quelques mois auparavant, était encore d'une merveilleuse platitude.

« Tu es magnifique, mon âme ! Il est magnifique, ton tee-shirt ! » s'était exclamée sa grand-mère qui l'avait accompagnée au point de ramassage scolaire.

Liath l'avait crue, même si elle n'était pas tout à fait dupe : une partie de ces compliments venait de leurs liens familiaux et une autre de ce que la grand-mère elle-même avait acheté le magnifique tee-shirt. Arrivée à Maagan-Mikhaël – en une seconde elle avait vu davantage de gazon que depuis sa naissance – elle était descendue du car persuadée que ce serait le pied d'étudier dans un tel cadre… jusqu'à ce qu'un des enfants s'écrie :

« Regardez-moi celle-là avec ses paillettes, fringuée comme une Arabe ! »

Elle avait eu besoin d'une seconde pour comprendre qu'on parlait d'elle. Elle aurait bien aimé leur expliquer que non, c'était sa grand-mère qui l'avait acheté, sa grand-mère qui détestait justement les Arabes plus que n'importe qui d'autre, qui faisait « tfou » chaque fois qu'on parlait d'eux ! Mais quelque chose l'en avait dissuadée.

Le soir, après avoir répondu « bien » à la question de la vieille dame qui voulait savoir comment s'était passée sa première journée, elle avait demandé à sa mère de l'accompagner au centre commercial pour acheter un tee-shirt noir, sans paillettes et sans le moindre motif.

« Pourquoi noir, ma chérie ? Noir, c'est quand on est en deuil. C'est triste.

— Je veux un tee-shirt noir. »

Il y avait aussi eu la moustache. Au-dessus de la lèvre supérieure. Des poils délicats et sombres, si doux que les qualifier de moustache était trop fort, mais à douze ans, au moment où ils avaient commencé à pousser, comme elle ne connaissait pas le mot duvet, elle appelait ça une moustache, la détestait et en avait même davantage honte que sa poitrine, les deux ayant fait leur apparition à peu près simultanément. Elle se levait au milieu de la nuit, se plantait devant le miroir de la salle de bains, regardait les petites boules au-dessus de ses côtes, les fins poils au-dessus de sa lèvre. Deux choses qui la trahissaient. Bon, sa poitrine, elle savait qu'elle s'y habituerait, toutes les filles s'y habituent. En revanche, jamais elle n'accepterait sa moustache, malgré sa grand-mère (qui l'adorait autant qu'elle bénissait les seins naissants de sa petite-fille) qui prenait un fil qu'elle entourait minutieusement autour de chaque poil pour l'arracher avec une joyeuse solennité.

« Voilà, mon âme, maintenant, tu es comme ta mamie ! »

Une mamie qui pourchassait les moustaches avec du fil et des formules magiques, mais jamais avec dégoût. Cette épilation n'était, à ses yeux, qu'une tâche féminine supplémentaire, et y avoir recours constituait justement une preuve de féminité. Rien à voir avec ce que ressentait Liath, dont les yeux étaient suffisamment exercés pour savoir qu'aucune fille de Maagan-Mikhaël n'avait de moustache. Non parce qu'elles s'épilaient. Parce qu'elles n'en avaient pas. Du coup, peut-être qu'elles aussi avaient le regard suffisamment exercé pour traquer les marques rebelles au-dessus d'une bouche qui s'excusait, et voir la présence encore dissimulée de ces fins poils noirs qui guettaient sous la peau le bon moment pour jaillir. Elle se souvenait de l'excursion scolaire annuelle où elle avait passé quatre jours en auberge de jeunesse allongée sur son lit, à implorer son corps de ne pas la trahir, à s'examiner attentivement dans le miroir avant de pouvoir respirer de soulagement : ouf, le monstre velu lui octroyait quelques jours de répit.

Pourquoi un monstre ? Sa grand-mère se vexait qu'elle qualifie ainsi ladite moustache. Mais Liath savait que c'était un monstre. Et dès qu'elle avait eu suffisamment d'argent, elle avait renoncé au fil pour une épilation au laser qui avait laissé le dessus de sa lèvre supérieure merveilleusement lisse. C'était une des rares choses qu'elle n'avait jamais racontées à Ethan. En fait, à personne. Et il lui arrivait encore, de temps en temps, lorsqu'elle boutonnait son chemisier face au miroir de sa belle villa, de discerner soudain un petit poil noir, soyeux et fin... qui disparaissait dès qu'elle se regardait de plus près ou allumait la lumière.

À part ça, elle avait été heureuse à Maagan-Mikhaël. Elle était suffisamment jolie, intelligente et drôle pour qu'on lui pardonne d'être originaire d'Or-Aqiva. Et ce qui l'avait sans doute le plus aidée, c'était d'avoir consenti à oublier qu'elle venait de là-bas : une fois ce renoncement fait, les autres l'avaient acceptée. Le plus important avait été de tirer un trait sur la musique. Mohamed Abdel Wahab, Oum Kalthoum, Farid El Atrache – toutes les chansons qu'elle hurlait à tue-tête avec sa grand-mère, si fort et si faux que les voisins demandaient grâce. Au début, la vieille dame avait essayé de résister et rapportait chaque fois un nouveau disque qu'elle fredonnait vingt-quatre heures sur vingt-quatre, exprès. Mais Liath quittait la pièce avec une grimace, et s'il arrivait, une fois tous les cent ans, qu'elle invite des amis à la maison, elle lui donnait des consignes strictes : surtout pas de musique. La première année, elle avait encore commis quelques faux pas, comme lors de cette excursion où, montant dans le car avec une guitare et des partitions de Nirvana, elle s'était surprise à siffler distraitement *Rona* de Samir Shoukri avec le chauffeur. Des impairs qui s'étaient raréfiés et, dès la classe de quatrième, elle répondait sans hésitation quand on lui demandait ce qu'elle écoutait comme genre de musique : « Tout, sauf de la musique orientale », ce que sa grand-mère ne lui avait jamais pardonné. N'étant ni rancunière ni obtuse, elle continuait à lui assurer qu'elle était belle, même quand elle se baladait en jean troué, avec des petits hauts de plus en plus courts, et qu'elle refusait catégoriquement de se vernir les ongles, sauf en noir. Oui, sa grand-mère avait même écouté par deux fois des disques de Radiohead avant de s'excuser et de dire que cette radio-machin-là n'était pas sa tasse de thé. Mais quand Liath et Ethan avaient annoncé leur mariage, elle leur avait carrément posé un ultimatum :

« Je ne viens que si vous passez du Farid El Atrache.

— Tu dérailles.

— Ta mère me le dit depuis des années.

— Mais pourquoi Farid El Atrache, et pourquoi maintenant ?

— Parce que. »

Elle n'avait pas voulu en démordre. Ethan avait fini par demander à sa fiancée de céder :

« D'accord, on a dit au DJ que ce serait sans musique orientale, mais c'est tout de même ta grand-mère. En plus, elle est la première à avoir su qu'on se marierait. »

Argument massue. Et, au mariage, quelle n'avait pas été la surprise de Liath en découvrant que la vieille dame n'était pas la seule à applaudir dès les premières notes : les amis du kibboutz d'Ethan et ceux qui avaient servi avec lui dans la fameuse unité de Recherche et de Sauvetage 669 partageaient son enthousiasme musical, de même que ses propres copines de fac de Tel-Aviv. Jusqu'aux anciens de Maagan-Mikhaël. Elle avait d'ailleurs eu du mal à se retenir d'aller leur demander : mais depuis quand ? Depuis quand est-ce entré dans le répertoire convenable ? Pourquoi personne ne m'a prévenue ?

Ultérieurement, elle a découvert que la réalité était plus complexe. Les amis d'Ethan, par exemple, dansent volontiers sur du Zoar Argov aux mariages mais refusent catégoriquement d'en écouter en voiture. La frontière a beau être subtile, elle n'en reste pas moins étroitement surveillée. Pour preuve le regard surpris des examinateurs à l'oral de son master lorsqu'ils avaient découvert que derrière Liath Green se cachait quelqu'un qui avait une tête de Liath Samouha. Certes, ils avaient instantanément donné le change, mais elle, avec ses sens aiguisés, avait eu le temps de reconnaître leur expression. De même la réaction des copains d'armée d'Ethan, la première fois qu'ils l'avaient rencontrée. Ou le comportement de ses beaux-parents. Et il y avait aussi eu le pique-nique organisé par l'hôpital avec les médecins du service et leurs familles. Elle passait outre aux coups d'œil étonnés, exactement comme elle était passée outre à la stupéfaction qui s'était peinte sur le visage de son directeur de thèse, le jour où elle lui avait annoncé sa décision de laisser tomber son doctorat en criminologie pour intégrer la police.

Il avait demandé pourquoi. Ethan avait demandé pourquoi. Sa mère et oncle Nissim avaient demandé pourquoi.

Seule sa grand-mère lui avait préparé un café très fort et avait scruté le fond de sa tasse :

« C'est très bien, mon âme. Il est temps que tes yeux se consacrent à ce qu'ils savent faire : regarder. »

Dans les rangs de la police, d'autres expressions surprises l'avaient accueillie. Certes, pour la première fois de sa vie, elle avait la même couleur de peau que ses collègues, mais ça ne changeait rien au fait qu'elle était méga bandante. Une bombe comme on n'en voyait pas souvent, de celles à qui on susurrait : « Viens par ici beauté » ou « Viens par là ma salope » !

« Des babouins en rut, lui avait dit Ethan le soir où elle était rentrée en larmes après sa première semaine de service. Rien que des babouins en rut. »

Reconnaissante pour la compassion dont il faisait preuve, elle savait aussi qu'il réservait le qualificatif de « babouins » à la racaille de la police, jamais à ses amis de la 669, qui pourtant ne se gênaient pas pour se vanter à grands éclats de rire de la manière dont ils avaient harcelé la nouvelle secrétaire de l'unité, en charge des réservistes.

Elle savait qu'elle pouvait compter sur l'indéfectible soutien de son mari, bien sûr. Il l'écoutait avec admiration raconter comment elle élucidait ses dossiers. Ouvrait une bouteille de vin à chacune de ses promotions. Mais depuis qu'ils avaient emménagé dans le sud, elle voyait bien que son regard s'était terni. Qu'il ne prenait plus plaisir à l'entendre parler de ses enquêtes. À part l'affaire de l'Érythréen qui arrivait encore à l'intéresser, mais, même là, elle sentait en lui une espèce d'impatience étrange, comme s'il n'écoutait pas vraiment ce qu'elle disait, mais cherchait derrière ses mots quelque chose qu'elle n'arrivait pas à saisir.

7

Difficile de haïr en permanence sur la durée. Deux personnes travaillent ensemble pendant des heures. Autour, les gens s'en vont et s'en viennent. Eux deux restent. Au même endroit. Dehors, le ciel est parfois couvert, parfois clair ; la nuit parfois glaciale, parfois douce. Les heures se succèdent, les maux se succèdent, eux deux restent. Au même endroit. Et comme ils arrivent au garage aussi épuisés l'un que l'autre après une longue journée de travail, ils commencent à ne plus avoir la force de haïr. Trop fatigués pour les regards incendiaires. Pour le dédain affiché. Les premières nuits, la haine les réchauffait. Les tenait éveillés. Mais lentement, les muscles de la rancœur se sont relâchés. Combien de temps peut-on les garder contractés ? Inexorablement vient le moment où arrêter les hostilités semble envisageable, fût-ce pour une courte trêve. Par exemple, une heure après avoir commencé, jusqu'à une heure avant de terminer. Ils arrivent emmitouflés dans leur haine, s'en dépouillent pour quelques heures et la remettent avant de sortir à l'air libre. Durant cet intervalle, il y a de longues plages de silence, étranges. Ce n'est pas le silence hurlant, c'est le silence concentré. Parfois, s'instaure peut-être aussi une sorte de sérénité. Elle désinfecte, il panse ; il palpe, elle traduit. Pendant ce temps, dehors, la nuit mûrit. L'obscurité devient de plus en plus sombre puis de plus en plus claire, jusqu'à ce qu'en émerge le soleil. Parfois, ils jettent un coup d'œil dehors. Chacun à son tour mais il arrive que leurs regards se croisent. Aussitôt, ils détournent les yeux. Ne pas réveiller la haine. Vous avez tué mon mari et pris la fuite. Vous me volez mes nuits. Lorsque l'obscurité bleuit, à quoi bon de telles phrases ?

C'est comme le sifflotement. Sirkitt sifflote en travaillant. Au début, ça l'horripilait. Rien de plus désagréable que d'avoir à subir le sifflotement de quelqu'un qu'on déteste. Tout l'insupportait : la mélodie bizarre, la chanson inconnue, la manière dont elle fronçait les lèvres. Ce sifflotement, il le ressentait comme une fanfare qui le narguait et n'avait qu'une seule finalité : le faire sortir de ses gonds. Mais le temps passe. Eux deux restent. Au même endroit. Lentement, ce sifflotement se module. Et peut-être aussi est-il capté par des oreilles plus ouvertes. Il commence à comprendre que, si elle sifflote, ça n'a rien à voir avec lui, ni même avec elle. Elle sifflote comme on sifflote parfois en travaillant – distraitement. Sans s'en rendre compte.

Et lui, sans s'en rendre compte non plus, se met à attendre ce sifflotement : une nuit, au moment où l'obscurité passait du noir au bleu et alors qu'ils travaillaient en silence, il s'est étonné de constater que quelque chose lui manquait : la mélodie bizarre et étrangère qui pimente leurs longues heures éveillées. Et si, au début, il en détestait l'air, eh bien, à présent, il se surprend à le siffloter lui aussi, arrêté au feu rouge à l'entrée de Beer-Sheva. Les notes sont devenues si familières que ça ne lui demande aucun effort. Pas même une once de conscience. Le feu passe au vert, il démarre, continue à siffloter et ne s'arrête net qu'au feu suivant – au moment où il se rend compte de ce qu'il fait. Il allume aussitôt la radio, histoire de remplir l'habitacle d'infos et de musique pop. Monte le son. (Nettoyer le 4 x 4 de cette mélodie. La chasser. Comment Sirkitt s'est-elle débrouillée pour la lui fourrer dans la gorge, pour le contaminer malgré lui ?)

Et quelques nuits plus tard, alors qu'il pensait être guéri, il se surprend de nouveau à siffloter. Cette fois, dans le garage. Impossible de savoir depuis combien de temps il sifflote ainsi. Il s'arrête immédiatement – pourvu qu'elle ne l'ait pas entendu.

Bien sûr qu'elle l'a entendu. Il le lit dans ses yeux qui le regardent soudain avec un étonnement proche de la perplexité. Bon, mais s'il lit dans ses yeux, il ne lit pas dans son cœur qui s'est soudain accéléré sous ses côtes (où le docteur est-il allé chercher le sifflotement d'Assoum, comment cet étranger lui renvoie-t-il tout à coup la chanson de son mari ?). Un instant, elle se crispe des pieds à la tête, mais retrouve son calme aussi vite : si tel est le cas, c'est peut-être que cette mélodie n'appartient pas à Assoum, peut-être que les mélodies appartiennent aux lèvres qui les sifflotent, pensée qui lui procure un soulagement libérateur, et elle a envie de lui sourire, au docteur, se retient pourtant. Au fond, il n'y a pas de quoi être fier de voler les sifflotements des autres. Même si c'est un bien pour un mal.

Cette nuit-là, Ethan continue son travail et Sirkitt le sien, surmontant cet instant d'embarras qui les empêche tous les deux de recommencer à siffloter. Mais trois nuits plus tard, la mélodie revient. Tout bas, sans s'annoncer. Un coup chez elle, un coup chez lui. Elle revient, se coule entre eux sans faire de vagues, sans éveiller la moindre animosité. Ne suscite ni sourire ni intimité particulière. C'est juste difficile de haïr en permanence sur la durée.

« C'était la plage d'Eilat. Ou en Grèce. Le sable était comme celui de la mer Rouge, mais je savais que c'était la Grèce d'après la couleur. On voulait entrer dans l'eau, mais il fallait beaucoup marcher et dépasser en chemin une espèce de couvent japonais orange. Ensuite, on avançait sur une pelouse et je trouvais ça très étrange qu'il y ait une pelouse si douce au bord de la mer, c'était vraiment du trèfle. Tu m'as réveillée avant qu'on y arrive. »

Ils sont encore au lit, corps lourds de sommeil, mais Liath sent qu'elle en veut vaguement à Ethan de l'avoir ainsi secouée.

« À l'intérieur du couvent, il y avait un moine basané, un peu comme les Thaïlandais qui travaillent en Arabie Saoudite. Je pensais qu'il ne nous laisserait pas passer, mais au contraire, il a souri en disant : "OK, c'est bon." »

Elle ne sait pas pourquoi elle s'entête autant à partager son rêve avec lui. Elle ne sait pas non plus quelle en est la signification. C'est juste important pour elle de le lui raconter. Comme s'il y avait une urgence sur cette plage, quelque chose de menaçant. Oui, c'est à cause de ça qu'elle tient à lui donner tous les détails dès leur réveil. Elle lui instille dans l'oreille ce qui a rempli son sommeil, comme si elle transvasait un liquide précieux d'un récipient à un autre en s'efforçant à ne pas en perdre la moindre goutte. Pourtant, elle en renverse. C'est bizarre mais quelque part sur le chemin entre elle et lui, ça s'évapore. Elle le voit dans les yeux d'Ethan, qui la regarde avec attention mais sans vraiment la comprendre. Pire encore, elle aussi sent que ça lui échappe. Au réveil, le rêve faisait partie intégrante d'elle, une évidence. Mais il lui échappe au fil des secondes, ce qui était limpide s'opacifie, d'ailleurs, qu'est-ce que ça voulait dire d'être sur la plage d'Eilat mais en même temps en Grèce, quelle drôle d'idée de reconnaître la Grèce à une couleur, pourquoi s'étonner de trouver une pelouse toute douce près de la mer et qu'y avait-il dans l'eau de si urgent ?

Cinq minutes après le réveil, Liath et son rêve sont devenus des étrangers. Si elle ne renonce pas, c'est parce que la sensation d'une urgence absolue l'oppresse encore : une mer bleue à atteindre coûte que coûte, dont ils étaient tout proches, mais...

Ethan lui passe une main dans les cheveux :

— Ça veut peut-être dire que tu as besoin de vacances ?

Il sourit. Elle aussi, qui devine aisément la suite de la conversation : d'abord ils se remémoreront un peu leurs précédentes vacances à la mer puis ils commenceront à planifier les prochaines. Pourquoi pas pendant les fêtes ? Pourquoi pas en Thaïlande ? Les mots les entraîneront de plus en plus loin, le rêve restera en arrière. Au bout de quelques mètres de marche après être descendu de bateau, l'homme oublie la mer, oublie que la mer rejoint l'océan, oublie que l'océan entoure tout. Sur le continent, on trouve des chemins, des montagnes, parfois des fleuves, l'homme boit l'eau des fleuves mais ne se souvient pas de la mer, ni du sel, ni de la possibilité objective d'une noyade. Le couple parle et parle encore, chaque mot est un pas de plus sur la terre ferme. Chaque mot est oubli de l'eau.

Et peut-être est-ce mieux ainsi. Parce que, dix minutes plus tard, lorsque Liath pose la cafetière sur la table, la distance entre elle et Ethan s'est considérablement réduite. Voilà pourquoi elle lui raconte ses rêves tous les matins. Pas pour qu'il les analyse. Pour qu'il sache.

« Et toi, tu as rêvé ? De quoi ? » ne manque-t-elle jamais de lui demander, comme si le sommeil était un ennemi commun à vaincre absolument, une tentative pour les séparer.

Car on a beau être allongés sur un même matelas, s'enlacer, entrecroiser les doigts et imbriquer ses jambes, dans le sommeil, on est seul.

Tandis qu'ils boivent leur café, elle promène les yeux sur le visage de son homme, inventaire dont il n'a aucune conscience mais qui, pourtant, est dressé chaque matin. Pour qui est habitué à se réveiller tous les jours dans une réalité inchangée, ça peut paraître ridicule. Mais qui s'est réveillé, ne serait-ce qu'une seule fois, en découvrant que sa maison a été pillée (et peu importe qu'au cours de la nuit aient disparu des bijoux ou un papa), a appris à traquer le moindre décalage. À se réveiller toujours aux aguets : que s'est-il passé ici en mon absence ? Liath est de ceux qui savent que le sommeil est dangereux. Et aussi il y a quelque chose de presque vexant dans l'idée que, sept heures par jour, on est obligé de se séparer de ceux qu'on aime. Chacun part de son côté et ignore ce que devient l'autre. Ça, elle l'a pigé dès son plus jeune âge. Elle détestait l'heure du coucher même avant que son père emménage chez Ronith. Berceuses, caresses sur les cheveux, poupées rassemblées autour d'elle, rien ne parvenait à alléger l'humiliation du sommeil. Aujourd'hui, elle s'endort plus facilement, mais n'est pas totalement libérée de cette sourde sensation de défaite.

Ensuite vient le réveil. L'homme allongé à côté d'elle dans le lit, l'échange d'informations, chacun raconte à l'autre où il était et ce qu'il a fait. Et même si elle a envie de rester encore un peu avec son rêve, elle nourrit la conversation et c'est bien volontiers qu'elle partage ses trouvailles avec lui. Pour qu'ils puissent sortir du lit comme ils y sont entrés : très proches. Très au fait l'un de l'autre. Bien sûr, elle ne lui dit pas tout. Pas tous ses rêves et pas non plus de manière toujours exhaustive. Mais c'est pareil quand elle fait le ménage : elle n'a pas toujours la force d'aller nettoyer leur pièce sécurisée (imposée dans chaque habitation après la guerre du Golfe mais qui, elle l'espère, ne servira jamais), et elle l'accepte : tant qu'elle en connaît le contenu – rien d'effrayant. Les rêves érotiques, par exemple, ne lui font pas peur. Ni les siens ni ceux d'Ethan. C'est aussi nécessaire que de s'enfermer aux toilettes. On n'en parle jamais, mais on sait tous ce qu'on y fait. (Elle se souvient avec amusement que, petite, chaque fois qu'elle dormait chez une copine, elle avait honte d'aller faire pipi tant elle craignait que les habitants de l'appartement réunis au salon entendent quelque chose – dans des toilettes étrangères, le bruit lui paraissait toujours extrêmement fort. Si elle était finale-ment terrassée par la pression de sa vessie, elle allait se soulager en ouvrant le robinet pour couvrir son jet par celui de l'eau dans le lavabo. Dissimulation qui, parado-xalement, la démasquait.)

Avec Ethan, voilà des années qu'elle ne s'enferme plus dans les toilettes. Elle pisse devant lui en toute liberté. Et si elle ne lui montre pas tout d'elle, si elle sait qu'il ne lui montre pas tout de lui, ça ne l'inquiète pas. Elle accepte sans problème qu'il garde certaines choses secrètes. Par exemple ce qu'il fait enfermé si longtemps sous la douche. Elle s'en doute et parfois même se demande s'il fantasme sur leurs amies communes ou sur une collègue à l'hôpital. Ce n'est pas la pensée la plus agréable au monde, mais elle en retire tout de même quelque chose de rassurant : elle est capable de regarder en face et sans peur les pans les plus obscurs de la vie conjugale, d'enlever la pous-sière dans les recoins les plus sombres. Mais jamais elle n'a poussé plus loin. Comme un carton sur lequel on colle l'étiquette « FRAGILE » à cause du tintement qu'on entend à l'intérieur mais qu'on évite d'ouvrir pour ne pas avoir à en vérifier le contenu.

Parfois le sifflotement s'arrête d'un coup. Par exemple quand un homme honteux lui présente un drap souillé d'excréments sanguinolents et si malodorants qu'il retient difficilement un haut-le-cœur. *Entamoeba histolytica.* Des globe-trotters rapportaient parfois cette amibe d'un voyage à l'étranger. Une eau mal choisie et tes intestins se transforment en un bouillon de culture. Le service de médecine en accueillait beaucoup, surtout pendant les fêtes, période où des jeunes à cheveux longs, débarqués du Népal pour passer le nouvel an juif à la maison, accouraient au bout de deux jours aux urgences accompagnés d'un parent inquiet. Mais, même alors, les proportions n'atteignaient pas ne serait-ce que le dixième de ce qu'il voit dans le garage. On dirait qu'un patient sur deux en est porteur. L'eau polluée, ils l'ont bue avant de quitter l'Afrique, mais les parasites se sont trimbalés avec eux jusqu'ici, enkystés dans leur côlon qu'ils rongent petit à petit.

Ethan regarde ces gens, incrédule. Ce ne sont pas les selles qui le dérangent. C'est cette existence fondamentalement malade. Il arrive au garage le soir, après toute une journée passée dans la lumière, il les regarde et ne comprend pas. Comme lors de cette excursion à l'école primaire, quand leur guide avait soulevé un simple caillou et qu'en dessous il avait découvert une terre noire et mauvaise qui grouillait de vers, une faune qui se cachait dans l'obscurité moite. Qui se noyait dans un cloaque boueux. Jamais il n'avait imaginé que ça existait. Dire que tout ce temps, c'était là et qu'il n'en savait rien ! Le guide avait remis le caillou en place et ils avaient repris leur chemin.

Mais depuis il doute de chaque caillou, surtout ceux qui sont blancs et lisses.

Et c'est ainsi qu'il regarde la file d'attente qui serpente devant le garage. Regarde et n'en croit pas ses yeux. Dire que tout ce temps, c'était là, et qu'il n'en savait rien ! Pourquoi est-il condamné à en prendre tout à coup conscience ?

La consultation terminée, il se lave les mains très soigneusement. À presque s'en arracher la peau. Elle attend derrière lui qu'il ait terminé et se lave aussi les mains dans le lavabo qu'il vient de libérer. Il pense lui tendre la serviette, se ravise.

Sur le chemin du retour, elle marche en silence. La nuit est si froide que même les chiens se sont tus. Un long moment, elle n'est accompagnée que par le bruit de ses pas et puis, soudain, c'est le rugissement d'un camion qui entre dans la station-service. Suivi de près par l'odeur. La puanteur lourde, absolue, d'une tonne et demie d'ordures. Au lieu de presser le pas, elle s'arrête pour inspirer à pleins poumons. Elle se souvient très bien de cette odeur. Celle des ordures qu'ils brûlaient la nuit pour se réchauffer. Exactement la même. Lourde, absolue, qui enveloppait le village comme une épaisse couverture. Une odeur qu'à l'époque elle détestait. Maintenant, voilà qu'elle est incapable de s'en détacher. Debout derrière la station-service, elle inspire encore et encore, goulûment, en emmagasine le plus possible. Imbécile que tu es, ne me dis pas que ça te manque !

Mais que faire ? Ça lui manque. Jusqu'à ce qu'elle la sente à nouveau, elle ignorait que la pestilence des ordures en train de se consumer lui manquait, jamais elle n'avait consciemment souhaité la retrouver. Pourtant, c'est chaque fois pareil, elle s'accroche à cette odeur de toutes ses forces, incapable de s'en détacher ; cette odeur qui a beau être horrible reste celle de ses nuits au pays. Là-bas, dès qu'elle la captait, elle savait que le soir tombait et qu'elle avait terminé de travailler. Qu'on pouvait enfin s'asseoir et regarder le ciel. Avec Assoum, ils sortaient et rejoignaient les autres. Parfois quelqu'un chantait, parfois on parlait. Tout bas. Les voix de la nuit sont différentes de celles de la journée.

Elle regarde autour d'elle. À part l'odeur, tout est différent ici. Même le contact de l'air. Difficile à expliquer. Même les couchers de soleil. C'est à cause de l'angle des rayons dans le ciel qui modifie tout, y compris les couleurs. Et ça lui convient parfaitement. Elle est venue ici justement pour que les choses soient différentes. Mais c'est dur. Des visages, des saveurs, des senteurs qu'elle ne retrouvera plus jamais. Et même si elle en croise un écho lointain (comme, à cet instant, l'énorme camion qui s'arrête dans la station-service – tout à coup, elle ferme les yeux et se retrouve là-bas), oui, même alors, ce n'est pas pareil. Impossible que ce soit pareil.

Tu ne peux pas éprouver de nostalgie pour des ordures qui puent. Tu ne peux pas. Mais c'est plus fort qu'elle. Comme les rêves. Elle est bien ici mais ses rêves sont là-bas, parfois ils sont là-bas et ici, parfois aussi dans un tout autre endroit. Chaque nuit, une foule de gens se pressent sur son matelas contre le mur. Ils font des choses étranges, disent des choses étranges mais, le plus étrange, c'est qu'ils soient là avec elle et que, au réveil, elle sente leur présence bien réelle alors qu'ils n'ont pas réussi à atteindre cet endroit. Comment sont-ils arrivés à la rejoindre alors qu'ils n'ont pas réussi à atteindre cet endroit ? Qu'ils n'ont pas réussi à passer au travers des déserts, des pays, des gens. Surtout des gens. Alors qu'elle, si. La preuve, elle est là. Leurs visites nocturnes l'épuisent. Car même si ce sont eux qui viennent vers elle, elle aussi va vers eux. Elle sort les accueillir et ne sait pas si elle sera rentrée à temps. Le matin elle se lève fatiguée, l'après-midi, elle va jusqu'à la ravine et s'assied sur la chaise d'Assoum devenue maintenant la sienne. Un homme est mort qui semble ne rien avoir laissé derrière lui, or c'est faux : il a laissé à sa femme une chaise, un paysage et un cours d'eau asséché. Quand on y pense, ce n'est pas rien. Elle enfonce les pieds dans le sable chaud et doux que le vent a apporté jusqu'ici. Que le vent emportera plus loin. C'est très bien, parce que le sable n'a pas de souvenirs. Le sable ne sait pas où il était hier et où il sera demain. S'il gardait en mémoire tous les endroits où il s'est arrêté, il serait tellement lourd qu'aucun vent ne pourrait jamais le soulever pour le pousser ailleurs.

Dès que le camion-poubelle redémarre, elle prend quelques dernières inspirations rapides, désordonnées. S'en veut de ce besoin si entêté, si ridicule. Comment oses-tu te languir de telles ordures ? D'un tel village ? Une telle puanteur ne peut pas te manquer, pourtant si, parce que ceux qui ne ressentent pas de manque, que leur reste-t-il ? Évidemment, si on se définit en fonction de ce qu'on possède, eh bien, ta situation est très mauvaise, mais si on se définit en fonction de ce qu'on a perdu, alors félicitations, te voilà en tête de liste. Et si la nostalgie est une piqûre, une plaie béante, un parasite qui te ronge, pourquoi t'y accroches-tu avec une telle passion, à toutes ces odeurs, celles des détritus, des aliments, de la terre ? Celle d'Assoum. Elle presse le pas. Entre dans la caravane et s'allonge sur le matelas. Stop. Stop. Mais les odeurs continuent à lui arriver. Et maintenant les saveurs, les couleurs, les visages. En fait, le pire, c'est quand ça s'arrête. Quand elle se rend compte qu'elle ne se souvient plus comment s'appelait l'enfant qui habitait trois cases plus loin et toussait tout le temps. Qu'elle ne retrouve plus la chanson que les hommes entonnaient après avoir épuisé leur répertoire. Allongée sur son matelas, elle se souvient encore et encore, jusqu'au jour où elle ne se souvient plus et où lentement, les saveurs, les couleurs, les visages qu'elle avait retrouvés la quittent, à chaque seconde quelque chose de là-bas s'efface, s'estompe. Alors elle entend les femmes sur les autres matelas dire tout bas que, voilà, enfin, Sirkitt pleure.

Difficile de haïr en permanence sur la durée, mais difficile de s'en abstenir. Surtout quand on doit s'introduire dans la pharmacie du service de médecine interne et que ça commence à être dangereux. Tout en remplissant fébrilement son sac à dos de médicaments, Ethan se souvient du rituel imposé aux garçons en fin de primaire pour tester leur virilité : voler des bonbons à l'épicerie. Détournement d'attention, subtilisation rapide, fuite. Sauf qu'aujourd'hui, ce n'est pas des caramels qu'il pique mais des boîtes d'antibiotiques, et le prix à payer pour la moindre erreur ne sera pas de devoir briquer la Subaru du commerçant lésé. Sa stratégie pour atteindre les substances convoitées l'a obligé à renouer avec un ancien camarade de fac devenu interniste. L'homme, maigre et chauve, n'a pas caché sa surprise en découvrant que le jeune neurochirurgien prometteur se souvenait de son nom. À juste titre – Ethan ne s'en souvenait pas. Il avait simplement parcouru la liste des médecins de l'hôpital, avait constaté que dates de naissance et universités fréquentées coïncidaient et avait misé sur le fait qu'ils s'étaient sans doute croisés pendant leurs études à Tel-Aviv.

Ce n'est qu'après l'avoir repéré au chevet d'un malade qu'il a découvert qu'ils se connaissaient véritablement, d'ailleurs les premiers mots de son confrère en le voyant ont été : « Tiens, voilà le chouchou de Zackaï ! ». De là à aller déjeuner ensemble, il n'y avait qu'un pas. Puis Ethan est passé voir son nouveau copain chaque fois que l'occasion se présentait afin que son visage devienne familier dans le service et que les infirmières ne s'étonnent plus de ce qu'un neurochirurgien traîne en médecine interne. Ne lui restait plus qu'à trouver comment accéder à la pharmacie d'étage. Il a donc habilement orienté la conversation sur l'excellent approvisionnement des pharmacies des hôpitaux de la région de Tel-Aviv. Aussitôt, la calvitie de son confrère a rougi de contrariété :

« Là-bas, ils croulent sous les médicaments et nous, on est en manque permanent ! Viens, je vais te montrer, que tu comprennes à quoi ressemble la pharmacie mon service. »

Ethan l'a suivi, slalomant entre les lits des patients qui bloquaient le couloir, un parcours d'obstacles douloureux et gémissants, jusqu'à une porte devant laquelle l'interniste s'est arrêté pour tirer une carte magnétique et la passer devant la serrure d'un geste rapide. Sésame ouvre-toi.

« Tiens, regarde ce qu'on a ici. Rien, rien de rien. »

Ethan a examiné les rayonnages de la pièce en se disant : mon pauvre vieux, tu n'as aucune idée de ce que c'est que de ne rien avoir. Rien, c'est ce qui se passe dans le garage derrière Tlalim, à vingt minutes de voiture. Mais aussitôt, il a chassé le hangar obscur de son esprit. Ne pas penser à eux, à ces gens qui lui volent ses nuits. Surtout, ne pas penser à elle. Il a donc souri à son confrère, écouté ses doléances avec une attention redoublée et profité d'un instant où celui-ci lui tournait le dos pour rafler tout ce qui se trouvait à portée de main.

Ça n'a pas suffi. Au bout de quelques nuits, le stock s'est épuisé. Chaque fois qu'il s'engageait sur le petit chemin sombre du garage, il devait faire attention de ne pas heurter avec son 4 x 4 les silhouettes noires qui y convergeaient. Des Érythréens. Des Soudanais. Corps squelettiques. Délabrement total, épuisement, déshydratation, coups de chaud, fractures de fatigue causées par des centaines de kilomètres de marche. Il ne disait rien là-dessus. Que pouvait-il dire ? Il se contentait d'exiger de Sirkitt qu'elle organise plusieurs files d'attente séparées. « Je n'ai pas besoin, en plus, d'une épidémie de tuberculose. »

Ce n'était qu'une question de temps avant qu'ils arrivent. Alors le soir où une Érythréenne embarrassée ôte son tee-shirt et révèle un dos couvert de sarcomes de Kaposi, il réagit comme quelqu'un qui reçoit une lettre attendue depuis longtemps. Même pas la peine d'ouvrir l'enveloppe, il sait ce qu'elle contient : les tumeurs hideuses sur sa peau ne laissent aucun doute possible. De toutes les maladies pernicieuses, le sida a au moins la politesse de se signaler. Les plaies qui rongent le dos de la jeune femme en sont l'annonce claire, en dizaines d'exemplaires : coucou, me voilà. Pourtant, Ethan lui demande d'ouvrir la bouche et constate, comme il s'en doutait, que la langue, le palais et toutes les muqueuses internes, aussi loin qu'il arrive à voir, sont atteints. Impossible de deviner si les nodules se sont déjà propagés dans le système digestif et les poumons, mais à ce stade, ça ne change pas grand-chose. Il indique à la jeune femme qu'elle peut se rhabiller et lui explique qu'elle doit se rendre d'urgence à l'hôpital.

Mais elle reste là, sans bouger. Tout comme l'homme qui est entré avec elle et qu'Ethan n'a même pas eu besoin d'examiner pour savoir. Il a le visage couvert de plaques.

Tous deux ne réagissent pas davantage après qu'il a répété le mot « hôpital » en anglais, à plusieurs reprises. Leur expression obstinée ne nécessite aucune traduction. Ils ont la peau couverte de plaies, respirent avec difficulté, tiennent à peine sur leurs jambes. Pourtant, ils sont encore des êtres libres. Qui peuvent regarder les étoiles et la lune, se lever ou s'asseoir à leur gré. S'ils vont maintenant à l'hôpital, ils perdront peut-être cette liberté-là aussi. Pas forcément, insiste Ethan, pas forcément. Oui, il sait que dans certains cas, des malades se retrouvent en centre de rétention, mais la plupart du temps, on les soigne sans problème. Question de santé publique.

Debout, l'homme et la femme ne disent rien. Peut-être ont-ils compris ce que leur a traduit Sirkitt. Peut-être pas. Mais comme ils ne bougent pas, elle ajoute encore quelques mots d'un ton dénué d'expression. Aussitôt Ethan voit entrer dans le garage deux hommes qui jusqu'à présent attendaient dehors. En dépit de l'infection intestinale sérieuse dont ils souffrent, tous deux sont particulièrement baraqués. Ils se plantent devant l'homme et la femme et les fixent d'un regard hermétique.

Sirkitt s'adresse à nouveau au couple. Dans sa voix, Ethan entend une douceur qu'il n'a pas soupçonnée auparavant (il la connaît qui ordonne, qui dicte, qui organise avec efficacité l'ordre de passage des patients. Jamais il ne l'a entendue parler ainsi et, un instant, il se demande quelles autres nuances cette gorge-là est capable de produire, lui qui ne l'imagine pas sur d'autres registres. Comment chante-t-elle par exemple – à supposer qu'elle chante ? Énervé, il coupe court à ces pensées, qu'est-ce que ça change, qu'elle chante ou non ?). L'homme lui répond. Sirkitt hésite, puis reprend la parole. Les sons sortent de sa bouche avec une telle délicatesse qu'ils sont à peine audibles, même si leur sens, lui, ne prête pas à confusion.

Pourtant le couple reste, encore et toujours, immobile. Les cils de la femme battent si vite qu'Ethan se dit que si ses paupières étaient des ailes, elle se serait envolée depuis longtemps vers la lune. Mais alors il distingue, par-delà le cillement, les larmes qui se rassemblent dans ses yeux, si grosses et si lourdes qu'elles la tirent vers le bas. Jamais la malheureuse ne pourra décoller ainsi. Sirkitt, elle, ne regarde pas leurs yeux. Elle fixe le mur de tôle du garage.

— Partez.

Le couple ne bouge pas. Alors les deux Érythréens baraqués avancent d'un pas. Sans une once d'agressivité sur le visage. Si besoin, ils feront ce qu'il y a à faire. Dont acte. Le couple s'en va.

Et il y en a d'autres. Et d'autres, et d'autres encore. Le stock de médicaments s'épuisant, Ethan se retrouve à planifier une deuxième incursion dans la pharmacie du service de médecine interne. Il profite du merveilleux désordre de verres, de serviettes en papier et de plateaux au cours de leur déjeuner pour échanger sa carte magnétique avec celle de son copain. Au moment où ils se séparent, il prétend retourner au boulot alors qu'il compte se précipiter à la pharmacie d'étage dès qu'il aura vu l'interniste ressortir de son service et se diriger vers le sien avec à la main la mauvaise carte. Il calcule mentalement le temps qu'il faudra à son confrère pour découvrir que le Dr Green n'est pas encore revenu de déjeuner et faire demi-tour. S'ils se croisent ensuite dans le couloir, rien à craindre (ils ont interverti leurs cartes !), mais s'il est surpris à l'intérieur de la pharmacie, là, les choses se compliqueront considérablement.

Il agit avec une vélocité qui le surprend. Quelques minutes lui suffisent pour remplir son sac de tous les trésors de la médecine occidentale. De la ciprofloxacine contre les infections gastro-intestinales. Du mébendazole contre les vers. De la ventoline pour ceux qui ont du mal à respirer après des semaines à scier des métaux et à peindre des murs. Du chloramphenicol pour les graves infections cutanées. De la fosfomycine pour les infections urinaires. De l'étodolac pour les douleurs articulaires et les fractures de fatigue. De l'isoniazide, de la rifampicine, du pyrazinamide, de l'éthambutol pour lutter contre la tuberculose dont les cas commencent à se multiplier. Que ces maladies l'ennuient ! C'était précisément la raison qui l'avait poussé à devenir neurochirurgien. Pourquoi s'occuper d'un système ramolli si on pouvait pénétrer dans la salle de contrôle, à l'intérieur même du QG ? Comme il se languissait de l'esthétique du cerveau, de tous ces axones dont l'aspect lui rappelait un tutu de ballerine ! La précision. La propreté. Rien à voir avec les infections, le pus et les ulcères dont il devait s'occuper tous les soirs dans le garage. Il réarrange le stock sur les étagères afin que personne ne remarque les boîtes manquantes et entrouvre légèrement la porte. Le couloir étant uniquement occupé par des malades allongés dans leur lit les yeux mi-clos, il se faufile dehors. Son ami, il le croise près de l'entrée. Échange de cartes magnétiques, pardon pour la confusion.

La troisième fois, il se jure que ce sera la dernière. En sortant, il croise la surveillante, dont le regard ne lui plaît pas. Deux heures plus tôt, pendant la pause-café commune, l'interniste lui a parlé d'une suspicion de vol de médicaments dans son service. Soit c'était une erreur à la livraison, soit une infirmière essayait de se faire du fric au black.

« Des erreurs à la livraison, ça arrive tout le temps, avait déclaré Ethan après l'avoir attentivement écouté. Pourquoi une des infirmières prendrait-elle le risque de perdre son emploi ?

— Les gens font tout un tas de trucs bizarres quand ils n'ont pas le choix », avait répliqué l'autre en haussant les épaules.

Ce soir-là, il se rend au garage nerveux, mécontent, et surtout en retard. Le bain de Yali s'est éternisé ; en couchant Itamar, il n'a pu couper court à une discussion animée sur les pirates ; enfin, assis sur le canapé du salon, il a pris tout son temps pour boire une tasse de café. Non pas qu'il ait décidé d'arriver en retard, mais indubitablement, quelque chose en lui se révoltait contre cette obligation à arriver à l'heure. Il était presque vingt-trois heures lorsque Liath avait détourné les yeux de la télévision pour lui demander :

« Tu n'es pas de garde ce soir ? »

Et lui, au lieu de se lever en hâte, avait passé une main sur les cheveux de sa femme :

« Ils m'attendront, ras-le-bol », avait-il dit d'une voix calme.

Un calme qui se dissipe au fur et à mesure qu'il approche du garage. Il imagine déjà le regard glacial et perçant de Sirkitt. Calcule le nombre de malades qui se pressent sans doute déjà derrière la porte en tôle.

Lorsqu'il quitte la route pour s'engager sur le sentier sablonneux, il prend soudain conscience de son mal de tête et de son stress, causés par la culpabilité. Sa colère s'en trouve décuplée, il claque violemment la portière du 4 x 4, signale sa présence en criant un « me voilà ! », s'attend à voir aussitôt Sirkitt ainsi que les malades se précipiter sur lui – qui plein d'espoir, qui pleine de colère. Mais le garage reste silencieux. Personne ne vient à sa rencontre. Un instant, il caresse l'illusion qu'ils ont tous été arrêtés. Une seule descente des forces de police qui luttent contre l'immigration illégale, et le voilà libre. D'ailleurs, il a presque tous les jours pensé à un appel anonyme au commissariat. Mais il sait aussi qu'avec la police viendrait l'enquête, et qu'avec l'enquête viendrait la dénonciation. Il n'est pas suffisamment bête pour croire que la sorcière noire préserverait son secret. Il accélère le pas. Atteindre le hangar au plus vite. Ce silence est inquiétant.

Ce qu'il voit en premier, c'est Sirkitt avec ses cheveux attachés en un épais chignon tel un serpent somnolent enroulé sur lui-même. Ethan qui, pendant tout le trajet, imaginait le regard chargé de reproches qu'elle lui lancerait, n'en revient pas de découvrir qu'elle ne le regarde absolument pas. Il lui faut un instant de plus pour que ses yeux s'habituent à la lumière du lieu et qu'il comprenne : sur la table en fer rouillé est allongé un jeune homme à peine conscient, dont la main gauche focalise toute l'attention de l'Érythréenne puisqu'elle est en train de la recoudre avec des gestes rapides. Assurés.

— Vous faites quoi, là ? lâche-t-il d'une voix altérée par la stupéfaction.

— Vous arrivez au bon moment. Je ne suis pas sûre de savoir comment ça se noue.

— Vous êtes complètement folle ! Un tel travail ne peut être fait que par un médecin.

— Il n'y avait pas de médecin ici.

Et c'est une paire d'yeux sereins qui l'accompagne alors qu'il se dirige vers le lavabo et se lave les mains. De retour à la table, force lui est de reconnaître qu'elle s'en est bien sortie. Étonnamment bien.

— Où avez-vous appris ?

En Érythrée, elle avait commencé à coudre dès l'instant où elle avait pu tenir une aiguille, lui explique-t-elle. Finalement, une tunique de lin n'est pas très différente de la peau humaine. Un jour, une délégation d'aide humanitaire avait séjourné dans son village. Elle l'avait suivie partout, au point qu'une des femmes docteur l'avait remarquée et lui avait expliqué certains soins. Depuis trois semaines, elle observe attentivement chacun de ses gestes, ajoute-t-elle, et essaie de les graver dans sa mémoire.

Au lieu de se rendre compte que pour la première fois elle s'adresse à lui autrement que par monosyllabes, Ethan est ébahi : la femme rayonne.

Il connaît cette sensation. La première fois qu'il a recousu un malade, le cœur battant et les doigts tremblants. Sa première trépanation. Les yeux de Sirkitt ont certes gardé leur calme, mais leur éclat ne trompe pas. Elle est comme moi, songe-t-il, elle est comme moi quand j'ai débuté, et lorsqu'il la voit se décaler pour lui laisser la place, il refuse :

— Non, terminez ce que vous avez commencé.

Elle laisse échapper un petit sourire qui s'attarde un instant sur ses lèvres. Ethan la guide à voix basse. Après tant d'heures passées côte à côte, découvrir de quoi elle est capable suscite en lui un émerveillement presque embarrassant. Car pas un instant il n'a pensé qu'elle en serait capable. Nom de Dieu, cette créature a appris à recoudre simplement en regardant faire les autres et en glanant quelques explications dans un dispensaire de campagne ! Tandis qu'elle va chercher une nouvelle bouteille de désinfectant, il la considère soudain avec des yeux neufs. (Peut-être que ce n'est pas ses capacités qui le touchent soudain mais plutôt la découverte qu'ils partagent la même passion, qu'ils sont tous deux fascinés par la possibilité de voir à l'intérieur des corps.)

Ils continuent à travailler un long moment en silence. Recousent, désinfectent, nettoient, se lavent les mains, rangent sur les rayonnages les nouveaux médicaments qu'il a apportés. Sirkitt lui demande à quoi sert la ciprofloxacine et il répond, elle continue à poser des questions et il explique, élargit même le sujet, décrit les différents microbes qui attaquent les intestins et l'action des antibiotiques, cite de nouvelles études et critique d'anciennes hypothèses. C'est la première fois qu'il constate à quel point enseigner lui procure du plaisir. Il reconnaît en elle la curiosité qui l'habitait, lui, tout au long de ses études, une soif exigeante, parfois excessive, de savoir. Cette nuit-là, il parle des heures durant. Les malades entrent et sortent. Les maux se succèdent. Les médicaments sont distribués. Jusqu'à cette jeune femme dont il immobilise la jambe. Lorsqu'il se détourne enfin de la table, il découvre que Sirkitt lui tend une tasse fumante.

— Je nous ai préparé du thé.

Il prend la boisson et la remercie. Un instant ils restent debout, embarrassés, puis elle avance vers la porte en tôle. La nuit se dissipe lentement sur le désert, le liquide coule dans la gorge d'Ethan, chaud et sucré. À côté de lui, drapée dans son silence, elle aussi boit. Sous le couvert de l'obscurité, il détaille son visage. Le nez droit, simple. Les sourcils arqués. Le contour des lèvres. Il la détaille et se dit : elle est belle, pourtant si je l'avais croisée dans la rue, je ne lui aurais pas accordé un regard.

La lessive sort du sèche-linge chaude et odorante, Liath la met dans la grande bassine en plastique et la transporte au salon. Il est tard, la radio diffuse du jazz en continu avec, comme seule interruption, les flashs info à intervalles réguliers. D'une voix calme et limpide, le présentateur lit les nouvelles comme s'il récitait un poème. Elle fredonne la chanson précédente, s'assied sur le canapé, répartit les vêtements propres en quatre piles – une par membre de la famille. Elle plie sans hésitation, avec des gestes rapides. Elle connaît chaque pantalon, chaque slip, chaque chaussette. Le linge sent bon et chaque chemise est une certitude de plus. Étalée sous ses yeux, leur vie s'offre pour qu'elle la plie, et Liath s'y retrouve jusqu'au plus petit détail. La tache sur le pantalon de Yali qui vient du gâteau d'anniversaire servi à la maternelle. Le tee-shirt déchiré qu'Itamar refuse de jeter à cause de l'éléphant imprimé dessus. Et leurs chaussettes ont beau être noires, toutes simples, elle serait capable de les reconnaître si on les lui présentait au milieu d'un tapissage. Elle a tant de fois, tard le soir, divisé ainsi sa vie en quatre sur le canapé. Ethan, Yali, Itamar, elle. Et elle sait aussi que, paradoxalement, en triant elle fait œuvre d'union. Les vêtements qui s'empilent ainsi sont l'opposé d'une tour de Babel. Une seule langue, prosaïque, sans la moindre velléité d'élévation vers les cieux, qui se contente d'un salon, d'un canapé et d'une odeur délicate de lessive. Les chemises d'Ethan, par exemple, qu'elle boutonne jusqu'au col. Elle seule sait qu'il ne supporte pas les étiquettes. À tel point qu'il est obligé de les couper dès qu'ils reviennent du magasin – ce détail n'a aucune importance mais lui permet, à elle, de s'approprier ces chemises. Une manière discrète, on n'en parle jamais, de signifier l'appartenance de l'homme qui les porte à la femme qui les plie. Il en va de même quand ils se trouvent dans un lieu public comme un centre commercial. Tout le monde peut les voir échanger des paroles aussi dénuées de tendresse que d'exigences particulières. Par exemple, ils se répartissent la liste des courses par souci d'efficacité (l'un ira à la papeterie et l'autre au supermarché), eh bien, dans ce cas-là aussi, elle est la seule à savoir que ce médecin charismatique en chemise boutonnée n'a pas d'étiquette dans le col pour cause d'irritations. Dans la somme des petites choses du quotidien, cette information est une grande bénédiction, même si elle passe souvent inaperçue.

Elle n'est pas pratiquante. Loin de là. En revanche, elle a sacralisé certains gestes domestiques qu'elle a même érigés en rituels précis : les escalopes panées doivent mariner plusieurs heures, sinon elles n'ont pas de goût. La lessive doit être pliée dès que le sèche-linge a fini son travail, sinon les étoffes seront froissées. Le cacao doit être mélangé avec soin pour éviter les grumeaux. On se raconte ses rêves de la nuit. On pose la question de savoir comment s'est passée la journée à la maternelle, au travail, à l'école. On arrose le jardin. On dépoussière là où la femme de ménage ne va jamais. On travaille dur. On part en voyage à l'étranger. On veille à un bilan équilibré des reproches et des désirs, sans crises ni dettes. Dès qu'on ouvre la porte, on se retrouve dans un pays cinglé. Ce n'est pas seulement lié aux Arabes, aux colons ou aux soldats, mais aussi au jeune Russe qui a poignardé son copain à l'entrée du lycée. Aux gamines qu'elle a entendues dans les toilettes du centre commercial parier sur celle qui vomirait la première son repas de midi. Au vigile éthiopien qui a tiré sur des clients parce que des voix l'avaient guidé. À l'auxiliaire de vie philippin ou indien qui a violé la vieille femme dont il s'occupait. Chaque fois qu'elle emprunte l'autoroute payante et roule à cent dix kilomètres-heure, Liath regarde les voitures qui foncent et se demande ce qu'elle a en commun avec ces gens qui la doublent, à part les trois voies d'asphalte qu'ils se partagent. En période de guerre, le ressenti est bien sûr différent. À chaque alerte de missile, on se précipite tous vers les abris. À ce moment-là, on se préoccupe vraiment les uns des autres et quand ça se termine, on s'exclame : « Ouf, tout le monde va bien », et non : « Je vais bien ». Mais le reste du temps, la seule chose qui existe, c'est la maison. Tes murs blancs, ton parquet en acajou, et c'est dans cet espace qu'elle organise très soigneusement leur vie. Avec un sentiment permanent de sacré. Même si tout n'est pas propre, même si tout n'est pas rangé, tout se trouve là où il doit être. Le flash infos se termine, le son d'une clarinette s'élève. Liath lisse le bas du jogging de Yali en essayant de se rappeler les prévisions météo, n'y arrive pas, se rend compte qu'en fait, ça ne change rien. De toute façon, c'est bien chauffé chez eux.

Elle sent son regard posé sur elle longtemps après qu'il a quitté le garage. Les hommes ont le droit de te piéger dans leurs yeux, c'est comme s'ils te mettaient une laisse autour du cou. Ils n'ont même pas besoin de tirer, il suffit que le chien sente la présence du collier pour se tenir à carreau. Les hommes ont aussi le droit de ne pas te regarder du tout. Une coccinelle dans un coin de la pièce, même si on la remarque, aucune raison de lui adresser la parole. Au mieux, on la mettra sur le dos pour voir si elle arrive à se remettre sur ses pattes. Jusqu'à ses quatorze ans, elle avait été une coccinelle. Les gens la voyaient sans la voir. L'oubliaient dès qu'elle était passée. Parfois avant. Et puis elle avait grandi et les regards s'étaient transformés. On ne l'oubliait plus. On se retournait sur son passage, on s'arrêtait sur le rebondi de ses fesses pulpeuses qui se dessinaient sous les plis de sa robe. Les hommes la détaillaient dès qu'elle approchait et fantasmaient sur elle dès qu'elle s'éloignait, mais jamais ils ne la voyaient réellement. Ils la chargeaient de leurs propres désirs exactement comme on charge des cruches d'eau sur un mulet.

Elle sort du garage et se dirige vers la caravane en pensant à Assoum et à la manière dont il la regardait. La première fois qu'il l'avait vue, elle portait des caisses dans la case de sa future belle-famille. Au début, elle avait cru que c'était la chaleur du feu qui lui brûlait ainsi le visage et lui picotait les yeux. Mais elle avait compris qu'elle se trompait parce que, en attendant sa mère qui discutait avec les adultes, le feu s'était éteint mais elle avait toujours les joues brûlantes... Assis là, Assoum s'en donnait à cœur joie pour la transformer en grillade, une face puis l'autre. Encore maintenant, alors qu'elle marche seule, totalement seule à part les chiens qui aboient au loin, elle le sent. Aussi vif que la flamme d'une allumette sous son tee-shirt. C'est drôle qu'elle sente ainsi la morsure de son regard alors qu'il n'est plus là. Quoi, le regard de quelqu'un, comme son sifflotement, peut continuer à exister même si ce quelqu'un n'est plus ?

Lorsqu'elle débarrasse les tables dans le self de David-son, elle redevient coccinelle. Parfois les consommateurs continuent à parler alors qu'elle se penche pour ramasser les assiettes, parfois ils se taisent. Mais la regarder, ça, jamais, ni un sourire ni un reproche. Le seul échange visuel qu'elle arrive à instaurer, c'est avec les enfants, les plus petits – eux ouvrent des yeux curieux ou effrayés, rieurs ou pleurnicheurs. Elle, pour sa part, voudrait bien leur répondre, mais elle se détourne systématiquement. Parce qu'elle ignore si elle en a le droit.

Le jour où elle est allée chez Ethan, elle a trouvé la rue envahie de parents et d'enfants. C'était le matin. Les portes des maisons s'ouvraient les unes après les autres, les gens montaient dans des voitures, d'abord déposer les petits à l'école puis se rendre au travail. En les voyant, Sirkitt avait craint que sa présence fasse tache, mais elle a rapidement constaté que non, personne ne lui prêtait attention. Comme à l'époque de la gare routière à Tel-Aviv, quand son regard avait croisé celui du distributeur de journaux, un Israélien aux cheveux gris qui portait une salopette rouge avec un gros logo. Elle balayait les marches et il donnait ses journaux aux gens qui montaient ou descendaient dans un ballet incessant de jambes pressées. En jupe, en sandales, en uniforme de soldat, en talons hauts. Elle balayait, il distribuait et, un instant, leurs yeux s'étaient croisés. On aurait pu imaginer qu'ils se souriraient, mais non : l'homme n'avait pas de pupilles. Seulement deux taches sombres où se reflétaient les escaliers et les pieds qui montaient et descendaient, montaient et descendaient. Elle avait tourné la tête, frissonnante. Nul besoin de miroir pour savoir qu'elle avait des yeux identiques. Sans pupilles. Deux taches sombres avec les escaliers à l'intérieur.

C'est justement pour ça que le regard du docteur la bouleverse autant, reste avec elle longtemps après qu'ils se sont séparés et l'accompagne sur le trajet qu'elle fait seule du garage jusqu'à la caravane. Quand il la regarde, elle n'est plus ni une coccinelle, ni un chien, ni un âne. Pas non plus l'Africaine qui balaie la gare routière ou fait la vaisselle à l'échangeur de Tlalim. Elle devient autre. Non pas parce qu'il veut la considérer ainsi – uniquement parce qu'elle détient le pouvoir de l'y obliger.

(Mais la voit-il vraiment ? Au début, elle était la chose qu'il fuyait. Qui l'accusait. Maintenant, quand il la regarde, elle est, le temps d'un cillement, la chose qu'il désire. Toujours une chose, jamais Sirkitt.) Et puis, elle est persuadée que, même s'il pense à elle, là-bas dans sa belle villa, même s'il l'emmène avec lui en quittant le garage, il reste à l'extérieur. Il l'imagine en train de balayer et de souffrir. Ne lui vient pas à l'esprit que, derrière la station-service, il y a une chaise en plastique et une rivière asséchée, une chaise sur laquelle elle s'assied, enfonce les pieds dans le sable doux et chaud, sifflote la mélodie d'Assoum, qui lui est revenue une nuit alors qu'elle avait renoncé à la retrouver.

Elle ouvre la porte de la caravane et se laisse tomber sur son matelas, épuisée. Dans son demi-sommeil, le docteur vient lui rendre visite. Si elle avait été plus éveillée, elle l'aurait aussitôt chassé. Cette vision n'a ni rime ni raison. Mais elle est trop fatiguée, ne peut ni s'en débarrasser ni brider son envie, et c'est peut-être mieux ainsi. Parce que s'autoriser à le vouloir alors qu'elle est allongée sur le matelas dans les entrailles de la station-service, c'est déclarer – autant à lui qu'à elle – que, oui, elle aussi a droit au désir.

Ce n'est qu'au petit matin que lui vient la mauvaise conscience. Pourquoi lui ? De toutes les personnes possibles. Elle ne comprend pas que c'est *justement* pour ça. Que la première expression de sa volonté propre serait précisément ce défi-là. Cette envie éhontée-là. D'ailleurs, si elle a quelque chose à se reprocher, ce n'est pas d'avoir cette volonté-là, c'est plutôt de ne pas avoir eu de volonté plus tôt. Toutes les choses qu'elle n'a pas osé faire. Oui, bien sûr, à quoi bon oser, elle doit être au self dans dix minutes. Mais vouloir, ça, elle en a le droit. Au moins vouloir.

(Ah, s'ils avaient su, ceux qui dorment sur les autres matelas. S'ils avaient eu ne serait-ce qu'une toute petite idée de ce qu'elle masque sous sa couverture, de ce qui habite son sommeil. Si, si, si… ils lui auraient dit qu'elle devrait avoir honte. Peut-être même qu'ils l'auraient bannie. Sans savoir qu'elle se bannissait pour la raison opposée. Ils l'auraient maudite d'avoir soudain une volonté propre, alors qu'elle se maudit de ne pas en avoir eu, alors qu'elle tourne le dos à celle qu'elle a été, celle qui s'est laissé traiter comme une moins que rien pendant si longtemps. Et ce qu'elle ne se pardonne pas, ce que jamais elle ne se pardonnera, c'est de savoir qu'elle se serait laissé faire. Toute sa vie, elle se serait laissé faire.)

8

C'est le lendemain qu'elle lui apparaît tout à coup dans la douche. Il se lavait la tête et le voilà qui bande (comme un Turc, une érection d'adolescent !) en pensant à elle. Ça devrait le réjouir. Lui donner la sensation d'être fort et viril, d'être un de ces mecs qui, même après un mois sans fermer l'œil, ont encore une libido d'enfer. Mais ça a plutôt l'effet inverse, il s'énerve, gêné, parce que le commentaire du *Penguin King* lui arrive du salon, accompagné de la voix de Liath qui fait la vaisselle et crie à Yali de baisser le son. Franchement, à quoi ça rime de se retrouver comme ça, à écouter les bruits de sa maison, avec du shampooing plein les yeux et une queue qui réclame Sirkitt à cor et à cri ? De quoi être très embarrassé. Et stressé. Comment son désir pour elle est-il arrivé à le rattraper chez lui ? À passer en catimini par la fenêtre de la salle de bains ? À vider les lieux de ses habitants alors que Liath est dans la cuisine et ses enfants devant la télé ? Il essaie de se rassurer en se disant que ce n'est qu'un fantasme et que les fantasmes constituent le seul espace où les gens mariés peuvent agir à leur guise. En vain. C'est pire : la pensée qu'il est capable de fantasmer sur elle et que ce fantasme s'impose à lui contre sa volonté... Cette pensée le rend fou.

D'autant qu'elle n'est pas si belle que ça. D'accord, elle a cette silhouette élancée. Ce port altier. Ces yeux immenses. Ce corps entier qu'il est particulièrement difficile d'ignorer. Mais merde, il a déjà vu des seins bien plus beaux ! Il connaît des femmes bien plus belles ! Il en a même épousé une. (Pourtant, quelque chose dans son expression de sphinx le persuade que si seulement il tendait la main et lui touchait l'épaule, il serait happé par le velours de sa peau.)

Il se rince les cheveux et se rappelle que le monde est rempli de femmes à la peau de velours et aux yeux intrigants. Bien sûr, de telles qualités ne sont pas à dédaigner mais aucune raison d'en exagérer la valeur. Sauf que sa queue ne veut rien entendre. Elle continue à se dresser, une érection intransigeante. Il refuse de céder. En général, une petite branlette sous la douche ne le met pas mal à l'aise. Ça lui arrive au moins une fois par semaine et, à part un vague sentiment de culpabilité (un restant de jeunesse), il n'y voit aucun mal. Aujourd'hui pourtant, il prend la revendication de son corps comme quelque chose d'humiliant. Voire de révoltant. Parce qu'il a l'impression de devoir se soumettre à une injonction qui ne vient pas de son propre désir mais de Sirkitt. Or, en la matière, il a suffisamment donné.

Il n'envisage pas une seconde que c'est justement cette soumission qui l'excite. Que la peau de velours de cette femme n'est rien comparée à l'ivresse engendrée par l'emprise d'un être sur un autre. Elle, seul témoin secret, de ce qu'il tait : sa lâcheté, sa bassesse. C'est à cause de ça qu'il la hait et donnerait tout pour se débarrasser d'elle. En même temps, malgré lui, elle est la seule qui le connaît tel qu'il est.

L'eau ruisselle sur son corps. Debout sous la douche, il pense à elle. Et puis stop, il ferme le robinet et tend la main vers sa serviette.

(Peut-être est-ce le moment de marquer une pause pour se demander ce qu'Ethan Green sait d'Ethan Green. Oui, que sait-il de lui-même ? Pendant quarante et un ans, il a vécu dans un moi qu'il pensait connaître. Jusqu'à la seconde précise où il a compris que tout ce qu'il savait ne valait rien puisqu'il a agi comme jamais il n'aurait pu l'imaginer. On peut revenir en arrière, chercher des signes avant-coureurs. Que dire ? Voilà un homme qui a brillamment réussi ses études ; qui, à l'armée, a servi dans une unité d'élite ; qui, certes, a commis quelques fautes, mais rien que des écarts contrôlés et soigneusement limités. Soudain il lui arrive ce truc de nulle part et ce qu'il sait reste valable, sur tout excepté sur lui-même. Une nuit, il a tué quelqu'un et depuis il est en fuite. Il a fui l'Érythréen gisant sur le bas-côté mais s'est retrouvé avec une Érythréenne sur le pas de sa porte, et le problème, c'est que plus il fuit, plus il croise celui à qui il essaie d'échapper, cet Ethan Green orphelin, plein de rage et de morgue, qui perd ce qu'il prenait pour acquis et acquiert la conscience de ses failles. Or c'est là, seulement là, que commence à naître le désir en lui.)

Ethan sort de la salle de bains, Liath y entre. Elle essuie la buée que la douche de son mari a laissée sur le miroir. Se dit de ne pas oublier d'acheter du shampooing antipelliculaire parce que la bouteille est presque vide. Se lave les dents avec le dentifrice recommandé. Crache dans le lavabo un mélange d'eau, de salive et de mousse blanche. Remarque quelques traces de sang. Ses gencives recommencent à l'enquiquiner, elle est bonne pour un détartrage. Elle ouvre grande la bouche et s'examine de près. Pas trop longtemps. Elle sait que si on fixe trop longtemps quelque chose, ce quelque chose devient bizarre. Même son propre visage dans la glace. Gamine, elle passait des heures dans la salle de bains à détailler chacun de ses traits, à essayer de départager ce qui venait de maman et ce qui venait de papa. Elle n'y arrivait pas toujours, aurait préféré prendre de son père le strict minimum mais devait accepter qu'elle avait hérité de sa mâchoire. De ses fossettes aussi. Un beau matin, un homme part habiter chez sa Ronith chérie, il t'abandonne en te laissant deux fossettes et un menton pointu, si bien que chaque fois que tu souris, tu vois les yeux de ta mère se voiler et tu te demandes si elle pense à lui.

Pendant ses longues séances face à la glace, que n'avait-elle pas entrepris pour essayer de gommer ces petits creux qui apparaissaient sur ses joues – sans succès. Elle n'arrivait pas non plus à trancher au sujet de ses sourcils : maman ou papa ? Mais si elle restait trop longtemps à s'examiner, son visage se transformait et son reflet se recomposait différemment. Mêmes yeux, même nez, même menton, même front mais autre adolescente. D'ailleurs, étaient-ce vraiment des yeux ? Sans parler du nez et du menton qui commençaient à se désagréger en formes non identifiables. Bien sûr, avec un sursaut de concentration, l'impression se dissipait, elle retrouvait Liath, rien que Liath, devant le miroir. Parfois, elle retardait volontairement cet instant et restait en extase devant le kaléidoscope de lignes inconnues – son propre visage pourtant. Comme ce jeu où on répète tout le temps le même mot jusqu'à ce qu'il fonde sur la langue, que le début colle à la fin qui colle au début, par exemple tomatetomatetomatetomate, on finit par ne plus savoir où ça commence et où ça finit, on obtient seulement une belle sauce dans laquelle même les sonorités familières résonnent bizarrement, comme venues d'un autre monde. Les mots se disloquent en syllabes, les syllabes en sons, et là où les sons se disloquent il n'y a que des eaux profondes, mille courants de bleu à travers lesquels la lumière ne passe plus. Si on fixe quelque chose trop longtemps, ce quelque chose finit par paraître bizarre. Tes propres mots. Ton propre visage. Ton propre mari. Il est donc impératif de savoir s'arrêter à temps, de s'écarter du miroir de la salle de bains avant que ça devienne effrayant. Te brosser les dents et aller te coucher dans une chambre où tu n'as pas besoin d'allumer la lumière pour trouver ton chemin. Parce que tout est à sa place.

9

Quand il prend la direction du garage, trois jours plus tard, il a encore en bouche le goût du thé qu'elle lui a servi. Chaud, sucré, pacifié. Elle vient à sa rencontre au moment où il sort du 4 x 4. Il la salue avec le même bonsoir qu'il lance aux infirmières quand il prend sa garde. Un bonsoir un peu réticent, aucun médecin ne se réjouit de la nuit épuisante en perspective, mais c'est tout de même un bonsoir, car ce n'est pas la faute des infirmières – les gardes étant des obligations auxquelles tous se soumettent. Il devrait considérer ainsi ses visites au garage : une obligation épuisante qui n'est la faute de personne, une tâche à accomplir sans trop réfléchir. Sauf que Sirkitt, loin de le saluer avec le sourire docile de ses infirmières, lui fait signe de la suivre et le renvoie d'un statut de dominant à celui de dominé, de médecin péremptoire qui sème ses généreux bonsoirs au médecin pressuré qui avance au-devant d'il ne sait quel genre de confrontation. Et de nouveau, il la déteste.

Sur la table métallique est allongé un homme très grand et très musclé au visage tuméfié et dont la respiration sifflante scie l'air du garage. Il tremble. Les yeux d'Ethan glissent le long des impressionnants biceps qui se contractent sous la peau à chaque quinte de toux. Ce type a été passé à tabac. (Trafiquants ? Bédouins ?

Soldats égyptiens ?) Une chance qu'il ait réussi à passer la frontière. Ethan ne peut s'empêcher d'éprouver de l'admiration pour cet Africain arrivé jusqu'ici par des voies semées de tant d'embûches. Jamais auparavant il n'a demandé le nom des patients qui défilent les uns après les autres : une main égratignée remplaçait une jambe cassée, remplacée elle-même par des fractures de fatigue, remplacées par une morsure de serpent, remplacée par des blessures par balle. Une succession de corps et de maux, un long mille-pattes noir et interminable. Jamais auparavant il n'a cherché à les différencier. Préférait les considérer comme un peloton. Ça l'aidait à les oublier quand il remontait dans son 4 x 4 et rentrait enfin chez lui à l'aube. Mais là, il voudrait connaître le nom de cet homme qui aurait dû être mort. Il est fasciné par la dignité qui émane de ce visage, par le sourire las qui reste sur ses lèvres même lorsqu'une nouvelle quinte les déforme.

— Il a racketté des personnes qui étaient avec lui dans le camp en Égypte. Et comme c'est un costaud... Il est arrivé ici hier dans la nuit, ses victimes l'ont reconnu et lui sont tombées dessus. En bande.

Ethan regarde à nouveau l'homme allongé sur la table. Dire que le seul dont il a voulu connaître le nom n'est qu'un sale voyou. Et pourtant, son visage est empreint d'une telle majesté.

— Alors quoi ? Ils lui ont cassé la figure et ensuite ils ont appelé un médecin ?

Sirkitt hausse les épaules.

— Ils ont voulu le punir. Pas le tuer.

Il s'approche de l'homme. Vasoconstriction périphérique. Pouls accéléré. Hypersensibilité abdominale.

— Ils lui ont donné des coups de pied dans le ventre ?

159

Elle ne répond pas. Peut-être ne le sait-elle pas. Peut-être pense-t-elle que c'est évident. Il palpe de nouveau l'abdomen. Dès qu'il touche l'hypocondre gauche, un cri s'échappe de la gorge du blessé.

— Si personne ne veut sa mort, je dois l'emmener à Soroka.

Elle se contente de lui sourire comme à un enfant. Ne prend même pas la peine de discuter.

— Cet homme doit être opéré, insiste-t-il. On ne plaisante pas avec une telle hémorragie interne.

— Il n'ira pas à Soroka, il vient du Soudan du Sud. Tous les gens de cette région sont immédiatement expulsés.

— Mais d'abord, il sera opéré.

— Et expulsé.

— Sirkitt, si cet homme n'est pas soigné à Soroka, il va mourir.

— Pas si vous l'opérez ici.

— Je n'opère personne dans un garage. Trop dangereux. Ce serait complètementl irresponsable.

Elle le regarde avec un sourire qui s'est tellement élargi qu'elle lui rappelle à présent le méchant loup du *Petit Chaperon rouge*. Qui sait jusqu'où cette femme est capable d'aller ?

— On verra bien, dit-elle.

Elle suit des yeux son départ furieux. Même en colère, il garde une démarche calme. Comme si, fondamentalement, son corps sait qu'on ne lui fera jamais de mal. Si elle lui en parlait, il ne comprendrait certainement pas à quoi elle fait référence, mais ceux qui ont vu des gens terrorisés savent reconnaître ceux qui ne se laissent pas dominer par la peur. Bien sûr que son docteur a déjà eu peur. Peut-être qu'un jour un chien fou lui a sauté

160

dessus ou qu'il s'est passé quelque chose dans son armée. Mais ce sentiment restait pour lui un hôte indésirable, pas un locataire permanent. Elle le lit dans ses yeux. Dans ce regard franc et direct. Les gens qui ont peur ne regardent jamais les autres droit dans les yeux. Ils craignent trop de s'attirer reproches et punitions. Les gens qui ont peur baissent les yeux, clignent des paupières, n'osent pas saisir du regard le visage d'un autre. C'est ainsi dans le self de Davidson. Dans les camps des Bédouins. Ils gardent les yeux baissés vers la terre aride du Sinaï, les yeux baissés vers le sol carrelé à la station-service de Tlalim. Jamais ils n'arborent ce regard franc qui affirme : j'existe.

Ethan ignore que le regard est une liberté. Sirkitt le sait. Et chaque fois qu'elle le voit sortir de son 4 x 4 et avancer vers le garage en balayant des yeux la file d'attente, elle se cabre. Cette démarche paresseuse et insouciante, cette expression placide. De tous les Africains qui se pressent là, elle est la seule à le regarder droit dans les yeux. Si quelqu'un d'autre s'y aventure, cette témérité est aussitôt masquée par un sourire contrit : j'existe mais faites de moi ce que bon vous semble. Elle est la seule dont le regard ne cesse de répéter : je suis là et je ferai de toi ce que bon me semble. Dans les premiers jours, elle n'exprimait que ça : j'existe et je ferai de toi ce que bon me semble. Ensuite, lorsqu'elle a découvert qu'effectivement il lui obéissait, elle a pris le temps d'évaluer les autres possibilités contenues dans un tel regard. Et par-delà la liberté, elle a trouvé du plaisir. Elle peut le regarder pendant des heures. Examiner la courbure de ses lèvres. La ligne de son menton. La forme de son nez. S'arrêter sur chaque partie de son corps – belle ou pas belle ? Difficile de savoir ce qu'elle savoure le plus : regarder Ethan, ou savoir qu'elle peut le faire à l'envi.

Et elle sait aussi : à un moment, au cours de toutes ces nuits, il a commencé à la regarder et elle s'est demandé ce qu'il voyait. Elle s'est posé la même question en retour. Au début, elle pensait le voir, lui, mais au fil du temps, elle s'est mise à hésiter : si le destin lui avait envoyé un autre docteur cette nuit-là, avec des yeux bruns et un nez épaté ou pointu, est-ce que ça aurait fait une différence ? Peut-être qu'une seule chose compte : c'est un Blanc. De même, lorsqu'il la regarde, qu'est-ce que ça change qu'elle soit grande ou petite, grosse ou mince, quelle importance a le tintement de son rire, l'odeur de son corps ? Peut-être qu'une seule chose compte pour lui : elle est une Noire.

Non, si tel était le cas, le désir serait impossible. Le désir a besoin de concret. Alors elle jette son dévolu sur les lèvres d'Ethan. Parfois, la nuit, allongée sur le matelas, la main entre les cuisses, elle se demande : et si ? Et si, malgré tout, c'étaient ces lèvres-là. En particulier. Pensée qui l'effraie tant qu'elle se retourne aussitôt et s'endort. Avec un seul souhait : que du royaume des démons Assoum entende les mots qu'elle formule dans sa tête et que ça le rende fou.

Il vient de sortir du garage, furieux. Elle le suit des yeux, le voit monter dans son 4 x 4 et claquer violemment la portière pour aller retrouver sa vie, oublier cet endroit pendant quelques heures. L'oublier, elle. Et ce n'est pas la première fois qu'elle imagine des flammes dévorer la belle villa d'Omer.

Arrivé chez lui, il a encore le cœur qui bat très fort et doit se retenir pour ne pas claquer à nouveau violemment la portière. Ne manquerait plus qu'il réveille quelqu'un.

Mais lorsqu'il rentre, il trouve Liath assise sur le canapé. Elle ne dort pas et, un instant, il se dit qu'elle sait. Tout. S'étonne du soulagement que lui procure cette pensée. Elle sait qu'il ment, elle sait qu'il a percuté quelqu'un et a repris le volant, pourtant elle est là, assise dans le salon, vêtue d'un tee-shirt trop grand pour elle. Furieuse, révulsée, accusatrice – mais là.

— Comment s'est passée ta garde ?

— Bien.

Il attend un court instant avant de lui demander :

— Pourquoi tu n'es pas couchée ?

Elle reste vague, prétexte que ce n'est rien, juste un problème de boulot, mieux vaut qu'il aille au lit. Il lui répond que ce n'est pas « rien » puisque ça la préoccupe, et que, de toute façon, il n'arrivera pas à s'endormir tout de suite. Alors elle lui raconte l'histoire du jeune Bédouin qu'ils ont arrêté deux jours auparavant pour un vol de voiture et qui a fini par avouer le meurtre de l'Érythréen.

— Tu vois, je devrais être contente mais…

— Mais quoi ?

Dans le salon plongé dans la pénombre, Liath répond à la question, ne remarque pas la pâleur qui a envahi le visage de celui qui l'a posée, ni le tremblement étrange de sa voix, ni la main qui s'agrippe à l'accoudoir comme à une bouée de sauvetage.

— C'est Guépard qui a obtenu ses aveux, mais je ne lui fais pas confiance. D'ailleurs j'ai appris aujourd'hui par Esthy qu'il a failli être viré en début d'année pour raisons disciplinaires. Après que le gosse a signé sa déposition, j'ai été le voir dans sa cellule et j'ai découvert qu'il avait le pouce de la main gauche dans un sale état. Il a eu beau m'assurer que ça datait d'avant son arrestation, j'en doute. Je me demande si mon collègue n'a pas poussé le bouchon trop loin.

Elle renverse la tête contre le dossier, ferme les yeux. Lorsqu'elle les rouvre, son mari est toujours assis sur le canapé mais il parle d'une voix méconnaissable :

— Ce n'est pas le gosse.

Dans l'obscurité, elle le dévisage enfin. Il n'y a pas que la voix de différente. Le teint aussi. L'éclat des yeux. Soudain, elle est saisie par l'évidence que l'homme assis à présent dans le salon n'est pas le même que celui qui y est entré quelques minutes auparavant. Pourquoi ? L'a-t-elle à ce point ennuyé avec son récit, alors qu'il est épuisé par sa longue journée de travail ? Pourtant non, il n'a pas l'air ennuyé. On dirait plutôt un mannequin de cire. Comme au musée de Londres, tu t'approches au plus près de John Lennon, pourtant tu sais qu'il n'y a pas le moindre petit organe sous la peau brillante, que si tu regardais à l'intérieur de sa bouche, ce serait creux jusqu'à la plante des pieds.

Elle se redresse et essaie de capter son regard. Mais les yeux d'Ethan ne sont pas tournés vers elle, ils fixent un point dans la pièce. Il n'est pas ennuyé, il est malade, songe-t-elle. Ou particulièrement fatigué. Ou peut-être s'est-il embrouillé avec quelqu'un à l'hôpital. À moins qu'il ne se soit à nouveau abandonné sur le chemin du retour à une de ses discussions imaginaires avec Zackaï.

— Ce n'est pas lui qui l'a fait, répète-t-il alors en la regardant droit dans les yeux.

Sa voix est si altérée qu'elle se lève et lui apporte un verre d'eau :

— J'espère que tu n'as pas chopé un virus à l'hôpital, la dernière fois, toute la maison a morflé pendant un mois.

Il prend une gorgée, elle lui pose une main sur le front et constate avec soulagement qu'il n'est pas chaud. Ou à peine.

— Je suis d'accord avec toi, dit-elle. Au début, quand j'ai découvert qu'il était à Tlalim la nuit de l'accident, j'étais sûre de tenir mon coupable. Mais plus j'y pense, plus c'est évident que ce gamin n'est pas capable d'un truc pareil. Il n'est simplement pas du genre à laisser quelqu'un crever comme ça.

Une lune pâle éclaire le salon. Dehors, les buissons de romarin frémissent sous la légère brise. Liath reste longtemps à les contempler.

— J'ai bien envie d'aller faire un tour dans son village. Je veux trouver la personne qui était avec lui dans la voiture et l'interroger sans que Guépard me tourne autour. Je dois comprendre ce qui s'est passé là-bas.

Ethan reste silencieux. Liath aussi. Après une telle soirée, elle s'endormira à peine la tête sur l'oreiller, pourtant, elle aurait bien aimé que son mari ajoute quelque chose. Si elle l'a attendu malgré l'heure tardive, c'est dans l'espoir qu'il la rassurerait. Et elle a apprécié le fait qu'il reste et lui demande ce qui la préoccupait bien qu'elle l'ait enjoint d'aller se coucher. Elle avait de toute façon l'intention de lui raconter. Pourtant, en le voyant à présent tellement distant et silencieux – sur le qui-vive ? –, elle a beau se rappeler qu'il est épuisé et peut-être malade, elle se vexe, ou plutôt, elle arrive à repousser ce sentiment injustifié mais ne se rend pas compte que, dans le même temps, elle le repousse, lui. Lorsqu'elle se lève du canapé, sa blessure d'amour-propre se mue en une méchante froideur, de celles qui restent toute la nuit.

Ce ne sera que quatre heures plus tard, quand elle ira réveiller les garçons pour l'école, qu'il reprendra la parole pour lui dire :

— Continue à enquêter, je suis sûr que ce n'est pas lui.

Déjà sur le départ, elle se contentera de hocher distraitement la tête et de lui répondre de loin :

— À cet après-midi.

Mais ce qu'il lui dira alors rallumera instantanément sa colère :

— Non, j'ai des consultations en privé, je terminerai tard.

10

Lui a-t-elle laissé le choix ? Il a attendu qu'il soit sept heures du matin pour appeler Wissotzky. La veille, avant de quitter le garage, il avait rempli à fond le Soudanais, ce qui avait stabilisé son état, mais ce n'était qu'une question de temps avant que la situation recommence à se dégrader. Il devait faire vite.

Vingt sonneries pour qu'enfin l'anesthésiste décroche et même après son « allô », il n'a pas l'air vraiment réveillé. Ethan lui explique la situation. Le silence au bout de la ligne est si long qu'il se demande si son interlocuteur ne s'est pas rendormi. C'est alors que la réponse tombe :

— Je suis vraiment désolé, Ethan, mais tu vas devoir te débrouiller seul. Je suis prêt à faire beaucoup de choses pour un ami, mais certainement pas à voler du matériel d'anesthésie, et encore moins à t'assister dans un garage. Il n'y a pas écrit « Médecins du monde » sur mon front, d'ailleurs s'il te reste un gramme de jugeote, je te conseille de te tirer vite fait, je ne comprends même pas comment tu as pu te fourrer dans un tel merdier.

— J'ai besoin de toi.

Wissotzky ne dit rien. Cette fois, ce n'est pas parce qu'il s'est rendormi. Alors Ethan prend une grande inspiration et lui rappelle ce qu'il n'avait pas l'intention de lui rappeler : la disparition de narcotiques et l'enquête interne qui n'a pas abouti… parce que lui, Ethan, n'a raconté à personne qu'il l'a vu subtiliser cinq grammes de morphine. Au bout de la ligne, le silence est à présent différent. Et lorsque l'anesthésiste reprend la parole, il explique qu'il s'agit de son fils. À l'école un petit copain lui a lancé une pierre sur la tête l'année précédente, depuis il n'a pas rouvert les yeux. Ethan répond qu'il le sait, et que c'est la raison pour laquelle il n'a rien dit à personne.

— Mais j'ai arrêté. Ça n'a duré que quelques semaines, juste pour tenir le coup. Je suis clean depuis deux mois.

Ça aussi, Ethan le sait : il s'est juré que si Wissotzky recommençait à piquer de la drogue, il en parlerait. Après cette première fois, il a vérifié systématiquement les stocks de leur pharmacie, bien décidé à le dénoncer s'il récidivait.

— Alors qu'est-ce que tu me veux maintenant ?

— Que tu m'aides. Comme je t'ai aidé.

— Et sinon ?

Là, c'est Ethan qui garde le silence.

Il est presque dix heures lorsqu'ils arrivent au garage. Sortir le vieux matériel d'anesthésie du hangar de Soroka dont Wissotzky possédait une clé a été d'une facilité presque inquiétante. Beaucoup plus ardu a été d'expliquer au Pr Shkedi pourquoi Ethan ne viendrait pas travailler. Son chef de service commençait à le regarder de travers à cause de tous les changements de planning qu'il demandait ces derniers temps. Ça aurait été différent si, à son arrivée, Ethan avait correctement léché le cul de sa hiérarchie – ce qu'on attend de toute nouvelle recrue. Mais trop occupé à lécher ses propres plaies (la trahison de Zackaï était encore cuisante), il en avait oublié ses intérêts. Aurait-il pu deviner qu'il serait obligé de permuter sans cesse ses gardes ? Finalement, son chef l'a libéré mais avec une expression si contrariée qu'Ethan a compris que l'affaire n'était pas réglée pour autant.

Sirkitt les accueille à l'entrée : elle a tout lavé, deux fois, et a tout désinfecté avec le produit rapporté la semaine passée.

Il lui demande de nettoyer encore une fois, ce n'est pas assez propre. La regarde pendant qu'elle brique le sol à genoux. Ça lui fait du bien, ça lui évite de penser que la dernière fois qu'il a ouvert le ventre de quelqu'un, c'était pendant son stage d'interne en chirurgie. Plus de dix ans se sont écoulés depuis. Il a visionné des interventions de ce type dès son réveil sur son iPhone, pas de quoi être vraiment rassuré. On n'apprend pas davantage à nager par correspondance qu'à opérer grâce à YouTube. Ses yeux passent alternativement de Sirkitt au patient allongé sur la table, lequel est visiblement encore plus stressé que lui (logique, vu la situation). Le seul à afficher un grand calme, c'est Wissotzky. Il a déjà branché le respirateur et un générateur, en cas de besoin. Depuis le moment où Ethan est venu le chercher, les deux hommes n'ont pas échangé un seul mot. L'anesthésiste n'a jeté qu'un bref coup d'œil à l'Érythréenne, au Soudanais et au garage. Ethan sait qu'il a servi dans l'armée russe avant d'immigrer en Israël ; à présent, il se demande si c'est ainsi qu'on arrive à survivre à trois ans passés dans un tank en plein milieu de la Sibérie : en appuyant sur « off » pour se déconnecter.

— On y va ?

Il se rend soudain compte que Sirkitt est très émue. Elle parle d'une voix ferme, ses yeux ne dégagent rien d'autre que leur impassibilité habituelle, mais quelque chose dans sa posture a changé. Au moment où Wissotzky pose le masque sur le visage du blessé, Ethan se tourne vers elle dans l'intention de lui proposer de sortir. Ce qui va bientôt s'offrir à leur vue sera très désagréable. Mais il découvre qu'elle est loin d'être effrayée. Elle observe la scène avec des yeux fascinés et ses lèvres, légèrement écartées, expriment un étonnement juvénile. Au premier coup de bistouri, il se détourne à nouveau du patient pour l'examiner : si elle a l'intention de s'évanouir, mieux vaut qu'elle le fasse tout de suite, parce que, après, ils seront trop occupés pour lui porter secours. Mais elle n'a pas du tout l'air près de s'effondrer. Au contraire, elle fixe l'incision avec un tel intérêt qu'elle ne remarque sans doute pas son regard.

— Ciseaux.

Elle ne réagit pas sur-le-champ. Peut-être croit-elle qu'il s'adresse à son confrère. Mais quelques secondes plus tard, elle lève la tête. Yeux gris face à yeux noirs. Elle lui tend les ciseaux. Il ne dit pas merci, ne hoche même pas la tête, mais à partir de cet instant et pendant toutes les heures qui vont suivre, il se comporte avec elle comme il le ferait avec n'importe quelle infirmière de bloc.

(Et, au milieu de tout cela, le désir et ce qu'il a d'humiliant. Pourquoi lui ? Pourquoi justement lui ? Ne se rend-elle pas compte à quel point ça la rabaisse ? Comment accepter qu'elle ait envie de lui ? Pourquoi reste-t-elle encore et toujours une telle loque ? Encore et toujours une telle pouilleuse. Elle a la liberté à portée de main, pourquoi fait-elle encore et toujours le choix le plus ridicule, le plus avilissant. Avilissant dégradant infamant déshonorant. Un instant d'inattention et voilà qu'une nouvelle faiblesse s'est insinuée en elle. Comme si elle n'en avait pas eu son lot ! Et plus encore que l'attirance en elle-même, c'est la raison de cette attirance qui l'humilie. La vérité sur ce désir. Et la vérité, c'est qu'elle leur doit tout, à cet homme et à sa grosse voiture. Oui, le malheur de l'un a fait son bonheur à elle. Elle a reçu sa vie en cadeau des mains de quelqu'un qui n'avait pas du tout l'intention de la lui donner. Comment ne pas le désirer ensuite ? Comment ne pas le haïr ensuite ?)

Il ne pense pas à elle sur le trajet de retour. Le 4 x 4 avale les kilomètres et il ne pense pas à elle. En cette heure tardive, il pense au patient, à l'opération, à la facilité avec laquelle tout ça aurait pu se terminer autrement. Une décharge d'adrénaline le secoue, il ne pense pas à elle. Il pense à la mort et à la manière dont il vient de l'envoyer se faire foutre. Il pense au Pr Zackaï et à l'expression qui se serait peinte sur son visage s'il avait assisté à une telle intervention. Au début, tout lui a paru simple, ils ont procédé à l'ablation de la rate sans problème, mais après... un vrai bordel. Wissotzky a bien cru qu'ils perdaient le Soudanais. Ethan l'a vu dans ses yeux, d'ailleurs il a pensé la même chose. Aucun hôpital de campagne ne peut gérer une hémorragie abdominale d'une telle ampleur, et certainement pas quand le maître d'œuvre est un neurochirurgien, expert en trépanations mais qui n'a pas touché d'abdomen depuis plus d'une décennie. L'hémorragie n'ayant pas été jugulée après l'ablation, c'était foutu, l'homme allait à l'évidence mourir et toutes les perfusions du monde n'y pourraient rien. Et puis tout à coup, il a eu l'idée de procéder à une dissection. De chercher l'origine de l'hémorragie dans les branches inférieures de l'artère splénique. Ça lui a pris une demi-heure pour trouver le vaisseau qui saignait et le ligaturer. Même Zackaï aurait pu rater cette opération. Un instant, il regrette de ne pas pouvoir lui raconter sa prouesse. D'ailleurs, il ne pourra la raconter à personne. L'instant le plus glorieux de sa carrière, celui qui justifie ses dix

171

ans d'études. Une intervention qui n'a pas eu lieu, sur un homme qui n'existe pas. Peut-être est-ce mieux ainsi. Car le secret a, quoi qu'on en dise, une saveur particulière : une douce amertume, agréable, qui reste sur sa langue quand il rentre chez lui. Ce qui est arrivé ce jour-là dans le garage, il ne le racontera à personne. Une fierté adulte associée à une joie enfantine. Qui restera en lui, à l'abri de ses lèvres closes. Mais des lèvres réduites au silence peuvent parfois trouver une autre manière d'exprimer cette douce amertume.

Il se penche sur Liath endormie et l'embrasse, lui lèche le cou. Soyeux. Elle ouvre des yeux hagards. Étonnés. Voilà des années qu'il ne l'a pas réveillée pour lui faire l'amour. Lui aussi est surpris, mais ça ne dure qu'un instant car, l'instant suivant, il a laissé de côté la surprise pour se jeter sur ses seins, si tendres, si ronds et dont les mamelons durcissent sous les caresses. Au début, elle le repousse, à cause de la colère et d'une bonne dose de rancœur accumulées dans le lit. Mais il la veut si fort, d'un désir si communicatif, qu'un refus glacé ne serait qu'un total gâchis. Alors Liath et Ethan se cramponnent l'un à l'autre, doigts écartés, jambes imbriquées, dans leur paisible chambre à coucher, derrière l'écran de leurs yeux fermés.

(Et il ne pense plus à l'odeur de Sirkitt, dont il s'est empli tandis qu'elle se penchait sur le patient. Ne pense pas au soupir qu'elle lâcherait au moment de la pénétration, le jour où il la connaîtrait enfin de l'intérieur, ce qui, de toute façon, ne lui apprendrait rien d'elle.)

Que faire de cette tristesse qui l'attend toujours, au bout de l'orgasme ? N'être que délice et l'instant d'après que désespérance. Son mari est encore entre ses cuisses, lourd et poisseux, et elle se rend tout à coup compte à quel point la manière dont il a posé la tête sur son épaule est inconfortable. Elle n'a pas encore retrouvé une respiration régulière, mais la chaleur qui a envahi son corps s'est déjà dissipée et elle commence à sentir la fraîcheur de la pièce. Elle ne sait plus trop qui a gémi un instant auparavant, écrasée sous le poids d'une entièreté si puissante que ça dépassait l'entendement. Les mots qu'elle vient de lui chuchoter, la gorge sèche, pendouillent à présent, honteux, vides. Alors elle se lève, allume la lumière. Va se doucher. Il reste dans le lit, les yeux fermés, un demi-sourire insolent aux lèvres. Nimbé de délicatesse. D'assurance. Au bout de quelques minutes, avant que le flou ne se dissipe totalement, il la rejoint. L'embrasse sur la bouche avec des lèvres où il a mis tout son corps. C'est comme s'il lui rendait, par ce baiser, toutes les fois où il l'a embrassée, léchée, mordue. Il se déverse en elle. Elle, pendant ce temps, se lave l'entrejambe, là où parfois c'est collant, parfois un peu douloureux aussi, et lui dit que c'était génial parce que c'était vraiment génial. Ne lui dit pas que, en même temps c'était triste – à quoi bon ? Il prend le pommeau de la douche pour s'asperger rapidement et s'extasie sur les formes qu'elle a, elle est une immense fête foraine pour lui tout seul. Ça fait des années qu'il répète ces mots et des années qu'elle en sourit. Ensuite il prend la serviette et sort. Elle attend encore un peu sous l'eau, pour se débarrasser du sperme resté entre ses jambes et du chagrin resté entre ses côtes.

Sirkitt sait que tout ça vient du fait qu'ici, le soleil brille du mauvais côté, se lève sur le désert et tombe dans la mer. Le soleil doit sortir de l'eau, bien nettoyé. S'il sort du sable, comment veux-tu que tes journées soient propres ? Là-bas, au village, les hommes se levaient à l'aube pour aller pêcher, les femmes les accompagnaient : tu ne peux pas t'avancer dans quelque chose d'aussi grand que la mer avec quelque chose d'aussi petit qu'une barque s'il n'y a pas une paire d'yeux pour te surveiller de la grève. Au pays, ils descendaient tous ensemble sur la plage sans beaucoup parler, parce que ce sont des heures où chaque mot résonne comme un coup de tambour. Peu après, le soleil montait du bon endroit, il sortait de l'eau aussi beau et rouge qu'un nouveau-né. Chaque fois qu'ils le voyaient apparaître ainsi, ils se sentaient propres et frais, comme si eux-mêmes avaient été engendrés par la mer. Alors, propres et frais, ils pouvaient entamer leur journée. Mais ici, dans ce pays, le soleil sort de la terre, sale et couvert de poussière. Déjà au travail, les employés lèvent la tête au moment où l'astre commence à monter, ils le regardent par-delà les cartons de marchandises et voient qu'il est aussi sale qu'eux, plein de terre et de boue, déjà fatigué, et il n'est pas encore sept heures.

À cinq heures et demie du matin, accroupie dans le débarras, elle pense à son docteur-otage, essaie de deviner comment il dort. Par exemple, de quel côté du lit il se couche. Dans quelle tenue, à supposer qu'il porte quelque chose. Enlace-t-il sa femme et, si oui, est-ce par goût ou par habitude ? Elle imagine ses draps, s'amuse à hésiter entre du satin rouge et du coton blanc, finit par opter pour du coton blanc, le satin étant à l'évidence trop sensuel pour lui, trop libidineux. La voilà déjà qui ajoute un petit cercle de bave sur l'oreiller, une main virile en travers du matelas, une respiration tranquille, apaisée. Rêve-t-il ? Et si oui, de quoi ? Stop. Elle ne va pas plus loin, se redresse, passe au carton suivant. Elle n'a ni l'intention ni la faculté de deviner les rêves d'un homme blanc qui dort entre des draps de coton blancs, dans une villa blanchie à la chaux.

Mais soudain, elle est prise d'une furieuse envie de le réveiller, elle serait prête à le jeter à bas du lit. Lui retirer l'oreiller orné du petit cercle de bave innocent sous sa tête. Attraper son bras mou et le secouer comme un prunier. Se pencher au-dessus des quelques mèches blanches qui strient sa chevelure et hurler tout son saoul. Ou alors au contraire se glisser, silencieuse comme un coucher de soleil, dans l'étroit intervalle qui le sépare de sa femme. Sentir l'odeur de leurs draps en coton. Elle. Lui. Se vautrer un peu dans les fantasmes boueux de cet homme. Le jour naît de la poussière, Sirkitt se penche sur les cartons et en même temps, elle hurle, bouillonne, étreint, gémit dans la chambre à coucher paisible d'une belle villa d'Omer.

DEUXIÈME PARTIE

1

Ce n'est qu'après être sortie de son véhicule de police qu'elle se dit que ce n'était peut-être pas une bonne idée de venir là toute seule. En moins de cinq minutes, quinze personnes se sont regroupées autour d'elle, des adolescents pour la plupart. D'autres paires d'yeux, féminins, la regardent des baraques en tôle. Un chien aboie à tue-tête, elle ne sait pas si c'est contre elle ou contre la terre entière. Quoi qu'il en soit, il s'interrompt au moment où un des garçons ramasse un caillou et le lui lance à la tête – au grand soulagement de Liath, à qui ces cris commençaient à faire peur. Sauf que le poing à la peau sombre qui s'est refermé sur le caillou et l'a lancé si adroitement n'est pas moins inquiétant.

Elle crève d'envie de poser la main sur la crosse de son arme, s'oblige à marcher les bras le long du corps. Que vient-elle chercher ici, en fait ? Le soleil l'aveugle, mais elle ne veut pas se mettre à farfouiller dans son sac pour en tirer ses lunettes. A-t-elle encore la possibilité de changer d'avis ? De rentrer au commissariat et de détourner la tête en passant devant le jeune Bédouin. De toute façon, il ne la regarde pas, même quand elle pénètre à l'intérieur de sa cellule. Il braque ses yeux marron sur le sol, comme si les cafards morts étaient la chose la plus intéressante au monde. La veille, quand elle a essayé de l'interroger sur ses aveux, il n'a rien dit, mais sa main droite s'est instinctivement portée vers son pouce douloureux, et bien qu'il l'ait aussitôt écartée, elle a intercepté son geste et il a vu qu'elle avait vu. Sa grand-mère ne lui répétait-elle pas sans cesse qu'elle ne devait pas se laisser duper ? « N'accorde jamais trop d'importance à ce que les gens te disent avec la bouche. Regarde les corps, eux te révéleront toujours ce que tu dois savoir.» Quel conseil lui aurait donné sa grand-mère au sujet de ce suspect-là, qui n'a pas desserré les dents depuis un jour et demi, corps de moineau complètement rigide, trois poils de barbe et regard fermé ?

En dévisageant les ados autour d'elle, elle constate qu'ils lui ressemblent tous. Frères ? Cousins ? À moins que ce soit elle qui les trouve tous pareils avec leurs vêtements usés, leurs trois poils de barbe, leur regard fermé, et que cette incapacité à les différencier en dise aussi long sur elle que sur eux. Car maintenant qu'elle les regarde à nouveau, elle se rend compte qu'ils la considèrent avec davantage de curiosité que d'hostilité. Et au moment où elle laisse ses yeux suffisamment longtemps sur l'un d'eux, elle obtient un sourire et même, le gars d'à côté brise carrément le silence et l'accueille avec un *ahalan* qui déclenche toute une série de salutations du même ordre, accompagnées, elle le sent, d'une légère réticence qu'elle traduit par : qu'est-ce que vous venez faire ici ? Pourtant, elle a honte d'avoir voulu poser la main sur son arme.

— Je suis venue parler avec la famille d'Ali Abbou Iyad.

Un des jeunes se détache du cercle et court vers les baraques en tôle, mais il ne les a pas encore atteintes qu'un homme barbu sort de l'une d'elles et s'avance. Liath en déduit qu'il l'observait depuis son arrivée. Derrière lui marche une femme voilée. Le tissu noir qui l'enveloppe n'arrive pas à masquer qu'elle est massive. Elle doit peser au moins cent kilos.

L'homme lui tend une main calleuse au poignet orné d'une Rolex qu'elle évite soigneusement de regarder pour ne pas avoir à s'enquérir de sa provenance.

— Bonjour, nous sommes les parents d'Ali.

Il parle un bon hébreu, bien plus fluide que celui de son fils.

— Savez-vous qu'il a été arrêté pour vol de voiture ?

De nouveau, elle pense qu'elle n'aurait pas dû venir toute seule ici et, cette fois, son sentiment est conforté par le chuchotement hostile des gamins autour d'elle. En revanche le barbu ne se départit pas de son sourire :

— On est au courant, mais ce n'est pas lui. Ali est un garçon en or, Dieu merci.

Le « Dieu merci », il l'a prononcé en haussant un peu la voix et les deux mots scintillent sur la terre poussiéreuse, une sorte de défi hors contexte, comme la Rolex au poignet de sa main calleuse.

Elle continue en expliquant que la voiture n'était pas le principal pour le moment et que ce qui l'inquiétait davantage, c'était que leur fils venait d'avouer avoir écrasé quelqu'un deux semaines plus tôt, aux environs du kibboutz Tlalim.

Sur le visage du père, le sourire s'efface immédiatement. Quant à la femme derrière lui, elle se fige dans un premier temps puis c'est elle qui prend la parole :

— Ali n'a pas fait une chose pareille.

Étonnée du contraste entre ce sac de charbon noir planté devant elle et la voix délicate qui en sort soudain, Liath lève les yeux vers son interlocutrice :

— Je cherche à savoir si quelqu'un était avec lui dans la voiture cette nuit-là et pourrait le disculper.

Aussitôt, l'espace s'emplit de murmures en arabe. Les adolescents discutent entre eux, ceux qui ont compris traduisent aux autres et, en retour, ceux-ci posent des questions pour s'assurer d'avoir bien compris. Le vacarme enfle de plus en plus, puis s'arrête d'un coup. Ils étaient tous en train de parler, et soudain, plus rien. Un tel silence ne trompe pas et elle lutte à nouveau contre l'envie de poser une main sur sa crosse. La femme voilée reprend la parole, d'une voix douce qui résonne entre les baraques en tôle :

— Nous ne savons pas qui était avec lui, mais ça ne doit rien changer pour vous. La seule chose qui compte, c'est qu'il ne l'a pas fait.

— Il a lui-même avoué. Peut-être pour nous empêcher de découvrir qui est son complice. Je ne sais pas. Mais ça l'aiderait beaucoup si la personne qui se trouvait avec lui venait avec moi au commissariat.

Les murmures en arabe reprennent, leur débit s'accélère, et de plus en plus de jeunes rejoignent le cercle autour d'elle. Les femmes aussi sont sorties des baraques et se rassemblent, toutes voilées de noir, accompagnées de fillettes en jupes ternes et blouses à longues manches malgré la chaleur. Un petit garçon de trois ans court pieds nus jusqu'au centre du cercle en poussant des cris de joie, ravi de l'intérêt qu'il suscite. Il a un paquet de chips à la main et ne le lâche pas, même quand sa mère vient le récupérer et le gronde comme il se doit. Lentement, les voix s'apaisent jusqu'à ce qu'à nouveau ce soit le silence. Liath dévisage tous ces jeunes, un par un, à la recherche de lèvres frémissantes, d'yeux affolés ou de quelque chose de fuyant dans l'expression. Elle ne trouve que de la haine franche et ardente. Finalement, c'est le père qui reprend la parole. Il ne s'adresse pas à Liath mais aux adolescents. Il leur parle en les fixant du regard, les scrute les uns après les autres, s'attarde sur chacun d'eux et lorsqu'il termine son discours, sa femme le relaie, son petit filet de voix se met à onduler et Liath comprend soudain qu'elle sanglote. La mère sanglote sous son voile. Les larmes sont invisibles mais tout son corps est traversé de vagues successives et ses mots se brisent au milieu de sa phrase. Les garçons restent là devant le spectacle de ces parents aux abois, certains stupéfaits, d'autres tristes. Mais pas un ne parle. Pas un ne s'avance d'un pas pour dire : c'est moi.

C'est une jeune fille qui le fait. Dans un premier temps, personne ne comprend. Personne ne comprend qu'elle l'a fait, ce pas. Ça ressemble au geste d'une grande sœur qui vient chercher son petit frère pour l'obliger à rentrer à la maison. Mais elle se plante devant Liath :

— C'est moi, dit-elle.

Ensuite, tout va très vite. Le barbu ouvre une paire d'yeux incrédules, ça dépasse son entendement. Sa femme, en revanche, comprend très vite et ses lamentations de douleur indiquent clairement à Liath qu'elle doit décamper le plus vite possible. Les adolescents sont toujours là à regarder la scène, les plus grands ont sorti leur téléphone et passent déjà des coups de fil, peut-être à leur père. Elle ordonne à la fille de la suivre et se dirige vers sa voiture, inquiète : que faire si la demoiselle se mettait à courir ? Quand tu cours, les gens comprennent qu'ils sont censés te poursuivre. Mais non, elle marche lentement, presque trop lentement. Comme si avoir dévoilé son secret lui avait coûté toutes ses forces. Liath lui ouvre la portière, met le contact et au bout de quelques secondes, les baraques en tôle ont disparu du rétroviseur. Mais ce n'est qu'après avoir quitté le chemin de terre poussiéreux et s'être engagée sur la route goudronnée en direction de Beer-Sheva qu'elle respire de soulagement.

— Il refuse de me regarder, ce gamin. Je te le dis, Thany, il ne me parlera pas. Si je n'étais pas allée dans son village, il serait resté toute sa vie en prison, mais ça, il ne l'a pas encore pigé. Il m'en veut d'avoir révélé leur histoire d'amour. Quoi ? Il aurait préféré être inculpé de meurtre ? À part ça, la petite Mouna est drôlement mignonne. J'ai demandé qu'on la laisse un peu avec lui en cellule, ils ont échangé un baiser pensant que je ne les voyais pas. Ensuite, Guépard l'a foutue dehors. Il est encore en rage contre moi, alors qu'il devrait me remercier de ne pas insister pour savoir comment le gosse a eu le pouce fracturé. Le chef préfère croire qu'il a avoué le meurtre pour la protéger, mais c'est ridicule : il pouvait nier son implication dans l'accident tout en continuant à refuser de livrer le nom de sa copine. Ce n'est pas à cause d'elle qu'il a avoué, mais parce que Guépard l'a frappé et sans doute aussi menacé, mais dès l'instant où elle est arrivée, on a compris que ses aveux, c'était de la couille en barre. Cette nuit-là, il n'avait pas l'intention de voler quoi que ce soit, les deux gosses cherchaient juste un coin où se peloter tranquillement. Elle est un parfait alibi qui se tient comme seules se tiennent les vraies histoires. Figure-toi qu'ils n'étaient même pas aux environs de Tlalim au moment de l'accident de l'Érythréen ! Il l'a ramenée chez elle à deux heures du matin, c'est l'heure à laquelle elle termine habituellement son service à la station d'essence. Alors que notre chauffard a agi à l'aube. Tu piges à quel point on était près de foutre en taule un innocent ?

Oui. Il pige. Il sirote son thé à la citronnelle – citronnelle cueillie par Liath dans leur jardin – et il pige. En même temps, il se demande ce qui se serait passé si elle n'avait pas fait de pas en avant, cette Mouna. Si elle n'avait pas dit : Ali n'a écrasé personne, j'étais avec lui. À quel moment se serait-il, lui, avancé d'un pas ? Quand aurait-il été trouver l'inspectrice (qui par hasard n'est autre que sa femme) pour lui dire : il faut qu'on parle. Pas de notre emprunt immobilier. Ni du gamin que Yali a mordu à la maternelle. De quelque chose d'autre.

— Ethan, tu ne m'écoutes pas.

Il relève la tête, prêt à croiser un regard bouillant de colère. Mais il se heurte à deux yeux tristes et fatigués.

— Pardon, je suis crevé.

— Ce n'est pas qu'aujourd'hui, tu sais, répond-elle après un instant de silence. Ça fait longtemps que tu ne m'écoutes pas. Des semaines.

Comme il aimerait lui dire que ça fait exactement vingt-quatre jours qu'il ne l'écoute pas et qu'elle n'est pas la seule, il n'écoute plus les mots inventés par Yali, ce merveilleux mélange de charabia et de mots distincts que le petit chante dans son bain et qui, avant, les faisait pisser de rire. Il n'écoute plus les questions d'Itamar sur les dragons et les dinosaures, dis papa, si les dinosaures ont existé, pourquoi les dragons n'auraient pas existé aussi, hein ? Il n'écoute plus ce qu'on lui explique au travail – et ça, c'est un problème, parce que, même s'il ne foire pas ses interventions au bloc, on remarque qu'il n'est pas entièrement à ce qu'il fait. Oui, comme il aimerait lui avouer tout ça !

— Je suis désolé, Touly, c'est juste une période difficile, prétexte-t-il.

Elle le dévisage un instant, ouvre la bouche, puis se ravise. Étrange, elle qui l'avait tellement amusé en lui rapportant un des principes de sa grand-mère selon lequel il fallait toujours dire ce qu'on pensait parce que « les mots ravalés sont cause de constipation. » À l'époque, il lui avait répondu que, dans sa famille, c'était exactement le contraire : quand il était gosse, son père lui avait assuré que si on parlait trop, on épuisait son stock de mots et qu'on restait ensuite muet pour le restant de ses jours.

« C'est à cause de ça que tu es si radin en paroles ? Il t'a fait peur ? lui avait-elle lancé.

— Moi, radin ?

— Franchement, Ethan ! (elle ne l'appelait pas encore Thany). Les chefs du Mossad divulguent plus d'informations que toi. »

Elle avait raison. Il est un taiseux. Préfère garder pour lui. Sauf que, avec elle, ça a toujours été différent. C'est la seule personne à qui il dit vraiment ce qu'il pense (qu'il détestait Youval parce que ses parents le préféraient. Qu'il détestait le détester. Qu'il avait très peur de ne pas arriver à réaliser son rêve de devenir neurochirurgien. Qu'il aime tout en elle et surtout sa chatte.) Dès le début de leur relation, il s'était mis à dire tout haut ce qu'il n'avait même jamais osé se dire tout bas. Et, bien que par la suite, il ait commencé à se censurer un peu, il était fier de ce qu'ils n'aient pas de tabous et soient capables de discuter ouvertement de tout ou presque... (Excepté la fois où ils ont parlé de leurs fantasmes, une conversation vraiment inutile).

Maintenant il se tait, ça fait un mois entier qu'il se tait, et ce mutisme devient chaque jour un peu plus pesant, engloutit avec avidité de plus en plus de pans de ce qui avait constitué sa vie.

Ce matin, après un silence tendu qui s'est éternisé vingt minutes, Ethan frissonne en découvrant à quel point il est soulagé d'entendre sa femme annoncer qu'elle doit partir travailler. Plus terrifiant encore : le soir, au milieu du dîner qui n'est pas plus apaisé que le petit déjeuner, il découvre qu'il attend avec impatience l'instant où les aiguilles de la montre le renverront au garage.

Et aussi, pendant toute cette période, il ne décolère pas. Quand il enlace Liath dans leur chambre à coucher, il râle parce que le corps qu'il serre contre lui n'est pas le corps de l'autre. Quand il travaille dans le garage à quelques centimètres de l'autre, il rage de sentir que la présence de cette femme s'inscrit en lui de plus en plus. Pour qui se prend-elle, à devenir à ce point un objet de désir ? Quand il monte dans son 4 x 4 au milieu de la nuit, il laisse une femme qui le regarde et se tait. Retourne auprès d'une femme qui dort et se tait. Les mains agrippées au volant ne sont pas les siennes. Des ongles coupés à ras. Une alliance. Les doigts d'un étranger. Et le désir qui s'installe à ses côtés dans le véhicule, cette attirance qui a enflé au cours de la nuit passée dans le garage à côté d'elle ne lui appartient pas davantage. Quelque chose d'extérieur se referme sur lui, le pousse à agir sans lui laisser le choix. Alors il avance avec sa tentation mais en la gardant à distance, comme ces malades qui marchent en tenant le plus loin possible de leur corps le pot en plastique avec leur urine à analyser, clamant ainsi : ceci ne me concerne pas !

De nouveau, cette nuit, elle n'a pas desserré les dents. Elle l'a regardé désinfecter, nettoyer, prodiguer ses soins. Elle lui a tendu les instruments qu'il demandait. En silence. Entre deux malades, il en profitait pour la regarder discrètement. Si elle s'en est aperçue, elle ne l'a pas montré. La plupart du temps, elle lui tournait le dos. Regardant par la porte du garage une nuit aussi noire et hermétique que ses yeux.

Que regardait-elle ? À quoi pensait-elle ? Lui aussi est allé mettre le nez dehors, comme s'il suffisait de se tourner du même côté pour voir la même chose. Mais au-delà du garage, il n'y avait que l'obscurité, une obscurité qui assurait à chaque être que ses trésors restaient à l'abri. Il ne pouvait pas s'introduire dans la nuit verrouillée de Sirkitt. Le dernier malade parti, il ôte ses gants. Elle commence aussitôt à désinfecter la table en fer rouillé et le salue de la tête au moment où il sort. Il est resté là six heures d'affilée et pas un mot n'a été échangé entre eux. Il serait bien incapable d'expliquer pourquoi ça le dérange tant, lui qui, en général, aime travailler dans le silence. Il connaît des médecins qui opèrent en écoutant de la musique. Le Pr Zackaï avait une prédilection pour Stravinski. Le Pr Shkedi ne commençait jamais à scier une calotte crânienne sans être accompagné par Bruce Springsteen. Les anesthésistes préféraient écouter la radio de l'armée ou discuter politique. Il avait eu du mal à s'habituer à tous ces bruits et dès qu'il était devenu chirurgien chef, il avait prévenu son équipe : chez lui, on travaillait en silence. Alors pourquoi ici, dans le garage, il ne le supporte pas, ce silence ? Peut-être parce qu'il n'a pas la moindre idée des mots qu'il contient. Il sait toujours de quoi parleraient la surveillante et l'anesthésiste s'il leur en laissait la possibilité. Mais de quoi parlerait Sirkitt, il n'en a aucune idée. Si bien qu'il comble le vide en imaginant ce qu'elle pourrait dire. Du coup, chaque soir, il a une longue conversation fictive avec elle. Chaque nuit, il remplit le garage avec quelque chose de nouveau, mais il a beau lui mettre dans la bouche des mots et des phrases, il n'arrive pas à occuper tout l'espace, reste toujours un vide, et dans ce vide, elle s'impose de plus en plus à lui. Prend de plus en plus d'importance dans sa tête.

Et tandis que les silences impénétrables de cette femme le rendent fou, elle, en revanche, l'observe sans une once de curiosité. Rien en lui n'est mystérieux. Lorsqu'ils vont se coucher, lui dans sa villa d'Omer et elle dans la caravane, ils fantasment l'un sur l'autre – alternativement ou en même temps. Après s'être interrogé sur elle, l'avoir tournée et retournée dans tous les sens, Ethan clôt systématiquement le sujet par une explosion de rage. En imagination, parce que, en vrai, ça se termine dans l'humiliation la plus totale, à se taper une queue honteuse et contrite sous la douche, à moins de dix mètres du lit conjugal. Chose faite, c'est l'apaisement. Le corps purifié. Somnolence familière. Sauf qu'un instant après la jouissance pointe déjà une sensation qui n'est qu'un nouveau manque.

Dans sa paisible chambre à coucher d'Omer, Liath est allongée, les yeux grands ouverts. De longues minutes, elle regarde le visage de l'homme assoupi à côté d'elle. La veille, elle dormait depuis longtemps quand il est rentré et maintenant qu'elle est éveillée, c'est lui qui dort. Elle voit s'agiter ses globes oculaires derrière le rideau de ses paupières closes. Il rêve. Fait-il, comme elle, des rêves qui sont devenus dénués d'intérêt ? Il fut un temps où elle était riche d'un monde onirique insondable qui lui causait autant de terreur que de plaisir, d'envies que de culpabilité. Y participaient à tour de rôle des collègues de travail, d'anciens amants lubriques et malfaisants, des vagues gigantesques, des incendies, des cadavres en tout genre... Elle y expérimentait la désagréable sensation de se balader nue en public ou le plaisir de léviter quelques instants. Mais ces derniers temps, ses rêves sont devenus aussi secs que les dunes au sortir de la ville. Cette nuit par exemple, elle a rêvé qu'elle se trouvait dans une file d'attente. C'est tout. Elle s'est réveillée dépitée. Avec une seule envie : partir travailler au plus vite, remplir cette béance de procès-verbaux, d'interrogatoires et de procédures. C'est juste avant de quitter le lit qu'elle a constaté sa présence. Et s'est affolée. Parce qu'elle ne l'avait pas remarquée plus tôt. Bien sûr, elle savait qu'il était là, à côté d'elle. Comme son oreiller ou sa couverture. S'il n'avait pas été là, elle s'en serait rendu compte, assurément. Mais peut-on se satisfaire de savoir qu'une chose est là uniquement par la conscience qu'on aurait de son absence ? Alors elle a décidé de se recoucher et s'est tournée vers lui.

Il est beau, son homme. Encore beau. Avec son nez aquilin, ses lèvres minces et ce menton arrogant qu'il a. Comment se fait-il que même en dormant, un état où il devrait avoir l'air aussi vulnérable qu'un enfant, il soit toujours si fier, presque prétentieux ? Comment peut-on avoir l'air prétentieux dans son sommeil ? Et d'un coup, comme s'ils s'étaient donné le mot, voilà que tous les horribles rats du doute sortent de leur tanière et commencent à ronger la chair de son mari endormi, ses poils qui dépassent un peu des narines et la dégoûtent, la petite coupure de rasoir sur sa joue qui s'est infectée et d'où suinte du pus. Sa ride d'énervement sur le front. Sa légère mauvaise haleine matinale. La réprobation qu'elle a l'impression de capter aux coins de ses yeux.

Le soleil dessine sur le mur des taches d'ombre et de lumière. Allongée entre les draps de coton, Liath glisse sur Ethan un regard dénué de pitié. C'est comme si une main mauvaise avait défait le vêtement de lumière et de tendresse dont on pare l'être aimé pour révéler, en dessous, le corps tel qu'il est vraiment, nu et sans atours – de la chair, du sang et des os. Et cet instant est si cruel, si effrayant, qu'au bout de quelques secondes, elle détourne les yeux, terrorisée jusqu'au plus profond d'elle-même et très, très coupable. La terreur et la culpabilité, rien de mieux pour chasser les horribles rats du doute. Elle a tellement peur de la vision dessillée qu'elle vient d'avoir de son mari, qu'elle se hâte de l'évacuer en fermant les paupières et en se blottissant contre lui. Les grands bras endormis l'étreignent, sans questions, sans hésitation. Lorsque Ethan Green se réveille ce matin-là, il enlace sa femme comme il ne l'a pas fait depuis bien longtemps.

Le lendemain à seize heures, il se retrouve au centre commercial avec ses fils : Liath s'est rappelée qu'ils devaient acheter des cadeaux pour toute une série d'anniversaires à venir dans la classe d'Itamar, mais elle a trop de travail pour s'en occuper elle-même. Les voilà donc tous les trois à déambuler dans les allées animées, entre les magasins et les divers stands. Au début, ils se parlent et puis, petit à petit, c'est le silence qui s'instaure entre eux. Ils se laissent bercer par l'environnement musical entrecoupé d'annonces publicitaires et passent d'une boutique à une autre. Yali cesse de crier à tout bout de champ : « J'en veux un comme ça ! » pour se contenter de poser des yeux mornes sur l'incroyable profusion de jouets, de vêtements, d'appareils électriques. Itamar s'arrête devant un magasin de téléviseurs et suit d'un regard émerveillé les dizaines de Barack Obama derrière des dizaines de pupitres identiques. Il y a là un Obama de cinquante pouces et un de trente, un Obama Toshiba et un Obama Samsung. Ils font tous le même discours, assourdi. Le président des États-Unis a beau être dupliqué un grand nombre de fois, pas un seul de ses mots n'est audible. Le magasin de téléviseurs préfère passer en bande-son une compilation de Shlomo Artzi. Obama fait un discours, Shlomo Artzi chante, et Itamar tire son père par la main :

— On y va ?

— Un instant.

Dans le coin gauche de la vitrine, un des téléviseurs s'est déréglé. Le président des États-Unis et son pupitre ont disparu pour ne laisser qu'une cascade de pixels noirs et blancs. Ce n'est qu'un seul écran brouillé au milieu des dizaines d'autres, et pourtant quelque chose de ce noir et blanc se répand sur toute la vitrine. La panne se trouve là, dans le coin gauche, mais elle raille le discours énergique du président et la voix caressante du chanteur. C'est justement ce coin-là, ce manque d'image-là, qui attire le regard. Comme dans les musées où les yeux se posent toujours sur le seul fruit avarié que tout peintre de nature morte a placé quelque part dans sa composition. Quelque chose de pourri au milieu de toute cette opulence. La rondeur des poires. La rondeur des joues de Barack Obama. Avec quelle facilité on peut en être dupe. Avec quelle rapidité ça peut se transformer en un clignotement aveugle et dénué de signification.

Ça ne dure pas longtemps. Quelques secondes plus tard, les cascades de pixels ont laissé la place à un écran noir. Qu'Ethan fixe à travers la vitre. Un homme avec deux enfants se tient debout devant un magasin d'électroménager. Un père. Un homme marié. Qui vient chercher au centre commercial quelques cadeaux d'anniversaire pour des mômes de sept ans. Il lui suffirait de tourner la tête et de regarder les passants pour se voir à des dizaines d'exemplaires. Un père avec un fils et une fille. Une mère avec deux filles. Un père et une mère avec des jumeaux. Sauf que ce père-là, cet homme marié-là, traîne quelque chose d'autre. Pas uniquement les deux enfants qui le tiennent par la main. Il a aussi sur les bras un Africain mort, dont le sang a sali ses chaussures de sport achetées au duty-free et dont la femme vivante lui lèche le cou, lui chatouille les cuisses de sa tresse de cheveux noirs. Obama prononce son discours, Shlomo Artzi chante et Ethan se laisse de nouveau submerger par le désir et la culpabilité. Si seulement il pouvait s'en débarrasser. De cette horrible culpabilité. La rejeter une fois pour toutes. De cet horrible désir. Pourtant, lui chuchote une petite voix intérieure, c'est toi qui les as apportés ici. Tu as attaché Itamar et Yali sur la banquette arrière, mis Sirkitt et Assoum dans le coffre et roulé jusqu'au centre commercial.

Yali le tire par le bras, il veut une glace. Ethan soulève son fils pour un câlin qui les étonne tous les deux, mais il goûte avec délice les boucles soyeuses du petit, lui mordille le nez-bouton-mignon-mignon. Par-delà cet élan de tendresse, il se sent terriblement triste, lui qui sait ce que ni Yali, ni Itamar, ni Liath ne savent... Il resserre encore un peu son étreinte, plonge encore davantage le visage dans le soyeux des boucles juvéniles.

Au commissariat de Beer-Sheva, entre quatre murs gris, l'inspectrice Liath Green se penche sur son bureau. Elle est fatiguée. Le nuage jaune qui enveloppe la ville et obstrue sa fenêtre ne l'aide pas. Elle a sous les yeux la photo de la tête explosée du travailleur clandestin. À côté, un beau cadre en bois cerne la photo de celui qui l'a percuté et s'est enfui. Moins de vingt centimètres séparent la photo de la victime et celle de son assassin. Elle ne voit rien.

Comment expliquer qu'elle passe à côté ? Justement elle, qui devrait voir. Liath Green, officier de police judiciaire. Anciennement Liath Samouha, observatrice en chef. Elle qui, à force de scruter tous les détails de la vie, a parfois peur d'oublier de vivre. Elle, passer à côté ? En réalité, rien de plus simple. Elle ne voit pas ce qui se dresse devant elle parce qu'elle ne regarde pas réellement. Elle cherche quelqu'un d'autre. Ou plutôt, elle est persuadée qu'il manque quelque chose. Pas quelqu'un, quelque chose. Pas le « chauffard », pas non plus « la voiture incriminée ». Et elle se focalise tellement sur le mystère à résoudre qu'elle ne remarque pas du tout la distance qui s'est installée dans sa vie, alors que peut-être c'est cette distance qui constitue le vrai grand mystère : comment expliquer qu'un homme et une femme qui s'aiment, qui se fondent en une seule chair, laissent un tel gouffre se creuser entre eux et n'en parlent pas ? Eux qui se connaissent si bien, non seulement pour les jours passés ensemble mais aussi pour ceux passés avant la rencontre, chacun étant le chroniqueur personnel de l'histoire de l'autre – l'amour n'est-il pas jaloux de tout ce qui l'a précédé ? Jusqu'à ces dernières semaines, Ethan et Liath ne s'étaient pas contentés d'empiler le temps présent et de programmer le temps à venir (que fera-t-on et où habiterons-nous ?), ils s'étaient aussi interrogés sur le temps passé. Comme si rien que le fait d'imaginer qu'ils aient pu vivre séparément leur paraissait une faute à expier. Du coup, Liath dégouline d'amour quand Ethan lui rappelle la grande dispute qui l'a opposée à Shira Hat-zav quand elles étaient en cinquième. Du coup, Ethan sou-rit de plaisir quand Liath imite l'adjudant-chef qui l'avait persécuté durant ses premiers mois d'armée et qu'elle arrive exactement à reproduire la manière dont il hurlait pendant les entraînements, bien que cela se soit passé huit ans avant leur rencontre. Chacun ressent les vexations enfantines de l'autre comme une blessure personnelle, s'amuse de ses anciennes facéties. Ils ne se contentent pas d'être le témoin auditif des souvenirs qui les ont précédés dans la vie de l'autre, non, ils en sont devenus les acteurs, les participants impliqués au premier degré. Après quinze ans de vie commune, ils s'émerveillent si tout à coup surgit une histoire qu'ils n'ont pas encore entendue. Ils se disent aussi que peut-être, voilà, ce sera la dernière et qu'à partir de maintenant, tout aura été dit, tout aura été raconté. Car elle connaît jusqu'au chat à queue noire qui habitait sous l'immeuble d'Ethan et il connaît jusqu'à la fin tragique du vélo mauve qu'elle possédait gamine. Liath cherche donc le criminel qui lui échappe sans se rendre compte qu'elle se voile la face. Incapable de voir à quel point l'homme qui lui est le plus proche et qu'elle connaît par cœur se trouve en réalité très loin. Pourtant, ils ne sont pas de ces couples distants. Ils ont encore de très profondes discussions, de celles qui commencent dès la sortie d'Omer et ne se terminent que lorsqu'ils arrivent chez les parents d'Ethan à Haïfa. Ils réussissent encore à partager des fous rires et à s'envoyer en l'air avec un plaisir notable. Main sur le cœur, elle est toujours amoureuse de son homme. Et inversement. Oui, tout ça correspond parfaitement aux faits mais ne peut rien contre la distance qui s'est instaurée entre eux (même à l'intérieur du cocon qu'ils ont construit) et dont la simple suggestion suffirait à la vexer autant que si elle avait découvert avoir passé la journée avec un truc entre les dents. Ou pendouillant sous son nez. Le genre d'incidents embarrassants qui arrive peut-être à des tas de couples, mais pas au sien. Elle s'entête là-dessus, d'où son erreur. On ne connaît jamais vraiment l'autre. Reste toujours un angle mort. Et là, au commissariat, une ligne invisible traverse sa table de travail. À droite : la photo de la tête explosée. Un dossier non élucidé. À gauche : la photo de l'homme aimé, sans mystère, qui donne la main à leurs deux garçons sur fond de pelouse, et bien que la photo ait été recadrée, elle sait ce qui se trouve au-delà. Même en dormant, elle est capable d'énumérer dans l'ordre les plantes qui les entourent. Elle connaît son jardin par cœur, elle connaît son homme par cœur. Elle ne peut donc pas connaître le chauffard et jette à peine un coup d'œil à la photo évidente et familière de son mari. En revanche, elle reste longtemps à fixer la tête écrabouillée à droite de la ligne invisible et s'interroge, perplexe : qui t'a fait ça ? Où est-il maintenant ?

2

Ça n'a pas du tout l'air d'un endroit habitable.
Pourtant, c'est un endroit habité.
Ceux qui y habitent trouvent ça normal d'habiter cet endroit.
C'est pourquoi le jour où des gens débarquent, leur disent qu'ils habitent un endroit qui n'est pas du tout habitable et leur expliquent qu'ils doivent aller s'installer ailleurs, les habitants de l'endroit inhabitable sont très étonnés.
Ensuite ils se fâchent.
Ensuite ils attendent.
Pour voir si les gens qui leur ont dit d'aller s'installer ailleurs sont sérieux. Et à quel point.

Dans la baraque de tôle, la flamme s'allume d'un coup, c'est le propre des flammes. L'adulte qui tient le briquet l'approche du visage endormi, effleure l'épaule de l'adolescent qui ne sent rien, c'est le propre des adolescents endormis. L'adulte éteint alors le briquet, laisse l'adolescent et sort. C'est de nouveau l'obscurité, mais dans l'étroit interstice entre les murs et le toit filtre déjà une première lueur bleutée. L'adulte revient, cette fois avec un verre à la main droite et une esquisse de sourire accrochée à la moustache. Il met le verre sous le nez de l'adolescent

197

de sorte que l'odeur de café qui emplit la pièce pénètre directement dans ses narines. Le dormeur inspire et, un instant plus tard, il ne dort déjà plus – ce ne sont pas ses yeux, encore fermés, qui le trahissent, mais les commissures frissonnantes de sa bouche. Et voilà qu'ils sont deux à sourire : le père et le fils. Quelques instants plus tard, assis sur le sable devant la baraque, ils sont deux à boire en silence le premier café du matin et à regarder leur hameau, posé en plein désert. Au milieu de nulle part. Déconnecté de tout, y compris de lui-même. Constitué de dix cahutes de tôle et de deux abris pour les chèvres, avec une citerne d'eau, des générateurs, quelques recoins tranquilles et ombragés, comme celui où le père et son fils boivent à présent un café au goût amer et revigorant. Autour d'eux l'air est frais et, en cet instant précis, ils savourent leur harmonie sereine.

C'est comme ça tous les matins. Le père met le café sous le nez du fils et le fils se réveille en humant la chaude odeur de la cardamome qui s'en dégage. Ils apprécient tellement ce rituel que les rares fois où l'adolescent se réveille avant son père, il reste allongé dans son lit et attend les yeux fermés, même s'il crève d'envie d'aller pisser.

Sur le chemin du lycée, l'adolescent constate que les oiseaux ont déjà bien entamé le cadavre du serpent qu'il a tué la veille. C'était en rentrant après les cours qu'il l'avait aperçu et lui avait explosé la tête d'une pierre. Il aurait bien aimé appeler son père pour lui montrer, mais ça s'était passé à trois kilomètres du village, à un kilomètre et demi du lycée... Bref, il n'avait pu impressionner personne. Il retrouve la pierre mais tout a disparu à part la tête du reptile, une bouillie noirâtre dans laquelle on reconnaît à peine une langue fourchue.

Il lui faut vingt minutes pour atteindre la route qu'il s'apprête à traverser au moment où un car de touristes lui passe sous le nez. Aux fenêtres, des adolescents de son âge le regardent. Il s'apprête de nouveau à traverser lorsque du virage surgit un autre bus, cette fois de la ligne régulière. Le coup de klaxon fulminant du conducteur l'immobilise. Ensuite, il prend son temps et laisse passer deux voitures avant de s'élancer en courant, l'image de la bestiole écrabouillée et de sa langue fourchue ne lui sort pas de la tête.

Il arrive au lycée en retard. Quand Tamam, la prof qui n'est toujours pas mariée, lui en demande la raison, il hausse les épaules sans rien dire et fixe le drapeau accroché derrière son bureau pour ne pas voir la déception dans les yeux de la jeune femme. Si elle savait qu'il pense à elle toutes les nuits, elle ne lui parlerait pas de ses retards. Elle ne lui parlerait pas du tout.

Les cours finis, il est le premier à sortir. Il fonce à toute blinde, sans s'arrêter. Il a seize ans depuis quatre jours, et c'est la première fois que son père l'emmène avec lui au travail. Sa mère aurait bien voulu qu'il commence avant mais son père avait refusé en insistant sur l'importance des études, on verrait après pour le reste.

Alors il s'est bien appliqué, a appris à écrire et à compter, les tables de multiplication aussi, il a tracé d'un crayon tremblant d'effort des phrases qu'aucun de ses deux parents ne pourrait jamais lire. Et il a attendu avec impatience le jour où enfin il montera dans la camionnette pour aller lui aussi « là-bas ».

Il ne sait pas ce qu'il y a « là-bas ». Son père n'en parle jamais (et chez lui on ne pose pas de questions), mais, le soir, il revient fatigué et satisfait, des billets roulés dans la main, chauds comme du pain sorti du four. Aujourd'hui, à seize ans passés de quatre jours, il va enfin l'accompagner.

Alors, même si courir lui scie les poumons et lui donne un point de côté, il continue et ne s'arrête pas.

À l'entrée du hameau, il croise Saïd, un cousin. Saïd a une belle voiture, toute neuve, et il porte des vêtements neufs, mais Sharef ne lui adresse pas la parole. Il sait que son père n'aime pas ça. Le cousin, en revanche, fait une tentative.

— Comment tu vas, mec ? demande-t-il en lui donnant une tape virile sur l'épaule.

Sharef sourit, le cousin lui parle vraiment comme à un adulte, c'est sincère, pas comme ceux qui font semblant pour que tu te sentes grand.

— Alors, mec, quand est-ce que tu viens bosser pour moi ?

L'adolescent hausse les épaules et fixe un point au loin, ce qui est la meilleure réponse qu'il ait trouvée jusqu'à présent aux questions embarrassantes. Mais comme l'autre répète, il comprend que, cette fois, il va devoir trouver quelque chose à dire. Par chance, à cet instant, son père sort de chez eux :

— C'est bon, Saïd. Le gosse a déjà un travail.

Sharef sent son cœur s'emballer, sauter hors de sa poitrine et commencer à gambader : si tel est le cas, ça veut dire qu'aujourd'hui, ce n'est pas une simple visite. Que c'est le début. Que tous les jours après le lycée, il ira travailler là-bas avec son père et peut-être, s'il a de la chance et qu'on est content de lui, il pourra y aller à la place du lycée, parce qu'il commence vraiment à en avoir ras-le-bol des tables de multiplication.

Son père l'envoie chercher la camionnette, il contourne leur baraque, met le contact d'une main experte, enclenche la troisième en passant sur la dune et sourit aux chèvres qui libèrent le chemin avec affolement. Son père monte et les voilà partis. Sharef espère qu'il ne devra pas céder comme d'habitude le volant en arrivant sur la route, il a quand même seize ans, et Mohand, on l'a déjà laissé conduire jusqu'au marché de Beer-Sheva. Raté, juste avant l'embranchement, son père lui demande de s'arrêter pour changer de place, inutile de discuter.

Le portail du kibboutz est fermé. En attendant que le gardien arrive et presse le bouton, il a le temps de lire une partie du panneau en hébreu : « Visite exceptionnelle chez les fils du d... », mais comme on leur ouvre et qu'ils démarrent aussitôt, il en déduit qu'il s'agit d'une « visite exceptionnelle chez les fils du désert ». Quelques dizaines de mètres plus loin, ils dépassent une nouvelle pancarte identique et cette fois, comme il se focalise tout de suite sur le dernier mot, il constate qu'il avait raison, c'est bien « désert ». Ils passent devant les maisons d'habitation. À cause des dos-d'âne, la camionnette roule lentement, ce qui lui permet de détailler les façades, les fenêtres des façades et les gens qui parfois apparaissent derrière les fenêtres des façades. Ils continuent à rouler, son père accélère dès qu'il n'y a plus de ralentisseurs et soudain, alors qu'ils arrivent au bout du chemin, il voit surgir une grande tente noire qui n'a rien à faire là.

Dans un premier temps, il est tellement stupéfait qu'il demande si des Bédouins habitent à cet endroit, mais comme son père éclate de rire, il comprend qu'il a encore réagi en gamin idiot : quelle est la probabilité pour qu'on laisse une tribu bédouine s'installer dans un kibboutz juif ? Ils se garent devant la tente, sous une nouvelle pancarte « Visite exceptionnelle chez les fils du désert », accolée cette fois à une grande affiche qui représente un Bédouin à dos de chameau. Le chameau et le Bédouin sourient, de même que l'homme qui sort de la tente – un certain Maty – et s'approche d'eux :

— *Ahalan*, Moussa, tu as enfin amené le gosse.

Sharef sait que le gosse, c'est lui, ce qui ne lui plaît pas du tout mais il serre quand même la main tendue et s'oblige à sourire.

— Pssst ! Quelle poigne !

Aussitôt, son sourire contraint se transforme en sourire sincère : ça fait longtemps qu'il travaille sur sa poignée de main, en fait depuis que Mohand lui a parlé d'un film où le héros savait déterminer qui était un vrai homme et qui ne l'était pas selon la manière dont on lui serrait la main.

Le prénommé Maty le lâche et indique la tente :

— S'il vous plaît, puis, avec un accent israélien très prononcé, il traduit : « *tfadalou* ».

Sharef entre et découvre sans aucun doute la chose la plus étrange qu'il ait vue de sa vie : une tente normale avec coussins, matelas et le reste, mais rien n'est normal. C'est comme si on avait pris une maison du kibboutz pour la déguiser en tente. Et qu'on avait très bien réussi.

Soudain, le téléphone de Maty sonne.

— Parfait, tournez à droite sur la place et ensuite c'est toujours tout droit, répond le kibboutznik.

Après avoir raccroché, il enchaîne :

— *Yallah*, Moussa, au boulot.

Sharef suit son père jusqu'à un recoin au fond de la tente. Là, il le voit troquer son jean et sa chemise contre une djellaba blanche, se coiffer d'un keffieh tout aussi blanc puis tirer une autre djellaba en indiquant à Sharef de l'enfiler. Des voix lui parviennent de l'extérieur. Il semble y avoir beaucoup de monde, c'est un mélange de gros rires masculins, de phrases hachées et insolentes d'adolescents, de miaulements de jeunes filles et de remontrances stridentes de femmes. Au milieu de ce brouhaha on distingue nettement des pleurs de bébés qui montent et descendent, impossible de savoir combien ils sont, mais ce qui est sûr, c'est qu'il y a plus d'une gorge hurlante.

Sharef regarde son père qui reste calme et serein. Il essaie d'adopter la même expression, tout en sachant qu'il ne réussira jamais à arborer une allure aussi digne que lui, aussi puissante. C'est juste qu'il espère ne pas avoir l'air d'un gamin terrorisé pour son premier jour de travail.

Il a juste le temps de terminer de s'habiller que déjà quelqu'un entre. Son père lui pose une main sur l'épaule :

— Aujourd'hui tu ne fais que regarder pour que tu comprennes en quoi ça consiste, dit-il avant de se détourner et d'aller accueillir tous les invités par des *Ahalan ousahalan !*.

Du coin de la tente où il est resté, Sharef observe son père qui discute, plein d'assurance, avec tous ces inconnus. À l'évidence, il leur inspire le plus grand respect et au moment où il prend la darbouka et se met à en jouer, les flashs des téléphones portables crépitent. Son père joue très bien. Mieux que tous les gens de sa connaissance. Dès qu'il frappe la peau, l'instrument se laisse pénétrer et obéit totalement à sa volonté. C'est d'une telle évidence, d'une telle beauté... qu'au début, il n'en croit pas ses oreilles. Pourtant, quelqu'un vient de s'écrier :

— Dis-moi, mon frère, pourquoi tu portes une robe ?

Il s'attend à un silence instantané. Des mots aussi grossiers et moqueurs ne peuvent se heurter qu'à une muraille de bouches sévèrement closes. Son père va obligatoirement s'arrêter de jouer et ordonner à l'imbécile de sortir. Il le fera avec sa voix tranquille, celle à laquelle on obéit toujours parce que sinon, c'est la raclée. Mais non. Son père continue comme si de rien n'était. Quant aux nombreux invités, au lieu de réprimander ce débile pour son inexcusable culot et lui donner une bonne leçon, ils réagissent par des éclats de rire excités. Du coup, il continue :

— Non, mais franchement, vous avez vu ces broderies ? Il est habillé en fille !

Et de se lever, d'avancer vers le père de Sharef d'un pas un peu chancelant, ivre des applaudissements et des rires qui l'encouragent, et de pointer un doigt vers les manches brodées de la djellaba.

Alors ce qui doit arriver arrive : la main du garçon touche le tissu pour bien indiquer de quoi il parle. La main du père de Sharef ne lâche pas la darbouka et n'attrape pas cet odieux petit prétentieux à la gorge, ne lui donne pas un coup dans le diaphragme, ni une bonne gifle à faire rougir cette joue couverte d'acné. Non. La main du père de Sharef continue à jouer – imperturbablement.

3

Trois jours après avoir contemplé la vitrine du magasin de téléviseurs, Ethan montre à Sirkitt comment changer les pansements sur le ventre du patient soudanais. La suture lui paraît magnifique. Les rougeurs et les gonflements se résorbent plus vite qu'il ne s'y attendait, ce qui lui inspire une certaine fierté. Il sait que c'est ridicule de s'attribuer le mérite du rétablissement d'un autre organisme que le sien (car c'est bien le système immunitaire du Soudanais et non le sien qui fait le travail), pourtant, il est fier. Comme si cette guérison rapide avait un lien avec son talent. Jamais il n'a ressenti une telle fierté en voyant guérir ses patients de neurochirurgie, bien que l'ablation d'une tumeur du corps calleux soit une opération autrement plus délicate que celle qu'il a pratiquée dans ce garage. Il pense à ce que lui a dit Itamar la fois où ils ont passé tous les deux un week-end sous la tente : il n'avait jamais rien goûté de meilleur que les pâtes qu'ils avaient fait cuire sur le feu de camp. Parce que préparer des pâtes dans la cuisine en inox de la maison, c'était banal, alors que dans un bivouac entre les gorges de la rivière Hawarim, ça relevait presque du miracle. Penser à son fils ternit un peu le miracle du Soudanais. Depuis combien de temps n'a-t-il pas passé une soirée entière avec cet enfant si réservé qui est le sien ? Yali hurle et pleure quand il part le soir pour ses gardes à l'hôpital, mais Itamar se contente de le regarder avec son calme si particulier et lui demande juste d'appeler s'il a le temps. À l'école aussi, le gamin se comporte comme ça. Si on lui pique sa trousse, il ne la récupère pas par la force, il n'exige pas non plus qu'on le laisse jouer au foot ni ne signale que c'est son tour d'utiliser l'ordinateur. Crie mon garçon, tape du poing sur la table et crie, sinon, le monde continuera de tourner comme si de rien n'était – voilà ce qu'il a sans cesse envie de lui dire, malgré les paroles rassurantes de Liath.

« Il va bien, Thany, c'est son caractère. Fais gaffe, à force de te sentir mal pour lui, tu vas finir par le déstabiliser. »

À sa naissance, ils l'avaient surnommé E.T. Les premiers jours, avec ses yeux immenses et sa peau fripée, il avait vraiment l'air de débarquer d'une autre planète. En grandissant, il est devenu un superbe bébé, mais ils ont continué à l'appeler E.T. Prononcé « Iti », à l'américaine, ça peut passer pour un joli diminutif d'Itamar. En plus, c'est le film préféré de Liath, parce qu'il se terminait avec la promesse que, en pédalant suffisamment vite, les roues du vélo se détacheraient du sol et vous enverraient sur la lune. Mais ces dernières années, depuis qu'Itamar se retranche dans son silence comme un astronaute dans sa combinaison spatiale, Ethan a cessé de l'appeler E.T. et cherche un argument pour demander à Liath à faire de même. À la dernière fête de Lag-baOmer, en voyant son fils rester à l'écart et ne pas se précipiter avec les autres enfants de sa classe au moment de la distribution d'esquimaux glacés, il s'était dit que décidément, ce gamin venait d'ailleurs. Comment le ramener ici ? Il l'ignorait et chaque fois qu'il le voyait s'attarder sur cette autre planète, il n'arrivait pas à museler le reproche qui s'immisçait dans sa voix (mais pourquoi tu ne dis rien, petit, pourquoi tu ne dis rien ?)

Ethan se redresse. Sirkitt, debout à côté de lui, attend ses instructions.

— Ça m'a l'air parfait. Si ça continue comme ça, il sera sur pied dans deux jours.

Elle traduit au patient dont le visage s'éclaire.

— Voulez-vous vous occuper de son pansement ? lui demande-t-il.

— Faites-le, vous. Moi, je vais lui chercher à manger.

Elle est déjà tournée vers la porte qu'il hésite encore un instant mais finit par se proposer pour faire un saut jusqu'au self et acheter quelque chose. L'obscurité du garage est pesante et il a envie d'appeler chez lui, les enfants ne sont peut-être pas encore couchés. Tu sais, Itamar, ta question au sujet des dragons et des dinosaures, elle est vraiment intéressante. Ça te dirait le week-end prochain qu'on aille camper au Makhtesh Ramon ? On tentera de dénicher des traces de dinosaures ou de dragons autour du cratère. Il se voit déjà en train de se faufiler hors de la tente au milieu de la nuit et de dessiner pour son fils d'immenses empreintes dans le sable lorsque Sirkitt interrompt ses pensées bucoliques :

— D'accord. Mais n'allez pas à la station-service. Il y a à manger dans la caravane, c'est juste derrière le self, un peu plus loin.

Il est si content de sortir qu'il lui faut quelques pas avant de comprendre qu'elle l'a envoyé dans ce qui lui tient lieu de maison. Il s'efforce tellement de deviner ce qu'il verra là-bas quand il ouvrira la porte que les dinosaures et les dragons désertent aussitôt son esprit. Un réchaud à gaz et dessus une casserole de riz ? Oui, c'est ce qu'elle lui a dit au moment où il partait. Mais que trouvera-t-il à part la casserole ? Et pourquoi, en fait, une telle curiosité ?

Quand il était gosse, il ne se gênait pas pour regarder chez les autres. À peine l'avait-on fait entrer, qu'il commençait à examiner les pièces dans lesquelles on l'introduisait, l'intérieur des occupants des lieux. Ici des chaussures traînaient, là un livre n'avait pas été lu, et que contenaient le frigo, les placards ? En général, il ne trouvait rien de particulièrement intéressant, car que peut-il bien y avoir d'étrange dans un frigo ? Pourtant, arriver à rassembler les détails récoltés en un tout cohérent lui causait une étrange satisfaction, la même que lorsqu'il terminait un puzzle complexe – peu lui importait l'image qui se révélait à la fin. Un réfrigérateur envahi par du fromage allégé en matières grasses, mais où ses yeux dénichaient un gâteau à moitié mangé derrière des flocons d'avoine bio ; un roman abandonné sur une commode, juste à la page où l'héroïne découvre une infâme trahison, quant aux autres livres, magnifiquement reliés et bien rangés sur les étagères, leurs dos intacts témoignaient qu'ils n'avaient jamais été lus. Ethan aimait traquer les armoires débordant de vêtements et dont les portes étaient vite refermées par des propriétaires embarrassés, mélange sensuel de chemisiers et de robes, de petites culottes et de chaussettes, désordre fripé où se livraient bataille une odeur de lessive et un léger relent de moisi.

Il essaie de se convaincre qu'entrer chez Sirkitt n'est rien de plus pour lui, et que l'émotion qui l'assaille au moment où il ouvre la porte n'est qu'un lointain écho de ses indiscrétions d'enfant. Pourtant, ce n'est pas la même chose. Il se souvient de ce jour où, adolescent, il était sorti sur la terrasse chez son oncle à Haïfa et sur celle en contrebas, il avait aperçu une femme d'une trentaine d'années, endormie sur une chaise longue. Elle portait un déshabillé fleuri qu'il avait trouvé hideux. Retourné à ses pieds, il avait reconnu un roman policier bon marché. Un léger coup de vent avait soudain soulevé le tissu à fleurs et il avait constaté, stupéfait, qu'elle ne portait pas de slip. Au loin, les cimes du pin et du chêne se balançaient de droite à gauche et de gauche à droite, tout comme son regard, parce que, du haut de la terrasse de son oncle, il voyait, entre les cuisses légèrement écartées de la femme endormie, ce que jamais il n'avait osé espérer voir un jour (du moins tant qu'il aurait un visage piqué d'acné et une voix haut perchée). Oui, cet après-midi-là, le monde s'était déroulé à ses pieds, nu et totalement offert. Le versant boisé de la montagne se jetait dans une mer en d'infinis possibles, et entre le vert et le bleu, jaillissait soudain une teinte rose qui avait accéléré sa respiration et blessé si fort ses yeux qu'à peine quelques instants plus tard il avait réintégré le salon, quasiment en courant.

Arrivé devant la caravane de Sirkitt, Ethan est soudain assailli par cette même émotion. Et, bien que cette fois il ait été invité à entrer (puisque mandaté par la locataire du lieu), une sorte de frisson lui parcourt l'échine au moment où la porte s'ouvre dans un grincement. Un quart de seconde, l'odeur de poussière désertique est même remplacée par le discret parfum de pin qui montait à l'époque dans la chaleur estivale de Haïfa.

Jusqu'au moment où il allume et reçoit l'indigence de la caravane comme une claque. (Que pensais-tu donc trouver ici, des petites culottes en dentelle ? Une superbe bibliothèque ? Des dessins d'enfants aimantés au frigo ?) Huit matelas avec des tee-shirts, des chemises et des pantalons roulés en guise d'oreillers. À côté de la porte, un réchaud à gaz avec, dessus, une casserole de riz. Quelques cuillers, quelques assiettes et une sensation très forte de déjà-vu. Car s'il n'est jamais venu ici autrement qu'en imagination, il retrouve exactement ce qu'il s'est représenté lorsque, gamin, il a entendu pour la première fois l'histoire de Boucle d'Or. Une petite fille marche dans la forêt et entre dans une maison qui n'est pas la sienne. Les chaises ne sont pas les siennes. Ni les bols ni les lits. Mais elle se comporte comme si tout lui appartenait : elle s'assied, goûte, va s'allonger. Ethan retrouve le charme des maisons vides dans lesquelles on déambule en se demandant si on pourrait y élire domicile. Ne le voilà-t-il pas déjà en train de se demander quel matelas, parmi ceux qui sont étendus sur le sol, il aurait choisi s'il avait dû dormir ici ? Aucune hésitation : il jette son dévolu sur celui à côté de la porte. Même si, pendant la nuit, l'air froid qui pénètre par l'interstice risque de le transformer en glaçon dans son sommeil, c'est assurément celui qu'il aurait préféré. Et s'il devait manger ici, eh bien, ce serait dans le bol en fer-blanc. Ceux en verre lui paraissent d'une propreté douteuse. Un instant, il envisage de les soulever les uns après les autres. D'essayer tous les matelas. De fermer les yeux pour ressentir ce que ça fait de s'endormir là, dans cette symphonie de respirations humaines. De se réveiller là. Boucle d'Or n'est jamais restée assez longtemps pour le savoir. Dès que les ours sont rentrés, grands et noirs, elle a sauté par la fenêtre et ne leur a pas laissé le temps de lui préparer un lit.

À nouveau, il regarde le matelas près de la porte. Avec la certitude que c'est ici qu'elle couche. Ici, et pas ailleurs. Car elle est exactement comme lui, elle a besoin de garder un minimum d'espace vital dans ses rapports avec les autres. Une légère brise pénètre dans la caravane et il se dit que ce doit être ce qu'elle sent quand, une fois allongée, elle ferme les yeux. Il sait aussi que, malgré la fraîcheur d'un vent nocturne, elle ne bougera pas, restera le visage tourné vers l'extérieur, vers le désert, dos aux autres dormeurs qui ronflent, gigotent ou marmonnent dans leur sommeil. Qui se grattent en rêvant, pètent sans s'en rendre compte, laissent des filets de bave couler sur leur oreiller improvisé. Toutes ces choses qu'on est censé ne faire que seul avec soi-même s'accomplissent ici devant tout le monde, si bien que la moindre indignité privée se transforme en honte publique. Ou pire : se libère de toute honte. Mais elle, elle préserve son intimité, s'allonge le visage tourné vers l'extérieur, dos aux corps qui remuent et suintent côte à côte. Ce matelas près de la porte signifie pour lui le refus de Sirkitt de se mélanger à la masse humaine entassée dans la caravane. Il n'a pas le moindre doute, là est sa place, et il ne l'en estime que davantage.

(Pourtant il se trompe : le matelas de Sirkitt n'est pas près de la porte, c'est même celui qui en est le plus éloigné puisqu'il est contre le mur. Elle s'est hâtée d'y poser ses affaires le jour de leur arrivée, dans l'espoir de ne pas avoir à les déplacer. La proximité du mur l'apaise. Elle aime s'endormir le visage si près de la paroi qu'elle s'y frotte presque le nez. C'est agréable d'être ainsi allongée. De se recroqueviller dans le coin sans bouger. Ça améliore la qualité du sommeil, le rend moins léger.)

Sirkitt a laissé des affaires en désordre sur son matelas. Des objets peut-être détenteurs d'une grande vérité, une sorte de message extrêmement important pour qui les regarderait. Mais Ethan ne les regarde pas, il reste focalisé sur le matelas à côté de la porte. Dommage. Parce que les vêtements entassés sur le matelas du mur ont été laissés là à son intention. Une pierre de Rosette dont il se détourne avec indifférence. Pourtant, si elle l'a envoyé dans la caravane, c'est pour lui dire : me voilà quand vous ne me regardez pas. Me voilà quand je ne me prépare pas à être disséquée par votre regard. Le matin, en omettant de ranger ses affaires, elle n'avait pas pu prévoir qu'il viendrait. Certes. Mais envisager cette éventualité ? Imaginer son docteur, ne serait-ce qu'un instant, debout au-dessus de son matelas à fixer ses affaires ? Des pensées bien plus étranges peuvent venir à l'esprit de quelqu'un pendant qu'il lessive le sol. L'eau qui coule de la serpillière sur le carrelage emporte bien d'autres choses. Tout un tas de « et si ». Par exemple : et s'il entrait dans la caravane et regardait mes affaires ? Hypothèse aussitôt évacuée avec toutes les autres, quelques rapides va-et-vient de balai caoutchouc suffisent, on n'y prête pas vraiment attention. Sauf qu'il semble qu'un peu de ce « et si » a tout de même laissé une trace en elle : les circonstances évoluent, une chose en entraîne soudain une autre, et elle l'envoie là-bas, non pas en imagination mais en réalité. Seule au milieu du garage, elle comprend soudain qu'il se trouve en ce moment chez elle (si on peut appeler la caravane un « chez-soi »), qu'il y est bel et bien entré.

Étrange qu'elle se sente à ce point profanée alors que c'est elle qui lui a demandé d'y aller. Plus étrange encore, la première fois qu'elle désigne la caravane comme son « chez-elle », c'est justement au moment où un étranger y pénètre. Debout dans le garage, elle se le représente debout dans la caravane. Saura-t-il reconnaître son matelas ? Qu'est-il en train de regarder ? De toucher ? Au fond, elle a déjà compris que ça ne changerait rien. Quoi qu'il ait touché des yeux ou des doigts, il a contaminé cet endroit qui est le sien. Quand elle rentrera, tout sera recouvert des négatifs laissés par la vision d'Ethan. Même s'il ne fait que prendre la casserole de riz et partir, elle ne pourra pas ignorer qu'il est passé là. Qu'il a posé les yeux sur ce qu'elle a de plus secret : son lit.

Et peu importe qu'elle ait agi de la même manière. À sa première visite chez lui, elle est restée longtemps en face de la villa, à tout observer. Elle a détaillé la savante topographie des jouets oubliés sur l'herbe. L'aménagement ingénieux du jardin. Le parasol qui ombrage la table en bois dressée sur la partie dallée avec une, deux, trois, quatre chaises, une pour chacun des membres de cette famille. À présent, c'est sa caravane qui se trouve à la merci du docteur, offerte, et il est libre d'y déambuler comme bon lui semble.

Elle sait que cette nuit, son sommeil sera bizarre. Pourtant, cette nuit comme toutes les autres, elle s'allongera sur son matelas. Se couvrira d'un drap. Plaquera le nez contre le mur. Elle n'arrive à dormir que dans cette position. Mais à ce moment précis, elle est dans le garage, lui dans la caravane. Dire qu'il se focalise sur le matelas près de la porte restée ouverte alors que pendant ce temps, à côté du mur, il y a une missive dont les mots sont la négligence avec laquelle le tee-shirt a été mis sur l'oreiller et la tristesse insupportable que dégage la brosse à cheveux oubliée là ! Car même si elle n'a pas eu l'intention consciente de lui laisser le moindre message, le tas abandonné sur son lit en dit long. Lui, bien sûr, ne se doute de rien. Elle non plus. Mais il y a, exposé sur le matelas, l'espoir du nouveau tee-shirt qu'elle s'est acheté. La honte de l'ancien, déchiré, qu'elle n'ose pourtant pas jeter. Tout ça peut être vu. Or, il l'ignore. Elle aussi. Étrangère à la lettre qu'elle a elle-même écrite, refusant de comprendre qu'il aura suffi qu'elle imagine rien qu'une fois, en lessivant le sol, son docteur poser les yeux sur son lit pour que ce regard y reste, pugnace. On a le droit d'imaginer un regard. Le matin, elle a laissé ses affaires en désordre face à un regard fantasmé. Face au vrai regard d'Ethan qui ne les voit pas, leur signification se dissipe, rien n'a jamais été exprimé.

Il finit par se détourner du matelas près de la porte pour détailler à nouveau le dénuement ambiant. Une pauvreté pas même photogénique. Les plus beaux clichés qu'il a pris au cours de son safari en Afrique sont ceux de cases en boue délabrées, de savanes jaunes couvertes de ronces desséchées qui s'agitent en vagues telle une crinière de lion, d'enfants sans vêtements qui fixent l'objectif sous un ciel magnifiquement bleu, de mères aux seins nus qui portent de superbes bijoux en dents de lion. Un être traqué accroché au cou d'un être tout aussi traqué. Sur ses photos d'Afrique, la pauvreté vous transperce le cœur telle une flèche aiguisée. Sur ses photos d'Afrique, l'indigence est sublime. Ici : huit matelas. Un réchaud. Des cuillers. Des assiettes.

Mais il y a aussi des roses. Près de la porte, entre les matelas et le réchaud, il y a une vieille boîte de conserve de maïs dans laquelle quelqu'un a mis des roses. Trois. Fraîches comme si elles ont été cueillies du matin. Et soudain, Ethan se souvient du rosier qu'il a vu sur le sentier. Il regarde par la porte de la caravane et à la faible lumière de l'ampoule distingue des contours de fleurs. Son Érythréenne cultive des roses ! Pour la première fois depuis qu'il la connaît, il l'imagine en train de s'activer dans le self de la station-service. De laver des assiettes auxquelles adhèrent des restes de desserts qu'elle n'a jamais goûtés. D'éplucher des légumes. De balayer. Les mains dans la graisse, les pieds dans la crasse. Une femme couverte de poussière rentre tous les jours dans une caravane pleine de poussière mais cultive des roses d'une propreté étincelante comme seules les roses peuvent l'être.

Ces roses l'émeuvent. Pour de bon. Au point qu'il décide de lui en toucher un mot à son retour. Il saisit la casserole de riz, referme la porte de la caravane et prend la direction du garage tout en réfléchissant à ce qu'il va lui dire. Mais lorsqu'il y pénètre, ses belles paroles au bord des lèvres, il est accueilli par des éclats de voix.

Sirkitt et l'homme qu'il a opéré sont toujours là, mais s'y sont ajoutés deux Érythréens baraqués et un jeune Bédouin au visage furieux. En fait, les deux Érythréens barrent le passage au jeune Bédouin, leur posture est sans ambiguïté : bras croisés et jambes légèrement écartées. À l'évidence ils veulent l'obliger à dégager, alors que lui refuse catégoriquement. Sauf qu'Ethan ne comprend pas : ce jeune homme n'a pas du tout l'air malade. Il est désespéré, agressif, mais pas du tout malade.

— Vous avez apporté le riz ?

Sirkitt n'a pas quitté son poste au chevet du patient et elle s'adresse à lui comme s'ils étaient seuls, d'une voix aussi calme que d'habitude.

— Qu'est-ce qui se passe ?

Elle pointe un doigt vers le Bédouin qu'elle ne regarde pas, on dirait qu'elle indique une saleté que le vent aurait poussée à l'intérieur.

— Il voulait nous amener quelqu'un. Je lui ai dit non.

Après avoir lancé un coup d'œil vers Ethan, l'intrus tourne les talons et sort. Aussitôt, les muscles des Érythréens se relâchent et ils redeviennent deux personnes paisibles et inoffensives. Sirkitt vient prendre le riz. (Et en son for intérieur, elle se jure de se renseigner avec précision pour savoir comment ce Bédouin a appris l'existence de leur dispensaire clandestin. Qui, parmi les imbéciles gravitant autour d'elle, a vendu la mèche ? Et que faire quand elle l'aura attrapé ?) En l'observant soulever la casserole, Ethan se dit que, décidément, elle lui est bien supérieure : il en est encore à s'interroger sur le jeune homme qui vient de partir alors qu'elle, comme toujours, est déjà passée à autre chose. Un instant plus tard cependant, la porte du garage est rouverte par le même jeune homme qui fonce à l'intérieur. Cette fois, il porte une jeune fille dans ses bras, une jeune fille dont la djellaba bleue est ornée de quatre grandes roses rouges, une pour chaque coup de couteau qu'elle a reçu dans le ventre.

— Vous vous occupez d'elle ! Vous vous occupez d'elle ! aboie-t-il, et, pour indiquer sa détermination, il s'approche du docteur et lui dépose son fardeau entre les bras, le lui jette presque.

Après avoir allongé la blessée sur la table, Ethan se penche sur elle. Elle respire, mais le pouls est à peine perceptible. Celui qui l'a poignardée a mis du cœur à l'ouvrage. Au-dessus de lui, il entend claquer les mots entre Sirkitt et le Bédouin. De courtes phrases en arabe prononcées sur un ton menaçant. Elle répète « Soroka », il secoue violemment la tête. En voilà un qui ne bougera pas, Ethan est prêt à le parier : des roses qui s'épanouissent ainsi sur une djellaba, c'est soit une vengeance, soit un crime d'honneur, deux cas que les familles préfèrent régler entre elles. Il regarde le jeune homme. Comment savoir si c'est l'inquiétude pour la jeune fille – sa sœur ? – ou la culpabilité qui a donné à ses yeux un tel éclat ? Peut-être est-il lui-même l'auteur des blessures, peut-être a-t-il lui-même planté par quatre fois la lame avant de changer d'avis.

— C'est mes frères qui ont fait ça, dit soudain le garçon en se tournant vers Ethan, comme s'il avait compris sa question muette. Elle était avec un homme.

— Et toi ?

— Pas moi.

Pouvait-il s'attendre à une autre réponse ? D'un coup de ciseaux il coupe la robe de la jeune fille et demande à Sirkitt de lui apporter une poche de liquide.

— Ce sont nos perfusions.

Il lui promet aussitôt de les remplacer le lendemain, il remplacerait tout, à condition qu'elle s'active, merde !

— Ils ne nous aident pas et on ne les aide pas, s'entête-t-elle, sans bouger d'un pouce.

Ethan la dévisage, elle a parlé avec un très grand calme, malgré le regard assassin du Bédouin. Attendant ses ordres, les deux Érythréens se tiennent, silencieux, à côté de la porte, mais elle aurait été tout aussi calme si elle avait dû affronter seule le garçon, il en est persuadé. Et c'est ce calme qui soudain le fait sortir de ses gonds, il est tellement furieux que sa voix en tremble :

— Si vous la jetez dehors, je pars avec elle.

Aucune réponse. Il reporte son attention sur l'adolescente. Quelques minutes plus tard, les deux gardes du corps sortent mais Ethan ne s'en rend pas compte. Dès que le combat s'engage, le boxeur sur le ring ne se préoccupe plus vraiment du public. (Au final, disait Zackaï, la mort gagne toujours par K-O. La question, c'est combien de rounds tu arrives à tenir.) Il veut gagner ce round-là. Il veut voir cette gamine derrière une caisse de supermarché à Beer-Sheva, lui servant à boire à la cafétéria de Soroka, ou le saluant d'un léger signe de tête au coin d'une rue. Sauf que le corps de cette petite n'obéit pas vraiment à sa volonté médicale. Très peu de réaction à la perfusion. En réexaminant la profondeur des blessures, il comprend que ce qu'il fait revient à verser un verre d'eau dans une baignoire dont on a ôté le bouchon. Il doit absolument évaluer l'importance des dégâts au niveau des organes internes, mais la chose la plus urgente, c'est de stabiliser le pouls, ces pulsations accélérées, hystériques, de pompe qui n'arrive pas à obtenir ce dont elle a besoin. Au-dessus d'elle, le grand frère sanglote et fixe les mains de sa sœur. Des mains qui, de bleues, deviennent violettes, et cette couleur commence aussi à envahir les bras.

— Elle n'est pas morte, s'empresse-t-il de préciser. C'est juste un symptôme hémorragique.

Tout comme la sueur froide sur son front. La respiration superficielle. L'absence totale de réaction depuis une bonne minute, pas même un frémissement de paupières aux voix autour d'elle. Les pieds commencent eux aussi à bleuir. Il prend une nouvelle poche de perfusion. Et encore une. Les minutes s'étirent comme des heures qui s'étirent en une bouillie intemporelle sans avant ni après, rien que le visage de cette gamine et la sueur froide qui le couvre. Le visage du médecin et la sueur qui le couvre.

Il sera incapable de dire avec précision à quelle heure elle est morte.

Il sait juste qu'à un certain moment, il remarque qu'elle n'a plus de trace de transpiration sur le visage et que le visage lui-même ne bouge plus du tout. Que le pouls s'est arrêté. La respiration aussi. Pendant quelques minutes, il essaie de la réanimer (allez, peut-être tout de même, nom de Dieu, peut-être tout de même !). Puis il cesse.

« Si un médecin s'obstine à exécuter les gestes qui sauvent cinq minutes après l'arrêt de la respiration et du pouls, il n'est plus médecin, leur avait un jour dit Zackaï. La résurrection des morts, c'est l'affaire des messies et des prophètes, pas des étudiants en médecine. »

Dans son dos, il entend le frère éclater en sanglots. S'il ne se retourne pas, c'est à cause de la lueur qui brillait auparavant dans les yeux du jeune homme, Ethan n'est toujours pas certain que ces doigts-là, qui se cramponnent à présent à la morte, ne sont pas ceux qui se sont cramponnés au couteau. Il s'approche du robinet, se lave les mains. Les sèche méticuleusement. Et au moment où il s'apprête à sortir du garage, il distingue, dans le mélange de syllabes et de hoquets du Bédouin en larmes, un mot connu. Un prénom, que le jeune homme ne cesse de répéter :

— Mouna.

Mouna Mouna Mouna.

4

Trois heures et demie du matin, Liath dort dans la chambre à coucher de sa villa d'Omer. En travers du lit double, jouissant de la liberté des solitaires. Avant de sombrer dans le sommeil, elle a décidé que cette nuit elle ne l'enlacerait pas et ne se laisserait pas enlacer. Quand il soulèverait la couverture pour se glisser à côté d'elle, elle se recroquevillerait sur sa moitié de matelas. Fini, ventre collé à dos, jambe posée sur jambe, terminé ! Elle ne peut pas continuer comme ça, silence pendant la journée et étreintes pendant la nuit. Deux royaumes : celui des petits déjeuners pesants et des dîners mutiques, et celui des chairs mêlées, des corps soudés l'un à l'autre dans le noir, avec la lumière en provenance de la chambre de Yali filtrant sous leur porte close pour seule réminiscence du toit commun qui les abrite, seul gage du fait qu'Ethan et Liath si distants le jour sont bien ceux qui se retrouvent la nuit dans le même lit. En quinze ans de vie commune, elle ne s'est écartée de lui en dormant qu'à de très rares occasions, en cas de disputes particulièrement teigneuses, de discussions qui ont franchi la ligne rouge. Pourtant, même alors, ils finissaient par se chercher dans le noir, de peur que le soleil, à son lever, les trouve désunis.

Il rentre peu après trois heures et demie. Bien qu'elle dorme, elle s'en rend compte et se répète aussitôt ce qu'elle a décidé. Le sommeil a quasiment toujours dissipé sa colère mais, cette nuit-là, son offense s'est imposée, est devenue partie intégrante de son corps, elle l'a sentie en se retournant sur le matelas – au même titre qu'un membre, on n'y pense pas tant qu'on est plongé dans son rêve mais un brin de conscience suffit pour vous rappeler leur existence. Bras, jambe, offense. Tout est bien là, présent. Est-ce que ça explique pourquoi elle ne capte les tremblements qu'au bout de quelques minutes ? Occupée à se barricader sous ses oreillers et ses couvertures, elle ne remarque pas l'étrange vibration qui agite l'autre moitié du lit et, quand elle finit par s'en apercevoir, elle ne comprend pas. L'appelle par son nom. Il ne répond pas alors elle prend la mouche et décide que s'il veut jouer à ça, elle non plus ne dira rien. Pour se taire, elle est aussi douée que lui. Mais les tremblements ne cessent pas, là-bas, à l'autre extrémité du lit, et lentement sa colère se dissipe, remplacée par de l'inquiétude.

— Thany, tu es malade ?

Elle tend une main vers le front de son mari, rien à signaler, alors elle passe aux joues... qu'elle trouve chaudes et humides.

— Tu pleures ?

Et avant qu'il ne réponde, elle se dit que non, c'est impossible, son homme ne pleure jamais, il n'a tout simplement pas de glandes lacrymales, c'est physiologique. Mais lorsqu'elle remonte du bout des doigts vers le haut des joues, elle trouve des yeux mouillés, et au moment où elle l'enlace, le gémissement qu'il lâche est, sans aucun doute possible, un sanglot. Elle resserre son étreinte, espère juste qu'il ne remarquera pas l'embarras de ses bras qui ne savent plus trop comment tenir ce corps masculin devenu tout à coup étranger. Elle attend quelques minutes que les tremblements se calment un peu et lui demande ce qui s'est passé. Elle le lui demande avec douceur, elle chuchote. Toujours pas de réaction, elle sent se réveiller sa colère familière, celle qui l'a accompagnée au coucher et qui soulève une question nouvelle, glauque, sur la possible existence d'une autre femme. C'est alors qu'il ouvre la bouche et sa voix résonne enfin dans la pièce. Faible et saccadée, mais sa voix quand même. L'étranger des dernières semaines cède enfin la place à Ethan, le vrai Ethan, et c'est lui qui évoque, avec des mots confus, la mort d'une jeune fille cette nuit sur la table d'opération.

— Par ma faute, dit-il, et il répète : Elle est morte par ma faute, avant d'éclater à nouveau en sanglots. Par ma faute.

Il continue à marmonner encore quelques instants puis semble se calmer un peu, retrouver une respiration plus régulière.

— Je dois te raconter ce qui s'est passé, Touly, te raconter pourquoi elle est morte, dit-il en se tournant vers elle avec des yeux brûlants.

Il s'apprête à continuer, elle le voit déjà sculpter sur ses lèvres la phrase suivante, alors elle tend la main et l'arrête :

— Stop. Tu te tortures pour rien, ce n'est pas juste.

Du coup il se tait et l'écoute lui rappeler qu'il est médecin, que les médecins font parfois des erreurs mais qu'ils sont investis de la mission la plus noble au monde.

— Les patients meurent de temps en temps, Thany, ça ne veut pas dire que c'est de ta faute. Pense à toutes les gardes que tu te tapes depuis un mois ! Je ne veux pas t'entendre dire que tu es un minable ou un mauvais chirurgien !

Elle l'embrasse sur les yeux qui ont recommencé à couler, les joues, le menton, elle l'embrasse et dit :

— Tu es quelqu'un de bien, Thany, la meilleure personne que je connaisse.

Lentement, elle sent qu'il s'apaise entre ses bras. Elle lui caresse la tête sans qu'il proteste. Sans qu'il tente de répliquer. Elle lui passe la main dans les cheveux, aller et retour, jusqu'à entendre la lourde respiration révélatrice : il s'est endormi. Comme Yali, songe-t-elle, qui lui aussi se répand en pleurs puis sombre dans le sommeil, maintenant Windows va fermer, le système s'éteint pour se réinitialiser le lendemain. Elle continue pourtant à lui caresser les cheveux, dans un mouvement qui ralentit de plus en plus jusqu'à ce qu'elle aussi s'endorme.

C'est à sept heures du matin qu'arrive le coup de téléphone du commissariat.

Au moment où le portable de Liath sonne, il s'accroche au sommeil de toutes ses forces, il continue à s'y accrocher quand elle laisse échapper un « quoi ? » incrédule et strident. Il garde les yeux fermés lorsqu'elle sort du lit et s'habille à la hâte avant d'aller houspiller les garçons d'une voix qui ne peut rien cacher de son stress. Après avoir entendu la porte claquer, il rajuste la couverture et s'applique toujours à garder les yeux fermés pour éviter l'intrusion du moindre rayon de soleil. Mais il sait qu'il est éveillé et qu'aucune manœuvre n'y fera rien.

Il se résout à ouvrir les paupières au bout de quelques minutes. Le voilà, allongé dans son lit, dans la chambre à coucher du Dr Ethan Green. Pourtant, il n'aurait pas été surpris si tout à coup la porte s'ouvrait, que ledit docteur entrait et lui intimait l'ordre de décamper ; si tout à coup ledit Dr Green, homme de principes au point d'avoir refusé de couvrir une affaire de dessous-de-table, chassait de son lit celui qui, la veille, avait causé – certes indirectement mais non moins assurément – la mort d'une jeune fille. Le Dr Green mettrait ainsi à la porte le chauffard qui avait failli laisser un gamin endosser la responsabilité de son crime. Alors cet homme, chassé du lit et mis à la porte, se retrouverait dans le jardin de sa villa, entre les buissons de romarin, et se demanderait si tout de même... tout de même... ce n'était pas justement lui, le vrai Ethan Green.

Qu'est-ce qui le définit le plus : une vie entière à rouler prudemment, à étudier la médecine et à porter les courses des vieilles dames au supermarché, ou cet instant unique ? Quarante et un ans de vie contre cette seule minute, qui, il le sent bien, renferme davantage que la somme des soixante secondes qui la constituent. Comme l'ADN qui renferme tout le genre humain. Et, oui, force lui est d'avouer que la nationalité de sa victime n'avait pas été sans incidence. Parce qu'il les trouvait tous pareils. Parce qu'il ne les connaissait pas. Parce que les êtres venus d'une autre planète sont obligatoirement un peu moins humains. D'accord, c'est horrible à dire, mais il n'est pas le seul à le penser. Il est juste celui qui, par hasard, en a écrasé un.

Allongé sur son lit, il revoit les roses de sang maculer la robe de la fille. Là, en l'occurrence, Liath n'est pas moins responsable que lui. Elle pourrait se raconter jusqu'à demain matin que si elle a révélé cette histoire d'amour, c'est uniquement pour éviter une erreur judiciaire – la vérité, c'était qu'elle l'a fait parce qu'elle n'accepte pas que Guépard ait résolu le dossier à sa place. Le jeune

Bédouin lui a demandé de ne pas pousser plus loin ses investigations mais elle ne l'a pas écouté. Après, fière d'avoir résolu le mystère, elle n'a pas réfléchi un instant au danger auquel elle exposait son jeune témoin. Telle est la réalité. Il n'y a ni bons ni mauvais, rien que des forts et des faibles. Peut-être était-ce ce que Zackaï voulait dire en lui offrant une bouteille de whisky.

Il se rase avec soin devant le miroir. La veille, le Pr Tal lui a fait remarquer qu'il avait l'air négligé. Avec un sourire et une tape sur l'épaule, mais à bon entendeur, salut ! Quant au Pr Shkedi, il ne lui parle pas depuis deux jours, ses habituels regards désapprobateurs ont été remplacés par une indifférence affichée et autrement plus inquiétante. Ses confrères aussi s'adressent très peu à lui, de toute façon, il est trop fatigué et trop préoccupé pour soutenir une vraie conversation. Même la jeune infirmière a cessé de lui sourire et semble avoir jeté son dévolu sur le nouvel interne. Se comporterait-elle autrement si elle savait que le médecin fatigué et mal rasé se muait en grand patron dans un autre hôpital ? Moins réputé, moins officiel, mais un hôpital quand même. Avec du matériel médical, une grande variété de plaies et de maladies, et qui a même eu, la veille, son premier décès, comme tout hôpital qui se respecte.

Tu dois te calmer, se répète-t-il en fermant les boutons de sa chemise, tu dois te calmer, sinon tu vas perdre ton boulot.

Une fois habillé, il cire ses chaussures et s'examine avec minutie face au miroir en pied. Parfait, le Pr Tal ne risque pas de le trouver négligé. Touche finale, il prend l'after-shave très chic qu'il réserve aux mariages, deux petites pulvérisations à droite, deux à gauche, ça ne mange pas de pain.

Des heures plus tard, alors que l'odeur acide de la transpiration a eu le temps de remplacer l'after-shave, une des infirmières du service s'approche de lui :

— Votre femme au téléphone.

Il s'excuse auprès de son patient et se hâte d'aller répondre. N'attend-il pas cet appel depuis le matin ? Liath allait lui annoncer la mort de la jeune Bédouine et se mettrait à sangloter. Ou bien elle commencerait par sangloter et ensuite elle lui annoncerait la mort de la gamine. Il exprimerait la même stupeur qu'elle. La réconforterait. Lui dirait : Touly, ce n'est pas ta faute. Toi, tu voulais l'aider. Et il serait sincère au moment où il prononcerait ces paroles. Il occulterait le fait qu'elle était tout de même un peu responsable, avec son entêtement à poursuivre cette enquête qui, peut-être, lui vaudrait une promotion. D'ailleurs, en l'écoutant pleurer, il saurait aussi que la promotion n'était qu'un prétexte au besoin de sa femme d'être quelqu'un de bien. D'être de ceux qui agissent comme il se doit. À l'instar des médecins. Personne ne choisit ces métiers-là pour l'argent. Ni pour la notoriété. Dix ans d'études pour te convaincre que, si en ce monde, il existe les forces du bien et les forces du mal, toi, tu es du côté du bien.

Tout ça, il se prépare à le lui dire au moment où il soulève le combiné. Il est donc très étonné d'entendre, au bout de la ligne, non pas la voix torturée de Liath mais une autre voix, calme et sereine.

— Il faut que vous veniez aujourd'hui.

— Qu'est-ce qui vous donne le droit de m'appeler ici ?

— Vous ne répondez pas à votre portable.

— Je le ferme toujours pendant mes visites.

Elle le sait, bien sûr. Mais elle précise qu'il ne lui a pas répondu la veille et pas non plus le matin.

— Il y a beaucoup de malades. Hier, je les ai tous renvoyés puisque vous avez préféré vous occuper de cette Bédouine, mais ce soir, vous devez venir.

— Je ne peux pas, je termine tard ce soir.

— Eh bien, je leur dirai de venir tard, décrète-t-elle avant de raccrocher.

Lorsqu'il sort du 4 x 4, il remarque tout de suite la lune. Un œil blanc, écarquillé, dont on a arraché la pupille. (La pleine lune, ça signifie donc que deux mois se sont écoulés depuis que Janis Joplin hurlait dans ta voiture et que dehors marchait un homme appelé Assoum, un homme que tu as percuté.) Il verrouille la portière. En s'approchant de la clôture, il distingue une dizaine d'Érythréens qui discutent devant l'entrée, regards tournés vers l'intérieur. Persuadé que c'est lui qu'ils attendent, il s'étonne de passer devant eux sans attirer leur attention. Mais arrivé à l'entrée du garage, il comprend : dos à la foule, une femme noire au corps massif est agenouillée et embrasse les pieds de Sirkitt.

— *Min fadlek*, répète-t-elle encore et encore, *min fadlek*.

Ethan connaît ce mot. Les Soudanais qu'il soigne ici le prononcent souvent, ça signifie : je t'en supplie. Il voit aussi Sirkitt répondre dans un arabe doux et mélodieux. Le son est si agréable qu'Ethan a besoin d'un instant pour se rendre compte que c'est un refus. En fait, il ne le comprend que lorsque la femme se relève et crache au visage de l'Érythréenne.

Un murmure de stupéfaction s'élève des gens devant le garage. La salive, blanche et mousseuse, s'est écrasée sur l'arête du nez et coule à présent sur la joue. Strié de filets de bave dégoulinants, ce visage fier paraît soudain minable et ridicule. Mais les secondes passent, Sirkitt ne bouge pas, et Ethan constate qu'il s'est trompé, ce qu'il prenait pour du ridicule est en fait de la dignité. Le crachat semble glisser sur elle sans l'affecter le moins du monde. Elle reste debout, immobile. Ne dit rien. Et lorsque la femme réitère son acte, qu'elle crache droit sur le noir intense des yeux de Sirkitt, celle-ci se contente d'aller se laver dans l'évier. L'autre se détourne et c'est alors qu'elle remarque la présence d'Ethan. Son expression change aussitôt.

— *Min fadlek, doctor.* Elle veut des sous. Je n'en ai pas, explique-t-elle, déjà prête à s'agenouiller à nouveau, cette fois aux pieds d'Ethan, et elle l'aurait fait si les deux hommes chargés de maintenir l'ordre ce soir-là ne s'étaient pas approchés d'elle.

Ils n'ont pas besoin de la toucher, elle se relève et lance un regard froid vers Sirkitt, les gardes du corps, les autres patients qui l'observent discrètement de l'entrée. Tremblante de vexation et de rage, elle le prend, lui, à témoin :

— Pour chaque coup qu'elle a reçu d'Assoum, Allah lui en redonnera dix.

Le dernier patient s'en va à deux heures du matin, Ethan le suit des yeux, il s'éloigne en claudiquant, un pied bandé. Trois fois, il lui a expliqué comment prendre les antibiotiques et n'est toujours pas sûr d'avoir été compris. Arrivé la veille, cet Africain avait l'élocution lente et le regard éteint. Peut-être à cause de la chaleur, peut-être a-t-il toujours été un peu débile, quoiqu'un débile n'aurait jamais réussi à échapper aux passeurs bédouins ni à traverser la frontière. D'après Sirkitt, il s'est blessé en rampant sous des barbelés égyptiens.

Était-ce vrai ? Rien de ce qu'elle lui disait ne lui paraissait vrai. La seule chose qu'il savait avec certitude, c'était que le pied avait une très sale allure, alors il a bourré le gars d'une tonne d'antibiotiques – ne manquerait plus qu'il ait à nouveau à effectuer une opération urgente dans le garage !

« Dites-lui que s'il ne s'occupe pas de l'infection, il risque de perdre son pied. »

Elle a traduit et le gars a éclaté de rire.

« Il dit de ne pas s'inquiéter pour son pied, apparemment vous ne savez pas que les Érythréens sont les champions du monde du cinq cents mètres. »

Ethan a intercepté le sourire discret – si rare – qu'elle a échangé avec son compatriote. Comme s'il s'agissait d'une blague dont le sens s'est perdu dans les détours de la traduction.

« Les champions du monde du cinq cents mètres ?

— C'est la portée de tir des fusils égyptiens. Ceux qui ne courent pas assez vite sur cette distance n'arrivent pas jusqu'ici. »

Elle s'est levée pour raccompagner dehors le blessé qui, Ethan l'a vu sous la lumière lunaire, a sorti quelques billets de sa poche pour les tendre à Sirkitt.

À présent, il le regarde s'éloigner. Elle fait demi-tour, rentre dans le garage, prend un balai caoutchouc, commence à lessiver le sol en béton et ne s'adresse à Ethan que pour lui demander de bouger parce qu'elle veut passer là où il se trouve. Il l'observe. Elle travaille avec des gestes experts. Rapides.

— La femme qui était là tout à l'heure…

— Oui ?

— Elle a dit que vous preniez de l'argent. Que celui qui ne payait pas ne se faisait pas soigner.

— Et ?

Elle continue à nettoyer avec les mêmes gestes. Ni plus vite ni plus lentement. En la regardant, il pense pour la première fois aux petits ronds clairs qui décorent son poignet et, pour la première fois, imagine la cigarette qui les a causés.

— Elle a aussi dit que votre mari vous battait.

À l'aide du balai caoutchouc, Sirkitt repousse l'eau vers l'extérieur, reprend la serpillière, la passe sur le sol propre jusqu'à ce qu'on ne puisse plus y trouver la moindre trace humide et quand elle a terminé, elle la replie en un carré parfait.

— Et ?

Après le départ du docteur, elle recommence à nettoyer le garage. À coups de balai rythmés et mesurés. C'est comme de ramer sur une eau tranquille. Tout est propre ici, elle le sait parfaitement, mais elle recommence à passer la serpillière sur le sol de béton et le chiffon sur la table de fer rouillé. Quand le corps travaille, la tête se calme, ou du moins essaie de se calmer, parce que dès qu'elle s'arrête plus de quelques secondes, elle est saisie d'un tel stress qu'elle est obligée de bouger. Elle traverse le hangar, aller et retour, aller et retour.

Elle ne saura jamais ce qu'elle serait devenue si le 4 x 4 n'avait pas jailli de nulle part cette nuit-là et n'avait pas écrasé Assoum. Combien de coups il lui aurait encore donnés ? Se serait-elle, à un certain moment, levée pour le frapper en retour ? Voilà, ce serait son lot pour toujours : devoir sa vie à quelqu'un d'autre, à ce docteur qui n'avait jamais eu l'intention de lui donner quoi que ce soit.

Son poignet est marqué de cinq ronds clairs. Elle se souvient de la brûlure sur sa peau et de l'odeur de tabac que dégageait son mari le soir où il les a imprimés dans sa chair. Elle plonge et replonge la serpillière dans l'eau et se dit qu'elle le hait autant qu'elle hait la femme qu'elle était alors, celle qui s'est écroulée par terre en attendant qu'il arrête. Elle voudrait l'attraper par les cheveux, cette vache idiote, la relever de force, uniquement pour pouvoir, elle aussi, la frapper. Comment s'était-elle laissé faire ? Elle n'avait même pas crié. Le docteur est coupable d'avoir écrasé Assoum, mais toi, tu es coupable de ne pas l'avoir écrasé. De n'avoir jamais réagi.

Elle pose le balai caoutchouc dans un coin, sort étendre la serpillière. Aucun doute, elle s'est très bien débrouillée pour ne pas vivre. Pendant trente et un ans, elle s'est mise en veille. Et surtout elle a esquivé son mari, dont la présence emplissait toute la case. Si grand qu'il se cognait aux toits. Il avait la taille d'un dieu, son mari, mais en moins méchant. Parfois, assise sur le matelas, elle détachait ses cheveux pour qu'il les lui démêle avec ses doigts. En douceur. Sans lui faire mal. Elle s'installait dos à lui, fermait les yeux, et il défaisait les nœuds un à un comme il défaisait ceux de son filet de pêche. Il savait s'y prendre pour ne jamais le déchirer tant il avait les doigts délicats. Elle fermait les yeux et inspirait profondément. À l'extérieur de la case, on faisait brûler des ordures. Les doigts d'Assoum sentaient le tabac et le poisson. Il les passait dans ses cheveux aller et retour, jusqu'à laisser sa tête sans le moindre nœud, mais avec une odeur de tabac et de poisson. Parfois, il continuait à la caresser même quand il n'y avait plus rien à démêler. Il promenait les doigts de bas en haut, de haut en bas, en mouvements sinueux, c'était comme un cortège de fourmis, comme l'écoulement d'une rivière, une douceur indescriptible qui lui revient tout à coup à la base du crâne. Et pendant ce temps, pendant qu'il promenait les doigts dans ses cheveux, il sifflotait. Ne s'arrêtait que pour cracher par terre, puis reprenait aussitôt.

Ce sifflotement, il l'avait un jour rapporté de la mer, prétendant que c'était un cadeau des poissons. Elle avait eu du mal à le croire, mais Assoum n'était pas le genre de personne qu'on contredisait. C'était vraiment un sifflotement agréable, la mélodie ne ressemblait à rien de ce qu'elle connaissait, elle aimait la manière dont il contractait les lèvres pour obtenir les sons et pendant cet instant, il avait l'air de l'enfant qu'il avait peut-être été, un gentil petit gars, pas un type violent.

Il avait quitté le village, emportant le sifflotement avec lui, mais il n'avait plus jamais ressemblé à un gentil petit gars quand il sifflait. Il ressemblait à un homme fatigué et en rage. Au bout de quelques semaines, l'odeur de poisson avait déserté ses doigts. Ils s'en étaient rendu compte tous les deux mais n'en avaient jamais parlé. Sans cette odeur, ses mains étaient comme un homme à qui on a arraché son ombre. Elles restaient entières mais quelque chose d'important manquait. Loin de la mer, elles suffoquaient sous le soleil comme les poissons sur le sol de la case. Il avait continué à fumer du tabac mais avait cessé de lui démêler les cheveux, et il s'adressait à elle le moins possible. Certains jours, le sifflotement était la seule chose qui sortait de sa bouche. C'était la même mélodie qu'avant, mais différente. Plus lente, lourde de poussière.

Jusqu'à cette soirée où le Bédouin a ordonné à Sirkitt de venir sous sa tente. L'homme était passé devant le groupe de femmes assises, les avait examinées les unes après les autres en prenant son temps puis avait pointé l'index vers elle et lui avait signifié de se lever, ce qu'elle allait faire au moment où elle avait entendu Assoum siffloter. Fort, cette fois, et sur un rythme rapide, presque enjoué. Étonné, le Bédouin s'était retourné vers le groupe des hommes qui baissaient tous la tête (son mari y compris, même s'il continuait à siffloter) et avait armé son fusil en l'avertissant de ne pas faire le malin. Assoum avait cessé de siffloter et dit :

« Si tu es un homme, lâche ton arme, qu'on voie ce dont tu es capable.

— Aucun problème », avait aussitôt répondu l'autre en donnant son arme à un de ses amis (même si son regard indiquait qu'il n'était pas très rassuré).

Assoum avait une tête et demie de plus que lui et malgré ce qu'ils avaient enduré depuis leur départ du village, il restait très baraqué. Les craintes du Bédouin se révélèrent pourtant vaines. Ça faisait des jours qu'ils n'avaient pas mangé à leur faim et, depuis que l'odeur de poisson s'était évaporée, Assoum n'avait plus la même force dans les bras. Il se retrouva à terre en moins d'une minute. Son adversaire lui enfonça la tête dans le sable :

« Maintenant, montre-nous si tu peux encore siffler », le défia-t-il en lui donnant encore quelques coups de pied avant de le lâcher.

Sirkitt ne saurait jamais si le Bédouin avait oublié sa présence ou bien s'il avait eu l'intention de la pousser jusque sous sa tente mais qu'il avait changé d'avis, s'étant suffisamment amusé pour la soirée. À cet instant, son mari s'était remis à siffloter. Il avait le visage couvert de sable, du sang coulait de ses lèvres qu'il arrivait difficilement à contracter, le son en sortait haché, déformé, ce n'était même pas un sifflotement, mais elle reconnut la mélodie, tout comme le Bédouin qui, cette fois, ne se contenta pas de quelques coups. Il le laissa se relever, essayer en vain de frapper et alors il s'en donna à cœur joie. Ça ne prit que quelques minutes qui parurent interminables… jusqu'à ce qu'il trouve lui aussi le temps long et après en avoir terminé (le visage d'Assoum était réduit en bouillie), il s'essuya les mains sur sa djellaba, récupéra son fusil et s'en alla.

Sirkitt se précipita alors sur l'homme allongé par terre et qui était son mari. Elle essuya le sang sur ses lèvres. Enleva le sable de son visage. Elle s'apprêtait à lui embrasser les doigts qui sentaient toujours le tabac mais plus le poisson, lorsque, avec ses doigts-là justement, il lui donna le coup de poing le plus fort qu'elle ait jamais reçu. Directement dans le ventre. Ce n'était pas la première fois qu'il la frappait, mais jamais elle n'avait ressenti une douleur aussi aiguë. Peut-être parce qu'il l'avait fait avec une force particulière, peut-être simplement parce qu'elle ne s'y attendait pas. Ses muscles étaient relâchés et tranquilles. Pas contractés de peur. Elle l'avait vu couché là, couvert de sang et de sable, et avait accouru sans la moindre appréhension. Elle voulait lui venir en aide non pas parce qu'elle avait peur de lui mais parce qu'elle avait peur pour lui. Et c'est ce qu'il n'avait pas supporté : ne plus voir de peur dans son regard. C'est une chose que de perdre l'odeur de la mer sur tes doigts, mais c'en est une autre que de perdre la peur dans les yeux de ta femme. Et peu importe que ce soit remplacé par de la douceur. Assoum ne savait que faire de la douceur. Il ne savait pas ce que ça voulait dire, la douceur. Qu'elle continue à le craindre signifiait que rien n'avait changé, qu'il restait ce qu'il avait toujours été. La douceur voulait dire autre chose, qu'il ne pouvait pas comprendre. Ne voulait pas comprendre. Il avait dû accepter trop de changements, trop de pertes, il ne pouvait renoncer à la peur de sa femme. En avait besoin pour savoir qui il était.

C'est pourquoi elle se retrouva à son tour couchée sur le sol, le visage dans le sable, avec Assoum debout en train de cracher du sang. Tout en le regardant, elle s'était reproché sa naïveté, espèce de vache idiote, tu as vraiment cru qu'il le faisait pour toi. Eh bien, non ! Il ne sait pas ce que c'est que d'être pénétrée de force par un homme qui te déchire la chair à l'intérieur. S'il est intervenu, c'est pour lui. Parce qu'il ne pouvait accepter que quelqu'un, à part lui, pénètre sa femme. Rien d'autre.

À l'extérieur du garage, la nuit s'enroule, douce et tranquille. Les pierres éparpillées à leur place sur le sol, le ciel en haut, aucun contact entre eux. Le soir du sifflotement. Assoum à terre et elle debout. Elle à terre et Assoum debout. Le Bédouin qui approche, lui dit : « Viens. » Et ce soir, voilà qu'elle s'arrête à l'extérieur du garage et sait que si elle disait « Viens » à son docteur, il viendrait immédiatement. Que si elle lui disait « Occupe-toi d'untel ou d'untel », il s'en occuperait. Que si elle lui disait de sauter à cloche-pied (comme le gamin qui les a attrapés à l'extrémité du camp, les a menacés de son arme et leur a dit : « Vous n'avez pas le droit de vous éloigner autant, retournez à votre place en sautant sur un pied »), eh bien, son docteur sauterait sur un pied. Oui, tout ça, tu le sais. Mais jamais tu ne sauras ce qui se serait passé s'il n'avait pas percuté Assoum cette nuit-là. Aurais-tu un jour réussi à te lever et à partir ou serais-tu restée avec ton mari pour toujours, de coup de poing en coup de poing, à vivre une vie qui ressemblait au silence entre deux battements de cœur ? Le fait qu'aujourd'hui ta réalité a changé du tout au tout est incontestablement très agréable. Mais tu ne sauras jamais, jamais, ce qui, dans cette force dont tu es si pleine, vient de toi et ce qui n'est que le fruit du hasard.

L'hôpital l'a appelé deux fois, mais rien du côté de Liath, ce qui lui paraît étrange. Il commence déjà à envisager que la gamine décédée la veille sur la table du garage n'est pas la Mouna dont lui a parlé sa femme, ce qui lui redonne de l'espoir. Le coup de téléphone du commissariat tôt ce matin-là peut être lié à un autre dossier. Elle n'a rien dit en sortant et lui s'est tellement obstiné à dormir !

Tout le trajet de retour, il se gargarise de cette alléchante éventualité. Mouna et le gamin sont sains et saufs. Il va même jusqu'à imaginer leurs visages et s'attendrit sur l'amour interdit de ces deux enfants. Oui, c'était une autre Mouna, il sent cette certitude se renforcer d'instant en instant. Liath aurait téléphoné si ça avait été la même, le dossier de l'Érythréen et du jeune Bédouin qui, depuis peu, inclut aussi la jeune Bédouine, lui tient particulièrement à cœur, il le sait.

Mais arrivé chez lui, il la trouve sur le canapé, les yeux rouges. Il comprend tout de suite et s'en veut : comment a-t-il pu se bercer d'illusions, se raconter de belles histoires, voir le couple d'adolescents s'éloigner à dos de chameau dans le soleil couchant ? Il s'assied à côté de sa femme, attend l'instant où elle va lui révéler ce qu'il sait déjà, prépare à l'avance des phrases de consolation, une étreinte, des arguments à sa décharge qui modifieront la discussion qu'elle entretient en ce moment avec elle-même. Ce n'est pas ta faute, ma chérie, cette gamine, tu n'y es pour rien... Ce qui explique qu'au début il ne comprend pas qu'au lieu de lui parler tout de suite de la mort de la jeune Bédouine, elle lève vers lui une paire d'yeux hermétiques :

— Tu viens d'où ?

— De l'hôpital.

— Ce n'est pas ce qu'on m'a dit quand j'ai appelé là-bas pour te raconter que la petite était morte.

Et avant qu'il ait le temps de trouver quoi lui répondre, elle se dresse devant lui et le toise d'un regard haineux :

— On m'a demandé comment Yali supportait ses crises d'asthme, celles qui t'obligent tout le temps à partir plus tôt.

5

Une semaine qu'Ethan et Liath ne se parlent pas. Ils échangent quelques mots, il n'y a plus de lait, où est le cartable de Yali, c'est moi qui l'accompagne aujourd'hui à l'école. Parfois, les épaules s'effleurent au moment d'aller au lit ou de s'essuyer dans la salle de bains. Liath dresse la table pour le dîner, Ethan débarrasse et pose les plats dans l'évier. Liath met les assiettes dans le lave-vaisselle, Ethan les range dans le placard. Les jours s'en vont, les jours s'en viennent, l'évier se remplit et se vide, la lune croît et décroît. Ethan et Liath ne se parlent pas.

On met et on débarrasse la table. On remplit un sac-poubelle. On va le jeter dans le container du jardin lequel se remplit puis se vide dans la benne à ordures laquelle se remplit puis se vide dans la décharge du Néguev laquelle s'enfonce de plus en plus profondément dans la terre laquelle se remplit mais ne se vide pas. Se remplit mais ne se vide toujours pas. Se remplit encore. Et encore. Et encore. Alors s'élève de ce tas d'immondices une poussière offensée qui enveloppe la ville de Beer-Sheva et sa banlieue, Omer compris. Pourtant l'évier de la cuisine d'Ethan et de Liath étincelle de propreté. Lueur dans le noir, dont l'éclat jaillit par-delà la poussière. Et pendant ce temps, une lune de marbre croît et décroît dans un ciel inoxydable.

Elle finit tout de même par lui pardonner. Il lui a juré que les heures hors de l'hôpital, il les a passées seul. Il a besoin d'air, voilà ce qu'il lui dit, il a besoin d'air. Et de lui décrire ses virées sur les circuits de 4 x 4, ses balades dans un sens puis dans l'autre par des chemins de terre, nuit après nuit.

— Mais pourquoi mentir ? lui demande-t-elle. Pourquoi ne pas m'en avoir parlé tout simplement ?

Les réponses qu'il donne sont bafouillées et incomplètes, mais ne sentent pas le parfum de femme. Ses yeux dégoulinent de solitude, pas d'adultère. Et, bien qu'elle lui en veuille toujours, elle commence à s'en prendre aussi à elle-même : qu'a-t-il trouvé dans cette ville où elle l'a presque entraîné de force ? Elle aurait pu le laisser partir en guerre contre Zackaï, aller parler aux médias. Il aurait peut-être perdu son travail mais pas sa dignité, cet organe interne invisible et indispensable à la vie de tout homme. Oui, sa dignité aurait été sauve. Donc il prend son 4 x 4 et roule. Des heures. La nuit. Peut-être est-ce le mieux qu'il puisse faire car comment aurait-elle réagi s'il était rentré à la maison avec toute sa frustration, sa colère, cette sensation de gâchis liée à leur déménagement ? Elle qui, face aux crises de rage de Yali, perd ses moyens et s'en remet toujours à Ethan, comment pourrait-elle panser la blessure d'un homme de quarante et un ans qui, pour la première fois de sa vie, se retrouve exclu et subalterne ?

Elle sait que n'importe quelle autre femme aurait depuis longtemps mené sa propre enquête. Mais elle sait aussi qu'elle, dont le quotidien est justement émaillé de filatures et d'interrogatoires, ne s'y aventurera jamais. Elle refuse de regarder son mari par la lorgnette du soupçon. De chercher des signes, des indices. Elle refuse parce que si elle met le doigt dans l'engrenage, elle n'est pas sûre de pouvoir le retirer. Au cours du safari au Kenya lors de leur voyage de noces, le guide leur a expliqué que si un lion goûte une seule fois à de la chair humaine, il ne voudra jamais plus chasser une autre proie. Peut-être est-ce des conneries, une histoire pour touristes, mais son instinct de lionne lui chuchote qu'il n'y a rien de plus tentant, de plus excitant que de traquer des êtres aimés.

Voilà pourquoi c'est interdit. Ne pas chercher à leur ouvrir le ventre pour exposer leurs entrailles avec tous les secrets dégoulinants qu'elles contiennent. Oui, il faut soigneusement préserver la frontière, la peau qui veille à séparer couvert et découvert. Ne jamais oublier : on n'a pas le droit de toucher à tout. Savoir s'arrêter. Avant.

D'autant qu'elle en voit déjà trop. Elle sait que quand Itamar dit que l'excursion scolaire s'est bien passée, ça signifie que personne n'est venu s'asseoir à côté de lui. Elle le lit au coin des yeux de son fils, à une légère inclinaison de sa tête. Ne lui dit rien, pour ne pas l'embarrasser, et n'en parle pas à Ethan, pour ne pas l'inquiéter. Peut-être aussi espère-t-elle qu'un jour elle arrivera à occulter ses angoisses, qu'elle arrivera à éteindre cet effroyable scanner qu'elle a dans la tête et qui lui montre ce que les gens autour d'elle cachent dans leur valise et dans leur ventre.

Voir. Pas facile comme truc. Évidemment, ça lui donne une sacrée force, une sacrée puissance, d'arriver ainsi à fouiller à l'intérieur des individus sans qu'ils s'en rendent compte, entrer en eux sans mandat de perquisition. En première année de fac, un seul regard lui suffisait pour savoir quelle étudiante était enceinte, non pas d'après les corps qui ne révélaient encore rien, mais d'après une main qui protégeait soudain le ventre. Elle savait faire la différence entre froideur de timidité et froideur de mépris, entre nonchalance factice et réelle décontraction, entre flirt innocent et sous-entendus libidineux. Mais elle se restreignait car elle se souvenait toujours de l'avertissement de sa grand-mère :

« Prends garde à ne pas mélanger tous tes regards. À ne pas te persuader de voir les autres alors qu'en vrai, ce que tu vois, c'est ce que tu projettes, toi, de ton propre intérieur… »

Car en fait, comment peut-elle savoir ce qui s'est passé pendant l'excursion d'Itamar ? Le siège à côté de lui était peut-être occupé en réalité. Peut-être a-t-elle confondu avec un autre siège, dans un autre car des années plus tôt : le car qui emmenait son groupe pour une journée d'intégration après sa première semaine à Maagan-Mikhaël. Ce jour-là, elle s'était tournée vers la fenêtre, avait essayé de se concentrer sur le paysage et d'afficher une totale indifférence au fait que personne ne s'était assis à côté d'elle. Mais on pouvait voir. Au coin de ses yeux. À la légère inclinaison de sa tête. Au retour, elle était assise à côté de Sharon. Sept heures d'activités avaient suffi pour qu'elle gagne un peu de terrain. Mais de ce trajet à l'aller elle s'en souvenait très bien et s'en souviendrait toujours. Des arbres, des bâtiments, des bretelles d'autoroute défilaient derrière la vitre et elle s'y était accrochée pour ne pas voir les groupes d'enfants qui exultaient dans le car. Elle se disait : tiens, voilà un arbre, voilà une maison, voilà une route. Mais ses vraies paroles étaient : je suis seule. Seule. Seule.

Tu ne peux jamais vraiment savoir ce qui se passe dans la tête des autres. Bien sûr, tu peux essayer. Fixer patiemment les fenêtres de la maison, jusqu'à ce qu'un bref souffle de vent soulève le rideau. En profiter pour jeter un coup d'œil. Et compléter en imagination ce qui manque. Mais ne jamais oublier que ce que tu as complété vient de toi et non de l'extérieur.

Liath n'est pas prête à surveiller Ethan parce qu'elle n'est pas prête à regarder par la fenêtre de sa propre maison – ce qui, pour elle, relève de la profanation. Elle refuse d'observer Ethan à son insu. Ce serait comme lui voler quelque chose sans qu'il puisse jamais s'en rendre compte. Alors, après l'avoir vraiment bien interrogé, après avoir passé tous ses mensonges au crible, lui avoir demandé et redemandé de localiser avec précision ses escapades, elle ne l'a pas pris en filature et ne l'a pas surveillé. Au contraire. Elle l'a protégé contre ses yeux de fouineuse. Pour s'en protéger elle aussi.

Elle recommence donc à dormir avec lui. Un soir, elle passe simplement outre la ligne imaginaire qui partage leur lit en deux et lui tend la main. Depuis, ils dorment de nouveau enlacés. Mais elle a le sommeil triste et sans épaisseur, les journées recouvertes d'une sorte de brume jaunâtre. Il ne lui a pas tout dit. Le flic en elle le sait, même si la femme en elle a choisi de l'ignorer.

Elle ne craque qu'une seule fois. Trois jours après leur réconciliation, il lui annonce qu'il doit assurer une demi-garde. À vingt heures quinze, il téléphone pour souhaiter bonne nuit aux garçons qui, après une courte conversation, se replongent dans les aventures de *Penguin King*. Assise sur le canapé à regarder avec eux les otaries et les albatros, elle se rend soudain compte qu'en fait, elle n'a aucune idée de l'endroit où se trouve réellement son mari. Que la certitude confiante qui l'a accompagnée pendant leurs quinze années de vie commune (jamais elle n'a eu de doute à ce sujet) s'est écroulée comme un énorme glacier qui s'effondre d'un coup et elle n'entend rien d'autre que le soupçon qui gronde. Une infinité de possibilités s'entrechoquent dans son esprit : il peut l'avoir appelée d'un hôtel. De sa voiture. De la chambre à coucher d'une autre femme. De Tel-Aviv. De Jérusalem. D'un appartement voisin. Entre deux points, on ne peut faire passer qu'une seule ligne droite, mais entre deux personnes, on peut faire passer une infinité de mensonges et de cachotteries. Plus ça va, moins elle prête foi à cette demi-garde à l'hôpital. Elle envisage d'appeler le service, mais sait d'avance que ça ne la satisfera pas. La voix est une chose trop immatérielle, elle a besoin d'une présence physique. Elle doit voir Ethan, en blouse blanche, mal rasé, à l'endroit où il affirme être.

La lycéenne qui habite en face est ravie de garder les enfants pendant une petite heure. Liath lui explique comment Yali aime boire son cacao, lui laisse son numéro de portable et s'éclipse rapidement pour rejoindre sa voiture. Elle reçoit le premier coup de fil alors qu'elle n'est même pas sortie d'Omer.

— Maman ?

— Oui, E.T.

— T'es où ?

— En voiture. J'ai une petite course à faire.

— Tu rentres ?

— Oui, mon lapin.

Silence. Il n'a plus rien à dire mais ne veut pas raccrocher. Elle aussi peut-être. Lui parler encore pour ne pas se retrouver seule sur la route, avec des pensées noires qui pendouillent du plafond telles des chauves-souris.

— Tu vas voir papa ?

Elle manque de donner un brusque coup de frein et se demande soudain si son fils la perce à jour de la même manière qu'elle le perce à jour. Pensée si déstabilisante qu'elle se hâte de se répéter que non, c'est juste que pour tous les enfants, leurs parents ne peuvent exister indépendamment l'un de l'autre et donc si maman va quelque part, c'est forcément retrouver papa, et si papa compose un numéro de téléphone, ça ne peut être que celui de maman.

— E.T., on parlera tout à l'heure, je suis en train de conduire.

Elle est consciente de ne pas avoir répondu à sa question, mais préfère éluder plutôt que de lui mentir. Mieux vaut l'élever avec des questions qui restent en suspens que dans un monde truffé de fausseté. À moins que derrière ses arguments pédagogiques ne se cache une simple incompétence parentale. Elle a à peine le temps de se poser la question car, cinq minutes plus tard, c'est au tour de Yali d'appeler :

— Maman, t'es où ?

Maman est là, la question est : où est Liath ? Avant, elle pensait que la maternité était une chose en plus. Une grande chose contraignante mais tout de même un plus, qui s'ajoutait à ce qu'on était. N'est-ce pas ainsi qu'elle se présente toujours : bonjour, je suis Liath, j'ai deux enfants ? Sauf qu'en vrai, il aurait été plus juste d'inverser : bonjour, j'ai deux enfants, je suis Liath. Parce que la mère de deux enfants a depuis longtemps avalé Liath. Or justement, cette nuit-là, elle doit être un peu moins mère et un peu plus Liath. Déterminée. Impulsive. À l'écoute des voix qui grondent en elle et non des sons extérieurs.

— Maman est là, Yali, mais maman ne peut pas te parler maintenant. Dis à Néta de te préparer ton cacao.

Elle continue à rouler. Cinq minutes plus tard, l'appel de Néta la cueille devant Soroka, alors qu'elle tourne à la recherche d'une place de parking. Allez donc essayer, dans de telles circonstances, d'expliquer à une adolescente de seize ans frustrée comment Yali boit son chocolat.

— Tu as bien mélangé pour qu'il n'y ait pas de grumeaux ?

— Oui, mais il s'entête. Il dit que c'est pas bon.

Elle se retient de hurler : qu'est-ce qui peut ne pas être bon, c'est le même cacao et le même lait ! Pourtant, elle sait que son fils refusera de boire jusqu'à ce qu'il obtienne le dernier des ingrédients indispensables, l'épice secrète : le dévouement maternel toujours prêt à obéir à ses quatre volontés. Il refusera de boire jusqu'à ce qu'elle rentre à la maison et s'installe avec lui. Mais elle, de son côté, ne rentrera pas avant une incursion à l'hôpital.

Elle coupe court à la conversation. Prend une grande inspiration. Se regarde dans le rétroviseur et se remet du rouge à lèvres. C'est peut-être ridicule de se maquiller pour une visite si brève, mais elle a besoin de se sentir prête. Ne pas être surprise lèvres nues par l'infidélité de son mari. Comme sa grand-mère, qui s'épilait toujours les sourcils avant d'aller aux impôts. Liath en riait, non sans une pointe d'irritation tout de même. Tu crois vraiment que ça compte pour le percepteur, un coup de blush sur tes joues ? Mais la vieille dame ne se lançait jamais dans la bataille du jour sans revêtir son armure cosmétique. Passait sur ses paupières un fard bleu. Parce que, lorsqu'une petite femme se trouve face à quelque chose qui la dépasse, elle doit se tenir le plus droit possible. D'ailleurs, la veille de sa dernière opération, elle avait demandé à Liath de lui teindre les cheveux.

« Mais pourquoi, mamie ? Tes mèches blanches, c'est la plus belle chose au monde !

— Je ne veux pas que les médecins me prennent pour une vieille croulante. Ils verront des cheveux roux et redoubleront d'efforts, lui avait-elle alors expliqué. Et avec la mort c'est pareil : si elle voit du roux, ça lui fera peur, si elle voit du blanc, elle prendra sans hésiter. »

Dans le cabinet de toilette répugnant de l'hôpital, sous le nez des infirmières, la petite-fille aimante qu'elle était lui avait teint les cheveux avec des mains un peu tremblantes. En voyant les gouttes rouges qui tombaient sur le sol, sa grand-mère avait dit :

« On va croire qu'on a égorgé quelqu'un ici ! »

Ce qui avait déclenché leur fou rire, elles en pleuraient, pourtant cette blague n'était pas très drôle.

Une fois le rouge à lèvres bien étalé, elle s'examine attentivement dans le rétroviseur. En fin de compte, une jolie femme. Elle prend du mascara et se le passe sur les cils avec des gestes énergiques, éliminant ainsi toute possibilité de fondre en larmes. Elle ne sera pas de celles qui sanglotent, des traînées de mascara noir bleuté sur les joues. Elle sortira de la voiture belle et élégante et elle y reviendra belle et élégante, peu importe ce qu'elle découvrira.

Le vigile à l'entrée contrôle rapidement son sac à main, puis elle avance vers les ascenseurs, tout en se demandant ce qu'elle fera une fois dans le service. Entrer et se mettre à sa recherche ? Très facile s'il est là, mais terriblement humiliant dans le cas contraire. Cela dit, il y a une forte probabilité pour qu'elle doive se renseigner auprès de quelqu'un, s'il est au bloc par exemple.

Mais comment saura-t-elle s'il y est vraiment ? Peut-être que toute l'équipe médicale le couvre. Toute l'équipe. Peut-être qu'il la trompe avec une collègue du service et qu'ils s'éclipsent ensemble à la faveur de la connivence entre médecins et infirmières ? À l'instar des ambulances dont les sirènes hurlantes font fuir les autres véhicules, dans sa tête, toutes les pensées s'écartent, libèrent le passage, si bien que plus rien n'empêche les soupçons de foncer en avant... pour s'arrêter net au moment où elle voit, à travers le hublot de la porte du service, apparaître le visage de son homme. Lui ne la voit pas. Il est debout face à un autre médecin et tous deux examinent une liasse de feuilles qu'Ethan tient à la main. À le détailler comme ça, de loin, ce qui la frappe, c'est son niveau d'épuisement et de nervosité. Il a posé sa main gauche sur sa hanche et soutient ainsi la partie inférieure de son dos. Il est sans doute resté des heures debout. Épaules basses. Sourire arrêté bien avant d'atteindre les yeux. La vue de cet homme de l'autre côté de la porte a quelque chose d'émouvant. Il est là, en toute innocence, n'imagine pas une seconde être ainsi observé par sa femme qui lit en lui le relâchement évident, preuve incontestable des heures de garde qu'il a déjà effectuées. Il est persuadé qu'elle est en train de s'occuper des garçons à la maison, alors qu'elle est là, tout près, à cinq mètres de lui, derrière une porte à moitié transparente. Ça le rend si vulnérable que c'en est presque insupportable.

Elle tourne les talons, marche jusqu'au parking et éclate en sanglots. Le mascara coule. Le rouge à lèvres saigne. Arrivée chez elle, elle essuie ses larmes dans le garage. Frotte avec un peu de salive pour effacer les traces noires sur ses joues. Dans un instant, elle rentrera dans le salon tout sourire, renverra la baby-sitter mollassonne, donnera à Yali son cacao et rappellera à Itamar qu'il doit se coucher tôt. Elle se comportera comme si elle n'avait jamais pris sa voiture pour aller épier son mari. Tout ira bien, très bien, car même si Liath crève d'envie de se recroqueviller sous la couverture et de pleurer tout son saoul, pleurer sur l'offense d'un mari menteur et la honte d'une femme soupçonneuse, une mère de deux enfants ne pleure pas tout son saoul. Cette notion n'existe pas chez elle. Une mère de deux enfants veille à ce que tout aille bien. Alors elle attend encore une minute. Deux. Et se promet que plus jamais, plus jamais, plus jamais, elle ne surveillera son homme.

Depuis, elle fait ce qu'elle a toujours fait quand, à la maison, les choses deviennent trop compliquées : elle se focalise sur la résolution des enquêtes hors de chez elle. Après l'assassinat de la jeune Bédouine, il y a eu l'affaire des deux jeunes gars qui en ont poignardé à mort un troisième devant une boîte de nuit. Ils se rejettent mutuellement la responsabilité du coup porté, attitude qui complique le dossier. De plus, l'un des suspects est un soldat en permission, ce qui excite la presse. La racaille peut se poignarder à qui mieux mieux, mais pas nos chères recrues.

Le jour où Marciano la prend en tête à tête et lui explique qu'il compte sur elle pour tirer rapidement cette affaire au clair, elle lui répond :

— D'accord, mais vous ne m'enlevez pas le dossier de l'Érythréen.

Le commissaire a besoin d'un instant pour se souvenir de quoi elle parle.

— Ce dossier est clos. Qu'est-ce que vous pensez encore tirer d'un délit de fuite vieux de plus de deux mois ?

— L'employeur de la victime, Davidson, n'arrête pas de m'appeler. Il est persuadé que ce sont les Bédouins qui ont fait le coup.

— Écoutez, j'en ai marre d'entendre parler de cette affaire. Quant aux Bédouins, j'ai assez de problèmes avec eux comme ça. Mais si vous avez envie de continuer à enquêter sur votre temps libre et uniquement après avoir découvert qui, des deux petits merdeux, a poignardé le troisième à l'entrée de la boîte de nuit, allez-y.

Elle apprécie le sarcasme de la réponse. Mais le dossier de l'Érythréen n'est plus pour elle un dossier comme un autre. Elle se doit d'aller au bout, à cause de la gamine. Qu'elle ne soit pas morte pour rien. Le souvenir de sa visite à la morgue la fait encore frissonner. L'adolescente était allongée, l'abdomen maculé de sang coagulé. Un détail avait attiré son attention : les orteils étaient vernis. Sans doute Mouna avait-elle acheté un flacon sur quelque stand à la gare routière de Beer-Sheva, ensuite, elle s'était planquée dans les toilettes, avait ôté ses chaussures pour l'appliquer puis attendu que ça sèche. Quand elle était rentrée dans son village, couverte des pieds à la tête, personne, à part Ali, n'avait pu admirer ses ongles. Liath était restée à fixer le vernis rouge jusqu'au moment où elle avait compris que si elle les regardait une seconde de plus, elle allait vomir. Alors elle était sortie.

Assise sur un banc à l'extérieur de l'institut médicolégal, elle s'était répété et répété encore qu'elle n'était pas responsable. Parfaitement consciente des risques encourus, elle avait insisté pour qu'on envoie la jeune femme dans un refuge pour personnes en danger. Mais il avait certainement été très facile à quelqu'un de déterminé de la localiser. Mouna elle-même avait peut-être appelé sa mère pour avoir un peu de réconfort, et révélé ainsi les coordonnées de sa cachette.

Liath avait préféré ne pas assister à l'interrogatoire d'Ali.

« Dommage. Peut-être qu'à vous, il aurait accepté de dire quelque chose », avait déploré Marciano, sans toutefois insister.

Le chef ne se leurrait pas, les chances pour que l'adolescent leur livre les noms de ceux qui avaient poignardé sa petite amie étaient ténues. Lorsque le jeune homme avait été amené au poste, elle l'avait vu, de son bureau vitré, passer dans le couloir, mais il ne lui avait pas accordé la moindre attention. Ou alors ce n'était pas lui, peut-être juste un autre Bédouin interpellé pour trafic de drogue, vol ou vente à la sauvette. Un bref regard ne suffit pas pour une identification formelle. D'ailleurs un long regard, un regard extrêmement long n'aurait pas suffi à lever tous ses doutes. Bien obligée de reconnaître, même si ça la gêne, qu'elle les trouve tous pareils. Ne les différencie pas, alors comment singulariser le visage de ce gamin-là précisément ? Si elle venait à le croiser dans la rue dans deux mois, sans doute ne le reconnaîtrait-elle pas et passerait-elle devant lui sans le saluer. Ou bien ferait-elle un signe de tête, mais à quelqu'un d'autre. À quelqu'un qui n'était jamais resté enfermé avec elle dans une pièce pendant des heures, n'avait pas craqué ni pleuré devant elle. Quelqu'un dont le seul lien avec Ali est d'être arabe comme lui. S'ils sont tous les deux arabes, ils sont tous les deux pareils, éveillent le même rejet teinté de mauvaise conscience. Non, d'abord le rejet, ensuite la mauvaise conscience. À bien y réfléchir, leurs visages à peau mate ressemblent terriblement aux visages de ceux parmi lesquels elle a grandi et pourtant, ça n'a rien à voir. Cette rage contenue dans leur regard, qu'ils rient, pleurent ou étalent de l'enduit sur le mur de l'immeuble d'en face ; ces vêtements à l'occidentale qui paraissent toujours un peu décalés sur eux, mal ajustés ; leurs jeans bizarrement coupés (coupés à l'arabe) ; leurs chemises toujours trop cintrées, trop voyantes ou trop loqueteuses ; leurs chaussures mal assorties à leur tenue ; leur moustache honnie ; les cheveux noirs, crépus. Elle a beau être mal à l'aise, elle doit admettre que c'est ce qu'elle pense d'eux. Et aussi qu'ils manquent d'intelligence et débordent de haine. Qu'ils sont à plaindre parce qu'ils ont perdu. Qu'ils sont à craindre exactement pour la même raison – ce qui paraît contradictoire mais en réalité ne l'est pas. C'est comme un chien que tu tabasses : tu le méprises et tu en as peur. Un chien arabe. Avec quelle mauvaise foi elle aurait hurlé sur n'importe quel flic de la maison qui se serait exprimé ainsi, qui aurait dit tout haut ce qu'elle s'interdisait de penser !

D'ailleurs, son entêtement à obtenir de Marciano qu'il la laisse poursuivre ses investigations sur la mort de l'Érythréen, c'est juste pour se prouver à elle-même qu'elle n'est pas de ceux qui trouvent que tous les Noirs sont pareils. Ou de ceux pour qui un bon Arabe, c'est un Arabe mort et un bon Bédouin c'est un Bédouin en prison. Elle est différente. Pourtant, elle n'irait pas se baigner dans une piscine remplie d'Arabes, même si elle s'insurgerait contre celui qui mettrait un panneau leur en interdisant l'entrée. Sois honnête : tu vois rouge dès que tu entends parler d'un Arabe discriminé ou d'une rixe raciste dans les bassins du Sahné. Mais toi, jamais tu n'irais te mêler à la populace qui envahit ces mêmes bassins pendant les vacances parce que tes vacances, tu les passes dans le cadre privilégié de Mizpe-haYamim, là où tu ne risques de rencontrer ni Arabe ni racaille, et où tout le monde se promène en luxueux peignoir blanc parfumé à la lavande.

Après avoir promis à Marciano que l'enquête sur l'Érythréen ne se ferait pas au détriment du dossier de la boîte de nuit, elle sort rapidement du bureau de son chef – au cas où il aurait des velléités de lui refiler une nouvelle affaire – et réintègre son propre bureau. Là, elle ferme la porte et téléphone à Davidson pour qu'il lui en dise un peu plus sur les Bédouins.

— Sûr, pérore-t-il sans cacher sa satisfaction à collaborer avec elle. C'est que, depuis l'accident, j'ai remarqué qu'il y a beaucoup de mouvement dans le coin, et que c'est surtout la clique d'Abbou Iyad. Vous devriez aller renifler par là-bas.

— Merci, je vais vérifier.

251

Et deux minutes plus tard, au volant d'un véhicule de police, elle ne pense plus aux petits orteils vernis. Pas plus qu'à la dérive de son couple. Elle se contente de remercier le ciel pour tous les crimes, vols et enquêtes qui permettent à quelqu'un comme elle de se concentrer sur les secrets des autres et non sur les siens.

6

Après l'épisode de la « Visite exceptionnelle chez les fils du désert », son père ne l'a plus emmené avec lui au travail. Il n'y est lui-même retourné qu'au bout d'un certain temps. Maty avait proposé à la famille du garçon molesté une entrée gratuite permanente (tout, pourvu qu'ils ne postent rien sur Internet au sujet du fâcheux incident) et avait aussi dû s'escrimer pour convaincre les parents qu'il ne s'agissait pas d'une tentative d'attaque terroriste et qu'il n'y avait pas lieu d'appeler la police. Certes, le fils du Bédouin a frappé leur fils avec le pilon traditionnel qui sert à montrer comment ils écrasent les grains de café. Certes, le pauvre petit en a été quitte pour un bel œil au beurre noir. Mais ce n'était vraiment pas intentionnel. Juste une espièglerie de gamin qui a voulu faire semblant... et le coup de poing était parti tout seul.

Cette nuit-là, Moussa avait démarré sans dire un mot à Sharef assis à côté de lui et toujours en djellaba (dans l'agitation, il n'avait pas eu le temps de se changer). Une fois sorti du kibboutz, il avait arrêté la camionnette sur le bas-côté :

— Maintenant, tu vas m'expliquer quelle mouche t'a piqué !

Le garçon était resté silencieux. Ce qui s'était passé lui paraissait tellement évident qu'il ne voyait aucune raison de s'en expliquer. Son père frappa le volant de ses deux mains ouvertes, exactement comme il avait frappé la darbouka un peu plus tôt, sauf que ça n'avait rien à voir. Quand il rentrait au village après une soirée passée au kibboutz, il avait cent cinquante shekels roulés dans son poing chaud. Ce soir-là, rien. Son poing était aussi vide que le regard de son fils.

— Ces gens sont nos hôtes. En frapper un, c'est une honte. Comment as-tu osé ?

— Nos hôtes ? Ce n'est pas ta tente, comment peuvent-ils être nos hôtes ?

La grosse main quitta le volant et atterrit sur sa joue. C'était terrible mais ça lui fit du bien parce que ça prouvait que son père n'était pas complètement devenu une lavette. Il ne dit rien. Sa joue se mit à picoter et son visage s'empourpra. Dans le lourd silence qui s'ensuivit, ni l'un ni l'autre ne prêta attention à la présence d'une voiture de police si bien qu'en entendant soudain le mégaphone derrière eux, ils sursautèrent d'une manière qui, n'importe quel autre jour, les aurait fait rire.

— Sortez de la camionnette.

Ils s'exécutèrent tandis qu'un homme et une femme en uniforme s'approchaient. Malgré la pénombre, Sharef remarqua que la femme était grosse mais très jolie. L'homme, quant à lui, remarqua, à la lumière de sa torche, les contours de la main sur la joue de Sharef, cinq doigts exactement, mais il se contenta de leur demander les papiers du véhicule.

Moussa se hâta de les lui présenter, le policier lui répéta qu'il ne fallait pas s'arrêter sur le bas-côté mais sur une aire prévue à cet effet, qu'il était interdit d'utiliser la bande d'urgence sauf en cas d'urgence.

— Oui, monsieur le policier, c'est clair, monsieur le policier, je suis vraiment désolé, monsieur le policier.

Après avoir contrôlé sur son terminal qu'ils étaient en règle, l'homme leur rendit les documents en disant :

— C'est bon. Donc, vous attendez qui ?

— Personne, monsieur le policier.

— Vraiment personne ? intervint la jolie grosse. Un colis, une voiture volée, autre chose ?

Sharef avait déjà ouvert la bouche pour répondre mais son père le devança :

— Certainement pas, madame la policière, on n'attend rien du tout.

Et il finit sa phrase par un sourire insistant, le même que celui qu'il avait affiché quand le gamin s'était moqué de lui sous la tente.

— Alors *yallah*, lui lança l'agent, bouge-toi avant que je te colle une contravention pour arrêt injustifié sur le bas-côté.

— Oui, monsieur le policier, merci monsieur le policier, s'empressa de dire son père avant de remonter dans la camionnette.

Et Sharef d'ajouter, mais tout bas :

— Va te faire enculer, monsieur le policier.

7

L'Érythrée.

État au nord-est de l'Afrique, sur les côtes de la mer Rouge. Sa superficie totale inclut l'archipel des Dahlak et plusieurs autres petites îles.

Continent : africain
Langues officielles : le tigrigna, l'arabe, l'anglais
Capitale : Asmara
Gouvernement : régime présidentiel
Président : Issayas Afewerki
Indépendance : 24 mai 1993
Souveraineté précédente : éthiopienne, italienne
Superficie : 117 600 km², dont 100 % de terre et presque pas d'eau
Population : 6 233 682 hab.
PIB par habitant : 708 dollars
Classement mondial : 170ᵉ place
Monnaie : le nakfa
Indicatif téléphonique : +291
Et il y a aussi des photos, en couleurs et en noir et blanc. Une carte géographique détaillée, avec les différentes zones climatiques. Une chronologie historique qui commence à partir de 2 500 ans avant notre ère. Un résumé des relations du pays avec l'Égypte des pharaons sous le règne de Hatchepsout et un encadré sur sa

conquête par l'empire ottoman au XVIᵉ siècle. Un grand paragraphe traite du système de gouvernement, d'autres, moins développés, de l'économie, de la géographie et des droits de l'homme.

Ethan lit tout. S'arrête sur les photos. Les examine une par une. Un site archéologique au sud du pays. L'église orthodoxe de la capitale. Des convois d'armement de rebelles. Des villages. Des hommes. Des femmes. Des enfants. Certains qui regardent l'objectif, d'autres qui détournent les yeux. Il les observe longuement. Comme s'il espérait reconnaître soudain, dans cette marée humaine, le visage de Sirkitt.

Ou, à défaut, trouver une porte d'entrée. Une fenêtre. Une brèche. Quelque chose qui lui permettrait enfin de s'introduire et de comprendre. Il lit ce qui est écrit sur la démographie. Sur les principaux secteurs d'exportation. Il lit sans savoir ce qu'il cherche exactement, mais persuadé que s'il a une chance de trouver quelque chose, c'est là. Monnaie locale. Salaire mensuel moyen. Température maximale au mois d'août. Si, comme le dit Tchernikhovsky, l'homme n'est que le « moule du paysage de sa patrie », eh bien, tous ces détails devraient se combiner en quelque chose. Un portrait. Le visage d'une femme qui avait brûlé sous quarante-cinq degrés à l'ombre et avait été lavée par une moyenne de onze millimètres de pluie par an.

Il l'évite depuis dix jours. A déserté le garage. Et maintenant, sur l'écran de son ordinateur, il scrute un agrandissement où figurent les voies d'immigration clandestines, essaie de trouver l'empreinte des pas qu'elle y aurait laissée. Sur la carte, l'Érythrée est en violet. Le Soudan et l'Égypte en orange. Israël en bleu. Séparés par des lignes noires. Des lignes qu'elle a sans doute traversées. À un certain moment, elle est passée du violet à l'orange.

Du pays orange au pays bleu. La terre, en revanche, est restée brune. Tout au long du chemin. (Qu'en sait-il, en fait ? Combien de kilomètres a-t-elle marché sur un rocher calcaire, combien sur un sol rouge argileux ? Quand ses pieds ont-ils été vaincus par du gravier intraitable ? Quand ont-ils lutté dans le sable des dunes ? Il n'en sait rien du tout. Ne peut pas savoir. Il peut compter les kilomètres mais pas raconter les paysages traversés.)

Il caresse distraitement la surface fraîche et lisse de son bureau. Pas une once de saleté. Pourtant, quelque chose dans ce contact le dérange, sans qu'il sache quoi. Comme s'il sentait combien cette propreté était factice. Vaine. Il repousse sa chaise et ne comprend pas : tout est là, sous ses yeux, à portée de main. Aucune couche de poussière ne le sépare des objets posés devant lui. (Ce qui n'est pas exact. Il y a toujours une couche de poussière qui s'accumule, là, au milieu. On ne peut pas se débarrasser totalement de ce rideau d'atomes, ce voile qui te sépare de l'autre. La poussière complote contre la main qui veut l'enlever. Avant même que tu ne l'aies remarquée. Têtue est la poussière.)

Il finit par fermer l'ordinateur et se lever. Il serait capable de rester des heures à contempler ces photos et ces cartes. À comparer sur Wikipédia les versions en hébreu et en anglais. Il peut maintenant réciter par cœur le PIB de ces dix dernières années, mais, merde, il n'a pas avancé d'un iota ! Il aurait beau tout lire, rassembler toutes les informations possibles, même prendre un billet d'avion et aller s'y balader – jamais il ne la comprendrait. Elle resterait l'inconnue d'une équation qu'il ne saurait jamais résoudre. Une réalité qui échappait à toutes les données informatiques.

Il avait aimé les encyclopédies avant même de savoir lire. Aimait l'idée que deux des rayonnages de la bibliothèque de ses parents pouvaient contenir toutes les connaissances du monde. Et même lorsqu'il avait compris que tel n'était pas le cas, il aimait à se dire que ce n'était qu'une question de nombre de rayonnages. Qu'avec suffisamment de place, on pourrait tout classer. Les minéraux. Les papillons. Les capitales. Les séries télé. Les fers à repasser. Tout. Même si aucun cerveau humain n'était capable d'emmagasiner toutes les connaissances, elles existaient quelque part – consignées, détaillées, à portée de neurones. Ainsi, personne n'a besoin de fouler le sol de Pluton pour savoir que la planète est séparée du soleil de cinq trillions de kilomètres et que son atmosphère est constituée, entre autres, d'azote et de méthane.

Mais avec Sirkitt, il se heurte pour la première fois à une barrière que tout son savoir ne peut l'aider à franchir. Lui qui a depuis longtemps envahi Pluton par la force de sa pensée et par l'accumulation de ses connaissances, n'arrive pas à dominer ne serait-ce qu'une toute petite parcelle de cette femme. Elle lui impose une limite. Elle est tellement autre que ça le rend fou. Face à elle, il se retrouve aussi naïf qu'ignorant. Il est celui qui ne sait rien. Elle reste la seule et unique souveraine de ce qu'elle a au fond des yeux.

Il a beau lire sur l'Érythrée, surfer sur une infinité de sites, consulter des articles ou des comptes rendus officiels sur les Érythréens, il n'arrive toujours pas à percer cette Érythréenne-là.

Bien que, parfois, il pense que si. Par exemple, une nuit, en portant un carton de médicaments dans le garage, elle s'était malencontreusement cognée contre le pied en fer de la table. Il avait vu qu'elle avait très mal. C'était un de ces petits coups vicieux qui ne font pas de dégâts mais vous infligent une terrible douleur pendant plusieurs minutes. C'était arrivé devant les malades qui attendaient et il avait soudain remarqué que le problème de Sirkitt n'était pas du tout la douleur, mais le fait de s'être blessée devant témoins – une atteinte à sa dignité. Elle était suffisamment intelligente pour identifier la nuance de joie mauvaise (du genre : « trop drôle » ou « heureusement que ce n'est pas moi ») qui se dissimulait sous les mots d'encouragement. Il l'avait alors vue réagir exactement de la même manière que lui dans une telle situation : prétendre ne pas avoir mal. L'expression crispée de son visage s'était aussitôt effacée. Sirkitt avait relevé le menton et répondu par un sourire réconfortant aux femmes qui la considéraient d'un air désolé. Ensuite, elle s'était éloignée, s'appliquant à masquer coûte que coûte sa claudication. Il l'avait suivie avec des yeux incrédules, comme s'il avait soudain croisé son double au milieu de la rue. Un frère jumeau dont il ignorait l'existence. Car il n'avait pas oublié la fois où, pendant les grandes vacances qui avaient précédé son entrée en cinquième, il avait reçu un coup dans les couilles en tombant du pin, il avait failli tourner de l'œil, mais lui aussi avait vite chassé la douleur à cause d'un monstre bien plus terrifiant : la peur d'être vu. Oui, la peur de se révéler dans sa faiblesse avait supplanté le malaise. L'enfant de douze ans de l'époque et la femme de trente ans d'aujourd'hui étaient tous deux bien plus sensibles au regard d'autrui qu'à leur propre douleur.

Et il y a eu d'autres moments, par exemple le soir où il l'a surprise à regarder la lune rouge se lever par la porte du garage, tout aussi fascinée que lui. Il s'était alors dit : elle est comme moi (jamais : je suis comme elle) ; ou encore la fois où il a découvert les roses dont elle s'occupe avec soin devant sa caravane : il était revenu bouleversé. Sauf que ce jour-là justement, se rappelle-t-il, tu as découvert, en rapportant la casserole de riz, combien elle n'est pas comme toi. Elle aurait renvoyé la petite Bédouine

260

sans sourciller. L'Afrique est un continent cruel, et un continent cruel façonne des gens cruels. Des sauvages. Elle était prête à laisser l'adolescente se vider de son sang. L'avait regardée avec les yeux les plus froids qu'il eût jamais vus. Et toi, proteste soudain une petite voix dans sa tête, toi, tu n'as pas laissé quelqu'un se vider de son sang ? Qui te dit qu'il n'y a pas un lourd contentieux entre elle et les Bédouins ? À nouveau la fragile affinité qu'il fantasmait se dissipe pour, à nouveau, laisser place à tout ce qui les sépare. La distance entre l'homme affamé et l'homme rassasié est bien plus grande que celle de la terre à la lune.

Il laisse l'ordinateur sur son bureau et s'approche du réfrigérateur. Un yaourt de chèvre, du muesli, une banane, une pomme. Il pose le tout sur le plan de travail et sort dans le jardin. Une pluie, exceptionnelle en cette saison, est tombée au petit matin et le sol conserve encore un peu d'humidité. Il se détourne de la pelouse parfaitement tondue, plisse les yeux et se concentre sur l'odeur, qu'elle aurait assurément aimée. Comment ne pas aimer une telle odeur ? Il emplit ses poumons du miracle que représente cette ondée nocturne. Au fond, pense-t-il, elle n'est pas si insaisissable que ça : il sait, sans le moindre doute, qu'elle aurait dilaté les narines pour jouir pleinement d'un tel parfum. Voilà bien la preuve qu'ils peuvent se comprendre. D'ailleurs, il comprend pourquoi elle lui en veut. Il n'a qu'à suivre cette piste pour cheminer avec elle. (En chaussures ? En sandales ? Pieds nus ?). Quand elle sourit (ce qui arrive encore plus rarement que la pluie dans le désert), il comprend également pourquoi. Il peut prévoir ses réactions et inversement. Ils partagent donc une même logique, ce qui signifie que leurs esprits ne sont pas si éloignés qu'il y paraît.

En fin de compte, n'est-elle pas, comme lui, une rate, un pancréas, un foie ? Certes. Mais si chacun acceptera facilement l'idée que ses poumons fonctionnent exactement comme ceux de son voisin, il refusera d'admettre que sa manière d'aimer ou de désespérer ressemble à celle de son voisin. À juste titre. Chaque être a sa façon de se sentir blessé ou trahi. Cependant, la jalousie, la cupidité, le désir, l'amitié, la culpabilité, la colère, l'humiliation restent pareils pour tous. S'il pense à ces gens, ces Érythréens dont il est incapable de se représenter ne serait-ce qu'une heure de vie, il peut tout de même deviner comment ils réagiraient si quelqu'un trahissait leur confiance.

Et c'est justement cette dichotomie qui l'attire. Que tantôt Sirkitt puisse lui paraître si proche (une variation de lui-même) et tantôt si différente (un phénomène naturel merveilleux qu'il croise pour la première fois de son existence). Elle a sur lui le même effet envoûtant qu'une déambulation nocturne dans la maison qu'on habite, lorsque soudain on se demande s'il n'y aurait pas quelqu'un caché derrière le rideau. L'ensemble canapé-tapis-télévision se disloque et tout ce qui était familier devient étrange. Par une telle obscurité, on ne sait plus où se termine le mur et où commence la porte. Et la forme à quatre pattes là-bas, est-ce la table ou autre chose ?

Mais à cet instant précis, il fait jour et lorsqu'il rentre à l'intérieur, il retrouve sa maison telle qu'il la connaît. Familière, tellement familière. Il soupire sans savoir pourquoi. S'enfonce lourdement dans le canapé, met les pieds sur la table basse, face au second canapé. Simple. Posé là. À vomir. Aucun œil brillant caché en dessous ne l'épie. Et celui qui poussera jusqu'à explorer les recoins les plus secrets des différentes chambres ne trouvera qu'une pièce de monnaie égarée ou un jouet oublié. Au pire, un scorpion, qui certes peut vous flanquer la frousse, mais qui, dans la réalité médicale d'aujourd'hui, n'est pas mortel. Ethan renverse la tête en arrière et ferme les yeux. Il est chez lui, dans sa villa d'Omer, dans son univers protégé. Loin des dangers qui se cachent dans la clavicule de Sirkitt. Ou au creux de son coude. Ou au point d'attache entre sa cuisse et sa hanche. Sous ses aisselles. Tous ces plis où la peau est chaude et dégage une forte odeur corporelle. Si quelqu'un regardait par la fenêtre ce matin-là, il croirait voir un homme fatigué après une longue nuit de garde à l'hôpital, qui a posé les pieds sur sa table basse et n'a même pas la force d'allumer la télévision. Mais Ethan sait que jamais il n'a été aussi éveillé et s'affole parce qu'il se rend compte qu'à cet instant, à cet instant précis, il aurait été capable de mettre le feu à sa maison.

8

Pendant toute cette période, c'est dans l'eau qu'elle se sent le mieux. Malgré l'odeur de chlore, les cheveux et les squames qui flottent autour elle et qu'elle voit parfaitement, même avec ses lunettes de piscine. Un beau postérieur, bien moulé dans un Speedo dernier cri, la précède et elle a l'impression de reconnaître une de ses voisines. Dans le couloir à sa droite, ce sont des hanches géantes qui rudoient l'eau en lourds battements, et si la nageuse ne lui rappelle personne, elle est parfaitement capable de la cerner : c'est le genre professeur de religion d'âge mûr, avec maillot de bain à fleurs et bonnet assorti. Liath, elle, en porte un noir et se fraie un chemin au milieu de tous ces gens, avec des gestes réguliers et une respiration qui la calme presque malgré elle. Tête hors de l'eau, inspirer, tête sous l'eau, tension des bras. Elle aurait dû vivre dans un bassin. Un mouvement lisse, sans frottement, et toutes les pensées se dissolvent dans la fraîcheur aquatique, tombent lentement les unes après les autres comme les sparadraps qu'elle voit sur le fond. Sparadraps croûtes cheveux pensées, tout s'enfonce lentement tandis que les nageurs flottent en surface, maillot de bain moulant et jambes clapotantes, on se délasse et on se déleste pour ressortir, frais et lavés, sur les pelouses du Country Club.

Le chauve dans la ligne de gauche quitte enfin le bassin, et les femmes réagissent en relâchant collectivement leurs fessiers. Ouf. Pas facile de nager quand à cinquante centimètres derrière toi, il y a des yeux qui semblent prêts à te mater le cul en toute impunité. Elles vont enfin pouvoir se laisser aller dans un abandon total et mouillé. C'est seulement dans l'eau que Liath n'est plus la-mère-de, ni l'employée-de, ni la-femme-de, ni la-fille-de. Elle n'a plus de nom parce que l'eau efface les noms et même les mots, (quand elle était gamine, elle s'amusait avec ses copains à échanger des gros mots sous l'eau parce qu'on ne s'entendait pas). Plus qu'un sport, la natation est un exutoire. Quarante minutes à n'être qu'un corps, que son corps. On ne cesse de la complimenter sur son hygiène de vie, sur le fait que même les semaines les plus chargées, elle veille à pratiquer une activité sportive. Mais elle n'y cherchepas tant l'entraînement que la déconnexion, la possibilité pendant quarante minutes de flotter sans entraves. Et peu lui importe de jouir de cette déconnexion libératrice dans un parallélépipède rectangle rempli d'eau et pas très grand, un bassin délimité dans lequel elle fait ses longueurs, trente au minimum. Si quelqu'un lui proposait d'aller nager dans la mer, elle frémirait, préfère les sparadraps et le chlore aux abysses où on ne peut pas savoir s'il y a une bonde tout au fond.

Trois jours plus tard, Ethan et Liath, assis au bord d'une falaise, attendent une tempête qui ne vient pas. C'est l'hiver à présent. Le vent frappe sans pitié. En contrebas, la mer Morte disparaît sous un nuage de poussière et de sable. C'était censé être romantique. À la maison, lorsqu'ils en avaient parlé, ça avait l'air romantique. Mais ça se révèle désespéré. La météo avait pourtant évoqué de sérieux risques d'inondation dans le désert de Judée. Bien installés sur le canapé du salon, ils regardaient la pluie dégouliner sur les vitres. Au sec. Trop au sec. La dernière fois qu'il y a eu de l'eau chez eux, c'était dix jours auparavant, quand la femme de ménage était là. Ils avaient continué à regarder la télévision même après les infos. Un homme en blouse blanche avait commencé à expliquer à une femme, plutôt jolie mais pas trop, des trucs sur les lessives. Ensuite une animatrice de télé-crochet, vêtue d'un beau tailleur, leur avait promis des auditions émouvantes, drôles et ébouriffantes. Ils étaient restés assis, prêts à s'émouvoir, à rire, ou à se moquer du ridicule des autres. Rien de mieux que la dérision pour faire corps, si on sait la manier correctement.

Après quarante minutes d'émission entrecoupées de trois apparitions de l'homme en blouse blanche et de la femme jolie mais pas trop, rien n'avait changé. Ils n'avaient été ni émus, ni amusés, ni ébouriffés. N'avaient même pas trouvé le moyen de se moquer correctement de qui que ce soit. Ne ressentaient pas non plus la nausée qui vient après avoir trop mangé ou trop regardé la télé, ce message du corps qui te prévient que tu as ingéré quelque chose de nocif. Ils étaient exactement comme avant, ce qui signifie que l'émission avait coulé sur eux comme l'eau dans la passoire du programme culinaire qui avait pris la relève, ou le sang du cadavre criblé de balles sur la 2. Des dizaines de chaînes. Des propositions à n'en plus finir. Ici on cuisait du brocoli à la vapeur, là, on enterrait un cadavre au fin fond d'une forêt. Ici, deux femmes disputaient une partie de tennis, là, deux hommes discutaient politique. Ici, un animateur parlait en arabe. Là, en allemand. En anglais. En russe. Tenace, Liath continuait à zapper, ne renonçait pas. Quelque part, obligatoirement, à la prochaine ou la vingt millième pression sur la télécommande, oui, quelque part, les attendait l'émission qui sauverait leur soirée. Quelqu'un les amuserait, les émouvrait, les ébourifferait, ou, au moins, leur permettrait de faire corps en leur offrant une dérision partagée. Quelqu'un leur rappellerait comment on se parlait.

Et soudain, elle s'était demandée si leur salut n'était pas... le monsieur météo, avec son sourire insolent, ses tentatives aussi vaines que permanentes de draguer la présentatrice (jamais elle ne couchera avec lui, elle fait juste semblant devant les caméras !). Sérieux risques d'inondation dans le désert de Judée, avait-il annoncé. À une heure et demie de route, des fleuves allaient déborder, le désert se déverserait dans la mer. L'eau emporterait tout, alors peut-être que s'ils se rendaient sur place, ils seraient eux aussi lavés, nettoyés de ce silence qui les plombait. Elle avait soumis son idée à Ethan. Avec circonspection : un seul clignement froid de ses yeux gris suffirait à tuer le projet dans l'œuf. Mais son regard s'était aussitôt éclairé : « Génial, ça va être super ! »

Et ils s'étaient aussitôt tournés l'un vers l'autre pour dresser les plans. Pas assez rassurés par le miracle de la conversation renouée pour éteindre la télévision, mais déjà prêts à abandonner le brocoli sauté en espérant ne pas avoir à y retourner. Ils partiraient de bon matin, juste après avoir déposé les garçons à l'école. Prendraient avec eux une couverture de pique-nique et des fruits. Peut-être s'arrêteraient-ils aussi pour acheter du houmous. Il fallait s'habiller chaudement. Ne pas oublier la carte routière. Ni les journaux. (Première crispation de Liath : pourquoi tenait-il à avoir des journaux ? Avait-il peur de se retrouver seul avec elle ? Pourquoi fuir vers les mots des autres ? Mais elle s'était aussitôt intimé l'ordre de ne rien dire, ne pas gâcher cet instant de grâce entre eux, si fragile.)

Quinze heures plus tard, un homme et une femme sont donc assis au bord d'une falaise et attendent une inondation qui ne vient pas. Ils ont déjà lu tous les journaux et mangé tous les fruits. La couverture du pique-nique a été repliée et rangée dans le coffre – elle avait failli s'envoler à cause du vent. C'est l'hiver. Loin en bas, la mer Morte disparaît sous un nuage de poussière et de sable. Un jour, ils s'y étaient baignés nus. Par une nuit chaude de juillet. Le sel les avait horriblement brûlés mais c'était super drôle. À présent, ils y pensent tous les deux mais ni l'un ni l'autre n'en parle. Ils attendent que l'adrénaline et l'excitation les submergent. L'eau déboulera des collines de Jérusalem, prendra de la vitesse à chaque mètre, son grondement s'amplifiera, et elle explosera d'un coup en un énorme torrent. Un phénomène d'une telle ampleur ramène chaque chose à de plus justes proportions. Tu sais que tu pourrais être à la place de la petite boîte de conserve ballottée par les flots – une prise de conscience qui te laisse grandi et diminué. Quand tu regardes l'inondation, tu fais corps avec elle et tu domines le monde... mais quelques instants plus tard, tu redeviens un être humain face aux éléments et tu te retrouves tout petit. Tu as juste pris une bonne leçon d'humilité.

Que dire quand tu attends un déchaînement climatique qui ne se produit pas et que tu as juste l'impression d'avoir été floué ? Le lit du fleuve reste aussi desséché que ta gorge, qui voudrait un peu d'eau mais ne demande rien. Parce que pour exprimer un désir, il faut croire que quelqu'un t'écoute, sans quoi, ça n'en vaut pas la peine. Sans quoi, l'humiliation est cuisante. Finalement, lorsqu'ils regagnent la voiture et reprennent la direction d'Omer, c'est exactement ce qu'ils ressentent : de l'humiliation. Ils se sont fait avoir. On leur a distillé de l'espoir pour mieux les entuber. Ils ont tenté d'être de ces couples qui se lèvent le matin et sautent spontanément dans leur 4 x 4 pour aller admirer le déluge. Au lieu de ça, ils sont de ces couples qui roulent sans échanger un mot et allument la radio pour que quelqu'un d'autre remplisse le silence. À proximité de Beer-Sheva, elle éteint le poste et propose d'aller manger une assiette de houmous. Il accepte aussitôt. Ce sera peut-être l'occasion de sauver quelque chose de cette journée. Mais c'est le moment que choisit Davidson pour appeler Liath et lui demander si l'enquête a progressé, un Bédouin aurait-il enfin lâché le morceau ? Elle lui promet de se renseigner et, tout à coup, se dit qu'au fond, ce serait peut-être bien qu'elle retourne bosser, comme ça, on ne lui déduirait qu'une demi-journée de vacances.

— Mieux vaut que j'y aille tout de suite, déclare-t-elle, mi-désolée, mi-soulagée.

— Dommage, dit Ethan sans savoir exactement à quoi il fait allusion.

Gaï Davidson raccroche après avoir remercié l'inspectrice qui, soit dit en passant et à son humble avis, est super bien roulée. Au point d'ailleurs qu'il en informe l'homme debout à côté de lui.

— T'inquiète, Rakhmanov, continue-t-il, cette bombe retrouvera les salopards qui nous ont piqué la marchandise.

— Et à quoi ça servira ? Elle ne nous la rendra pas.

— Ce qui est perdu est perdu. L'important, c'est que ça ne se reproduise plus et que celui qui a tué l'Érythréen ne s'en prenne pas à notre prochain Érythréen.

— Tu peux m'expliquer comment c'est possible que Saïd n'ait pas attrapé celui qui a fait le coup ? Tu crois qu'il ne sait vraiment pas lequel de ses cousins essaye de le baiser ?

Davidson hausse les épaules :

— Aucune idée. C'est peut-être Saïd lui-même qui prétend avoir été volé pour ne pas payer.

Le visage de Rakhmanov se crispe :

— Si c'est lui et qu'elle l'arrête, il va nous foutre dans la merde.

Davidson continue à afficher calme et sérénité.

— Si c'est lui et qu'elle le chope, il fermera sa gueule. Je peux lui créer bien plus d'emmerdes qu'inversement. Qu'est-ce qui t'arrive, mec, t'es en train de chier dans ton froc ou quoi ?

Rakhmanov lâche un petit rire – du genre nerveux –, Davidson part d'un grand éclat de rire – du genre débonnaire –, quant à l'Érythréenne qui balaie le sol autour d'eux, elle ne rit pas du tout, ce que personne ne trouve bizarre, puisqu'elle ne comprend pas l'hébreu. Une fois son travail terminé, elle va arroser ses roses qui se dressent, droites et fières, malgré un soleil de plomb.

9

L'homme face à lui n'arrête pas de parler. Il est très pratiquant et très gros, deux caractéristiques qu'Ethan n'apprécie pas particulièrement. Mais il dégage une telle joie de vivre que tous ceux qui ont affaire à lui s'attardent à son chevet plus que nécessaire. Le Dr Green est fasciné par une vivacité aussi détonnante : le patient l'a-t-il fait passer en fraude jusqu'ici, cachée sous son chapeau noir traditionnel ?

— De la vraie fourrure de renard, assure-t-il à Ethan. Je l'ai acheté à un juif très pieux de Safed.

Le crâne de l'homme est totalement chauve, on dirait un galet bien rond, poli par les marées. Il doit être opéré le lendemain. Du couloir, le Pr Shkedi les observe. Moins d'une heure auparavant, il a menacé de licenciement son chirurgien – certes à mots couverts –, lui reprochant son manque d'assiduité évident.

« Vous partez tôt, vous arrivez tard et quand enfin vous êtes là, vous êtes fatigué. Ça ne peut pas continuer. »

À présent, le chef de service surveille le déroulement de sa consultation. Sirkitt ne cesse de lui téléphoner, elle vibre dans sa poche contre sa cuisse. Nul besoin de vérifier, il sait que c'est elle. Il s'écarte enfin du lit du patient jovial et passe au suivant, non sans remarquer le hochement approbateur du professeur dont le credo est :

271

établir une relation personnelle en trois cents secondes chrono, pas plus.

— Docteur Green, un appel de votre femme.

La voix de l'infirmière a beau être totalement inexpressive, il sait identifier un regard critique même sous le mascara. Shkedi, pour sa part, le fusille des yeux tandis qu'il se dirige vers le couloir et se saisit du combiné. Il reconnaît Sirkitt avant même qu'elle ne parle.

— On en discutera ce soir, ma chérie, dit-il en raccrochant aussi sec.

Il reprend sa visite, sous les yeux toujours furieux de Shkedi, qui pense sans doute que son médecin a écourté la conversation par peur de perdre son boulot, alors que ce n'est plus du tout le problème d'Ethan. Il n'a peur que d'une seule chose : perdre sa famille – Liath, Yali et Itamar. Parce qu'il a compris que si cette histoire ne s'arrête pas, c'est eux qu'il perdra. Deux semaines qu'il se défile. Au début, il a dit à Sirkitt qu'il était malade, après il lui a envoyé un SMS pour lui expliquer qu'il effectuait sa période de réserve à l'armée et ensuite il a tout simplement arrêté de lui répondre. Elle essaie de le joindre tous les jours, parfois plusieurs fois par jour, des appels qui le terrifient. (Y a-t-il aussi en lui un tout petit quelque chose qui se languit d'elle ? Qui est attiré par l'incandescence nocturne du garage ? Non, certainement pas. Et il ajoute mentalement un point d'exclamation à chacune de ses dénégations, pour bien se prémunir contre le moindre doute, empêcher cette clandestine de se faufiler subrepticement en son for intérieur et transformer son « non ! » en « peut-être ». Ou, pire encore, en « oui ».)

Il sait qu'il prend un risque à ne pas lui répondre. Il sait qu'elle peut, d'un revers de mot, le réduire à néant. Mais il n'y arrive plus. Trop c'est trop. Non seulement il garde en mémoire cet instant pitoyable où Liath lui a renvoyé son mensonge à la figure mais ce qui le dérange le plus, c'est qu'il a inclus Yali dans ce mensonge en lui infligeant des crises d'asthme imaginaires. C'était honteux, et plus honteux encore le fait qu'il se soit habitué à mentir. Comme un pull en laine qui gratte au début mais auquel on s'habitue jusqu'à finir même par se sentir bien dedans. Alors il reste sourd aux appels de l'Érythréenne, à ce chant des sirènes qui monte de son téléphone. Ne pas répondre. Pour ne pas se noyer.

Bien sûr, ce n'est pas rationnel. Elle peut appeler la police, mais quelque chose en lui sait – ou du moins espère savoir – qu'elle ne le fera pas. (Il entend déjà Zackaï ricaner : parce qu'elle fait pousser des roses ? Parce qu'un bracelet de brûlures de cigarette décore son poignet et que ces perles de souffrance sont une garantie de discrétion ? Si tu avais voulu t'assurer de son silence, tu aurais dû l'acheter en y mettant le prix, ou la compromettre d'une manière ou d'une autre. Mais pour l'heure, tu ne comptes que sur la chance. Et c'est, comme tu le sais, la pire des choses pour un médecin.) Ethan s'efforce d'ignorer la voix du grand patron autant qu'il ignore la sonnerie de son téléphone. Autant qu'il ignore le regard contrarié de Shkedi par-dessus son épaule. Non, il ne compte pas sur la chance, il compte, sans en avoir conscience, sur quelque chose de bien plus dangereux : une alliance. La relation qui lie deux personnes.

Il reprend sa visite, le chef retourne enfin à ses propres affaires. Deux heures plus tard, ils se recroisent, cette fois pour allumer les bougies de la fête de Hanoukka, entourés de tout le personnel du service. Ethan se retrouve avec à la main un beignet qui a connu des jours meilleurs et l'examine attentivement, ce qui lui permet d'éviter d'examiner le visage de ses collègues, encore bien moins appétissants. Dire qu'enfant il comptait les jours jusqu'à ce que la coutume lui permette de s'empiffrer de ces véritables étouffe-chrétiens ! Il est prêt à jurer qu'à l'époque ils étaient meilleurs, même si rien n'est moins sûr. C'est lui qui a changé. Lui qui a développé son goût, lui dont le palais est devenu plus sophistiqué et la langue plus délicate. Mais à quoi bon une telle évolution, si elle te mène à mépriser ce que tu aimais avant ?

Le Pr Shkedi demande le silence et Léa, la surveillante, allume les bougies. Cette grande rousse est crainte autant des médecins que des malades. Elle a ce don plutôt rare de mettre tout le monde mal à l'aise. Même le chef de service baisse un peu les yeux quand il la croise. Les bougies allumées, elle entonne le *Maoz Tsour*, personne n'ose rester bouche fermée, enchaîne avec *Mi Yemalel*, et cette fois, elle les oblige à chanter en canon. Ethan donne de la voix, il hurle presque. Que personne ne puisse lui reprocher de saper le moral des troupes. Depuis toujours, il déteste ces cérémonies à l'hôpital, n'y voit qu'un simulacre de normalité et d'harmonie dans un lieu où rien n'est normal. À en croire les statistiques, vingt pour cent des personnes hospitalisées aujourd'hui ne célébreront pas la prochaine fête des Lumières. Impossible de savoir s'ils en ont conscience. On le leur a dit, bien sûr, tout est toujours dit. Mais qu'une chose soit dite ne signifie pas qu'elle a été comprise.

On aime marquer les fêtes sur les lieux de travail. Pas seulement à l'hôpital. Chez les avocats aussi, dans les banques, à la mairie. C'est l'occasion de voir son patron chanter, de grignoter des cacahuètes en faisant semblant d'être tous une grande et même famille ou à défaut (car personne n'est assez idiot pour le croire) en pensant qu'on est tous potes. Au moins des connaissances. Car un ensemble d'individus enfermés entre des murs en béton sous une lumière artificielle, du matin jusque très tard le soir, ne peut se réduire à un groupe fortuit. De nouveau il sent son téléphone vibrer contre sa cuisse, de nouveau il l'ignore. Une demi-heure plus tôt, il a appelé Liath, elle a mis le haut-parleur et allumé les bougies avec les garçons. Les imaginer autour de la ménorah augmente encore l'agacement que lui cause la cérémonie imposée de l'hôpital. Il y a des choses qu'on n'est censé ne faire qu'avec les êtres qui nous sont vraiment proches, sous peine que ça devienne un rituel aussi insipide que le beignet collant et pâteux qu'il tient toujours à la main. Où pourrait-il bien le jeter ? (Et ce téléphone, combien de temps pourra-t-il continuer à l'ignorer ?) Il voit enfin le Pr Shkedi s'en aller. Deux minutes plus tard, c'est au tour de leur charmante collègue, le Dr Hart, de s'éclipser. Il se demande si chacun va prendre sa propre voiture. Quand ces deux-là renonceront-ils enfin à leurs jeux de cache-cache et partiront-ils ensemble rejoindre le nid qui les attend quelque part ? Où ? Voilà qui serait intéressant à découvrir. À Tel-Aviv, on trouve facilement des chambres d'hôtel de charme, des appartements d'amis de confiance. Mais ici, en plein désert, peut-on espérer mieux qu'une escapade chez les Bédouins ? (C'est faux bien sûr, mais imaginer Hart chevauchant Shkedi dans une tente en laine de chèvre, avec les puces du matelas qui dansent la farandole sur les parties intimes du chef de service, lui arrache un sourire.) Il attend dix minutes et s'esquive à son tour. Devant les ascenseurs, il tombe sur Wissotzky qui tient à la main un énorme beignet à peine plus appétissant que celui dont il vient de se débarrasser et qui l'agite en déclarant :

— Dans l'armée russe, on chassait les perdrix avec des pierres du même acabit. Tu en lançais une à la tête de l'animal et, hop !, ton dîner tombait tout cuit.

L'ascenseur s'ouvre avant qu'Ethan arrive à déterminer si l'anesthésiste plaisante tant son visage reste sérieux. Après un bref coup d'œil à droite et à gauche ce dernier lance, d'un geste rapide qui exprime un incommensurable dégoût, son projectile enfariné dans une poubelle. Leur descente s'effectue en silence.

En fin de journée, le parking de Soroka est quasiment désert. De l'autre côté de la rue, un groupe d'étudiants hurle à tue-tête des chants festifs, impossible de déterminer s'ils sont ivres ou simplement joyeux. Les deux médecins marchent ensemble vers leurs voitures. Arrivé devant celle de Wissotzky, Ethan lui demande :

— Comment va ton fils ?

— Il respire sans assistance, c'est à peu près tout. Mais à l'épicerie, ils ont accepté de me faire une réduction sur les couches jetables, ajoute-t-il puis il s'installe au volant, claque la portière et met le contact tout en faisant un signe de tête à Ethan – petit mouvement à peine perceptible, et qui pourtant lui procure un étonnant sentiment de soulagement.

Avant de démarrer, il appelle Liath pour lui demander, au cas où elle ne les aurait pas déjà couchés, si les enfants pouvaient attendre son retour.

— Ils dorment. Et sache que ça n'a pas été facile. Je marche sur la pointe des pieds.

— Dans ce cas, pourquoi n'irais-tu pas m'attendre dans le lit toute nue ? J'arrive.

Elle éclate de rire. Il sait qu'elle ne le prend pas vraiment au sérieux. Lui non plus d'ailleurs ne se prend pas au sérieux. Car s'il leur arrive souvent d'échanger ce genre de paroles, ils passent rarement à l'acte. C'est surtout une manière pour eux de se sentir désirés. Une sorte de jeu qui lui paraît soudain un peu artificiel. Comme si cette attitude n'était pas la leur mais celle d'un Ethan et d'une Liath qu'ils étaient censés être. Aussi décalés que les meubles Ikea qui ont toujours l'air bizarres quand on les installe chez soi : on dirait qu'ils regrettent leur précédent emplacement, sur la photo du catalogue.

Le panneau à l'entrée d'Omer lui souhaite une bonne fête. Il arrête son 4 x 4 devant les buissons de romarin et s'apprête à en sortir lorsqu'il remarque une ombre sur le trottoir d'en face. (Ensuite, il se dirait que tout ce temps, il l'avait attendue. Inconsciemment. Sinon, comment expliquer qu'il ait remarqué cette ombre parmi toutes celles qui se profilaient dans la rue : un couple en jogging ; un chien errant ; des poubelles de tri qui attendaient, la gueule ouverte.)

— Que faites-vous ici ?

Elle ne répond pas. Ne lui reproche pas les appels restés sans réponse, les jours passés à l'esquiver. Elle se lève lentement du muret de pierre sur lequel elle était assise et se déploie, un peu plus grande que lui.

— On y va.

Il entend ces mots et sait qu'il va lui obéir. Jamais elle ne l'a fixé d'un regard aussi clair. Il viendra parce que, sinon, elle n'a qu'à traverser la rue et sonner à la porte de la villa. Le bruit réveillerait tout de suite Yali qui a le sommeil particulièrement léger. Itamar continuerait sans doute à dormir. Liath viendrait ouvrir en pyjama, pestant intérieurement contre ces voisins qui ignoraient qu'après une certaine heure, il était trop tard pour demander du sucre. Elle verrait alors Sirkitt. Et Sirkitt lui révélerait tout.

Ils roulent en silence jusqu'au garage. Il aurait bien envie de couler un regard vers elle mais est trop fier et trop furieux. Elle, en revanche, ne se gêne pas, ses yeux sont lourds de reproche et en même temps piqués de curiosité : elle le trouve changé. Est-ce à cause du décalage entre le souvenir qu'elle a gardé de lui ou bien a-t-il réellement changé en deux semaines ? Et elle ? A-t-elle changé ? L'a-t-il trouvée changée ? Qu'a-t-il ressenti en la voyant ? Ça, elle le sait très bien : d'abord, il s'est effrayé. Ensuite il s'est fâché. (Et, entre les deux, un bref instant qui peut-être leur a échappé, il s'est réjoui.) Elle cesse de l'examiner parce qu'elle se rend compte que ça le met mal à l'aise. À un feu rouge, elle croise le regard du couple dans la voiture qui s'est arrêtée à leur hauteur. À en juger par la rapidité à laquelle l'homme et la femme détournent les yeux, elle comprend qu'ils parlaient d'elle. D'eux. Du Blanc et de la Noire. Du couple mixte en route pour les vacances.

Le feu passe au vert. La femme assise à côté du conducteur lui adresse un sourire encourageant, et elle sourit en retour. Elle songe qu'ils n'imaginent pas une seconde que l'homme au volant conduit sous la contrainte.

Ethan remarque le sourire de Sirkitt, qu'il ne comprend pas : elle est si avare en sourires. Et, comme à chaque fois, il a l'impression d'avoir raté quelque chose. Il accélère et se prépare à doubler. Incroyable le nombre de voitures sur cette route qu'il a si souvent parcourue déserte. Sans doute les vacances de Hanoukka expliquent-elles que les gens prennent d'assaut les chambres d'hôtes dans le désert ou même poussent jusqu'à Eilat. Il se demande si quelqu'un aura jeté un coup d'œil à l'intérieur de son véhicule et vu un Blanc à côté d'une Noire. Si oui, qu'en a-t-il pensé ? Il bifurque enfin sur le chemin de terre qui mène au garage, ravi d'échapper à la mer de regards potentiels de la voie express.

Au premier hurlement qu'il entend, il se tourne vers Sirkitt :

— Ne me dites pas qu'une femme est en train d'accoucher ici !

Elle n'a pas besoin de répondre. Ces hurlements s'en chargent à sa place. Impossible de se tromper sur leur nature. Ethan en a entendu beaucoup au cours de sa carrière, mais ceux des parturientes sont spéciaux. Peut-être parce que, outre la douleur, on peut aussi y discerner quelque chose de l'ordre de l'attente. Ou de l'espoir. Il n'a jamais été sentimental. Il a passé deux mois dans une maternité pendant ses études et sait parfaitement que soixante-dix pour cent des femmes ont l'impression d'être propulsées en enfer. La tendresse maternelle ne peut se révéler qu'après la péridurale, car avant elles ont tellement mal qu'elles ne se souviennent plus où elles sont ni qui elles sont. Ne demandent qu'une seule chose : en finir. Mais la douleur qui vient de la vie résonne autrement que n'importe quelle autre douleur.

Il la voit dans un coin du garage, debout, en nage, pantelante. Il voit un énorme ventre qui tend une robe de coton. Deux autres femmes l'encadrent, le regard inquiet. Elles se précipitent sur Sirkitt.

— Elles disent qu'elle a perdu l'eau depuis longtemps. Elles disent que le bébé aurait déjà dû sortir.

La femme se balance de droite à gauche, rassemble ses forces avant la montée de la prochaine contraction. Elle a à peine un regard pour Ethan, pas pour Sirkitt ni pour ses deux compagnes. Il sait qu'à ce moment-là, tout le corps se concentre vers l'intérieur si bien que l'environnement se brouille totalement. Le problème, c'est qu'à part ça, il ne se souvient plus de grand-chose. Pour les accouchements de Yali et d'Itamar, il avait fait de la figuration, supervisé à distance le traitement privilégié dont bénéficiait Liath, confiée aux bons soins d'Amos, avec qui il jouait au basket deux fois par semaine. À une certaine époque d'ailleurs, il en avait eu assez des blagues débiles de l'obstétricien et de leurs éternels désaccords politiques, mais n'avait jamais perdu de vue qu'avoir un gynécologue dans ses relations, c'était un investissement à terme. Seulement voilà, Amos travaille à l'hôpital Ichilov de Tel-Aviv... A-t-il un jour accouché une Africaine au milieu du désert ?

— Elle s'appelle comment ?

— Samar.

Il s'approche de la femme, crie son nom. Il doit s'y reprendre à deux fois avant qu'elle le regarde. Et à ce moment-là, au moment précis où elle le regarde, il découvre qu'il est presque content d'être là. (Parce qu'aucune femme ne doit accoucher toute seule, dans un garage désaffecté, comme une vache qui mettrait bas dans une grange abandonnée ; parce qu'elle a, dans son ventre, un petit d'homme qui veut sortir et Ethan sait qu'il peut l'aider ; parce qu'il a senti l'agréable picotement de l'adrénaline le caresser en dedans dès qu'il a commencé à se remémorer les procédures d'accouchement ; parce qu'il en a assez de se sentir faible et coupable et qu'à présent, il se sent enfin fort et utile. Parce que Sirkitt le fixe de ses yeux noirs et lui demande ce qu'elle doit faire.)

Ça va plus vite que prévu. À moins qu'il ne soit trop habitué à se préparer au pire. Au bout de six heures, il se penche entre les cuisses écartées de Samar et lui crie :

— Poussez, poussez !

Auparavant, bien sûr, il y a eu les contractions, les cris, les selles et l'urine. Il y a eu du sang et des pleurs, un vrai danger pour les tympans de tous ceux qui sont là, même si, à aucun moment, il ne s'est surpris à penser à ça. Pourtant, c'est exactement à cause de tels débordements qu'il a choisi la neurochirurgie. Il aime rencontrer ses patients une fois endormis. Les gens se révèlent bien plus polis et coopératifs après une induction de propofol. Alors que là, au lieu du blanc étincelant de son bloc opératoire, il se heurte aux taches de rouille entêtées de la table qui refusent de s'effacer, peu importe combien Sirkitt les frotte. Et soudain, sur cette table rouillée, dans cet endroit répugnant, après six heures de travail, il entend le cri. Nouveau. Qui ne vient plus de la bouche de la mère mais d'une petite bouche toute neuve, une bouche qui un instant auparavant n'existait pas et qui a happé l'air de toutes ses forces, happé le souffle froid du désert qui entoure Beer-Sheva, happé l'haleine de la nuit dans le garage désaffecté, la sueur du médecin et des femmes, l'odeur de pauvreté des caravanes – a happé tout ça pour le restituer à présent en un cri primal, un grand cri de bébé qui n'est qu'une incommensurable perplexité – c'est ici ?

Il montre à Sirkitt comment couper le cordon ombilical, et présente le bébé à sa mère. Samar tend deux mains molles et fatiguées. On dirait une grande poupée à qui on aurait placé entre les bras une poupée plus petite – un baigneur, songe Ethan –, elle le tient uniquement parce qu'on le lui a mis là. Mais il suffit d'un regard vers son enfant pour que tout à coup, elle s'anime. Elle est toujours allongée et le bébé sur son ventre, mais à présent il n'y a plus le moindre doute : le nouveau-né n'est pas posé sur elle, c'est elle qui le tient. Au moment où Ethan se tourne vers Sirkitt pour voir si elle aussi a remarqué ce changement, il découvre qu'elle a disparu. Il indique par signes aux deux femmes de surveiller la parturiente et sort du garage. Un ciel sans lune. Des étoiles sans nom (elles en ont un, bien sûr, mais il vient de se rendre compte, à sa grande surprise, qu'il n'a jamais pris la peine de les apprendre. L'être humain nomme ce qui lui appartient. Son chien, sa voiture, son enfant. Il en faut de la prétention pour donner un nom à ces points lointains et lumineux). Comme il ne voit pas Sirkitt devant le garage, il avance vers les dunes. C'est là qu'il la trouve, assise sur le sable, dos à lui. Il n'ose pas s'asseoir à côté d'elle, alors il reste debout.

— C'était tellement horrible, dit-elle, horrible et si beau.

— Oui, dit-il, c'était horrible. Et si beau.

Lorsqu'elle se tourne vers lui, il remarque qu'elle a pleuré. Le bord de ses yeux noirs est rouge. Il a très envie de la serrer dans ses bras mais ne sait absolument pas comment on s'y prend avec une femme comme elle. Alors il reste debout à la dévisager, à admirer sa beauté, et il se dit une nouvelle fois que s'il l'avait croisée dans la rue, il ne l'aurait pas gratifiée du moindre regard.

— Je pense que je vais aller dormir un peu, finit-il par chuchoter. Elle perd encore pas mal de sang, je reste ici pour la surveiller.

Sirkitt sourit.

— Moi aussi, je vais dormir un peu.

Elle va chercher deux fins matelas dans la caravane et ils les étendent sur le sol du garage. Elle place le sien tout près de Samar alors qu'Ethan va s'allonger près de la porte.

— Bonne nuit, dit-il.

— Bonne nuit.

Il n'arrive pas à dormir et, bien qu'aucun bruit ne perturbe l'obscurité du lieu, il sait qu'elle non plus ne dort pas. Comment pourrait-elle dormir après avoir tenu entre ses mains une tête ronde si menue et l'avoir tirée vers le monde. Il se remémore ses yeux rouges. Émotion ? Gratitude ? Tristesse liée aux enfants qu'elle n'a pas eus ? Aux enfants qu'elle a laissés derrière elle ? Rien d'étonnant à ce qu'il n'ait pas osé la serrer dans ses bras. Depuis plus de deux mois, elle domine ses nuits mais que sait-il d'elle en réalité ? Qu'elle était mariée à l'homme qu'il a tué. Que cet homme la battait. Qu'elle cultive des roses. Qu'elle n'a peur ni du sang ni des gens. Qu'un Africain dépenaillé l'a qualifiée d'ange, qu'un Bédouin désespéré l'a qualifiée de démon, et que tous les deux se trompent. Il faut qu'ils se trompent. Parce que les anges et les démons, ça n'existe pas. Ethan en est convaincu. Ce qui existe, ce sont les êtres humains. Cette femme, allongée sur un matelas à quelques mètres de lui, cette femme est un être humain. Elle dort. Elle mange. Elle pisse. Elle chie. Et soudain, sans qu'il ait le temps de s'y opposer, se dessine sous son crâne l'image de Sirkitt en train de baiser, une vision si nette qu'elle déclenche aussitôt chez lui une violente érection. Il en a le souffle coupé.

Toute la nuit rugissent en lui les lions. Il se tourne et se retourne. Essaie de se raccrocher à Itamar, à Yali, à Liath. Et dans l'obscurité du garage, une chose le frappe, une incroyable évidence : il est sur le point de perdre sa famille. Pas à cause d'un accident de voiture mortel ni d'une collision entre deux avions par nuit de tempête. Ni d'un attentat. À cause de lui. Comme tout le monde, il a parfois, en rentrant chez lui le soir, caressé d'horribles pensées secrètes et son cerveau n'a jamais été en reste pour concocter une infinité de malheurs, de catastrophes, d'enterrements. Avec, sous-jacente, la question : comment continue-t-on après ? Ce qui est ironique, c'est qu'à aucun moment il ne s'est imaginé en être responsable, condamné à passer sa vie sans ses fils, non par la faute de quelque méchant terroriste ou d'un conducteur ivre, mais parce que Liath les lui enlèverait. Parce qu'il n'aurait pas assez protégé sa famille, et que les familles, c'est fragile.

Il le sait pourtant, lui qui a décidé, bien avant son mariage, de ne jamais tromper celle qui deviendrait sa femme. Fantasmer, oui, mater à droite et à gauche, pas de problèmes, mais ne jamais mettre en péril par un passage à l'acte ce qu'il a construit. Il a vu ses amis de fac ou des collègues à l'hôpital. Il sait reconnaître une infidélité aussi bien qu'une pneumonie, dès les premiers symptômes. Un visage rayonnant drapé de mystère. Un éclat nouveau de la peau. Une démarche rêveuse. De la nonchalance dans la posture... et, quelques semaines plus tard, un regard fuyant. Une crispation entre les omoplates. Un herpès qui fleurit sur la lèvre. Aucune partie de jambes en l'air n'en vaut la peine. Aucune excitation fugace ne justifie cet instant où tu devras faire asseoir tes enfants sur le canapé du salon et leur dire : tout d'abord, sachez que votre mère et moi, nous vous aimons.

Mais si tel est le cas, comment expliquer qu'il n'arrête pas de penser à elle ? Que, même s'il a du mal à l'admettre, il pense à elle plus qu'à eux. Comment expliquer que depuis toutes ces semaines où elle le fait chanter, il s'est surpris plus d'une fois à compter les heures qui le séparent d'elle alors qu'il aurait dû souhaiter la voir le moins possible. Et aussi, comment expliquer qu'elle ait un tel ascendant sur lui ? Que lui a-t-elle fait pour qu'il la désire autant ? Moins de quatre mètres séparent leurs deux matelas, et il la sent palpiter de tout son corps, un corps qui s'offre dans le noir.

Il sait parfaitement qu'on ne peut rien voir dans ce garage tant l'obscurité est épaisse, pourtant il se retourne sur son matelas pour lui faire face et relève les paupières. Noir total. Des yeux qui ne voient rien voient tout, justement. La preuve : surgit aussitôt l'épaule ronde qui lance des éclairs chaque fois qu'elle se penche pour ramasser quelque chose et que sa manche tombe un peu sur le côté. Surgissent ses seins, enfin libérés de l'entrave des robes en coton, gonflés et fièrement dressés. Surgissent ses lèvres, ses joues, ses hanches. Et ses mouvements félins, sa démarche, toute de désir contenu, endormi et sauvage. La distance qu'elle veille à garder, la force qu'elle dégage et la certitude que jamais il ne pourra entrer en elle – même s'il la pénétrait –, voilà qui met son sang tellement en ébullition que c'en est presque douloureux.

Calme-toi, s'ordonne-t-il, calme-toi. Mais il n'y arrive pas. Au contraire. Son cerveau continue à produire de plus en plus d'images de Sirkitt, avec de plus en plus de détails. Il essaie de les effacer en se récitant les processus cérébraux qui les produisent (son hypophyse fait des heures supplémentaires, aucun doute là-dessus), elles continuent à se succéder devant ses yeux, nettes, trop tentantes. Alors, lorsque, enfin, elle soulève la couverture et se glisse à côté de lui, se confond au chaos de cette nuit-là, il s'enfonce dans le noir bleuté de ses cheveux, embrasse les lèvres muettes qu'elle entrouvre rien que pour lui et ne pense ni aux anges ni aux démons. Pas plus qu'aux êtres humains.

Elle n'a pas besoin de regarder pour savoir qu'il ne dort pas. Il la désire tellement que ça s'entend à chacune de ses lourdes respirations, à chacune de ses bruyantes déglutitions. L'air est moite et vibrant dans le garage, tout comme son docteur, moite et vibrant. Un délice insupportable a envahi son entrejambe, c'est presque douloureux et, en dedans, quelque chose de moite et vibrant attend. Mais elle ne s'approchera pas de lui, tout comme il ne s'approchera pas d'elle. Moins de quatre mètres séparent leurs deux matelas, mais le chemin qui les relie passe par un grand désert. C'est bien. Elle a traversé tant de déserts qu'elle sait : de l'autre côté, rien ne l'attend, sauf une nouvelle terre aride.

Alors elle ferme les yeux tout en ayant conscience qu'elle ne dormira pas, et lorsque, enfin, il soulève la couverture et se glisse à côté d'elle, se confond au chaos de cette nuit-là, il n'y a plus de désert. Et c'est justement parce qu'il ne vient pas et ne se glisse pas à côté d'elle qu'ils arrivent enfin à s'en échapper. Et pour la première fois, elle y trouve de l'eau douce.

10

Le soleil est à peine levé quand Samar rugit. Ethan, qui rêvait de son commandant à l'armée, est persuadé que c'est lui qui hurle ainsi. Il a besoin d'une seconde pour se réveiller et de deux secondes supplémentaires pour bondir sur ses pieds.

Le visage du bébé est bleu. Repoussant. Rien à voir avec le teint rose que sont censés arborer tous les nouveau-nés. Rose, c'est un signe de bonne santé. C'est un pouls normal, une circulation sanguine satisfaisante, des molécules d'oxygène qui naviguent dans le sang aussi nombreuses que des touristes sur un bateau de croisière. Samar n'a peut-être jamais entendu parler d'hémoglobine, mais elle a tout de suite compris que son bébé était en danger. C'est pour ça qu'elle s'est mise à hurler. Simplement parce que c'était la seule chose qu'elle pouvait faire. Lorsque le père du bébé l'avait envoyée ranger le débarras puis s'était approché d'elle et l'avait prise par-derrière, elle aurait aussi pu hurler, mais s'était abstenue. Elle savait trop bien qu'une telle réaction aurait eu des conséquences désagréables et pour longtemps, alors que se laisser faire ne durerait que quelques minutes. À ce moment-là, elle ne pensait pas que cet individu répugnant deviendrait le papa du bébé. À ce moment-là, il n'y avait pas du tout de bébé qui pourrait avoir un papa. Et lorsque le sperme avait dégouliné le long de ses cuisses, elle s'était dit : voilà, c'est fini. Elle n'avait pas compris que cette semence était exactement comme celui qui l'avait produite : elle prenait de force et ne lâchait pas. Au début, sa grossesse l'avait révoltée bien plus que l'acte lui-même. Elle voyait pousser dans son ventre une créature qui avait la tête de son géniteur et passait ses journées à se goinfrer. À la dévorer de l'intérieur. Une créature avec les traits de celui qui décidait de tout pour elle : quand elle pouvait aller aux toilettes, quand elle pouvait manger, quand elle pouvait vomir. Ça l'énervait tellement qu'elle se frappait à coups de poing, visant le visage qui s'était imposé en elle. Mais plus elle frappait, plus il grandissait, et plus il grandissait, plus elle le haïssait. Comme la queue de cet homme qui, quand il s'était plaqué contre elle, n'était même pas dure et ne s'était gonflée de sang qu'en la sentant résister. Ce bébé, c'était pareil, il puisait ses forces dans la haine de sa victime. Alors un jour, elle avait pris une longue tige en métal dans le débarras, l'avait nettoyée le mieux possible, s'était allongée sur le dos et avait écarté les jambes en s'exhortant au calme : ne t'inquiète pas, ça ira vite. Elle avait déjà commencé lorsque Sirkitt était soudain apparue.

« Idiote, l'avait-elle sermonnée, petite vache idiote. Tu ne comprends pas que tu as une mine d'or entre les jambes ? »

Et de lui expliquer qu'à la naissance, tout le monde saurait ce qui s'était passé dans le débarras, et le salaud serait obligé de payer. Beaucoup d'argent, avait-elle assuré en l'aidant à retirer la tige métallique, soulagée de découvrir qu'il n'y avait pas beaucoup de sang dessus. Elle lui avait aussi dit que personne ne devait connaître son état, surtout le premier concerné. Qu'elle devait engraisser le bébé comme on le faisait avec les cochons au village. On redoublait d'attentions pour eux, même s'ils étaient laids et puaient, parce qu'on savait qu'ils rapporteraient de l'argent. Samar avait donc gardé le secret de sa grossesse et imaginé qu'un cochon grossissait dans son ventre, lisse et rose. Quand il avait commencé à bouger à l'intérieur, c'était devenu un porcelet, comme ceux que les enfants pourchassaient au village. Ça la faisait rire. Elle avait effacé le gros porc velu. Ne voyait plus qu'un cochonnet tout mignon, et elle avait même honte en pensant qu'elle avait failli l'embrocher quelques mois auparavant.

Le soir où elle avait perdu les eaux, elle s'était soudain affolée. Le petit cochon tout mignon et le salaud se superposaient à nouveau dans sa tête, elle ne savait plus lequel des deux allait sortir de son ventre. Ensuite, la douleur avait été telle qu'elle avait pensé que ça ne pouvait être que le père du bébé. Jamais un porcelet ne lui aurait fait si mal. Le père, en revanche, l'avait déchirée en la pénétrant et il sortait en la déchirant aussi. Elle allait bientôt voir son visage répugnant et personne ne l'empêcherait de lui fermer la bouche, comme il lui avait fermé la bouche, à elle, dans le débarras.

Lorsque, enfin, le bébé avait été expulsé, il ne ressemblait pas du tout à son géniteur. Pas plus qu'aux porcelets du village. À un dauphin peut-être. Elle n'en avait vu qu'une seule fois de sa vie mais s'en souvenait comme on se souvient de l'unique instant de bonheur auquel on a eu droit. Elle était avec son père qui ramait vers le large. Assise dans la barque, elle remmaillait le filet de pêche. Le soleil venait à peine de se lever mais il faisait aussi chaud qu'en milieu de journée, et on n'entendait que le bruit de la pagaie dans l'eau. Elle s'appliquait sur de petits rafistolages qui ne tiendraient pas longtemps, quand soudain elle avait entendu le silence. Ou plutôt, la pagaie ne frappait plus l'eau. Comme son père ne pêchait jamais si près du bord, elle avait levé la tête et découvert le dauphin juste devant leur embarcation. C'était la plus belle chose qu'elle ait vue de sa vie. Du haut de ses six ans, elle avait compris que jamais elle ne verrait rien d'aussi beau. Que les autres merveilles ne seraient qu'un pâle reflet de ce dauphin. Et là, son père fit quelque chose d'incroyable, quelque chose de vraiment magique : il la souleva à bout de bras et la maintint très haut dans le vide, au-dessus de l'eau. Pour qu'elle puisse voir l'animal et inversement. Mais au lieu de le regarder, elle avait regardé son père en train de la tenir au-dessus de l'eau. Ça n'avait pas duré longtemps et ne se reproduisit jamais plus. Il l'avait ensuite reposée, elle avait repris son filet, lui sa pagaie et le dauphin sa nage.

Lorsque Sirkitt et le docteur lui avaient présenté le bébé, elle avait tout de suite vu qu'il ressemblait à un dauphin. Quelle joie pour elle, une joie qui avait atténué la douleur dans son bas-ventre. Elle avait compté les petits doigts en se disant qu'ils étaient vraiment minuscules, s'était souvenue de ceux du salaud, de la manière dont il les lui avait brutalement enfoncés à l'intérieur, et avait pensé que ces gros doigts aussi avaient un jour été minuscules. Sirkitt lui avait repris l'enfant et expliqué qu'elle devait maintenant se reposer. Samar n'avait pas discuté. Un bref instant, le bébé avait ouvert les yeux. Rassurée, elle avait constaté qu'ils ne ressemblaient pas du tout à ceux du papa. Mais ensuite, en réfléchissant aux autres parties de ce corps tout neuf, elle avait compris qu'il était impossible de prédire à quoi il ressemblerait plus tard. Le nez, par exemple. Ou les oreilles. Et la voix. Que ferait-elle s'il avait la même voix ? Non, impossible, il n'aura pas sa voix. Parce que la voix sort de la bouche et que la bouche de son bébé aura tété son lait. Elle s'était endormie sur cette pensée et quand elle s'était réveillée, elle avait vu l'horreur.

L'enfant est vivant, mais il va très mal et le garage n'est pas équipé pour traiter la détresse respiratoire. Ni pour gérer les hurlements d'une mère. À Soroka, les infirmières éloignent les proches dès qu'une anomalie est décelée. En cas de refus, elles appellent un vigile. Au risque de paraître sévère ou cruel, un hôpital ne peut pas travailler dans les cris : ça a un effet désastreux sur les autres malades et ça déconcentre l'équipe médicale. Ça sape le moral des soldats qui luttent contre la mort. Comme Samar ne cesse de hurler, Ethan s'apprête à demander à Sirkitt de la faire sortir lorsqu'il comprend que c'est lui qui doit sortir. Il soulève le bébé, étonné de la légèreté du petit corps. En trois pas, il est à la porte et calcule déjà le trajet le plus rapide pour atteindre l'hôpital.

— Arrêtez-vous.

Elle lui barre le passage, nu-pieds, cheveux ébouriffés. Dans une partie de son cerveau, il grave les contours de ses mamelons dressés sous son tee-shirt. La douceur qui émane de son corps, l'odeur de sommeil qui s'en dégage encore, tout est en totale opposition à la voix froide et métallique avec laquelle elle lui ordonne de ne pas bouger.

— Ils voudront savoir où vous l'avez trouvé. Et ils viendront ici.

— Eh bien, j'inventerai quelque chose, aboie-t-il tout en fouillant dans sa poche. Je ne le laisserai pas mourir dans ce garage.

— Je ne laisserai pas un bébé détruire tout un hôpital.

Il trouve enfin sa clé, la voiture lâche à distance un cri joyeux au moment où il appuie sur le bouton pour la déverrouiller. Il fonce, elle le suit. Pour la première fois depuis qu'il l'a rencontrée, il la voit hors d'elle. Pas à cause du bébé et de sa peau bleuie, mais parce qu'elle a compris qu'il a décidé de lui désobéir.

— J'irai à la police. Si vous partez, je vais au commissariat.

Il la regarde un court instant (suffisamment pour mesurer à quel point elle est sérieuse), puis claque la portière et démarre.

À cette heure-là, pas une voiture sur la route jusqu'à Beer-Sheva. Il roule aussi vite qu'il peut. Parle au bébé. Lui dit de tenir le coup. Lui promet que tout ira bien. L'informe du nombre de kilomètres qui restent jusqu'à Soroka. Lui assure que c'est vraiment tout près. Ne cesse de répéter :

— Tiens le coup. Encore un tout petit peu, un tout petit peu.

Il l'a calé sur la banquette arrière, dans le siège de Yali dont il a baissé le dossier mais qui reste bien sûr trop grand pour lui, il aurait pu le poser sur ses genoux. Ç'aurait même été plus pratique et lui aurait permis de suivre exactement l'évolution de son état. Mais il a obéi à un vieux réflexe paternel : les bébés, on les met à l'arrière et on les attache. Sinon, on est irresponsable. Ce qui l'oblige maintenant à parler sans pouvoir diriger ses encouragements directement vers celui qui, de toute façon, ne peut pas répondre.

À sept kilomètres de Beer-Sheva, il hausse la voix.

— Tout ira bien, s'époumone-t-il, tout ira très bien. On y est.

Il comprend soudain que depuis qu'il a démarré, il évite de regarder le nourrisson. Il l'encourage, le rassure, le supplie aussi, mais ne le regarde pas. Alors il incline le rétroviseur de sorte qu'il puisse voir la banquette arrière. À cinq kilomètres de Beer-Sheva, il s'arrête. Incapable de dire depuis combien de minutes il fonce ainsi pour rien, à faire des promesses à un bébé mort.

Il est sept heures et demie du matin, son mari n'est toujours pas rentré de l'hôpital. Liath pénètre dans le salon, débarrasse coussins et canapés d'une poussière invisible, range ce qui, sans aucun doute, est déjà rangé. Sa grand-mère aurait su quoi faire. Sa grand-mère aurait regardé Ethan dix secondes droit dans les yeux et aurait su. Mais sa grand-mère n'est plus là depuis trois ans. Quatre, si on compte l'année au cours de laquelle elle n'avait plus rouvert les yeux, celle qui avait suivi la crise cardiaque survenue juste après l'opération. Oui, pendant un an, elle était restée allongée dans son lit d'hôpital les yeux fermés. Comment savoir si elle était toujours là ? D'accord, elle respirait, mais ça prouvait quoi ? Sa grand-mère était la championne du monde pour faire semblant d'être là. Pour tromper les cambrioleurs à l'affût. C'est ainsi qu'elle expliquait à sa petite fille pourquoi, avant de sortir, elle allumait les lumières et mettait la radio à fond. Peut-être avait-elle procédé de la même façon, cette année-là, à l'hôpital ? Elle avait laissé les médecins et les infirmières mesurer toutes sortes de signes vitaux, comme les voleurs qui écoutent à la porte, mais en vrai, elle avait pris la poudre d'escampette depuis bien longtemps.

Ça lui ressemblait bien, à sa grand-mère, de les bluffer ainsi, elle qui, pendant des années, avait caché à tout le monde qu'elle était malade. Magistralement. Même à la mort. Qui l'avait oubliée et avait pris un tas d'autres mamies au passage, mais pas la sienne.

La rencontre avait tout de même fini par avoir lieu. Presque par hasard. Une pneumonie contractée à l'hôpital où elle était clouée au lit, les yeux fermés, l'avait emportée en moins d'une semaine. Depuis, Liath se retrouve seule à observer le marc de café et à n'y rien voir. La voilà pourtant qui fait une nouvelle tentative : elle prépare du café et scrute le dépôt au fond de la tasse. Peut-être y lira-t-elle où se trouve son homme. Elle peut aussi, bien sûr, appeler le service de neurochirurgie. Demander à lui parler. Essayer d'identifier dans les réponses les subtiles nuances du mensonge. Le petit gloussement d'une secrétaire à l'accueil. Ou au contraire son silence étonné. Embarrassé. La voix trop aiguë, artificielle, d'une infirmière. Ils savent où il est mais ne le lui diront pas. Les médecins, les internes, tout l'hôpital est certainement en train de rire derrière son dos.

Elle pose la tasse de café dans l'évier et appelle les garçons qui arrivent tout de suite. Itamar a habillé Yali et ils sont là, debout, tous les deux, fin prêts. Elle a le cœur serré de les voir presque au garde-à-vous et comprend : ils ont senti que quelque chose n'allait pas. Elle baisse les yeux et voit qu'Itamar a noué les lacets de Yali, lequel l'a laissé faire sans pleurnicheries ni caprice. Les enfants sont censés pleurnicher et faire des caprices. Ne prendre en considération que leurs propres besoins. S'ils arrivent à la seconde où tu les appelles, sans un fil qui dépasse, c'est que la situation est très grave.

Il les voit sortir de la maison. Yali avec son chapeau à oreillettes, Itamar avec un sac à dos de foot bien qu'il n'aime pas le foot et que ses petits camarades ne le laissent jamais y jouer. Liath a attaché ses cheveux en chignon et il peut voir la chaîne que sa grand-mère lui a donnée pour leur mariage et qui depuis ne quitte pas son cou. La famille Green sort de chez elle et il la suit des yeux tandis qu'elle foule le sentier menant au portail. Famille royale sans le savoir, qui dispose de tout sans même avoir à y réfléchir. Qui vit dans la plus parfaite des ignorances.

C'est Itamar qui l'aperçoit en premier et agite le bras. Yali, toujours à guetter le moindre geste de son frère, le voit avec une seconde de retard. Il lâche aussitôt la main de sa mère et se précipite vers lui dans un tapotement de bottines.

— Papa !

Ethan le soulève de terre, étonné un instant de le sentir si lourd, est-ce le gamin qui a pris du poids ou lui qui a perdu ses forces ? Lorsqu'il le repose, Liath a déjà ouvert la portière de sa petite voiture.

— Allez, mes poussins, on doit bouger.

Elle parle sur un ton dégagé et sympa. Glacial, mais dégagé et sympa. Les enfants l'ont-ils perçu ?

— Je veux que papa m'accompagne ! s'écrie Yali. Je veux aller à l'école en 4 x 4 !

— Papa est fatigué, il n'a pas dormi de la nuit, répond aussitôt Liath qui a tort de miser sur Œdipe.

Parce que son petit bout de chou a oublié qui l'a lavé, langé, allaité. Le voilà qui s'élance sans vergogne vers la grosse voiture de son père et se jette droit dans les bras de l'ennemi. Ethan vient de marquer un point dans leur combat latent mais non moins sanglant pour l'amour de leurs enfants communs. Il est certainement aux anges. Sauf qu'elle le voit, à sa grande surprise, refuser cet honneur.

— Pas aujourd'hui Yali, va avec maman.

Peut-être effectivement est-il fatigué. Peut-être veut-il lui envoyer un gage de paix. Quoi qu'il en soit, ce n'est pas ce qui va convaincre le gamin, il grimpe déjà dans le 4 x 4 par la portière ouverte du conducteur, passe au-dessus du changement de vitesses et hop, atterrit sur la banquette arrière, droit dans son siège. Liath sourit malgré elle. Petit chimpanzé têtu qu'il est. Ethan, en revanche, n'apprécie pas du tout. Au moment où les fesses de Yali s'installent à leur place, il blêmit d'un coup.

— Yali, sors de là tout de suite ! crie-t-il, les lèvres frémissantes.

Elle ne l'a vu aussi pâle qu'une seule fois de sa vie. C'était au cours d'une de leurs premières excursions dans le désert de Judée, des années auparavant. Comme ils étaient partis en milieu de semaine, il n'y avait pas un chat dans la vallée de Mishmar, alors ils en avaient profité pour faire l'amour à côté d'un bassin naturel. Ils avaient pris leur temps, fait durer le plaisir non seulement parce qu'ils se connaissaient à peine et étaient très attirés l'un par l'autre, mais aussi parce qu'ils en étaient encore à vouloir s'impressionner. Elle se trouvait au-dessus de lui lorsqu'elle l'avait senti se raidir subitement. Elle avait d'abord cru qu'il éjaculait.

« Ne bouge pas », avait-il murmuré d'une voix étrange, glacée.

Elle avait obéi, croyant qu'il s'agissait d'une forme particulière de point G masculin. Le serpent, elle ne l'avait vu qu'un instant plus tard. Petit, noir et tout proche. Ça avait duré dix secondes, une minute, cinq. Ils n'avaient pas bougé. La langue de l'animal entrait et sortait de sa gueule comme s'il leur disait : j'ai vu votre va-et-vient, regardez maintenant le mien. Et soudain, il avait cessé et était reparti. Ils l'avaient suivi des yeux, tendus. Après une telle interruption, impossible bien sûr de reprendre là où ils en étaient et même leur nudité au milieu du désert leur avait soudain paru bizarre. Rhabillés en vitesse, ils avaient repris leur randonnée, essayant de rire de l'incident. Mais ils n'en avaient plus jamais reparlé.

Le visage d'Ethan est aussi décomposé qu'à l'époque, et elle pense aussitôt qu'il y a quelque chose dans la voiture. Un serpent ou un scorpion. Quelque chose de mauvais. Aussi se précipite-t-elle pour jeter un coup d'œil à l'intérieur. Rien. Rien que le siège enfant. Quelques jouets. Des cartons de pizza. Impossible qu'Ethan soit à ce point stressé par quelques cartons de pizza vides.

— Yali, je t'ai dit de ne pas t'asseoir là-dessus. Dehors !

Sa voix est montée d'un cran. Il lui arrive de temps en temps de sortir de ses gonds, mais jamais comme ça. Ses cris sont toujours brefs et justifiés, comme la fois où Itamar a couru sur la chaussée quand ils habitaient encore à Givataïm, ou encore lorsque les infirmières de Tel-haShomer ont laissé la grand-mère de Liath sur un lit dans le couloir. On dirait qu'il vérifie d'abord scrupuleusement toutes les possibilités et ne se lâche que s'il ne trouve pas d'autre moyen. Là, c'est différent.

Yali éclate en sanglots et Itamar a les larmes aux yeux. En une seconde, Ethan s'est accroupi devant son fils en larmes.

— Je suis désolé, mon cœur. Papa est désolé.

En vain. Imaginer qu'un tel cri n'a aucune justification est beaucoup plus angoissant pour le gosse que de savoir qu'il a fait une bêtise qui mérite réprimande.

Liath regarde sa montre. Elle va arriver à la maternelle en retard, avec un enfant en larmes, et devra répondre aux autres mamans qui lui demanderont, sur un ton compatissant mais incapable de masquer une nuance de joie mauvaise (exactement comme les maillots moulants qu'elles mettent au Country Club n'arrivent pas à masquer leur cellulite), si le lever a été particulièrement difficile. Elle répondra par un « eh oui » souriant, sans bien sûr révéler à quiconque que depuis plus de deux mois son homme disparaît la nuit et qu'elle ne sait pas où il va. Rien que d'y penser, ça l'énerve tellement qu'elle soulève Yali.

— Venez, mes amours, sinon, on va être en retard.

Elle parle d'une voix calme et enjouée. Une voix qui ment. Elle le sait. Ethan le sait. Même les garçons le savent. Yali cesse de pleurer et reste dans ses bras, mais ne quitte pas son père des yeux. Itamar, en revanche, ne le regarde pas plus qu'il ne regarde sa mère. Il fixe, juste à côté de ses pieds, une fourmilière qui de prime abord, semble dans un total chaos alors que c'est tout le contraire en vrai. Les fourmis ont des règles et les respectent. On peut toujours prévoir ce qu'elles vont faire. Pourquoi avec les adultes, c'est différent ?

— E.T., monte dans la voiture.

Itamar abandonne sa contemplation et rejoint sa mère. Ethan le suit du regard. Il aurait voulu le rappeler, mais à quoi bon ? Il ne les fera pas monter dans un véhicule qui s'est transformé en corbillard. Il frissonne au souvenir du petit tas de sable à cinq kilomètres de Beer-Sheva et se dit qu'il doit d'urgence faire laver sa voiture. Peut-être même la vendre. Et se séparer du siège auto. Exclu que Yali s'asseye à l'endroit où il a couché le… cette chose-là. (Parce que c'est ce que c'était. Une chose. Pas un être humain. Ça n'avait pas eu le temps de devenir un être humain. Quand il avait arrêté le 4 x 4, ça ne ressemblait même pas à une poupée. Mais ça avait cinq doigts à chaque main. Il en a été traumatisé. Les petits doigts l'ont traumatisé.)

La Toyota de Liath sort du garage et s'éloigne dans la rue. Il fait un signe d'au revoir aux garçons qui, de la banquette arrière, agitent la main en retour. À les voir ainsi, il se permet de penser que peut-être tout ira bien. Les enfants sont beaucoup plus solides qu'on ne le pense. Leurs os sont plus souples que ceux des adultes, sage précaution de la nature en prévision des coups qu'ils vont inévitablement recevoir.

La voiture disparaît dans le virage. Ses occupants continuent à exister, bien sûr, même s'ils se meuvent hors de son champ de vision. Jusqu'à récemment, Itamar n'était pas persuadé d'une telle réalité.

« Quand on va dormir, lui avait-il demandé, comment est-ce qu'on sait que l'arbre dans le jardin ou la boîte aux lettres ne vont pas s'en aller ? Comment est-ce qu'on peut être sûrs qu'ils resteront toujours là ?

— Parce qu'on le sait », avait répondu Ethan, conscient de l'inanité de sa réponse.

Ce soir-là, un évier plein de vaisselle l'attendait derrière la porte de la chambre de son fils. Et les assiettes sales ne laissaient pas beaucoup de place aux questionnements philosophiques.

« Mais papa, si tu ne les vois pas, comment tu peux savoir ? »

Et pourtant, ils sont bien là-bas. Liath, Yali et Itamar. Ils sont référencés dans des tas de fichiers, ceux de l'assurance santé, du ministère de l'Intérieur, des allocations familiales. Des gens les connaissent. Des gens les voient à cet instant précis. Le commissaire, l'institutrice, l'épicier. Qui, eux aussi, sont référencés. Qui, eux aussi, sont connus. C'est ainsi qu'on est garants les uns des autres. À l'aide de saluts de tête, de lettres recommandées, de papiers d'identité et de regards échangés. Et si une personne disparaît, il y a toujours quelqu'un dans le réseau pour s'en rendre compte. Ou, à défaut, les institutions officielles – même si ça prend plus de temps, un ordinateur finira par signaler une taxe d'habitation impayée, des factures non réglées, un enfant absent du CP. Oui, les Green sont de ceux qui ne disparaissent pas. Que le monde ne laisse pas s'évaporer.

Mais que dire des autres ? De ceux dont tu ignores l'existence même si tu les vois. Dans leur cas, Itamar avait raison : si on ferme les yeux, ils disparaissent. Pas même besoin de fermer les yeux. Ils disparaîtront de toute façon. N'imprimeront ta rétine qu'un quart de seconde. Pas plus. Le bébé bleu, par exemple ne figure nulle part. Sa mère non plus. La société ordinaire n'a aucune conscience de leur existence. Les vraies gens, ceux qui sont inscrits dans les fichiers, ceux que d'autres vraies gens connaissent, ne savent rien du bébé cyanosé ni de sa mère. Le bébé cyanosé peut donc s'éclipser sans que personne ne s'en aperçoive.

Il doit tout de même en informer Samar. Il en a les entrailles retournées rien que d'y penser. Le petit corps sous le monticule de sable, et l'Érythréenne dans le garage qui n'est pas encore au courant. À moins que si, que l'instinct partagé par toutes les mères l'en ait déjà informée, à l'instar de sa propre mère qui avait su avant tout le monde pour Youval. Ce matin-là, au lever, elle avait demandé à son mari de fermer la radio, alors que depuis le début des opérations militaires, le couple ne faisait qu'écouter les nouvelles. Peut-être pensaient-ils que les commentaires incessants des journalistes, des reporters et de tous ceux qui entendaient soudain des « boum », les protégeaient. Que leurs mots construisaient un rempart invisible qu'aucune balle ne pourrait transpercer. Dans le salon, c'était le silence. Étrange, après des jours et des jours de bruit. Presque désagréable. Ethan avait échangé avec son père un regard qui signifiait « attention, maman est énervée.»

« Assieds-toi, Ruthélé, je vais te préparer un café », s'était empressé de dire M. Green.

Ce café, elle ne le but jamais. Lorsqu'on le lui apporta – dans un verre, et sucré à l'édulcorant – elle accrochait le linge dans le jardin. Dix ans auparavant, ils avaient acheté un grand sèche-linge de fabrication allemande, mais après s'en être servi deux fois, elle avait décrété que c'était une erreur.

« Peut-être qu'il sèche le linge, mais il ne stoppe pas le bourdonnement dans ma tête.»

Sa mère avait une grande théorie sur les acouphènes : la seule manière de s'en débarrasser, c'était d'avoir les mains occupées. Youval avait même développé une formule capable de calculer le nombre d'assiettes qu'elle devait laver pour se calmer d'une dispute de gravité moyenne.

« Riez, riez, répliquait-elle, mais c'est certainement mieux que les cacahuètes ou autres graines dont vous vous empiffrez à la moindre contrariété.»

Effectivement, les cacahuètes et surtout les graines de tournesol étaient le calmant officiel des hommes dans la famille. Un petit paquet avant les épreuves du bac. Un grand paquet après une rupture amoureuse. Trois kilos pour la semaine de deuil de papi David, le père de son père. Ils avaient leurs graines de tournesol, elle la vaisselle, la lessive à étendre et, les jours particulièrement pénibles, l'immense armoire où étaient rangés les draps et les couvertures. Pendant la semaine de deuil du grand-père d'Ethan, elle avait plié et replié tout le contenu de cette armoire, en partant du bas, puis avait recommencé chaque jour. Le nouveau sèche-linge était resté dans la salle de bains, blanc et rutilant. Son père avait refusé de jeter ce qui avait coûté si cher, et peut-être aussi tirait-il quelque jouissance à le regarder de temps en temps et à soupirer assez bruyamment pour être entendu par qui de droit. Petit à petit, ils avaient commencé à poser des choses dessus. La lessive en poudre. L'adoucissant. Un tas de pinces à linge. La mousse à raser. Le monstre blanc était devenu une étagère supplémentaire, et aurait sans doute fini sa vie comme telle si, de retour pour le week-end de sa première semaine à l'armée, Youval n'avait pas exigé de faire sécher son uniforme dedans (« on nous a prévenus qu'on pouvait être rappelés d'urgence à n'importe quel moment, j'ai besoin que tout soit prêt au plus vite »). Après quelques protestations, sa mère avait cédé. Un peu parce que c'était logique, surtout parce que c'était Youval. Elle acceptait tout de Youval. Ethan avait dû menacer ses parents de fuguer pour obtenir la permission de partir à Eilat avec ses copains en fin de première, tandis qu'ils avaient eux-mêmes déposé Youval à la gare routière. Pour échapper aux excursions scolaires de terminale, Ethan avait été obligé de falsifier des attestations médicales, avec Youval, sa mère appelait simplement la prof principale et prévenait que son fils ne se sentait pas bien. Mais le vendredi soir où Ethan l'avait entendue proposer à Youval, le plus naturellement du monde, de prendre la voiture, là, il n'avait pas pu se contenir et lui avait rappelé les six mois de négociation nécessaires avant qu'elle consente à lui prêter, à lui, la Suzuki. Étonnée par cet esclandre, elle s'était excusée. Avait tenté de se justifier en disant que c'était toujours comme ça entre aîné et cadet. Elle-même avait dû trimer pour arracher à ses parents ce que tante Naomi avait reçu sur un plateau d'argent. Mais lui savait que ça allait bien au-delà. Il y avait chez son petit frère quelque chose qui obligeait les gens à lui dire oui avant même qu'il ait demandé quoi que ce soit. Un charisme qu'Ethan retrouve chez Yali. Les institutrices raffolent de son plus jeune fils. Les vendeurs dans les magasins aussi. Il suffit que le gamin regarde quelque chose – un bonbon ou un jouet – pour qu'aussitôt une main le lui tende. Non qu'il soit particulièrement beau. Mignon, assurément, mais pas le genre d'enfant qu'on voit sur du papier glacé. Simplement, il possède cet indicible charme qui vous oblige à acquiescer. Ce qui n'est ni son cas, ni celui d'Itamar, et le retrouver chez Yali l'étonne. Peut-être parce qu'il n'a jamais pensé posséder dans ses propres gènes ce pouvoir de séduction si caractéristique de Youval. (Mais au fond, pourquoi pas ? C'était comme la couleur des yeux. Youval, incapable de supporter d'avoir quelque chose qu'il estimait moins valorisant que son frère, ne cessait de se plaindre aux parents, de leur dire que ce n'était pas juste qu'il ait, lui, hérité d'yeux marron merdiques, alors qu'Ethan en avait reçu des bleus. Jusqu'au jour où Ethan l'avait traité d'imbécile : « Si tu arrêtais de sécher les cours de biologie, tu saurais que, même si ce qu'on voit est marron, tu as la couleur de maman dans ton ADN et que peut-être tes enfants auront les yeux bleus. » Youval avait ri et trouvé ça « cool », prêt à s'en contenter. Il ignorait alors qu'il allait devoir se contenter de beaucoup moins, de dix-neuf années, cinq mois et deux jours, sans qu'aucun enfant ne porte jamais son nom.

Il ne se souvenait pas de Youval bébé. Il n'avait que trois ans à sa naissance, c'est sans doute ce qui explique qu'il ait mis du temps à s'apercevoir que Yali lui ressemblait. La mère d'Ethan s'en était rendu compte la première, mais il pensait qu'elle voyait son fils mort partout. Quand

Yali a grandi, force lui a été de reconnaître qu'elle ne se trompait pas. Outre son innocence craquante, le plissement de nez énervé de son fils est la copie conforme de l'expression de son frère après chaque défaite du Maccabi Haïfa. Les apparitions fugitives de l'un à travers l'autre ont quelque chose de formidable et en même temps de déroutant. De plus, il se sent le devoir de protéger son aîné, si taciturne, contre le charme du petit. De surveiller ce qu'on risquait de donner à l'un au détriment de l'autre. Liath lui fait d'ailleurs souvent le reproche de son manque d'enthousiasme :

« Tout le quartier s'émerveille sur Yali, il n'y a que toi qui radines sur les sourires. »

Que peut-il répondre ? Qu'il les garde pour son autre enfant, celui dont personne ne fait cas ? Les sourires sont-ils donc en quantité limitée ? Et même si, chez ses propres parents, les sourires étaient effectivement comptés, en quoi son fils est-il responsable ?

Sans parler de cette peur, irrationnelle, dont on n'a pas le droit de souffler mot : qu'un jour le monde en aura assez de dire « oui » à Yali et – à l'instar de ce qui s'était passé avec Youval – qu'il lui assène un « non » gigantesque et absolu, un anéantissement total causé par nos propres forces, sous la forme de tout un escadron qui tire (par erreur ! par erreur !) sur cet enfant béni des dieux, sur le fils préféré. Une partie d'Ethan, qu'il hait, est jalouse de son propre gamin. Mais une autre a peur pour lui et veut le protéger contre la jalousie ambiante. Jacob avait peut-être ressenti la même chose en voyant Joseph partir dans les champs avec ses frères, ceux qui s'apprêtaient à le jeter dans le trou. Comme il les comprend, ces frères qui ne portaient que des vêtements simples, d'avoir pété un plomb en voyant la magnifique tunique donnée au fils préféré. Peut-être est-ce la raison pour laquelle, aux anniversaires par exemple, il apporte toujours des cadeaux à ses deux garçons. Ne jamais être dans une situation où un seul ouvre un bel emballage tandis que l'autre regarde, les mains vides. Ce qu'Ethan sait, c'est que, en réalité, le problème n'était pas la tunique mais le regard qu'avait eu le père en l'enfilant à Joseph. C'était ça que les frères n'avaient pas pu pardonner. Les cadeaux peuvent être équitablement partagés. Pas les regards.

Le fameux matin de Youval. Sa mère était sortie dans le jardin avec une bassine pleine de draps, de serviettes, de vêtements appartenant à ses trois hommes, mais ce qu'elle avait accroché en premier, c'était le jean que Youval avait porté le week-end précédent. Elle l'avait d'abord secoué, puis bien lissé. Avec détermination et entêtement. Était-ce pour mettre le monde face à un fait accompli – on ne meurt pas si on a un pantalon en train de sécher sur une corde à linge ? Elle avait eu le temps d'étendre encore quelques habits avant que les représentants de l'administration militaire débarquent. Ils n'avaient pas eu besoin de frapper à la porte, elle les avait vus du jardin et les avait fait entrer directement dans la cuisine. Ethan se souvient encore du goût des corn-flakes dans sa bouche au moment où sa mère était apparue, encadrée par deux hommes en uniforme, et avait éclaté en sanglots.

Elle n'avait pas eu l'air étonnée. Au contraire. Comme si, d'une certaine manière, elle attendait cette nouvelle depuis le matin. C'était un peu comme la description du tsunami en Thaïlande qu'il avait lue dans le journal. Debout sur la plage, les gens regardaient les vagues arriver. Certains d'entre eux avaient essayé de fuir, mais d'autres s'étaient contentés de rester là, sachant que l'eau les rattraperait quoi qu'ils fassent.

Sa mère avait su avant qu'on vienne lui annoncer la nouvelle. Peut-être que l'Érythréenne dans le garage savait, elle aussi. Du moins, l'avait-elle deviné. Sans que ça l'empêche de fabriquer du lait pour un bébé qui ne téterait pas. L'hypophyse sécrète de la prolactine. La prolactine fait sécréter le colostrum. Il revoit la robe de la femme qui, la veille, bien avant la délivrance, était déjà tout imbibée de lait. Deux taches rondes et sombres qui s'étaient étendues au fil des heures. Sirkitt lui avait proposé de se déshabiller, elle avait suffisamment mal comme ça, inutile d'ajouter le désagrément du tissu poisseux, mais Samar avait refusé. Peut-être était-elle gênée à cause du médecin. C'était déjà tellement embarrassant de s'exposer ainsi, jambes écartées ! Ou bien pas du tout dérangée par ce lait qui tachait sa robe. Peut-être était-elle ravie de savoir qu'un bout de tissu censé masquer devenait si révélateur. Le corps écrivait sa propre histoire et clamait : je suis plein. Je suis plein de vie, ça va jaillir.

Penser au lait le rend fou. Cette robe, les cercles qui s'élargissent... l'image lui est insupportable. Lorsqu'il pénètre chez lui il va directement se laver le visage dans le lavabo de la salle de bains, entre dans la chambre de Yali, s'allonge sur les draps Transformers et s'endort. Des petits soldats en plastique veillent sur son sommeil, un tank est posé sur le tapis et c'est suffisant pour repousser l'horreur hors de la pièce. Couché sur le côté, Ethan dort et ne se retourne pas une seule fois.

Elle ne sait pas si Samar dort ou a perdu connaissance, mais elle est soulagée de la voir fermer enfin les yeux et arrêter de hurler. Elle essuie la sueur sur son front, rajuste la couverture puis va laver le drap plein de sang sur lequel elle était couchée. Sirkitt frotte longtemps, frotte, rince encore et encore, mais impossible de venir à bout des taches. Elle regarde à nouveau son téléphone, peut-être a-t-il essayé de la joindre – – non, aucun appel manqué. Oh, elle n'a pas besoin qu'il lui dise pour savoir. Elle a vu le bébé. Elle connaît la signification de cette couleur. À la différence des deux autres, elle ne s'est pas bouché les oreilles quand la mort est venue frapper à la porte, une mort qui, de toute façon, n'avait pas besoin de permission pour entrer. Pourtant, elle attend. Décide de relaver le drap. Frotte et refrotte. Rajuste encore la couverture sur la femme endormie. Balaie le sol du garage. Range les flacons de médicaments. Un, deux, trois bébés, et maintenant quatre. Ça change que ce ne soit pas le sien, bien sûr que ça change, et pourtant.

Il n'appelle toujours pas. Peut-être lutte-t-il encore pour le sauver, là-bas, dans leur hôpital. Peut-être ne l'y a-t-il pas du tout emmené. Peut-être a-t-il réussi à inverser le cours des choses, à retenir la vie qui désertait le visage du nourrisson. Ou alors, il ne pense peut-être pas que c'est urgent de lui donner des nouvelles, d'ailleurs pourquoi a-t-elle un besoin si urgent de savoir ? Car attendre, elle le fait très bien. Elle maîtrise tous les secrets de la position assise, immobile et calme, dans laquelle on patiente. Laisser toute pensée et tout sentiment en suspens jusqu'à ce que quelqu'un vienne et décide pour toi. « On bouge » et elle bouge. « On revient » et elle revient. « On se lève » et elle se lève. À présent aussi, elle doit attendre. Voir ce que dira son docteur et, s'il ne dit rien, ça ira aussi. Il ne téléphone pas et c'est par ce silence qu'elle comprend que le bébé est mort. Ce petit silence lui indique le grand silence, définitif, des poumons qui ne respirent plus. Et si elle lui en veut pour quelque chose, ce n'est pas pour le bébé, il n'y est vraiment pour rien. Si elle lui en veut, c'est pour l'insupportable facilité avec laquelle leurs rôles se sont inversés. Elle attend et c'est lui qui décide. Il est le maître du temps et elle doit rester assise au bord de la route, à frotter un drap qui ne sera plus jamais propre. Frotter et attendre.

11

Il se réveille en criant. Découvre que deux heures se sont écoulées mais a l'impression d'avoir dormi bien plus longtemps. Il appelle tout de suite Sirkitt. Sa voix tremble un peu quand il lui raconte ce qui s'est passé avec le bébé, mais il s'en fiche : une voix qui annonce une chose pareille doit trembler. Même si c'est celle d'un médecin. En revanche, la voix de Sirkitt ne tremble pas. Ce qui n'étonne pas Ethan. Il a presque oublié les larmes qu'elle a versées après l'accouchement. Et il la déteste plus que jamais. Il faut bien accuser quelqu'un de ce qui s'est passé. Les bébés ne meurent pas comme ça. Il faut une raison. Il faut que quelqu'un ait merdé. La réaction chimique qui transforme la tristesse en colère soulage le corps et apaise la conscience. C'est elle qui l'a retenu quand il a voulu partir avec l'enfant. Elle l'a menacé. Elle lui a fait perdre de précieuses secondes. (Des secondes qui n'auraient rien changé, pourtant il s'y raccroche. Dans la chambre de Yali, entre les draps Transformers et les petits soldats en plastique, il découvre une fois de plus à quel point il est rassurant de séparer le monde en bons et en méchants.)

Elle lui demande de venir examiner la mère qui continue à saigner.

— D'accord, mais je dois d'abord me doucher.

Il reste longtemps sous l'eau, couvert de mousse savonneuse parfumée à l'amande et au thé vert. S'applique à déchiffrer l'étiquette du shampooing Herbal Essence : fleurs et essences issues de champs arrosés par des sources d'eau naturelles et directement transformées. Qui écrit des imbécillités pareilles ? Et qui les lit ? Il sort, s'essuie, retourne s'asseoir sur le lit de Yali, se rallonge. Ferme les yeux. Attend cet instant où se forme la dernière pensée, celle qui mène à l'espace infini d'un sommeil de plomb. Le dernier signe du vaisseau spatial avant qu'il se perde enfin dans l'inconnu. Mais cette fois, les soldats et les Transformers ne sont d'aucun secours. Il se tourne et se retourne. Beaucoup. Transpire. Les draps picotent, le matelas est trop petit. Pourtant il ne se relève pas et finit par se rendormir. Une heure plus tard, il se réveille de nouveau en criant.

Les saignements de la femme ne l'inquiètent pas. Compte tenu de son état, c'est totalement normal. Ce qui l'est moins, c'est son regard. Même pendant les pires moments de l'accouchement, même quand elle avait failli s'évanouir, il y avait toujours un éclat lointain au fond des iris noirs. À présent, ses yeux sont si vides qu'il en frissonne.

— Dites-lui qu'elle devra rester couchée un certain temps. Au moins deux jours.

Sirkitt traduit à Samar qui ne la regarde pas mais secoue la tête dès qu'elle a terminé.

— Elle doit retourner au restaurant. Elle ne peut pas disparaître si longtemps.

— Il faut que quelqu'un aille trouver son patron et lui explique qu'elle vient d'accoucher. Il a bien vu qu'elle était enceinte.

Échange rapide de regards entre les deux femmes. Silence. Ethan détaille la pile de vêtements qui traînent sur le sol. Des jupes et plusieurs châles qu'elle a enlevés en arrivant au garage – une tenue beaucoup trop chaude pour la saison.

— Peu importe, dit-il. Elle reste ici.

Sirkitt traduit les mots du docteur et en ajoute quelques-uns de son cru, mais Samar continue à secouer la tête en se disant assurément : toi, je ne veux plus t'écouter. Je l'ai fait une fois et regarde où j'en suis. Neuf mois que cet enfant a poussé dans mon ventre, qu'il a étendu ses racines dans mon cœur et ses branches dans ma poitrine. Cinq jours que je dégouline de lait comme une cruche fendue. Et maintenant, maintenant, il est où, ce bébé ? Ce dauphin que j'ai vu scintiller pour un instant et qui a disparu.

Des années auparavant, ce fameux matin dans la barque avec son père, elle avait pensé que le dauphin était porteur d'un message secret. Elle avait pensé que si toute sa vie elle travaillait assez dur, si elle continuait à repriser les mailles du filet, elle aurait droit, de temps en temps, aux visites fugaces de créatures merveilleuses qui émergeraient pour un instant, non pas à portée de main, mais à portée de regard. Qu'elles la laisseraient s'émerveiller avant de replonger dans les fonds marins, abandonnant derrière elles un océan gris et un dur labeur. On peut trimer si on sait que, de temps en temps, la mer se scinde en deux et qu'en sort quelque chose de vraiment beau. Mais après ce premier dauphin, il n'y en avait pas eu d'autres. Les eaux étaient restées fermées, même les poissons habituels avaient petit à petit disparu. Réparer le filet était devenu inutile puisque, de toute façon, il remontait vide. Tout comme son ventre à présent. Vide. Là où il y a eu un bébé, il n'y a maintenant plus rien. Même le sang qui coule et s'entête encore à affirmer que si, il y avait là quelque chose, même le sang s'arrêtera bientôt. Elle sera de nouveau vide, comme avant sa grossesse, mais autrement. Il n'y a que l'évier du self qui est toujours plein. Qui se remplit, se remplit, se remplit. Avec des restes d'aliments qu'elle ne connaît pas. Des aliments que les gens ont mangés (en grande ou petite quantité, parfois pas du tout), avant de se lever, de partir et de laisser une assiette sale. Le père du bébé se fiche de savoir si les gens vident leurs assiettes. La seule chose qui compte, c'est que son restaurant soit plein. Et pour ça, il lui faut des toilettes propres, des plats simples et un débarras bien rangé. Elle a beaucoup travaillé dans les toilettes et dans la cuisine durant ces derniers mois, mais depuis la fameuse et unique fois, il ne l'a plus emmenée dans le débarras. Il y emmène d'autres filles. Sirkitt lui avait dit de cacher soigneusement son état, mais comme il ne la regardait de toute façon pas, ce n'était pas très compliqué. Ce qui pose problème en revanche, c'est qu'elle n'est pas venue travailler depuis la veille – et ça, il le remarquera. Les autres filles ont promis de tout faire pour la remplacer, mais quand même.

Samar balaie le garage du regard. Elle ne peut pas rester ici, elle le sait. C'est pourquoi elle guette le moment où Sirkitt et le docteur sortent pour poser sur le sol un premier pied chancelant. Un second. La voilà debout sur le béton. Le froid monte en elle, grimpe des talons jusqu'au sommet du crâne. La douleur entre ses jambes dort encore, n'a pas remarqué qu'elle s'est levée, n'a pas compris qu'elle a l'intention de s'en aller. Mais il suffit qu'elle fasse un pas pour que le mal se réveille d'un coup et la saisisse avant qu'elle ait le temps de fuir, l'enserre comme une tenaille en fer chauffée à blanc. L'obscurité du garage se pique soudain d'éclairs multicolores et elle sent qu'elle va s'évanouir. Elle ne s'évanouit pas. Mais les taches violettes et bleues continuent à danser devant ses yeux. Soudain, au milieu, surgit le visage du père du bébé. Elle se dit que ça va passer, que les taches vont rapidement s'estomper, emportant avec elles le visage honni, mais lorsque le violet et le bleu disparaissent comme prévu, le père du bébé, lui, est toujours là.

Davidson examine les lieux avec des yeux incrédules. En venant ici, il avait quelques petites idées sur ce qu'il allait trouver, mais aucune ne correspond à la réalité. Voilà plusieurs jours qu'il surveille discrètement les Érythréens depuis que Rakhmanov lui a signalé que ça bougeait la nuit dans les parages. Au début, il a cru que c'était une nouvelle bande de Bédouins qui avaient volé sa marchandise et qu'ils venaient en chercher encore, mais seul un idiot aurait fait une chose pareille. Ensuite, il a pensé à la bande de Saïd, menant ses propres investigations. Il lui a même téléphoné pour l'engueuler et lui dire de se tirer de son territoire, ajoutant que s'il avait récupéré la livraison, il la lui aurait donnée comme convenu. Saïd lui avait assuré en retour n'avoir envoyé personne :

« C'est toi qui dois chercher, pas moi. C'est toi qui as perdu le paquet. T'inquiète, moi, j'ai de la patience. Mais je te conseille de commencer à réfléchir comment tu me rends le fric, parce que la came, j'ai pas l'impression que tu la retrouveras. »

Après cette conversation, Davidson était tellement énervé qu'il avait décidé de fermer le self plus tôt que d'habitude et avait renvoyé tout son personnel dans les caravanes. Les Africains étaient partis et, quand il s'était retrouvé tout seul, il avait continué à flairer quelque chose de pas net. Un secret. Oui, il y avait comme un secret entre eux. Il avait pensé à les suivre, mais pour finir avait préféré attendre. Le lendemain, à leur arrivée, il les avait observés avec attention et avait noté qu'il en manquait deux. Samar et l'autre, celle avec les grands yeux. Ce qui lui avait fortement déplu. Il était parti à leur recherche dans les caravanes, sans succès. Du coup, il avait pris sa camionnette pour sillonner les alentours et avait failli rentrer bredouille quand il avait remarqué un 4 x 4 rouge garé devant l'entrée du garage désaffecté. Ah, ah, apparemment, son voleur était assez bête pour revenir sur les lieux du crime !

Il avait hésité à téléphoner à Rakhmanov. Inutile, il avait son pistolet sur lui et était dans un état d'énervement comme jamais auparavant. La dernière chose qu'il s'attendait à voir, c'était des rayonnages de médicaments, des gants en latex, une table métallique reconvertie en table de soins… et Samar, qui le fixait avec des yeux écarquillés. Comme les poules, avant qu'on ait fermé la basse-cour du kibboutz.

Lui faire ça, à lui, Davidson.

Qui aime caresser l'idée qu'à un certain moment de sa vie, il avait eu le choix.

Qu'il s'était trouvé à un carrefour.

Ceux qui tournent à droite choisissent le mal. Ceux qui tournent à gauche, le bien. Ou inversement, peu importe, ce qui compte, c'est le carrefour, c'est-à-dire l'instant où l'homme se trouve face à deux voies clairement opposées et qu'il en choisit une. Ainsi, plus tard, il pourra se retourner et identifier le point où tout a commencé. Il pourra dire : là-bas. C'était là-bas.

Parce que s'il n'y a pas de carrefour, pas deux routes clairement définies – la perte d'un côté et le salut de l'autre, les fils de la lumière d'un côté, les fils des ténèbres de l'autre, s'il n'y a pas tout ça –, alors ne restent que les chemins de nomades. Tous ceux qui ont marché dans le désert en savent quelque chose. Des contours fuyants sans début ni fin et où la destination change au gré du vent. Aucune direction, aucun but, parfois ces chemins mènent à une source cachée et parfois à un ravin escarpé. Parfois aux deux, et parfois ni à l'un ni à l'autre. Sur les cartes ne sont indiqués que les carrefours précis, les vraies routes. On commence à un point A et on arrive à un point B. C'est dans l'ordre des choses. Sur les chemins de nomades en revanche, on avance et impossible de savoir où on va arriver. Et une fois arrivé, on ne sait pas comment on a fait. C'est pourquoi ces routes ne figurent sur aucune carte, dans aucun livre. Pourtant, elles existent et sont bien plus nombreuses que les carrefours. Le monde en est plein même si personne n'en parle.

Par exemple, une route claire et précise devrait relier Davidson adulte au gamin qu'il a été. Un homme qui agresse des femmes dans son débarras n'a-t-il pas, obligatoirement, été violent dans sa jeunesse ? Martyrisé des chatons ? Terrorisé les enfants de sa classe ? Il faut que les gens mauvais aient été des adolescents mauvais et, auparavant, des enfants ayant subi des mauvais traitements. Il faut que l'on puisse cartographier le chemin. Remonter pas à pas, du côté de la mère ou du père, la généalogie familiale et débusquer la racine du mal.

Mais que faire si Davidson n'a jamais maltraité le moindre chaton et n'a pas frappé outre mesure ses petits camarades ? Que faire s'il n'a pas été un enfant battu, du moins pas de manière exceptionnelle ? Il n'a jamais ressenti en lui l'instinct du mal, si bien qu'il n'a jamais eu à le vaincre ni à s'y abandonner. Il vit dans un état de léthargie totale. Une somnolence qui est devenue sa manière d'être. S'il peut prendre quelque chose, il le prend. S'il ne peut pas, il essaie quand même. Non par appétit mais par habitude. Il a commencé à vendre de la drogue peu après son service militaire. Tout le monde en consommait, il fallait bien que quelqu'un en vende. Le gars qui lui avait proposé de dealer était un gosse, mais à ses yeux, il lui paraissait très adulte, c'était un natif de Beer-Sheva, du coup, tous les membres du kibboutz l'avaient surnommé Beershé, et même s'ils le dénigraient derrière son dos, ils lui montraient du respect quand ils le voyaient. Dès que Davidson avait commencé à vendre du shit pour lui, il avait eu droit au même respect, fort appréciable. Et bien sûr, le vrai pied, c'était le fric. Acheter ce dont tu as envie. Manger où tu en as envie. Au bout de quelques années, il avait accumulé assez d'argent pour se payer le self. Il aime voir les gens manger. Même les plus grands intellos, ceux qui se rendnt au festival de jazz d'Eilat et s'arrêtent chez lui en chemin, eh bien, même ceux-là redeviennent des animaux dès qu'ils se mettent à mastiquer. Il a fréquenté les restaurants de Tel-Aviv et sait que là-bas, ils mangent différemment. Bouche fermée. En lançant des regards obliques, lourds de pensées intelligentes. Mais ils arrivent chez lui au bout de deux heures et demie de route. Fatigués et affamés. Persuadés que personne ne les regarde. Davidson les voit mordre dans les coquelets, les déchiqueter avec les dents, la bouche luisante de sauce. Il les voit se goinfrer de gâteau au chocolat réchauffé au micro-ondes puis repartir sans laisser de pourboire à une serveuse que de toute façon ils ne reverront jamais.

Il aime son travail. Cela dit, quand Beershé était venu lui proposer de réceptionner de la marchandise, il n'avait pas eu besoin de réfléchir longtemps. Son self ne désemplissait pas, il faisait de sacrées économies grâce aux Érythréens, mais à vrai dire, il commençait à s'ennuyer. Sa léthargie, qui avait fait de lui un bébé charmant, un élève calme et un mari tout à fait correct, l'enveloppait comme un bourrelet de graisse qui, très rarement, était transpercé par un éclair de réelle volonté, de réel désir. Même quand il pénétrait les femmes dans l'obscurité de son débarras, il ne sentait, la plupart du temps, qu'une vaguelette au milieu d'un océan d'ennui. Il aurait pu indifféremment, au lieu de tendre la main vers les fesses qu'il dénudait, les tendre vers un sachet de chips sur l'étagère. Simplement, tout était là, à sa disposition.

Il avait pensé que les livraisons de came réveilleraient quelque chose en lui, et de ce point de vue-là, il ne s'était pas trompé. Depuis la disparition du paquet qu'il a confié à l'Érythréen, ses sens se sont aiguisés. Si, dans quelques jours, il trouve son self réduit en cendres – un scénario que Saïd a suggéré au cours de leurs récentes conversations – il se sentira certainement plus vivant que jamais.

Comme à présent d'ailleurs. Il se sent vivant, plus vivant que jamais, plus vivant que ce qu'il aurait souhaité. Il découvre soudain que, depuis un bout de temps, on s'est foutu de lui, aucun doute là-dessus. Les médicaments, les bandages, les désinfectants dans le garage – ces deux Érythréennes lui ont fait un dispensaire de clandés dans le dos ! Lui qui a toujours scrupuleusement pris garde à ne pas attirer l'attention se retrouve au centre d'une voie de passage illégale ! Dieu sait combien d'Africains sont venus là, et qui sait ce qu'ils raconteraient si la police aux frontières les attrapait. Il bout. Et ce qui le fait encore plus bouillir, c'est le regard qu'il capte dans les yeux de l'autre, dont tout à coup il se souvient qu'elle s'appelle Sirkitt. Arrogant. Qui le nargue. Elle s'arrête devant lui, tenant à la main un carton qu'elle rapporte de l'extérieur et le toise comme s'il était entré chez elle par effraction. Alors qu'il est chez lui, putain ! Elle est sur son terrain. Samar se tenait le plus près, c'est pour ça qu'elle est la première à recevoir la gifle. Il n'avait pas l'intention de lui en donner plus d'une. Une pour elle, une pour l'autre, et un coup de fil à la bombasse de la police qui verrait quel honnête citoyen il était. Mais au moment où il retire la main de la joue de Samar, celle-ci lui attrape le bras et le mord de toutes ses forces. Le mord avec une force incroyable, jamais il ne lui en aurait accordé autant, malgré toutes les heures qu'il a passées à observer les gens mastiquer. Il essaie de la repousser. En vain. Arrive à lui attraper les cheveux mais elle le mord de plus en plus fort, et il n'en revient pas. Un reste de pensée lucide s'étonne de ce que cette maigrichonne soit capable d'une telle violence. Il lui libère les cheveux (tactique qui ne menait à rien) et entreprend de la frapper au ventre. Ça marche. Au troisième coup, elle le lâche et tombe à terre, recroquevillée sur elle-même. Alors il se penche en avant pour continuer à la frapper. Il sait qu'il va devoir cesser à un moment, impossible de la livrer aux flics avec des hématomes trop voyants, mais le problème c'est qu'il ne peut simplement pas s'arrêter.

— Lâchez-la.

Il la lâche un quart de seconde, non pas pour obéir à l'autre épouvantail, mais parce qu'il n'en revient pas qu'elle ait osé lui donner un ordre. En hébreu de surcroît. Qui aurait pensé que cette femme si silencieuse a capté leur langue ? Il assène un dernier coup de poing à Samar et s'apprête à donner une bonne leçon à cette madame sans-gêne, lorsqu'il sent soudain quelque chose de froid lui transpercer le ventre, trouer les couches successives de graisse et de léthargie pour atteindre le cœur.

Le bruit de la chute surprend Ethan alors qu'il referme son coffre après en avoir sorti un manteau pour Samar. Il fait trop froid pour les fines couvertures du garage et sa doudoune de l'armée lui a paru une bonne solution. Encore une partie de sa vie antérieure qu'il lègue sans sourciller à ce présent-là, si différent. Sous la doudoune, il a découvert une vieille bouteille de vin, souvenir de l'époque où il croyait encore surprendre Liath avec un pique-nique improvisé, époque bénie où il s'imaginait encore être de ceux qui ont toujours une bouteille de vin dans le coffre, toujours partants pour faire la fête. Il y a aussi quelques jouets de Yali. Des livres d'Itamar. Du charbon de bois pour un barbecue qui n'aura jamais lieu. Deux mois plus tôt, si on lui avait posé la question, il aurait dit que son coffre était une poubelle. En contemplant son contenu aujourd'hui, il comprend que c'est un trésor : les vestiges d'un temps révolu. Et lui qui ne se doutait de rien !

Sa doudoune dans une main, il est en train de refermer le coffre quand il entend le bruit. Lourd et étouffé. Il lâche tout pour courir à l'intérieur, s'attendant à trouver Samar évanouie sur le sol. Elle l'est effectivement, mais pas seule. Un homme de grande taille, en jean, gît non loin d'elle, un couteau planté dans le ventre. Quand Samar se relève, elle tremble de tous ses membres et se tient l'abdomen. L'homme, lui, reste allongé sur le béton.

12

La terre le refuse, le salaud. Elle se fait dure comme la
pierre. Deux semaines auparavant il a plu, elle était tendre
et aussi glissante que des intestins de mouton. Mais à
présent elle est dure, vraiment dure, et Sirkitt lui en veut
de se montrer si peu coopérative, même si elle comprend
pourquoi ça ne lui fait pas plaisir qu'on lui fourre dans les
entrailles une telle ordure. Tespé et Yassou s'échinent à
creuser avec les grandes pelles que Samar a dégottées. Ils
ont déjà les mains en sang mais continuent et elle se dit,
que pour des hommes, ils sont vraiment à la hauteur. Ils
font exactement ce qu'on leur demande, sans trop parler,
ils ne frappent personne sauf si on leur en donne l'ordre.
Et s'ils ont été un peu surpris quand elle les a fait venir
au garage et leur a montré de quoi il s'agissait, ils n'en
ont rien dit. Ont juste hésité un instant quand elle leur
a demandé de le soulever, comme s'ils craignaient de le
voir se mettre tout à coup debout et leur hurler dessus
parce qu'ils auraient dû être en train passer la serpillière
dans le self. Mais tout compte fait, c'est un homme blanc
mort, ils sont deux hommes noirs vivants, alors, au bout
d'un instant, ils se sont penchés et l'ont pris par les pieds
et les bras sans trop d'égards. Il y a juste eu cette seconde
d'hésitation que Sirkitt a surprise, au moment où ils ont
découvert son visage. L'ogre avait les yeux ouverts, et ses

iris bleus regardaient de travers dans une sorte d'étrange strabisme. Tespé et Yassou avaient suivi ce regard oblique qui ne débouchait heureusement sur rien, c'était drôlement bizarre, leur patron qui louchait comme ça. Jamais auparavant ils ne l'avaient ainsi regardé, droit dans les yeux. Et maintenant qu'ils pouvaient s'en donner à cœur joie, ça les troublait un peu. Et puis, rapidement, ils se sont souvenus qu'un mort est un mort et que des yeux aveugles ouverts comme ceux-là, ils en ont vu beaucoup dans le désert et les camps de Bédouins.

Au bout de trois heures à creuser, ils se fichent complètement des yeux du mort et de ses pieds immenses qui, au début, les ont fascinés. À présent, ils veulent juste arriver enfin à le faire entrer dans le trou. Qu'ils puissent bien tout reboucher et aller dormir. Après leur départ, elle reste sur place. Le salaud est sous la terre et elle, au-dessus, savoure. Heureusement qu'ils ont fini par réussir à le fourrer dedans. À un moment, elle a eu peur de devoir le couper en morceaux. Ç'aurait été horrible. Dans le camp, elle avait vu les Bédouins couper les oreilles d'otages qu'ils prenaient ensuite en photo pour effrayer leurs familles et exiger une rançon. Ça va vite, de couper une oreille, mais avec les os, ça doit sûrement être différent. Pas sûr que Tespé et Yassou auraient été capables de se débrouiller avec une carcasse. Elle si, bien sûr. Son docteur, en revanche, avait été bouleversé par ce qui s'était passé. Elle avait presque failli rire en voyant sa tête. Jamais il ne l'en aurait crue capable. Elle non plus d'ailleurs, jusqu'au moment où c'est arrivé. A posteriori, ça lui paraît tellement logique, presque inéluctable.

Elle avait demandé à Ethan de s'en aller. Lui avait assuré que s'il ne disait rien, elle non plus ne dirait rien. Maintenant, ils étaient quittes, chacun avec son mort. Ils ne se devaient plus que la discrétion mutuelle. Mais il avait tout de même voulu savoir qui était le cadavre. Avait insisté. Elle ne lui avait pas répondu. C'était un secret dont elle n'était pas propriétaire, ce que cet homme avait fait ne concernait que Samar. Au bout de quelques instants, elle avait eu l'impression qu'il comprenait. Il n'est pas idiot, son docteur. Il avait vu l'expression sur le visage de la femme qu'il avait aidée à accoucher, les coups que cette ordure lui avait donnés. Il avait vu la couleur de l'enfant à sa naissance.

Après un court silence, il était sorti puis était revenu avec une doudoune. Un instant, elle avait cru qu'il allait rester. Bien qu'il ne soit plus obligé. Il avait enveloppé dans le manteau Samar qui tremblait toujours, puis s'était tourné vers elle et l'avait dévisagée. Le mort, entre eux, était assez éloquent pour qu'elle n'ait rien besoin de dire. Il l'avait regardé, s'était arrêté sur le couteau planté dans l'estomac du cadavre, puis avait tourné les talons.

Bon, maintenant, elle aussi doit se tirer de là. Rassembler ses affaires (pas évident, vu la quantité) et décamper. Elle laisse la terre sous laquelle est couché le salaud et prend la direction de la caravane. Elle passe devant le garage. Dans cet endroit, l'avant-veille, un bébé était né. Au matin, il était mort. Dans cet endroit, un homme avait été tué. Ensuite son docteur était parti. À présent, le lieu est désert, comme la nuit où elle avait découvert ce grand hangar.

Elle presse le pas.

Une fois devant la caravane, elle s'arrête pour arroser ses roses. Envisage de les prendre avec elle, mais c'est ridicule. Samar s'en occupera, ou quelqu'un d'autre. Ou bien, elles faneront. Ce ne serait pas les premières. Aucun bruit ne lui parvient de l'intérieur. Quelle chance. Elle n'a pas la force, maintenant, d'entendre le papotage incessant de ses compagnons après leur journée de travail. Elle ouvre la porte et allume la lumière.

Trois Bédouins sont assis sur les matelas.

Malgré ce qui s'était passé la nuit de la « Visite exceptionnelle chez les fils du désert », lorsque le soleil s'était levé sur le village le lendemain, le père de Sharef avait préparé du café noir et était allé réveiller son fils comme d'habitude, entrant dans la cabane et approchant le verre de ses narines pour qu'il s'emplisse de l'arôme. Sharef s'était rempli les narines de l'arôme. Mais il ne s'était pas levé.

Quelques jours plus tard, il avait commencé à travailler pour Saïd, en cachette de son père qui avait repris son rôle au kibboutz après deux semaines d'absence, remerciant Maty de son indulgence.

« Pas de problème, Moussa, lui avait répondu le kibboutznik, toi et moi, on est une grande famille. »

Le vieux rentrait donc de nouveau tous les soirs avec cent cinquante shekels roulés dans sa main, tellement fatigué (l'humiliation, ça épuise, se disait Sharef), qu'il ne remarquait pas que son fils se faufilait dehors au milieu de la nuit. Saïd l'attendait derrière la dune dans sa BMW flambant neuve. Au début, le cousin ne voulait pas qu'il ramène Mohand, il ne le trouvait pas assez discret, mais le jour où le garçon s'était pointé avec un fusil volé à un soldat qui était allé chier à la gare routière de Beer-Sheva, il avait décidé de lui donner sa chance. Le nouveau duo ainsi constitué avait semé la terreur auprès de tous les plongeurs des restaurants de la ville et les avait convaincus que mieux valait payer Saïd pour sa protection (en plus de ce qu'ils versaient déjà aux familles bédouines de Rahat). Du coup, ce dernier était vraiment content et leur avait annoncé qu'il allait pouvoir leur confier du travail « de grands ».

Et c'est ce qu'ils avaient expérimenté au cours de la pire nuit de leur vie. Neuf heures à poireauter sans bouger, tout près de l'échangeur de Tlalim, à grelotter dans leurs vêtements trop fins et à crever d'ennui, parce que le boss avait juré que, s'ils se parlaient, il leur couperait la bite. On n'est jamais à l'abri des flics qui planquent dans les parages, alors pas un mot. Pas un geste. Même pas aller pisser. Pour Sharef, ce n'était pas difficile, il avait l'habitude de se retenir les matins où il attendait son père. Mais son copain avait bien failli devenir fou. Il s'était même mis à gémir au fil des heures et à suer malgré le froid. Peut-être espérait-il évacuer sa pisse par les pores de sa peau et soulager ainsi sa vessie martyrisée ?

Le soleil pointait à peine quand Mohand, brisant le silence, avait dit d'une voix enrouée et souffreteuse :

« C'est bon, Sharef. Il viendra pas.

— T'es sûr ?

— Il fait jour et pas d'Érythréen. Viens, on se casse.

— Mais... et le paquet ? Qu'est-ce qu'on va dire à Saïd ?

— On va dire à Saïd qu'on a attendu toute la nuit et que la livraison n'est pas arrivée.

— Il va nous tuer.

— Nous ? S'il doit tuer quelqu'un, c'est son livreur. On doit se tirer avant que les gens se lèvent, que quelqu'un passe par ici et nous demande ce qu'on fout là. »

Alors ils avaient levé le camp, mais pas avant que Mohand ait pissé pendant trois longues minutes. Quand Sharef était rentré à la maison, son père était déjà assis dehors et buvait son café. Il ne lui avait rien demandé et rien proposé à boire. Ne l'avait même pas regardé. Alors que justement son fils était fatigué, avait soif, sentait encore le froid de la nuit dans ses os, et avait soudain très envie de s'asseoir à côté de lui et de boire un café chaud. Mais au lieu de ça, il était entré dans la cabane, s'était allongé sur le matelas et n'avait rouvert l'œil que dans l'après-midi.

Un peu plus tard, ils avaient téléphoné à Saïd pour lui annoncer que personne n'était venu apporter la marchandise.

« Quoi ? Vous êtes sûrs ? » s'était écrié le boss qui avait raccroché après les avoir prévenus qu'il allait immédiatement vérifier tout ça.

Les semaines suivantes, il ne les avait pas sollicités. Bien sûr, il les croyait, la famille c'était la famille, etc., mais quand même, il préférait ne plus les voir traîner dans son business. Peut-être pensait-il que ses deux jeunes recrues portaient la poisse. Deux mois plus tard, ils étaient sur le point de se faire embaucher comme plongeurs à la station-service de Beith-Kama lorsque Saïd les avait rappelés et leur avait dit qu'il avait besoin d'eux pour aller discuter avec la femme de l'Érythréen.

Lorsque son 4 x 4 quitte le chemin de terre et rejoint la route, il tremble encore. Un instant, il songe même qu'il serait plus sage de s'arrêter sur le bas-côté et de se calmer avant de continuer à rouler. À quatre kilomètres plus à l'est, un inconnu en jean gît sur le sol, un couteau dans le ventre. Chaque fois qu'il y pense, ses mains se remettent à trembler. Non pas qu'il n'ait jamais vu de morts auparavant. Mais là, c'est différent. Parce qu'elle avait eu l'intention de le tuer. Il n'en doute pas. Il avait bien vu que ses yeux n'exprimaient pas le moindre affolement. Peut-être même y avait-il lu un défi : voilà, je l'ai fait. Vous avez quelque chose à redire ?

Non, il n'avait rien à redire. L'homme à terre avait eu le temps, avant de tomber, de rouer Samar de coups.

Ethan est quasiment sûr de pouvoir reconstituer le fil des événements. Rien que de penser au viol initial, il en est révulsé, mais il est assez honnête pour avouer que la nausée qui monte en lui ne concerne qu'indirectement la pauvre victime. Il a d'abord et avant tout pensé à lui. Il n'était pas censé voir ça. Pas censé savoir ça. Comme si quelqu'un avait laissé ouvert en pleine rue un couvercle d'égout, que la merde était remontée et avait débordé partout. Bien sûr, on sait qu'elle est là. Personne ne l'ignore. Mais on n'a pas à y être confronté. Ethan a la même sensation les fois où, obligé d'entrer dans des toilettes publiques, il découvre que quelqu'un a chié sans tirer la chasse après son passage. Beaucoup de dégoût mêlé à un zeste de curiosité, mais surtout de la colère contre celui qui a étalé sa merde au grand jour, dans une exhibition obscène qu'il vous force à voir. Ce que le mort avait imposé à Samar était atroce, mais ce n'était pas la merde d'Ethan. Il n'était pas censé ouvrir la porte et tomber dessus. Certes, il ne s'oppose pas à ce que la société s'en charge. Il est même prêt à donner de l'argent, ou à ce qu'on y investisse des fonds publics, il est prêt à voter pour quelqu'un qui s'engagerait à ce qu'une telle ignominie ne se reproduise pas. Mais il refuse qu'on la lui fourre sous le nez.

Il sait que son attitude est incohérente, voire puérile. (Mais peut-être se trompe-t-il, peut-être est-il plus allergique que d'autres aux regards tabous, à ces instants où les yeux voient ce qu'ils ne sont pas censés voir. Par exemple, chez lui, à Haïfa. Neuf heures du soir. Il a six ou sept ans, peu importe. Ce qui importe, ce sont les voix au bout du couloir. Des chuchotements assourdis mais bruyants, qui poussent ses jambes à sortir du lit. Il est déjà assez grand pour savoir qu'il entend ses parents, assis dans le salon. Il parcourt donc dans le noir, sans crainte, les quelques mètres qui les séparent, encore deux pas et il y sera, il verra la lumière et saura pourquoi ils parlent si bizarrement. Mais il s'arrête, figé : il découvre que les gens dans la pièce ne sont pas ses parents. Ils leur ressemblent, mais ce ne sont pas eux. Parce que les yeux de la femme sont rouges alors que sa mère ne pleure jamais et qu'elle a la bouche déformée de colère comme celles des méchants dans les dessins animés. Parce que l'homme, assis la tête entre les mains, semble très très fatigué alors que son père a fait la sieste dans l'après-midi. Et aussi, ces gens qui ressemblent à ses parents échangent des horreurs qu'Ethan ne comprend pas et ne veut pas comprendre, leur sonorité lui suffit. On dirait deux serpents d'un film documentaire, qui se crachent leur venin à la figure en chuchotant. Il avait fait demi-tour sur la pointe des pieds et le lendemain matin, lorsqu'ils étaient venus le réveiller, il n'avait rien montré. Mais jamais il n'a oublié les gens entrevus cette nuit-là et en avait déduit que les parents de nuit étaient très différents des parents de jour. C'est pourquoi, les nuits suivantes, il avait demandé qu'on ferme la porte de sa chambre, et quand il avait besoin d'aller aux toilettes, il vérifiait d'abord, oreille tendue, que personne ne chuchotait dans le salon.)

Un peu après l'échangeur de Tlalim, sa nausée se transforme en quelque chose qu'il peine d'abord à identifier. Du soulagement. Oui, c'est ça. Car, à bien y réfléchir, il est redevenu un homme libre. Elle l'avait dit elle-même, comprenant avant lui que l'équilibre des forces venait de basculer. Plus de chantage mais deux personnes à égalité. Chacun avec son mort. En repensant à l'homme allongé sur le béton du garage, il se demande tout à coup s'il l'a violée, elle aussi. Étrangement, rien que cette pensée le met hors de lui, il en a la chair de poule. Mais il se rassure aussitôt, c'est impossible. Il la connaît… Le rire moqueur qu'il lâche le ramène à la réalité.

Tu la connais ? Toi qui ne te connais pas toi-même.

Deux mois auparavant, il a fui après avoir percuté Assoum. Savait-il qu'il serait capable d'écraser un homme et de s'enfuir, capable aussi d'accomplir toutes les choses qui avaient découlé de cet acte ? Et peut-être qu'elle aussi, jusqu'à cet accident fatal, avait été quelqu'un de radicalement différent. Une Sirkitt impossible à décrire, ni même à imaginer. Ce calme hiératique et cette force glaciale étaient peut-être nés là-bas. À l'instant fatidique. Peut-être qu'avant l'accident, elle ne possédait ni l'un ni l'autre. (Pourtant il devait bien déjà y avoir un petit quelque chose, un germe. Chez lui comme chez elle. Cela dit, ils auraient pu passer toute leur vie en porteurs asymptomatiques.)

Aucune importance à présent. Il approche d'Omer. Fini les consultations dans le garage, les coups de téléphone, les visites-surprises de Sirkitt devant chez lui. À partir de maintenant il y aura Liath, Yali et Itamar. Il y aura son travail. Et plus de soins prodigués dans le silence de la nuit. Ni de sifflotement. Alors, après la nausée, après le soulagement, commence à monter en lui un autre sentiment qu'il a du mal à cerner. Avant qu'il ait le temps d'en éclaircir la réelle teneur, il tourne brusquement le volant de son 4 x 4 à l'entrée du centre commercial, mû par la plus brillante des décisions : apporter une pizza à la maison. Surprise ! Il choisit une grande pizza familiale aux champignons et aux olives. Et le jouet en plastique qui va avec, bien sûr, pour les enfants.

Pendant tout le trajet qui les mène chez l'Érythréenne, Sharef pense au pistolet glissé dans la poche d'Isham assis à côté de lui. Des armes, il en a déjà vu, Mohand l'avait même laissé tirer une balle avec le fameux fusil volé au soldat à la gare routière, mais le pistolet d'Isham, c'est autre chose. Petit, élégant, de ceux qu'on voit dans les films américains. Lorsque Mohand lui avait demandé de le lui prêter juste pour le tenir à la main, l'autre lui avait ri au nez :

« Pas même dans tes rêves. Déjà que Saïd me prend pour une baby-sitter. »

Mohand n'avait rien dit, mais Sharef savait qu'il bouillait. D'ailleurs, il bout, lui aussi. Alors dès qu'ils ont démarré, il s'est mis à jouer avec son cran d'arrêt, à l'ouvrir et à le fermer, histoire de montrer à leur conducteur que bon, d'accord, il possède un pistolet classe et un permis de conduire grâce auquel il peut rouler partout, mais que Sharef aussi a une arme. Peu importe si, jusqu'à présent, le seul usage qu'il en ait fait, c'est éplucher les oranges. L'autre ne le sait pas. L'Érythréenne non plus. Et à elle, il lui foutra une de ces trouilles, qu'elle leur dira tout ce qu'ils veulent savoir. Même Isham sera obligé d'avouer à Saïd que ces « bébés » travaillent aussi bien que les adultes.

L'attente dure. Longtemps. Ils pensaient qu'elle reviendrait vers midi mais le soir est déjà tombé et elle n'est toujours pas là. Plus le temps passe, plus ils sont énervés. Et fatigués. D'après Isham, la voiture de police placée à l'échangeur de Tlalim arrivait vers dix-huit heures. Ce qui veut dire qu'ils seraient certainement contrôlés sur le trajet du retour. On ouvrirait leur coffre, on fouillerait tout le véhicule. On poserait des questions. Bon, normalement, les flics les embêteraient un peu et les laisseraient repartir. Ils avaient d'autres voitures de Bédouins à contrôler dans les environs. Eux seraient vite libérés. Parce qu'ils ne discutaient jamais, savaient faire profil bas – ne répondre que si on leur posait des questions, fixer l'asphalte du sol et pas leurs yeux. Pas comme les autres jeunes, qui prenaient tout de suite la mouche. Pourquoi vous m'arrêtez, pourquoi moi et pas eux, quoi, tout ça parce que je suis arabe ? Pourquoi vous fouillez ma bagnole, pourquoi vous me parlez comme ça ? Ils ne pigeaient pas, ces têtes brûlées, qu'à cause de telles réactions, ça prenait double de temps. Ils étaient trop en colère. Parce que ce n'était pas juste. « Juste », voilà bien un mot de Juifs. Bon, les excités aussi, on les laissait finalement repartir. Ils remontaient dans leur véhicule après l'avoir plus ou moins remis en ordre. Ensuite, ils quittaient la belle route goudronnée et prenaient le chemin de terre qui menait aux baraques de tôle. Là, ils criaient à leur mère d'allumer le générateur parce qu'on n'y voyait que dalle.

Parfois, l'un d'eux proposait de retourner à l'embranchement pour jeter des pierres sur la police. Ou même incendier leur voiture. Mais les autres lui disaient de se calmer. Que ça ferait juste du bordel. Alors il se taisait. Ce n'était pas sa dignité qui était atteinte, c'était autre chose. Le lendemain matin, il se levait et allait retenter sa chance. Au centre commercial de Beer-Sheva, on cherchait un vigile. À la cafétéria de l'université, un balayeur. Pour l'attraction bédouine que le kibboutz proposait depuis peu aux touristes, ils avaient peut-être besoin de quelqu'un qui sache monter sur un chameau. Parfois aussi, il en avait marre et se renseignait sur ce qu'il pourrait faire d'autre. Première chose, on s'assurait qu'il n'avait plus aucune velléité de jeter des pierres sur les voitures de police. Quand ta colère se manifeste comme ça, elle ne mène nulle part. Le feu dans les yeux doit se transformer en glace pour qu'on puisse s'en servir utilement. Si on voyait qu'il était à point, on commençait par lui confier certaines missions. Des petites, au début. Comme attendre une livraison à l'échangeur de Qastina. Ensuite on lui demandait des choses plus importantes. Par exemple de se renseigner auprès des Érythréens pour savoir qui étaient les proches du gars qui avait été tué avec le paquet de Saïd. Découvrir s'il était marié. Aller cuisiner sa femme, le cas échéant.

Il est vraiment tard quand elle arrive enfin. Du coup, avant même d'avoir commencé, ils sont terriblement énervés et la manière dont elle réagit ne fait que les énerver davantage. Isham ouvre la bouche mais Sharef intervient – pas le moindre respect, ces jeunes ! – et demande direct à la femme si elle était avec son mari le soir où la livraison a disparu. Elle dit que non. Elle parle un drôle d'arabe, différent du leur, c'est un peu dur à comprendre mais une chose est claire : elle ne les calcule pas. Elle les regarde droit dans les yeux et continue à le faire même après la gifle que Mohand lui flanque en l'accusant de leur mentir. Là, trop, c'est trop. Comment accepter qu'on leur ait appris à baisser les yeux devant les flics et qu'une connasse comme elle se permette de les regarder sans la moindre gêne ? C'est très important de savoir quand on n'a pas le droit de dévisager quelqu'un. Une loi que les animaux connaissent très bien, tous les propriétaires de chiens vous le confirmeront : tu ne regardes jamais celui qui est plus fort que toi. Si tu le regardes, ça veut dire que tu n'as pas compris qu'il est le plus fort, ce qui l'oblige à te le prouver.

Sharef se lève et tire son cran d'arrêt. Il n'a pas l'intention d'en faire usage, juste de le mettre sous le nez de l'Érythréenne pour savourer la peur qu'il captera dans ses yeux, sauf qu'elle n'a pas du tout peur – de quoi drôlement le déstabiliser. Elle détaille le couteau, ensuite elle le détaille lui, et une seconde, quelque chose dans son regard lui rappelle Tamam, la prof célibataire du lycée. Alors il hésite. Mais juste après, il voit le mauvais sourire qui se dessine sur ses lèvres, le même que celui du gamin dans la tente de la « Visite exceptionnelle chez les fils du désert ». Cette femme, dont le regard passe alternativement de son couteau à son visage, semble lui poser une question muette : quoi, c'est tout ce que tu as, petit ? Alors, avant même de savoir ce qui lui prend, il s'approche d'elle, lui soulève le menton comme il s'était imaginé tant de fois le faire avec Tamam, mais au lieu de l'embrasser, comme il s'imaginait embrasser Tamam, au lieu d'enfoncer sa langue entre des lèvres si longtemps désirées, il enfonce la pointe de son couteau dans la peau douce, juste sous l'oreille... et tremble autant qu'elle en voyant une goutte de sang, très grosse, la première, couler de l'entaille qu'il vient de lui faire.

13

Quand il arrive chez lui, la pizza est encore chaude. Il a eu du mal à se retenir d'y goûter tant l'odeur était alléchante, mais il s'était juré de ne pas céder. Voulait qu'ils ouvrent le carton tous ensemble. Faire tourner la clé dans la serrure tout en tenant l'immense carton et les deux bouteilles de Coca-Cola relève du miracle.

— Qui veut de la pizza ?

Ce n'est qu'après avoir lancé sa question deux fois qu'il se rend compte que la maison est vide.

Les manteaux ne sont pas accrochés à leur place. Pas non plus les parapluies. Logique. S'ils sont allés dîner chez des amis par exemple, ils en auront besoin. L'absence de Monsieur Nounours l'inquiète davantage. Yali ne s'endort jamais sans lui. Monsieur Nounours passait la journée dans le salon, face au téléviseur fermé, à regarder des émissions spéciales nounours. Le soir, le gamin rentrait et le couchait, mettant à rude épreuve la patience d'Ethan qui trouvait qu'on aurait dû depuis longtemps laver cette chose immonde – ce à quoi que mère et fils s'opposaient vigoureusement : Yali affirmait que Monsieur Nounours détestait l'eau et que, si on mettait le malheureux dans la machine, il y entrerait pour l'en retirer. Liath certes convenait que le doudou avait davantage l'air d'une serpillière que d'une peluche après avoir été trimballé de pièce en pièce pendant un an et demi, mais pensait que c'était très important pour un enfant de posséder un domaine où personne ne pénétrait.

— Je n'ai pas l'intention de lui kidnapper son truc, rétorquait Ethan. Je veux juste qu'il soit propre.

— Mais une fois passé à la machine, avec une odeur de lessive, ce ne sera plus son doudou.

Ethan avait beau protester, il ne pouvait rien contre son fils de trois ans et demi ligué à sa femme. Monsieur Nounours continuait donc à passer ses journées sur le canapé du salon et ses nuits dans le lit de Yali, toujours aussi crasseux.

Or, aujourd'hui, il n'est pas à sa place sur le canapé. Ethan va voir dans les chambres, peut-être qu'on l'aura couché tôt. C'est alors qu'il découvre que le vol de jouets ne s'est pas limité au doudou : les deux soldats en plastique qui, nuit après nuit, luttent avec une détermination farouche contre l'obscurité ont, eux aussi, abandonné leur poste sur le lit.

Pourtant, il se convainc encore que tout est normal. Que les siens vont bientôt rentrer. Il se dirige vers la cuisine, met les bouteilles de Coca au frigo, constate qu'à l'intérieur, les légumes sont rangés dans un ordre parfait, referme la lourde porte et vérifie s'il y a quelque chose d'indiqué sur le calendrier fixé dessus. Non, aucune réunion prévue en primaire. Ni à la maternelle. Aucune fête agricole dans quelque coin reculé, aucun anniversaire. Alors où sont-ils ?

Son regard passe machinalement d'un aimant à l'autre. Le calendrier. La liste des courses. Une vie de famille uniquement définie par des données objectives. Liath a bien des velléités d'y ajouter des photos et des dessins, mais il lui oppose un refus systématique. Jamais il n'a évoqué avec elle celui de ses parents devenu, après la mort de Youval, l'expression de la revanche des petits mots et des dessins. Sa mère avait pour habitude de mettre sur la porte toutes sortes de citations amusantes. Des poèmes aussi, qu'elle découpait dans les suppléments littéraires des journaux et affichait entre la liste des courses et les invitations aux mariages. Les listes changeaient. Les cartons d'invitation aussi. Mais les petites phrases et les poèmes restaient. Une semaine après le décès de Youval il y avait encore dans le frigo un pot de fromage blanc dont la date de péremption était celle de sa mort. Tout le monde l'avait remarqué, personne n'en avait rien dit. Les poèmes non plus, qui avaient gardé les mêmes mots. Aucune virgule n'avait trouvé bon de se déplacer parce que dans cette maison avait vécu une personne soudainement partie pour toujours. Pas une rime n'avait changé. C'est juste qu'à la fin de chaque poème s'était instauré un silence qui n'y était pas auparavant. Deux semaines après le décès, sa mère avait déposé un nouveau pot de fromage blanc sur l'étagère. Mais les laitages avaient continué à compter les jours : les yaourts furent périmés un mois après la mort de Youval. Le fromage à pâte dure avait été produit le jour de son anniversaire. Sur un pack de lait longue conservation s'affichait la date de sa démobilisation, qui ne viendrait jamais. Bien sûr, certaines dates de péremption n'avaient rien à voir avec lui. C'étaient des jours neutres. Le 7 avril, par exemple. Ou le 15 décembre. Des jours qui ne leur disaient rien, sauf : ça fait deux mois et une semaine. Ou ça fait un an et dix jours. Ou dans deux semaines et demie, il aurait fêté son anniversaire.

Ethan se détourne brusquement, comme s'il craignait, en restant un instant de plus face au calendrier, de voir les dates s'effacer sous ses yeux. Il se précipite dans la salle de bains. Criante de solitude, une seule brosse à dents se dresse dans le verre. Il compose le numéro de Liath, tiraillé entre l'inquiétude et la colère. Elle n'est pas du genre à faire des drames, ce qui l'affole encore plus. Elle répond au bout de sept sonneries, et quelque chose dans le ton qu'elle emploie lui indique qu'elle a attentivement regardé l'écran avant de se saisir de son appareil.

— Liath, tu es où ?

— Et toi, tu es où ?

— À la maison. Avec un grand carton de pizza.

Et deux bouteilles de Coca, mais ça, il le garde pour lui, tant l'absurde de la situation le paralyse petit à petit. Comment accepter que, justement maintenant, alors que tout s'arrange (fût-ce d'une manière horrible) et qu'il a enfin quitté le garage pour ne plus y revenir, Monsieur Nounours, les deux petits soldats et les trois brosses à dents aient disparu ?

Mais lorsque Liath reprend la parole, c'est d'une voix dure : après l'épisode du matin où il avait tellement crié sur Yali, elle avait appelé l'hôpital pour lui parler. Elle lui en voulait beaucoup de ne pas être rentré de la nuit, mais là, elle avait compris qu'ils devaient parler.

— L'infirmière m'a gentiment expliqué que tu étais à la maison, malade.

Elle ne lui en dit pas plus. Ne lui dit pas qu'elle avait raccroché d'une main tremblante et avait tout lâché pour rentrer elle aussi à la maison. À Marciano, elle avait pré-texté un malaise. D'ailleurs, elle ne mentait pas. Tout le trajet de retour, elle avait eu la nausée. Et quand elle avait ouvert la porte et qu'elle avait trouvé ce qu'elle savait qu'elle trouverait, c'est-à-dire personne, elle avait vraiment cru qu'elle allait vomir.

Mais elle n'avait pas vomi, était retournée au commis-sariat, assurant qu'elle allait mieux. Une heure et demie plus tard, le labo avait enfin communiqué les résultats de l'autopsie de l'Érythréen : on avait trouvé des traces de drogue sur le cadavre. Le commissaire avait tenté de se raccrocher à l'hypothèse que la victime agissait seule, mais pour Liath, pas de doute : l'homme était le porteur de paquets de Davidson. Si le kibboutznik dur à cuire avait été autant concerné par la mort du clandestin, ce n'était pas par humanité mais par appât du gain. On lui avait dézingué son livreur et il voulait se servir d'elle pour coincer le coupable. Cette révélation aurait dû l'exciter, mais elle était tout sauf excitée. En fait, elle était surtout crevée. Elle avait demandé à son chef d'envoyer sur-le-champ deux policiers en civil renifler ce qui se tramait dans le self. En sortant, elle avait capté les regards hostiles de ses collègues. La dernière chose qu'ils souhaitaient en ce jeudi soir, c'était de devoir planquer devant un endroit pouilleux sur la route 40. Le jeudi soir, tu sens déjà le week-end te titiller comme une bonne odeur de brioche de shabbat en train de cuire, et tu comptes bien rentrer tôt à la maison. Tu attends le vendredi avec impatience. Tu n'attends pas qu'une nouvelle inspectrice te colle une surveillance dans le cul.

Elle était passée outre à ces regards et était retournée chez elle. Sur le trajet, elle avait pris la précaution de téléphoner à sa mère pour lui demander si elle pouvait venir dormir chez elle avec les enfants. Elle était aussi passée outre à l'étonnement de cette dernière ainsi qu'aux questions sans ambiguïté qu'elle avait déclenchées en évoquant la possibilité de rester aussi le lendemain. Sa mère n'était pas du genre à attendre en silence, une expression sereine à la « tu ne parles que si tu en as envie » affichée sur le visage. Sa grand-mère était différente, mais elle reposait à présent dans le cimetière de Hadera et, vu sous cet angle, sa mère fournissait un pis-aller acceptable. En arrivant à Or-Aqiva, elle avait été surprise par l'ordre qui régnait dans l'appartement, c'était bien la première fois ! Il y avait des fleurs sur la table, des escalopes panées et une tarte salée que, par hasard, sa mère était en train de préparer. Liath lui avait trouvé un air de postulante cherchant à se faire embaucher comme grand-mère, elle qui avait depuis longtemps été licenciée en tant que mère.

Yali et Itamar avaient rapidement surmonté leur embarras et s'étaient mis à jouer sous la surveillance des deux femmes. Aviva avait essayé de tirer les vers du nez de sa fille, mais Liath avait coupé court à ses questions :

« Arrête, maman, tu vois bien que je suis crevée. »

Une heure plus tard, les garçons s'étaient installés devant la télévision. Une bonne idée, parce que les deux femmes commençaient à fatiguer de leur courir après. Un casse-tête aussi : ne pouvant plus compter sur eux pour faire diversion, elles devaient à présent trouver un sujet de conversation. Dommage que le repas n'ait pas été prêt, le silence est légitime quand on a la bouche pleine de viande et de chou-fleur. Mais la tarte venait à peine d'être mise au four.

— Tu sais ce qu'on n'a pas fait depuis des années ?

Liath leva des yeux perplexes.

— Regarder les photos de quand tu étais petite, lança Aviva qui, sans lui laisser le temps de protester, tira un vieil album de l'étagère supérieure de la bibliothèque.

Un instant plus tard, elle s'asseyait tout près de sa fille, les photos lui donnant un prétexte de rapprochement tout trouvé.

— Mon Dieu, regarde comme tu es mignonne ici.

— J'ai quel âge, tu crois ?

— À mon avis, six ans. Oui, regarde le gâteau sur la photo d'en bas. À l'époque, je les faisais encore en forme de chiffre.

Liath se pencha en avant pour mieux voir.

— Je m'en souviens, oui ! Il n'y avait que le glaçage qui était mangeable.

Aviva noya sa vexation sous un petit rire.

— Regarde comme tu es craquante dans cette robe jaune. Une vraie petite princesse.

Liath glissa les doigts sous la photo et la sortit de la page.

— On ne dirait pas que c'est moi.

Une fillette en robe jaune qui se bouche les oreilles. En arrière-plan, un ballon rose. Elle fixe quelque chose hors champ. Porte une robe avec de la dentelle et un col brodé. Est soigneusement coiffée. En arrière-plan, un peu flou, on distingue un mur de brique blanc. Elle a les coudes pointus, les bras bronzés et les mains potelées.

— C'est drôlement triste, regarde comme je me bouche les oreilles.

— Qu'est-ce que tu racontes ? Tu es en train d'arranger ta mèche. Aujourd'hui encore tu le fais, ce geste.

— Mais non, maman. Je me bouche les oreilles. Regarde bien.

— Je regarde !

— Et ?

Terminé le moment de grâce. L'évocation nostalgique sur le canapé avait laissé place à quelque chose qui n'avait pas de nom mais était très présent.

— Si tu y tiens vraiment, d'accord, tu te bouches les oreilles. Bien qu'à mon avis, tu te recoiffes. Pourquoi une gamine de six ans voudrait-elle se boucher les oreilles à sa fête d'anniversaire ?

— Peut-être parce qu'elle en a assez d'entendre ses parents se disputer ?

— Ton père et moi ne nous sommes jamais disputés devant toi.

— Alors peut-être qu'elle en a assez de les entendre se taire ?

L'odeur de la tarte au chou-fleur avait envahi le salon. Aviva continuait à feuilleter l'album.

— Regarde, là tu souris ! Tu le vois, ma chérie, que là, tu souris vraiment ?

Liath se pencha vers la photo. Pas de quoi se mettre autant en colère, et pourtant... Une vexation ancienne, mal définie, ouvrit soudain un œil jaune dans ses entrailles.

— Mais c'est vraiment idiot que la première photo de l'album, ce soit celle où, au lieu de regarder droit devant et de sourire comme n'importe quelle gamine normale, je louche et je me bouche les oreilles. C'est tellement caractéristique ! Et ce regard si triste, mon Dieu !

— Pourquoi es-tu si sûre que c'est de la tristesse ? Moi, j'ai plutôt l'impression qu'on t'a simplement photographiée entre deux sourires.

— Et tu ne penses pas que ça signifie quelque chose ?

— Avec toi, tout renvoie toujours à autre chose ! Et pourquoi te focaliser justement sur cette photo ?

Liath ne répondit pas, et au bout d'un instant, sa mère se résigna, repoussa la question le plus loin possible, exactement comme elle repoussait l'assiette sur laquelle étaient posées les bougies de shabbat, tant elle craignait, si jamais l'une d'elles venait à tomber, de causer un incendie dévastateur.

Elle regarda à nouveau la photo : une fillette en train d'arranger sa coiffure, tout en contemplant son gâteau d'anniversaire. Une fillette en train de se boucher les oreilles pour s'isoler de son environnement alors qu'elle n'a que six ans.

— Viens, ma chérie, déclara alors sa mère, la tarte va brûler.

Et pourtant, Liath continuait à ne pas vouloir y croire. Malgré les mensonges qui s'entassaient, malgré les nuits passées seule, malgré ce que l'infirmière lui avait dit quand elle avait téléphoné à l'hôpital. Malgré l'étrange comportement d'Ethan, malgré ces heures où il restait silencieux et fermé, ces gardes d'où il revenait fuyant et coupable, malgré aussi cette explosion verbale effrayante et inexpliquée le matin même. Quelque chose en elle s'entêtait à trouver ça impossible. Jamais Ethan ne s'abaisserait à ce genre de pratiques. Elle l'avait choisi parce qu'il était comme ça : solide, digne et orgueilleux, dévoué à elle. Totalement. Au début de leur relation, elle avait pris son temps, et ce n'était qu'après avoir eu la preuve qu'il l'aimait comme un fou, oui, seulement après, qu'elle avait baissé la garde. Mais elle continuait à tester la manière dont il la regardait, à écouter attentivement le ton de ses « je t'aime », prête à capter la moindre fausse note. Ils étaient ensemble depuis trois ans quand elle lui avait enfin fait savoir qu'il pouvait formuler sa demande. Il avait éclaté de rire.

« C'est exactement pour ça que je t'aime », avait-il dit, lui expliquant qu'il l'avait démasquée depuis le premier jour et n'avait pas osé lui proposer le mariage plus tôt, de peur de se heurter à un refus.

Alors que se passe-t-il ? Elle n'a cessé de se poser la question pendant tout le trajet d'Omer à Or-Aqiva. Assis à l'arrière, les garçons étaient aussi curieux qu'excités par ce voyage inattendu. Elle leur avait parlé d'une voix calme mais, en son for intérieur, elle ne cessait de se répéter d'une voix mal assurée : je ne sais pas, je jure que je ne sais pas. Et il y avait encore un tas de choses qu'elle ne savait pas : que ferait-elle quand il rentrerait à la maison et lui téléphonerait ? Exigerait-elle de lui qu'il quitte le domicile conjugal sur-le-champ ou le laisserait-elle dormir quelques jours sur le canapé ? Devait-elle expliquer aux enfants que papa et maman s'étaient un peu disputés ou faire comme s'il ne s'agissait que d'un petit week-end spontané chez mamie ?

Elle referma l'album. En s'attablant devant la tarte au chou-fleur dont les bords avaient un peu bruni, elle se dit qu'il était impossible que sa vie ait pris une telle tournure. Il y avait erreur, elle s'était réveillée ce matin dans la vie d'une autre qui, elle aussi, avait deux enfants, travaillait dans la police et n'acceptait pas la ride au-dessus de sa lèvre, du côté droit. Mais le mari de cette autre, contrairement au sien, était infidèle. Parce que cette autre avait été suffisamment bête pour construire sa vie sur un volcan. N'avait pas contrôlé au préalable la nature du sol, ni vérifié la présence là-haut de quelque cratère fumant. La pauvre. Oui, cette autre était vraiment à plaindre.

Ethan avait appelé à vingt heures quinze. Elle était installée avec sa mère et les garçons devant la télé en train de manger des feuilletés au fromage et de regarder un défilé interminable de gens passant une audition. Un coup c'était pour une émission de cuisine, un coup pour un concours de danse, un coup pour présenter un télé-crochet. Elle aurait aimé zapper mais n'en avait pas la force et, de toute façon, ça ne changerait rien. Alors elle était restée dans l'air pesant et surchauffé de la pièce, serrée sur le canapé entre sa mère et ses enfants, face à la télévision qui couinait, et s'était promis d'aller se coucher tôt.

Mais Ethan avait appelé à vingt heures quinze et, à son grand regret, elle était encore trop éveillée pour manquer la communication. Elle avait attendu sept sonneries avant de répondre, les yeux fixés sur l'écran où clignotait : « Thany ».

Si elle avait répondu, ce n'était pas pour lui mais pour Itamar. Le gosse avait lancé vers son téléphone un regard perplexe, incapable de lire de sa place le nom de la personne qui appelait, mais tout à fait capable de deviner. Un enfant de sept ans ne doit pas voir sa mère rejeter son père. Alors elle avait pris la communication.

— Tu es où ? l'entend-elle lui demander.

Elle ne peut s'empêcher de savourer la stupeur qu'elle perçoit dans sa voix. La panique, aussi. Il ne s'attendait pas à rentrer dans une maison vide. Alors elle marque une pause avant de lui retourner la question, bien qu'elle connaisse déjà la réponse :

— Et toi, où es-tu ?

— À la maison. Avec un grand carton de pizza.

Elle lui explique. Lentement. Ce qu'on lui a dit quand elle a appelé l'hôpital pour lui parler. Ce qu'elle a trouvé en rentrant chez eux. Ce qu'elle a décidé.

À l'autre bout de la ligne, il l'écoute en soufflant lourdement dans le combiné, comme si l'air était devenu irrespirable autour de lui. Lorsqu'elle termine, il reste silencieux. Elle songe au fait que toutes les relations naissent et s'achèvent dans le silence – le silence d'avant le premier mot et le silence après le dernier. Sont-ils en train d'entrer dans l'ère des derniers mots ?

— J'arrive, dit-il avant de couper.

Elle revient s'asseoir sur le canapé, ignore les regards interrogateurs d'Itamar et de sa mère, sourit à Yali qui somnole.

Ensuite, le temps s'écoule lentement. Elle transporte le petit endormi dans la chambre qui a été préparée pour les enfants, celle qu'occupait sa grand-mère. Il y flotte toujours l'odeur de son parfum. De l'eau de rose avec un truc en plus. Tout a changé dans cette pièce, à part l'odeur qui, si elle avait pu être emballée dans un sac plastique et donnée comme le reste des affaires à quelque association caritative, n'aurait pas échappé à la diligence de sa mère.

Au moment où elle entre dans la chambre avec Yali dans les bras, Liath emplit ses poumons de l'odeur du parfum de sa grand-mère. Elle a même l'impression de sentir sa présence, de voir se dessiner entre les ombres sa silhouette osseuse allongée entre les draps du lit. Petite fille, elle se faufilait la nuit dans cette chambre, invoquant tantôt la peur de l'orage, tantôt un cauchemar, jusqu'à ce que sa grand-mère lui dise de cesser de chercher des prétextes et de venir simplement quand elle en avait envie. La vieille dame soulevait alors un peu sa couverture et Liath se glissait dessous, humant son parfum d'eau de rose avec un truc en plus. Ces incursions nocturnes s'étaient espacées au fil du temps. Au lycée, elle n'était venue que deux fois : la veille de l'épreuve de maths du bac, parce qu'elle n'arrivait pas à dormir, et la nuit qui avait suivi celle où elle avait couché avec Kfir, parce que ça lui faisait encore mal. Et même si elle restait dans sa propre chambre, elle savait que de l'autre côté de la cloison était allongée une bonne fée légère comme une plume, ce qui suffisait à la rassurer.

Yali se retourne dans son sommeil. Elle reste encore un instant à contempler l'entrelacs d'ombres qui ont la gentillesse de se déguiser en sa merveilleuse grand-mère. Comment accepter l'idée que plus jamais, jamais, jamais elle ne se glissera dans ce lit à côté d'elle ? Et combien de temps faudra-t-il à cette odeur d'eau de rose améliorée pour qu'elle aussi commence à se dissiper ? Comment expliquer cette dernière volonté de tout donner à la Wizo pour leurs bonnes œuvres ? La vieille dame voulait-elle en finir d'un coup aussi net que celui qu'elle assénait sur la tête des carpes de shabbat, elle qui s'entêtait à expliquer à sa petite-fille choquée que c'était moins douloureux ? Liath se souvient soudain qu'après l'enterrement ils étaient rentrés à la maison et avaient découvert sa brosse à dents droite et fière dans son verre et ses vêtements parfaitement bien pliés dans l'armoire, même ses chaussettes – qui pliait encore ses chaussettes ? Sa grand-mère. Elle pliait aussi ses culottes. Les nappes, les papiers, même les factures. De ses doigts lestes, elle organisait le monde en petits carrés qu'elle rangeait dans l'armoire. Chez elle, chaque chose avait une place et chaque chose était pliée. La révolte, microscopique mais déterminée, d'une petite dame contre la terre entière. Dehors régnaient le chaos, les guerres, les canicules, les tempêtes. Mais rien de tout ça ne passait le seuil de sa maison. Une simple moustiquaire maintenait à distance les moustiques, les mouches et le monde. À l'intérieur régnait un ordre parfait. Une vie soigneusement pliée. Des bocaux de cornichons alignés les uns à côté des autres, prêts au combat. À quelle vitesse ils les avaient engloutis au cours de la semaine de deuil, ces cornichons, presque sans s'en rendre compte ! Ils avaient mordu dedans sans compter, les avaient avalés les uns après les autres jusqu'à ce que sa mère, blême, fasse soudain irruption dans la cuisine et les arrête en disant :

« Voilà, c'est le dernier. »

Ils l'avaient déposé sur une assiette en porcelaine et solennellement sorti sur le balcon où il était resté couché, humide et rabougri. Les visiteurs une fois partis, ils l'avaient coupé en trois – un morceau pour sa mère, un pour Liath et un pour oncle Nissim. Ils avaient mâché lentement, bien conscients que c'était la dernière fois que ce goût leur emplissait le palais et leur titillait les papilles.

La fin absolue. Jamais plus leur bouche ne serait aussi vide et aussi pleine en même temps. Pendant les sept jours de deuil, l'appartement avait bénéficié d'un état de grâce. Chacun se montrait d'une prévenance insoupçonnée envers les deux autres. Ils se pardonnaient aussi facilement qu'ils s'étripaient en temps normal. Le soir, après que le dernier des invités avait marmonné son incontournable « puissiez-vous ne plus connaître la douleur », ils déambulaient dans les pièces en silence. Et finissaient par se regrouper dans la chambre de la défunte. Rien n'avait changé – illusion pernicieuse. Jusqu'au moment où les tableaux aux murs avaient commencé à gondoler, le tapis persan à s'effilocher, les lettres des livres à s'effacer. Tous les vêtements pliés avaient étendu leurs manches pour monter au ciel dans un battement d'ailes cotonneux et des relents de naphtaline. Des essaims de petites culottes blanches à côté d'une formation serrée de chaussettes noires, des hirondelles de laine, suivies de magnifiques châles brodés à la majestueuse envergure qui allaient bientôt disparaître à l'horizon. C'est du moins ce qu'ils auraient dû faire, car il n'y a rien de plus vicieux qu'un objet qui dure plus longtemps que son propriétaire.

Les objets n'avaient pas disparu. Ils étaient restés pliés comme avant. Et si, au début, Liath, son oncle et sa mère entraient dans la chambre pour se lamenter en leur compagnie, ils avaient fini, au bout de quelques jours, par leur en vouloir. Parce que les affaires orphelines enflaient de plus en plus et, au bout d'un certain temps, elles avaient pris toute la place dans l'appartement. Liath n'avait pas été capable de cerner précisément le moment où la lamentation s'était transformée en fixation. Où le lieu vivant et palpitant qu'était la chambre de sa grand-mère était devenu un cadavre momifié. Au deuxième étage du 56, rue Ben-Yehouda était conservé un temps parfumé à l'eau de rose. Mais rien n'est plus mort qu'un musée, et rien n'est plus vivant que l'absence toute fraîche qui te brûle la gorge aussi fort que l'arak.

À cette seconde, elle aurait aimé casser une assiette dans cette chambre. Exprès. Allumer la radio à fond pour l'entendre gueuler ses annonces publicitaires. Enlever un par un les grains de sésame sur le feuilleté au fromage, les faire tomber par terre et attendre. Si ça ne faisait pas venir sa grand-mère, si vraiment ça ne marchait pas, peut-être comprendrait-elle enfin que c'était pour de vrai. Que la vieille dame n'était plus là. Que Liath pouvait donc péter sans retenue, annoncer qu'aux prochaines élections elle voterait pour le parti de gauche Meretz et dire « putain de ta mère ! », sans que des doigts griffus ne lui donnent une petite tape sur la main accompagnée d'un « comment tu parles ? ». Qu'elle pouvait faire ce qu'elle voulait, sans être critiquée. Ou félicitée. Sans. Elle n'aurait plus à être une gentille petite-fille. Car où il n'y avait pas de grand-mère, il n'y avait pas non plus de petite-fille. Il n'y avait qu'elle. Rien qu'elle.

Dans la chambre obscure et bien chauffée, Yali respire lentement, paisible. Les ombres enveloppent Liath de coton noir et la nostalgie qui, au début, a été douloureusement prégnante, devient petit à petit lénifiante. Elle pose la tête à côté de celle de son fils, inspire bouche ouverte l'odeur de shampooing qui s'en dégage. Si seulement il pouvait toujours garder cette odeur-là, même adulte. Pourquoi est-ce impossible ? Elle s'accommoderait du fait qu'il muera, qu'un jour il sera plus grand qu'elle et qu'il aimera davantage une autre femme que sa maman, oui, elle était prête à tout accepter si on lui laissait cette odeur-là, cette douceur d'enfance. Elle se voit déjà déambuler au supermarché avec lui, adolescent plein d'acné et de mépris, puis s'arrêter devant un rayon pour sniffer ce qui avait été le shampooing de son bébé.

« Eh, tu fais quoi ? » la rappellerait-il à l'ordre et elle se hâterait de refermer la bouteille et de poursuivre son chemin en se demandant ce qui était arrivé à l'enfant qu'elle avait eu.

Celui-là même qui, à cet instant précis, dort sur un matelas dans la chambre d'une grand-mère défunte. Allongée à côté de lui, celle qui à son âge se faufilait dans cette chambre lui caresse les cheveux d'une main d'adulte. Trois ans auparavant, sur un autre matelas, dans une autre chambre, sa grand-mère reposait, yeux clos. Dix doigts écartés qui ne caressaient rien et ne demandaient rien. Lors de sa précédente visite à l'hôpital, Liath lui avait laqué les ongles en rouge vif. Avec le vernis qui lui faisait honte dans son adolescence, parce que les filles du kibboutz le qualifiaient de « vernis de minettes ». Sa grand-mère reposait sur le lit d'hôpital, auréolée de ses magnifiques cheveux, les ongles aussi rouges que des fraises. Entre les murs de la chambre à coucher plongée dans le noir, le présent échappe aux entraves de la logique. Tout devient possible. La vieille horloge de parquet est toujours là, à faire entendre son tic-tac, sauf que ses aiguilles avancent à l'aveuglette.

Lorsqu'elle se réveille, elle voit Ethan debout sur le seuil. Derrière lui, le couloir est nimbé de la lumière bleutée du téléviseur allumé dans le salon. Elle discerne mal son visage. Il ne dit rien, tellement immobile que sa silhouette semble être une de ces ombres trompeuses que la chambre dessine si bien.

Comme elle savait qu'il viendrait, on pourrait supposer qu'elle avait préparé ce qu'elle lui dirait à son arrivée. D'autant que les embouteillages entre Omer et Or-Aqiva lui ont laissé un temps de réflexion conséquent. Sans compter les longues heures passées devant la table basse du salon. Pourtant, lorsqu'elle se réveille et l'aperçoit, elle ne trouve rien d'adéquat. Tout ce qu'elle voulait lui reprocher s'est évaporé. Ce n'est pas qu'elle a envie de lui infliger un silence dramatique, non, elle n'a simplement rien à dire. Tu m'as menti. Où étais-tu quand tu as raconté à l'hôpital que tu étais malade ? Elle s'appelle comment ? Des mots ridicules. Inutiles. Des mots de femmes dans les mauvais films. Dans les appartements des voisins.

Elle le voit se pencher en avant. Il se racle la gorge. Ce serait donc lui qui parlerait en premier ? Elle le regarde avec une réelle curiosité. Quel lapin peut-il encore tirer de son chapeau ?

— Touly…

Alors ça, ça la met tout de suite hors d'elle, vraiment hors d'elle. Comment ose-t-il l'appeler Touly ? Comment ose-t-il utiliser ce diminutif affectueux, qui n'appartient qu'à eux deux, alors que tout ce qu'ils ont en commun s'est brisé à une heure de l'après-midi, au moment où elle rentrait à la maison et n'y trouvait personne ?

Il devine qu'elle se crispe et qu'elle détourne la tête. De quoi le paniquer. Parce que cette manière qu'elle a de regarder ailleurs va bien au-delà d'une marque d'hostilité du genre « je n'ai pas envie de parler ». Elle s'est détournée de lui comme on se détourne d'un accident sur la route. Au début, on ne peut pas en détacher les yeux, puis arrive le moment du trop-plein et là, on se ressaisit d'un coup, on continue à rouler, et surtout, on ne regarde pas en arrière. Pas une seule fois. Parce que, de toute façon, on ne peut plus rien faire.

Il aurait dû tout lui dire la nuit où. Rentrer à la maison et lui raconter. J'ai percuté quelqu'un, Touly. Un Érythréen. Très importantes lésions corticales. Je l'ai laissé là-bas. Du salon d'Aviva lui arrivent les voix enjouées d'une publicité qui vante des céréales au blé complet. Elle l'aurait écouté, cette nuit-là. Maintenant, c'est peu probable. (Mais l'aurait-elle vraiment écouté ? Et de quelle manière ? Aurait-elle pu mettre de côté, ne serait-ce qu'un instant, la séparation qu'elle a toujours clairement établie entre le bien et le mal ? Aurait-elle réussi à oublier pour un instant son sens moral, encore plus développé chez elle que chez lui ? Pour cacher une telle chose, il faut être deux. Un qui ne veut pas raconter, et une qui ne veut pas vraiment qu'on lui raconte.) Il y avait aussi une autre hypothèse, tout aussi dérangeante : ce n'était pas à cause des torrents de critiques que Liath aurait déversés sur lui qu'il s'était tu cette nuit-là. Ni à cause du sermon auquel il n'aurait pas échappé ou des regards de déception indignés. Mais parce qu'il savait que si elle avait écrasé un Érythréen, jamais elle ne se serait enfuie. Rien à voir avec la morale et les valeurs, simplement, elle n'était pas comme ça. Elle n'était pas de ceux qui repartent après. Alors qu'il avait découvert que lui, si.

Ethan n'a aucune intention d'avouer. La vérité est trop complexe, trop sale, recouverte de sang et de matière grise. Mais d'un autre côté, il ne peut absolument pas laisser les choses en l'état, sans la moindre explication. Ce genre de privilège n'est réservé qu'aux hommes qui rentrent chez eux à des horaires normaux. Qu'aux hommes qui ne s'absentent pas des nuits entières, ne sont pas honteusement pris en train de répandre autour d'eux un écran de fumée. Liath ne lui pardonnera pas de continuer à se taire, mais elle lui pardonnera encore moins s'il lui dit tout. Dans un monde obscurci par deux possibilités aussi mauvaises l'une que l'autre, le mensonge, qui pointe soudain à l'horizon comme un soleil, remet de la couleur partout.

Un chantage pour négligence médicale. C'est la meilleure explication qui lui vient à l'esprit et, vu les circonstances, c'est plutôt pas mal. La femme d'un patient mort sur la table d'opération menaçait de le traîner en justice. Depuis plusieurs semaines, il essayait de la convaincre de laisser tomber l'affaire. C'était une femme d'âge mûr, un peu dérangée, qui l'appelait à des heures incongrues. Lui fixait des rendez-vous auxquels il ne pouvait pas échapper. Tenait des propos accusateurs et incohérents. Et aujourd'hui elle avait demandé à le rencontrer d'urgence pour lui annoncer qu'elle renonçait aux poursuites et qu'elle rentrait dans sa famille en Afrique du Sud.

— Si je ne t'en ai pas parlé avant, c'est parce que je ne voulais pas t'inquiéter. Et peut-être aussi parce que j'ai eu peur que tu aies honte de moi.

Voilà, ouf. Le scénario une fois lâché, il s'impose tel un hippopotame qui sort du fleuve. Gigantesque. Presque monstrueux. Il l'a expulsé de lui, énorme et parfait, telle Athéna jaillissant du crâne de Zeus. Et maintenant qu'il en a accouché, il peut l'examiner. Quelle splendide construction monolithique ! Concordance totale de tous les détails. Et le plus important : il peut se persuader qu'au moins une partie de ce qu'il raconte est vraie. Il suffit de réduire le champ de vision pour en exclure ce qui ne colle pas. Plus il parle, moins il voit de différences entre une négligence médicale au bloc opératoire et la mort d'un Érythréen en plein désert. Les deux choses ne résultent-elles pas d'une overdose de travail ? Ne sont-elles pas toutes deux involontaires ? Quant au chantage, qui constitue le cœur de l'histoire, il ressemble en tout point à celui qu'il a réellement subi. Idem pour l'heureux dénouement. Pour la honte aussi.

Il y a bien sûr des différences. Une négligence médicale, c'est quelque chose de très désagréable et de très contrariant, pourtant un médecin qui s'en rendrait responsable ne serait pas condamné de la même manière qu'un médecin inculpé pour un accident mortel aggravé par un délit de fuite. L'un risque, au pire, un licenciement, alors que, pour l'autre, c'est la prison assurée. Et si on en est à pinailler sur les détails, il y a une sacrée différence entre une détraquée d'âge mûr et la longue femme maigre dont les yeux de velours noirs brillent encore dans sa mémoire. Mais Ethan passe outre à tout cela. Bien obligé. Il est comme un pilote de Boeing 747 qui conduit son avion de sorte à ne heurter aucun obstacle sur la piste de décollage. C'est la condition sine qua non pour que le mensonge puisse prendre son envol.

Repliée sur elle-même, Liath le regarde pendant qu'il propulse son hippopotame vers les cieux. C'est, sur un certain plan (un peu tordu), magnifique.

— Papa ? Tu es là ? demande Yali qui soulève une tête embrumée de sommeil.

Ethan s'interrompt aussitôt. Sans savoir s'il a finalement réussi à faire décoller son hippopotame et, si oui, s'il est resté en l'air ou s'il s'est aussitôt crashé. Sa femme le regarde de nouveau, ce qui est bon signe. Elle ne fait plus la tête de quelqu'un qui se retrouve par hasard coincé dans l'ascenseur avec un inconnu. Mais c'est trop tôt pour pouvoir déterminer la nature de son regard. Sans compter que la chambre est trop sombre et qu'il est trop tendu pour capter les petits signes. (En général, il sait très bien reconnaître son clignement de paupières impatient ou son froncement de sourcils dubitatif. N'a-t-il pas eu quinze ans pour étudier ce beau visage ?) Et puis, il reste concentré sur le mensonge qu'il élabore, la moindre inattention risquant de se terminer en catastrophe, comme un jongleur qui perdrait toutes ses massues en même temps. Et les paroles de Yali constituent précisément ce genre de danger : s'il s'est résolu à livrer à sa femme ce baratin fétide, il est exclu que ces mots viciés tombent dans les oreilles de son plus jeune fils. C'est pourquoi il se tait, jusqu'à ce que ce dernier réitère sa question.

— Oui, je suis venu te border, répond-il.

Là, il se sent tout à fait à l'aise car il ne ment pas. Il est vraiment venu pour ça. Et, dans un instant, il ira s'occuper d'Itamar qui s'est endormi sur le canapé du salon. Oui, il va couvrir avec soin ses deux garçons et, demain matin, tout le monde réintégrera la maison. Leur vie. Quant à la détraquée d'âge mûr ou pas, elle disparaîtra à jamais.

De la main, Yali lui indique d'approcher. Un petit geste autoritaire et sans réplique, qui oblige Liath à se pousser pour lui faire de la place. Même si elle a envisagé de mettre son mari à la porte en lui disant de revenir le lendemain, l'ordre de ce bout de chou de trois ans et demi est plus fort qu'elle : qui donc oserait chasser le père sous les yeux du fils ? Ethan hésite un instant avant de s'asseoir, attend un aval de sa femme. Elle hoche la tête sans mot dire. Il s'installe à côté d'elle, caresse de la main les boucles soyeuses de Yali, des boucles auxquelles il doit cette permission inespérée – s'asseoir sur le lit. Mais voilà que le garçon veut que son père lui chante une chanson, alors il commence tout bas le couplet du lapin qui frappe chez le cerf et sourit lorsque le petit ajoute, les prenant de court :

— Toi aussi, maman ! Chante avec papa !

Ils chantent donc ensemble. C'est drôle, ridicule ou triste, tout dépend de la manière dont les choses évolueront. Si, demain, ils rentrent tous les quatre à la maison, ils pourront assurément un jour rire de cette soirée où ils avaient chanté des comptines à l'unisson, sous la contrainte. Si Liath continue à lui en vouloir, cette chanson se transformera en mémorial grotesque : un père, une mère et un enfant qui chantent sur le chemin du divorce.

Aucun des deux adultes ne sait quelle sera la bonne version. Mais, avec sa sagesse enfantine, Yali leur prend la main, serre très fort et ne lâche pas.

Six chansons plus tard, le téléphone d'Ethan sonne. Ils viennent juste de terminer le deuxième refrain des aventures de la biquette. Yali, aux anges, s'est allongé entre eux. Jamais ils n'ont répondu à ses caprices avec autant de bonne volonté. Ses deux parents chantent ensemble, pour lui, et personne ne lui dit qu'il est trop tard ! Personne ne s'arrête en déclarant que ça suffit ! Ils chantent pour qu'il s'endorme mais chantent aussi pour endormir leur propre culpabilité, eux qui lui ont assuré que tout allait bien alors que rien ne va plus. Liath écoute Ethan, voix grave qui déraille un peu, et se dit que viendra le moment, quand leur fils sera vaincu par le sommeil, où les problèmes commenceront. Mais elle se dit aussi que celui qui chante ainsi à son fils ne peut pas être un menteur. Ce qui, bien sûr, est inexact : on est parfaitement capable de chanter de magnifiques chansons à ses enfants et de mentir éhontément. Liath le sait, bien qu'en cet instant précis, elle n'ait pas du tout envie de se le rappeler. Elle a envie de croire son mari. D'ignorer la tension qu'elle entend dans sa voix, et que de nombreuses heures passées en salle d'interrogatoire lui ont appris à reconnaître. Car raconter une histoire différente de la vérité est fatigant, surtout pour qui n'y est pas habitué. Il faut inventer les détails, synchroniser les faits, boucher les trous. On ne comprend à quel point la réalité est complexe qu'après avoir essayé d'en créer une différente. Pourtant, il y a quelque chose dans ce qu'il lui a raconté, quelque chose qui n'est pas de l'ordre du mensonge éhonté. Un alliage de deux métaux, l'un noble, l'autre moins. Quel est le pourcentage de vrai et de faux dans cette mixture où les deux se fondent ? Comment séparer le bon grain de l'ivraie ?

Elle y arrivera. Aucun doute là-dessus. Une courte conversation téléphonique avec la cinglée. Elle n'en demandera pas plus mais pas moins. Vérifier que cette femme est effectivement veuve, effectivement cinglée, effectivement d'âge mûr et effectivement en partance pour l'Afrique du Sud. Si toutes ces réponses sont positives, ils pourront reconstruire ensemble. Lentement et avec circonspection. Elle ne se hâtera pas pour enterrer la hache de guerre. Si, en revanche, elle voit qu'il écarquille les yeux de terreur au moment où elle exige de contacter cette harpie – ce qu'elle fera dès que leur petit bouclé se sera endormi – ou s'il refuse, elle se débarrassera de lui à la seconde même.

La sonnerie du téléphone les surprend tous les deux et interrompt net leur comptine. Ils se taisent. Ethan ne se leurre pas sur le regard de Liath. Oh, qu'il voudrait rejeter cet appel ! Le laisser sombrer dans les abysses de l'oubli. Mais il ne peut pas. N'en est pas capable. Parce que celle qui appelle doit impérativement le joindre. Somnolent, Yali se retourne sur son matelas. Et justement à cause de ces boucles si soyeuses, de ces draps en coton si blancs, oui, justement à cause de ça, il est obligé de museler la réalité qui grouille à distance de téléphone.

— Je dois répondre, chuchote-t-il à Liath qui l'accompagne d'un regard contrarié lorsqu'il sort de la pièce.

Dans le couloir, il entendit Samar chuchoter dans un anglais malmené :

— *Sirkitt need doctor. Sirkitt very very bad. Need doctor.*[1]

Il ne prononce pas le moindre mot. Que pourrait-il dire ? Il raccroche et après une courte hésitation met son téléphone sur silencieux. Rentre dans la chambre de Yali. Essaie de chanter : « Voici venir l'orage, voici l'éclair qui luit », mais l'orage se coince dans sa gorge et l'éclair explose dans son ventre.

Sirkitt need doctor. Very very bad.

---

1. *Shirkitt besoin docteur. Sirkitt très très mal. Besoin docteur. (N.d.T.)*

14

Pourquoi retourne-t-il là-bas ?

S'il existe une réponse à cette question, Ethan Green ne la connaît pas. Jeudi soir, pas un chat sur la route qui relie Or-Aqiva à Beer-Sheva. De temps en temps, à quelque carrefour obscur, le visage d'un gamin russe émerge au milieu de bouquets de fleurs à vendre. Il ne ralentit pas mais, par réflexe, se recroqueville instinctivement dans son manteau, bien que la température de l'habitacle reste constante. Vingt-trois minutes plus tard, encore un carrefour, encore un gamin, et à nouveau il rajuste son manteau.

Il continue à se demander pourquoi il y retourne. Ne sait toujours pas. De part et d'autre de la route, des stations-service aux couleurs jaune et orange enflamment les bas-côtés, on dirait un incendie maîtrisé. Et s'il revenait cette nuit parce qu'il n'est pas resté la nuit du drame ? Et s'il revenait pour elle ? Et s'il ne revenait pas du tout ? Et si, à la prochaine sortie, il faisait demi-tour, direction Or-Aqiva ?

Non. Il continue à rouler tout droit. Lorsque les lumières de Kyriat-Gat disparaissent derrière lui, il se rend soudain compte que, pour la première fois depuis l'accident, il agit sans y être contraint. Et, aussi bizarre que ça puisse paraître, il en retire un réel contentement.

Mais en arrivant sur la rocade de Beer-Sheva, il commence à ressentir autre chose. Il allume la radio, l'éteint presque aussitôt. La rallume au bout de quelques minutes, l'éteint de nouveau, s'énerve, la rallume et cette fois la laisse brailler même si, très vite, l'envie de l'éteindre le démange à nouveau. Aux infos, on évoque un risque d'inondation sur les hauteurs du Néguev puis de la musique joyeuse prend le relais. Une musique rythmée de jeudi soir. Ethan se demande combien de personnes roulent et écoutent la bande-son d'une soirée dansante à laquelle ils ne sont pas conviés. Non que la question soit digne d'intérêt, mais c'est mieux que de se demander pourquoi il y retourne. Il a déjà dépassé l'échangeur de Shoket lorsqu'il émet l'hypothèse que c'est pour chercher celui qu'il a été. Celui qu'il a perdu depuis cette horrible nuit où il a percuté l'Érythréen. Peut-être l'avait-il perdu bien avant, mais c'est cette nuit-là qu'il a pris conscience d'avoir perdu l'enfant qui, en voyant pour la première fois un SDF dans la rue, avait tellement pleuré que sa grand-mère le lui rappelait encore aujourd'hui. Quand avait-il cessé de poser des yeux perplexes sur les sans-abri et avait-il commencé à tout faire pour éviter leur regard ? Quand se situait l'instant précis où il avait cessé de s'arrêter devant un homme allongé sur le trottoir et s'était mis à presser le pas ?

Pourtant, il n'y retourne pas uniquement pour retrouver cet enfant qu'il a été, mais aussi pour le lui montrer à elle. Il tient à se planter devant Sirkitt et à lui dire, voilà, je suis revenu. Sans que vous m'en ayez donné l'ordre.

Il est sûr que ça lui fera un choc, qu'elle en sera abasourdie, et il s'étonne de découvrir le plaisir que lui procure le fait d'imaginer cet instant – celui de son retour. (Y serait-il retourné si elle n'avait pas été cette belle femme dont la sérénité glacée flirte avec l'indifférence ? S'il ne voyait pas en elle une dignité, une singularité de reine africaine ? Non, ces questions, il ne se les pose pas.)

Aux abords de l'échangeur de Tlalim, ses mains commencent à suer, comme Itamar la veille d'une dictée à l'école : le gamin a beau avoir appris tous les mots par cœur, les avoir répétés et rerépétés, avoir été contrôlé une fois par maman, une fois par papa, dès qu'il se met au lit, ses mains deviennent terriblement moites. Ethan lui assure que c'est normal, que son corps a trouvé ce moyen-là pour évacuer son stress, Itamar n'est pas convaincu et surtout, il ne supporte pas l'idée d'avoir un corps qui fasse ainsi des siennes et ne le prenne pas en compte, lui. Tout en essuyant ses paumes sur le volant, Ethan songe que l'esprit de son aîné a bien raison de se plaindre ainsi du corps dont il est affublé, si indocile, qui tremble, transpire, blêmit et rougit toujours à mauvais escient, toujours quand il devrait réagir autrement.

Il engage son 4 x 4 sur le chemin de terre qui mène au garage. N'arrive pas à se souvenir de combien de fois il a ainsi quitté la route. Mais il sent dans l'assurance de ses mains sur le volant que les lieux ont gravé leur empreinte en lui, il se souvient de l'ornière ici et du trou plus profond sur le bas-côté, de l'endroit où mieux vaut serrer à droite, à gauche. Il connaît cette route par cœur, même s'il ne s'en rend compte que maintenant. Et soudain, il songe à la maison de Haïfa, qu'il appelle depuis des lustres « la maison des parents », mais qui s'entête à rester « sa » maison. Il y a quelques années, en plein hiver, il était là-bas avec Liath et les enfants. Au milieu du repas de vendredi soir, une tempête avait causé une coupure de courant. Obscurité totale, visqueuse. Yali était trop petit pour avoir peur, mais Itamar lui avait attrapé la main et ne l'avait plus lâchée. Sa mère lui avait demandé d'aller chercher les bougies, et dans un premier temps, il avait failli lui dire de s'en charger elle-même parce qu'il ne trouverait rien sans lumière dans une maison où il ne dormait plus depuis dix ans. Mais comme ses parents avaient déjà l'âge où les envoyer seuls dans le noir était risqué, il s'était levé et avait avancé à tâtons... avec quelle facilité ! Là, le coin de la salle à manger, si on continuait, on arrivait au mur de la cuisine (point d'observation privilégié d'où, avec son frère, ils avaient maintes fois tenté de découvrir enfin la cachette du chocolat), sur ce mur, il fallait être prudent, le lourd vaisselier était toujours là, aussi méchant qu'avant, à attendre avec impatience celui qui se cognerait le petit orteil à un de ses pieds. Ethan ignorait avoir gardé autant de détails en mémoire, pourtant tout y était, exactement à la bonne place. Y compris les bougies de sa mère, qu'il avait trouvées tout au fond du placard, sur le deuxième rayonnage, derrière le service à thé des grandes occasions, celui qu'ils n'avaient pas ressorti depuis la mort de Youval. Il avait rapporté les bougies, l'électricité était revenue juste après, ce qui lui avait permis de se répéter que, non, il n'était pas chez lui, il s'était construit une autre maison, à laquelle il se sentait appartenir vraiment. Mais chaque fois qu'il pensait à l'assurance avec laquelle son corps s'était orienté dans le noir, il se demandait s'il arriverait un jour à se mouvoir ainsi dans son propre foyer.

Et voilà qu'il découvre que la maison de Haïfa n'est pas la seule chose qu'il a gardée en mémoire. Ce sentier aussi est tatoué sur ses neurones. Dire que deux mois et demi plus tôt, il ignorait jusqu'à son existence ! Reste à peine un kilomètre avant d'arriver et il ne sait toujours pas pourquoi il revient. Sans doute est-ce logique, puisqu'il ne sait toujours pas pourquoi il s'est enfui cette fameuse nuit. Or la question de son retour n'est peut-être que la petite sœur de la grande question, celle de sa fuite. Celle qu'il occulte depuis des semaines sans pour autant cesser de tourner autour, peu importe ce qu'il fait. Et s'il n'y avait aucune raison à même d'expliquer son comportement ? Non, pas parce que c'était un Noir et qu'il est un Blanc. Pas à cause de Liath. Ni des enfants. Peut-être ne saura-t-il jamais pourquoi, peut-être devra-t-il continuer éternellement à se poser la question. Tel sera son purgatoire.

Ils lui ont cassé le nez, deux dents, deux côtes et son œil gauche est cerné d'un cocard violet. Le beau visage de déesse ressemble à présent à un masque explosé. Elle est allongée sur la table rouillée, yeux clos, inspire lentement entre ses côtes cassées et expire lentement entre ses dents cassées. Elle ne relève pas les paupières au moment où il entre, rien en elle n'indique qu'elle a conscience de sa présence, même lorsqu'il se penche vers elle pour prendre son pouls. Incrédule, Ethan ne peut se détourner du spectacle car, bien qu'il ait déjà vu beaucoup de visages massacrés, jamais il n'avait imaginé voir ce visage-là dans cet état-là.

Pourtant, même maintenant, même aussi amochée, même à moitié inconsciente, elle garde cette dignité majestueuse qui l'a ébranlé dès leur première rencontre. Ses lèvres silencieuses paraissent deux fois plus silencieuses. Sur un certain plan, elle est toujours la Sirkitt arrogante qui le défiait, le rendait fou par sa placidité, sa capacité à attendre. Car il vient de comprendre qu'effectivement elle attend. Elle ne dort pas, n'a pas perdu connaissance. Allongée, les yeux clos, elle attend. (En revanche, ce dont il n'a pas conscience, c'est qu'elle n'agit ni par bravade ni par mépris, mais parce qu'elle sait que si elle ouvrait les yeux, elle ferait ce qu'elle n'a pas fait auparavant et ne fera pas ultérieurement : éclater en sanglots.)

— Qui vous a tabassée ?

Il est surpris par la dureté de sa propre voix alors que, s'il est là, ce n'est certainement pas pour se montrer dur. Il n'a pas laissé femme, enfants et belle-mère à Or-Aqiva pour arriver ici odieux et glacial. Au contraire. Il est venu l'aider, lui apporter son soutien, compatir. Parce qu'il veut qu'elle le regarde et le considère autrement. Ou, peut-être, qu'elle le voie autre. Alors, sans savoir pourquoi, il est de nouveau assailli par la colère. Elle doit le sentir, car elle réussit à présent à ouvrir des yeux débarrassés des larmes qu'elle retenait un instant plus tôt. La sécheresse totale. Tout a été absorbé par le noir de ses pupilles et n'a pas laissé la moindre trace humide. Son œil gauche est à moitié fermé à cause du coup de poing qu'elle a reçu mais le droit regarde devant et voit très clairement : son docteur est revenu, mais avec tellement de questions que c'est tout chamboulé dans sa tête. Elle manque d'éclater de rire, mais se retient. Il n'est pas responsable d'avoir l'intérieur si bien rangé, avec des explications pour chaque chose, d'être incapable d'appréhender les histoires qui n'ont ni ordre ni explication, les histoires qui déboulent comme une tempête de sable et s'en vont, emportées par le sable. Que sait-il de la poussière qui erre d'un pays à l'autre ? Il ne peut pas comprendre l'histoire d'une femme comme elle, de même qu'il ne peut pas manger sa nourriture africaine ni boire son eau africaine sous peine d'avoir les entrailles retournées. Le corps qu'il a n'est pas construit pour de telles choses. Pas construit pour ce qu'on trouve là-bas chez elle. Alors elle se tait. Lui aussi se tait, et d'instant en instant, il sent la colère le submerger. Cette arrogance. Cette fierté. Quoi, il a tout laissé tomber et roulé jusqu'ici uniquement pour découvrir qu'un sphinx brisé reste un sphinx ?

Il se retranche dans son silence, elle se retranche dans le sien, tous deux se barricadent si bien que, dans un instant, chacun va disparaître derrière son mur, et ils se seraient effectivement perdus de vue sans la goutte de sang qui soudain coule de l'oreille de Sirkitt.

Dès qu'il la voit, il s'affole. Comme il ne l'a pas encore examinée, il ne peut pas estimer la gravité des blessures, un tel phénomène étant parfois un symptôme annonciateur de catastrophe. Une fracture du crâne. Une hémorragie corticale engendre une élévation de la pression intracrânienne et le cerveau, en dernier recours, évacue ses liquides par les oreilles. Ce scénario effrayant ne dure que quelques secondes, le temps qu'il détecte l'entaille qu'elle a sur le lobe de l'oreille. C'est sans doute de là que vient le sang et, pour s'en assurer, il se penche, observe puis tend la main et touche la plaie. Délicatement. Sans rien demander ni expliquer. Elle frissonne. De douleur, peut-être de plaisir. Aucune importance, parce que la voilà qui ne le regarde plus du tout de la même manière. Disparue l'arrogance, disparue la fierté et il ne reste rien du sphinx. (Il n'est pas à exclure que Sirkitt n'ait jamais rien eu d'un sphinx, que les gens trouvent des énigmes uniquement dans la mesure où ils les cherchent, et peut-être que le vrai sphinx se serait couché sur le dos avec délice tel un gentil chaton si seulement une main avait osé l'approcher et le caresser.)

— Ça fait mal ?

— Oui.

Cette réponse est d'une telle simplicité, s'en dégage une telle acceptation, qu'Ethan sent toute sa colère se transformer en rage contre eux. Contre ceux qui l'ont rouée de coups. Il se met à désinfecter ses plaies, la voit se crisper, manque d'ajouter : « Ça va aller », se retient. Comment sais-tu que ça va aller, toi qui ne sais même pas pourquoi c'est arrivé ? « Ça va aller », c'est ce qu'on dit aux enfants qui se sont égratignés, aux blessés légers qui arrivent aux urgences. Mais que dit-on à une femme qui reste allongée là à te fixer avec des yeux si noirs qu'à côté la nuit du dehors paraît illuminée ?

Alors il ne dit rien. Mais ce n'est plus le même silence. Et c'est parce qu'elle s'en rend compte, parce qu'elle sent que le silence d'Ethan n'est plus ni inquisiteur ni impatient, qu'elle se met à raconter : ils étaient trois. Ils l'attendaient dans la caravane, l'ont questionnée sur Assoum et se sont énervés parce qu'elle ne répondait pas. Elle commence à lui décrire ce qu'ils ont fait, comment ils s'y sont pris, mais là, c'est apparemment plus que ce que son docteur peut supporter.

— Pourquoi ? la coupe-t-il sur un ton bouleversé.

Comme il ne remarque pas qu'elle se crispe à nouveau, encore plus qu'au moment où il a appliqué le désinfectant sur son oreille, il insiste et ajoute :

— Comment ont-ils osé faire une chose pareille ?

Là, pour la première fois, elle éclate de rire. Bruyamment, bouche ouverte, bien que le moindre mouvement lui provoque des élancements douloureux dans tout le visage. Elle rit et rit encore. Voit l'expression d'Ethan passer de la surprise à la perplexité, puis à la colère, puis à l'inquiétude. Il pense certainement qu'il s'agit d'un effet secondaire des coups que lui ont infligés les Bédouins. De l'hystérie. Un signe de folie. Il ignore que ce n'est pas à cause des Bédouins qu'elle rit ainsi mais à cause de lui. Non, peut-être pas à cause de lui. À cause d'elle. Petite idiote, comment as-tu pu croire qu'il comprendrait ?

— Assoum devait leur apporter un paquet ce soir-là. Ils croyaient que je savais où avait disparu leur livraison.

Et comme il continue à la dévisager avec des yeux inexpressifs, des yeux de chien de berger soudain aux prises avec un problème autre que celui de surveiller les moutons, elle précise qu'ils avaient raison.

— Une livraison ?

— C'est comme ça que vous dites, non ?

— De... de drogue ?

À nouveau, elle éclate de rire, mais moins bruyamment, la bouche moins ouverte, pas seulement à cause des élancements douloureux, aussi à cause de la tête qu'il fait. Elle l'a déjà vu hors de lui, énervé et souriant, attiré et exalté – mais jamais elle ne l'a vu déçu. Et cette déception la révolte bien plus que tout ce qui s'est passé entre eux jusqu'à cet instant. Bien plus que l'accident. Comment ose-t-il être déçu par elle ? Comment ose-t-il attendre d'elle qu'elle soit différente ?

— Et que pensiez-vous faire avec ?

— La revendre, répond-elle en haussant les épaules.

Il se lève, reste un instant perdu, puis se met à marcher de long en large dans le garage, secouant la tête dans une espèce de débat intérieur qu'elle peut parfaitement deviner. Et soudain, il explose :

— Vous avez une idée de ce que ça signifie ? Vous imaginez tous les ennuis ? D'ailleurs, vous savez comment on s'y prend ? Il faut un réseau...

— Il y a pas mal de gens qui me doivent quelque chose.

Il s'arrête net. Se tourne vers elle. La regarde. Nom de Dieu, cette sorcière savait exactement ce qu'elle faisait ! Chaque blessure désinfectée, chaque plaie bandée. Tous ces visages dégoulinants de gratitude, ces dizaines d'Érythréens et de Soudanais. Les champions du monde du cinq cents mètres. À ses ordres.

Il s'apprête à lui dire ses quatre vérités quand elle éclate de rire pour la troisième fois. Elle aurait dû savoir qu'il la préférerait battue que battante. Son docteur aime les saints, peu lui importe si c'est au prix de se faire éternellement marcher dessus. Au contraire, leur sainteté n'en est qu'augmentée à ses yeux. Tandis qu'elle, justement, tendre la joue ne lui plaît pas du tout. Elle veut être de ceux qui écrasent. D'ailleurs, il semblerait qu'en haut lieu on soit du même avis : qui lui a envoyé ce paquet providentiel ? Et ce docteur, providentiel lui aussi ? Alors maintenant, s'il veut, il peut partir. Mais le paquet, elle le garde, peu importe le nombre de dents que ça lui coûtera.

Ethan la dévisage sans rien dire. Voit soudain une nouvelle goutte de sang couler derrière son oreille mais, cette fois, il ne se penche pas vers elle. Ne pas la toucher. Ne pas être contaminé par la noirceur de cette femme. Par sa crasse. Elle se trompe. Il ne la veut pas sainte. Il la veut simplement humaine. (Pas un instant il ne s'imagine que, dans certains cas, se montrer humain est un privilège.)

Les gouttes de sang, qui auparavant avaient éveillé sa compassion, lui paraissent n'être à présent qu'un stratagème bon marché. Un rouage de plus dans un engrenage qui n'en finit pas. Il est même prêt à croire, tout à coup, qu'il n'a jamais percuté d'Érythréen, que l'accident n'était qu'un leurre, un mauvais sort terrifiant et sanglant que lui aurait jeté cette magicienne au nez cassé. Oui, cette hypothèse lui paraît beaucoup plus crédible que celle d'un processus sourd, d'un dévoiement (si dévoiement il y a eu) qui se serait installé progressivement, c'est-à-dire que la femme allongée devant lui n'ait rien planifié du tout. Qu'elle n'ait pas eu de sombres desseins. Elle a simplement choisi à chaque carrefour la possibilité qui lui semblait la meilleure : la première fois où elle était venue chez lui, elle avait juste voulu voir son visage. Vérifier dans ses yeux si par hasard il n'avait pas gardé, gravée sur sa rétine, l'image d'Assoum un instant avant l'accident. Mais quand il avait ouvert la porte, elle n'avait capté que de la terreur sur son visage et avait subitement compris que ça pourrait se traduire en argent. Elle lui avait fixé rendez-vous au garage et avait fait tout le chemin de retour avec un cerveau blanc poudreux, comme de la farine. En rentrant, elle avait constaté dans la caravane qu'on était déjà au courant de la mort de son mari. Elle avait dû faire semblant d'être étonnée. Personne n'avait posé de questions sur la livraison. Personne n'en savait rien, sauf le salaud qui ignorait qu'elle était présente cette nuit-là. Elle l'avait vu toute la journée du lendemain faire les cent pas dans son restaurant, le regard nerveux et sans adresser la parole à qui que ce soit.

Après sa visite chez Ethan, elle s'était assise sur son matelas. Au bout d'un certain temps, on avait commencé à s'étonner autour d'elle de ne pas la voir pleurer. Au début avec délicatesse. Ensuite moins. Ça les énervait, de ne déceler sur son visage aucune marque de tristesse. Surtout les hommes. Un mari doit savoir que sa femme le pleurera après sa mort. Il y a tellement de dangers par ici. La soif. La faim. Les coups des Bédouins. Les balles des Égyptiens... et maintenant, les 4 x 4 des Israéliens ! Tu dois savoir que, s'il t'arrive quelque chose, une femme prendra la peine de tirer quelques larmes de ses putains d'yeux. Or ceux de Sirkitt étaient restés secs et grands ouverts. C'est avec ces yeux-là que, deux heures plus tard, elle avait vu arriver le nouveau clandestin.

Il venait de passer la frontière. Tous avaient tourné autour de lui et de sa blessure pendant leur pause, animés bien sûr par une sincère inquiétude, et lui avaient attribué le matelas juste à côté du sien, ce qu'elle avait traduit comme une sorte de défi qu'on lui lançait. Son refus de pleurer enlevait à la tragédie qu'elle vivait sa dimension collective. Ses yeux secs offensaient non seulement son mari mais tous les autres. Et puis, elle les privait du plaisir d'apporter du réconfort à plus malheureux qu'eux. Ils avaient fini par se détourner de leur nouveau compagnon car, malgré tout le respect dû à de graves blessures, le travail n'attendait pas. L'homme gisait, les yeux fermés, et lâchait de temps en temps un gémissement de douleur. Quant à Sirkitt, elle n'avait cessé d'observer la plaie. Le bras infecté avait un aspect aussi répugnant que fascinant. Ceux qui s'étaient penchés dessus avaient assuré que les Égyptiens enduisaient maintenant leurs barbelés de poison, ce qui expliquait pourquoi la coupure était si méchante. Tu parles, avait-elle songé, comme si les Égyptiens se préoccupaient suffisamment de nous pour vouloir nous empoisonner ! Le bras avait cet aspect-là uniquement parce que c'est ce qui arrive quand on ne se soigne pas.

C'est à peu près à ce moment-là qu'elle avait décidé de l'emmener à son rendez-vous avec le docteur. Elle ne pensait pas encore à l'argent, n'envisageait pas du tout la création d'un dispensaire clandestin. Elle savait juste qu'elle ne pourrait pas dormir la nuit si cet homme continuait à gémir de la sorte à côté d'elle. Ça la tuerait. Peut-être aussi voulait-elle se sentir bonne et miséricordieuse, peut-être était-elle vraiment bonne et miséricordieuse ? Du moins à ce moment-là. Avant que tout se complique.

C'est cette nuit-là dans le garage qu'elle comprit le pouvoir qu'elle détenait. Jamais, de sa vie, elle n'avait vu une telle liasse de billets de banque, tandis qu'elle lisait dans les yeux du docteur qu'il lui en apporterait encore beaucoup, beaucoup plus si elle l'exigeait. Au lieu de ça, elle lui avait intimé l'ordre d'entrer à l'intérieur du hangar et de s'occuper de l'homme allongé sur la table. Elle en avait profité pour réfléchir, ses pensées allaient si vite qu'elle en avait mal à la tête. Juste avant l'arrivée d'Ethan, le blessé lui avait proposé de l'argent. Au début, elle avait cru qu'il délirait à cause de la fièvre. Mais il avait répété que, pour un vrai docteur, il était prêt à payer cher, et lentement elle avait fini par comprendre qu'il ne pouvait envisager qu'elle l'aidât gratuitement... Elle était sur le point de lui prouver le contraire lorsqu'elle s'était arrêtée net.

Un jour, elle avait six ans, elle avait reçu une oie en cadeau. Son père l'avait rapportée de la ville par un matin particulièrement jaune. Dans leur village, ils n'avaient que des poules malingres. L'oie, avec ses belles plumes blanches, paraissait être la chose la plus propre au monde. Ils l'avaient mise dans leur cour et Sirkitt lui rendait visite à intervalles réguliers. Elle ouvrait la grille pour lui donner des grains, caresser les plumes blanches et vérifier qui, d'elle ou de l'oie, était la plus grande. C'était elle, mais dès que le volatile s'échauffait, il se dressait sur ses pattes, écartait les ailes et tendait le cou de telle sorte que le bout de son bec la dépassait d'un bon centimètre. C'était impressionnant. Au bout de quelques mois, Sirkitt était définitivement la plus grande, mais elle avait continué à lui rendre visite tous les jours. Peut-être même ne l'en aimait-elle que davantage.

Puis était venu le moment de la grande fête, on avait accroché des drapeaux partout et son père avait annoncé à sa mère que l'oie serait mangée le lendemain soir. La gamine n'avait rien dit (son père n'était pas quelqu'un avec qui on pouvait discuter), mais au cours de la nuit elle s'était levée, s'était faufilée dehors et avait ouvert le portail pour laisser à l'oie la possibilité de s'échapper. Le matin, elle avait prévu d'accuser les voleurs. Peut-être la croirait-on, peut-être la soupçonnerait-on de négligence et la battrait-on un peu... Le plus important pour elle, c'était que la parure blanche ne soit pas arrachée. Elle avait serré l'animal dans ses bras, l'avait embrassé en guise d'adieu, étonnée de l'efficacité avec laquelle les plumes absorbaient ses larmes de petite fille. Ensuite, elle avait dénoué la corde qui l'empêchait de s'envoler, laissé le portail ouvert et s'en était retournée dormir. Quelle n'avait pas été pas sa surprise de découvrir, au matin, que sa protégée picorait tranquillement les grains à l'endroit où elle l'avait laissée. Le portail était ouvert, le lien défait, mais elle n'avait même pas envisagé de fuir. Sa cervelle d'oie n'avait pas pu concevoir une telle possibilité. Les plumes blanches avaient été arrachées peu après, avant même que ne se dissipe la fausse promesse de fraîcheur induite par la température matinale.

L'homme venu de la frontière avait réitéré sa proposition de la payer. Elle qui n'avait pas envisagé de lui demander quoi que ce soit songea d'abord à refuser et à lui expliquer son erreur. Parce que sa cervelle d'être humain ne pouvait pas concevoir une telle possibilité. Même si on lui ouvrait le portail. Même si on dénouait la corde qu'elle avait autour du cou. Même si elle pouvait entendre, dans la cour d'à côté, le crépitement du feu qu'on préparait pour la passer au gril.

Elle n'avait encore rien décidé mais, le blessé une fois soigné, elle avait ordonné au docteur de revenir. L'expression révulsée qu'elle avait alors vue sur son visage l'avait tellement mise en colère qu'elle avait ajouté spontanément un petit couplet sur les siens et leurs besoins médicaux. Elle avait aimé ça : se tenir face à cet homme et lui balancer ces mots. Bien sûr, s'il lui avait demandé qui étaient « les siens », elle n'aurait pas été capable de répondre, elle en avait conscience. Qu'est-ce qui les faisait « siens » ? Qu'est-ce qui la faisait leur ? La file d'attente qu'ils avaient partagée pour la distribution d'eau dans les camps bédouins ? Les assiettes pleines de crasse qu'ils frottaient ensemble dans la cuisine ? Les regards qu'ils échangeaient pour voir sur quels morts ils verseraient une larme et sur quels morts non ? Ils venaient tous de villages différents, de familles différentes, de chemins différents. S'ils avaient un dénominateur commun, c'était le nom par lequel les autres, ceux qui n'étaient pas de leur couleur, les désignaient. Qu'est-ce qu'elle leur devait, en fait, aux « siens », à part le cliquetis lancinant des chaînes que le voyage avait créées et qui les maintenaient ensemble ? Immigrer, c'est passer d'un endroit à un autre, avec, attaché à ta cheville comme un boulet d'acier, le lieu que tu as quitté. Voilà pourquoi il est si difficile d'immigrer : marcher à travers le monde en ayant les pieds entravés par un pays tout entier, c'est quelque chose qu'il faut être capable de supporter.

Cette nuit-là, après s'être entretenue avec le docteur à l'extérieur du garage, elle était retournée auprès du blessé et l'avait trouvé assis sur la table, qui la dévisageait. Il avait de larges épaules et, malgré les épreuves du voyage, se tenait encore bien droit. Elle s'était aussitôt dit que rester là, seule avec lui, si tard dans la nuit, pouvait facilement tourner à son désavantage. En le regardant avec plus d'attention, elle avait vu dans ses yeux quelque chose qu'elle n'avait jamais imaginé pouvoir trouver dans les yeux d'un homme qui regarde une femme : la déférence. Comme s'il pensait être face à plus puissant que lui. Ses larges épaules et sa grande taille ne pouvaient rien contre sa blessure à présent propre et désinfectée, contre le bandage aussi blanc et étincelant que les plumes de l'oie d'antan. Il avait glissé la main dans sa poche et en avait sorti un billet fripé. Si elle avait un quart de seconde pensé lui dire de garder son argent, eh bien, cette pensée s'était évaporée à l'instant précis où elle avait senti sa peau rayonner pour la première fois sous l'effet de cette déférence.

Les jours suivants, on commença à la considérer différemment. Ce qui eut pour conséquence qu'elle se mit à être différente. Sa démarche changea. Sa posture. Même son odeur corporelle. Or, si le changement dans sa démarche et sa posture était visible, personne ne remarqua sa nouvelle odeur corporelle : depuis que le docteur avait écrasé Assoum, personne ne s'était tenu suffisamment près d'elle pour s'en rendre compte. D'ailleurs, depuis que le docteur avait heurté Assoum, personne ne l'approchait. On la regardait de loin. On lui parlait de loin. Et cette distance avait un nom : le respect. Qui l'enveloppait tel un parfum enivrant. Elle se baignait dans leur soumission comme dans du lait. Un étranger ne pouvait pas le comprendre. Ethan non plus. La déférence, le respect et la soumission n'étaient pas une préoccupation pour lui, c'était une évidence. De même qu'on ne réfléchit au flux miraculeux de l'électricité porté jusque chez soi qu'au moment où celui-ci est interrompu.

Après chaque nuit passée dans le garage, Sirkitt, épuisée, regagnait sa caravane et s'arrêtait pour s'occuper de son rosier. Dans l'obscurité nocturne qui se dissipait, les fleurs dégageaient un parfum très fort, presque mystique. Elle veillait à ne pas inspirer trop profondément. Pas plus de deux tiers de ses poumons, sinon, ça risquait de lui monter à la tête. D'effacer le souvenir des autres odeurs. Car elle n'avait pas le droit d'oublier que si cette inspiration était tout empreinte de roses, la prochaine pouvait être diamétralement opposée. Ou ne pas être du tout. D'ailleurs, ce rosier pouvait disparaître la semaine prochaine. Il pouvait sécher et faner ou être arraché par quelqu'un désireux de le replanter ailleurs, seul le sol béant de perplexité révélerait qu'il y avait eu là une perfection qu'on avait saccagée. Et si les roses se tendaient vers le haut, les racines s'étendaient vers le bas à la recherche d'une vérité boueuse, moite, dont le ciel du désert ignorait l'existence.

Juste au-dessus des racines était enterré un paquet fabriqué par la main de l'homme. Les fourmis montaient et descendaient le long de ses parois extérieures. Des asticots humides se frottaient à ses coins. Des larves aveugles se cognaient contre lui et se hâtaient de faire demi-tour. Trois kilos de poudre blanche soigneusement enveloppée. Protégée contre l'humidité, les moisissures, la colère de la vermine et les enquêtes des humains. Les roses pouvaient se dresser vers le ciel et les racines serpenter dans le sol, le paquet, à l'instar de tous les paquets, dormait tranquillement, se fichait de rester là pour l'éternité ou d'être soudain déterré et éventré.

Après chaque nuit passée dans le garage, Sirkitt s'arrêtait devant le rosier, l'arrosait, réfléchissait à ce qu'elle avait sous ses pieds. Beaucoup d'argent. Peut-être trop. Peut-être avait-elle commis une erreur en ne déposant pas la marchandise, la nuit même, devant la porte de Davidson. Si elle avait eu un plan au moment où elle avait creusé sous le rosier, eh bien, ce plan était une énigme pour elle aussi. L'aube montait presque lorsqu'elle avait décidé que le trou était assez profond. Tout son corps tremblait, mais ses mains étaient restées fermes. Elle avait déposé le paquet et il avait trouvé sa place, aussi insouciant qu'un nourrisson bien emmailloté, et il allait de lui comme de n'importe quel nourrisson : il fallait attendre pour voir comment il évoluerait. Même si elle ne revenait plus jamais s'agenouiller devant le rosier, même si jamais elle ne déterrait ce qu'elle avait confié à la terre, elle garderait tout de même un privilège unique : celui de savoir où était caché ce que tout le monde cherchait.

Les jours étaient passés. Les nuits dans le garage avaient pris fin. Les roses avaient continué à se tendre vers le ciel, elles se dressaient avec de plus en plus d'audace et d'arrogance. Ne baissaient plus la tête devant le soleil ou la lune.

Non, elles fixaient les astres droit dans les yeux. Et si les fleurs en surface se le permettaient, pourquoi les racines ne suivraient-elles pas leur exemple ? Elles avaient donc entrepris de s'enfoncer de plus en plus profondément tandis que les roses se dressaient de plus en plus haut. Sirkitt arrosait, tendait l'oreille et entendait, tout au fond, le paquet (jusque-là gentil poupon docile) gesticuler lui aussi. Et elle se tortillait en même temps que lui. Allongée sur son matelas, elle se tournait et se retournait au lieu de dormir. Oserait-elle discrètement commencer à chercher des clients ? À désigner des vendeurs ? À secouer une fois pour toutes la poussière qui la recouvrait pour révéler, en dessous, la somptueuse carapace d'écailles brillantes dont elle était parée. Durant ces heures de pénible indécision, des tas et des tas de gens qu'elle connaissait en profitaient pour se rassembler sur son matelas : sa mère, son père, les habitants du village, les enfants morts, l'oie splendide, toute de plumes blanches. Elle ne les chassait pas. Au contraire. Parce que, tandis qu'ils s'agitaient et papotaient à qui mieux mieux, elle réussissait parfois à s'endormir. Et alors elle était assaillie de rêves... blancs, poudreux.

Au matin, elle se levait nerveuse et épuisée. Se traînait en titubant hors de la caravane et observait le rosier. Sous la terre, par-delà le réseau des racines et l'enchevêtrement humide de vermine et d'asticots, le paquet était là et murmurait à son oreille.

De nuit en nuit, le parfum des roses était devenu si intense que tout le monde en parlait. On avait beau fermer la porte de la caravane, il se faufilait par les interstices et troublait le sommeil de ses compagnons. Ç'aurait pu être agréable s'il n'était pas si agressif, ce parfum. Mais le rosier voulait absolument qu'on remarque sa présence, exigeait qu'on le respire à pleins poumons. Honte à ceux qui avaient la possibilité de s'en imprégner et n'en prenaient pourtant qu'une petite partie. Quoi, tu veux être aussi bête que l'oie, le portail est ouvert, la corde défaite, mais tu seras quand même plumée avant midi ?

Finalement, les Bédouins avaient retrouvé sa trace. Peut-être s'étaient-ils renseignés au self et un des « siens » l'avait-il désignée comme étant la femme d'Assoum. Peut-être le traître s'était-il approché d'eux de son propre chef. Nombreux étaient ceux qui n'hésiteraient pas à la dénoncer s'ils étaient convaincus que ça leur rapporterait quelque chose. Fondamentalement, ça ne changeait rien. Ce qui changeait, c'était qu'ils l'avaient retrouvée, lui avaient cassé le nez, deux dents, deux côtes et laissé un cocard violet. Mais même avec son nez cassé, elle pouvait encore humer les roses, dont le parfum n'avait faibli que lorsque Samar et les deux hommes venus à sa rescousse l'avaient transportée dans le garage. C'était son docteur qui avait définitivement chassé ce parfum en la badigeonnant de désinfectant, quia lui avait mis le visage en feu, et plus encore, mis le paquet en feu... Un embrasement qui s'était éteint dès qu'elle lui avait révélé la vérité sur la livraison. Il avait eu une telle expression de déception qu'elle en avait été révoltée. Plus rien ne brûlait en elle, sauf l'envie cuisante qu'il s'en aille.

Ethan aussi brûle de s'en aller. C'est donc ce qu'il fait : il se lève et s'en va. C'est si simple qu'il en est tout ragaillardi. Voilà, il traverse le sol bétonné du garage, commence à fouler le sable du désert. Retrouve son 4 x 4. Chaque muscle en action lui apporte une bouffée de liberté supplémentaire. S'en aller et ne plus la voir. Jamais. Il tape le code de déverrouillage. Boucle sa ceinture de sécurité, le cerveau plein d'un vide merveilleux. Aucune pensée ne l'effleure pendant qu'il manœuvre sur le chemin de terre sauf peut-être une étrange réminiscence de la tache violette autour de l'œil gauche de Sirkitt. Une main inconnue s'était fermée en poing et avait cogné à cet endroit précis. Des vaisseaux sanguins avaient éclaté, libérant sous la peau délicate leur liquide violet, un verre de vin renversé sur une nappe brodée. Et c'est cet œil poché, oui, justement lui, qui l'accompagne pendant qu'il tourne le volant. Il est persuadé que si elle a des larmes, des regrets ou des points d'interrogation, si elle est capable d'un zeste de miséricorde, eh bien, c'est là que ça se trouve. Alors, pour un instant, unique, il ose regarder ce qu'elle dissimule et il la contemple, là, en son point de vulnérabilité. Ce qu'il y voit, ce qu'il s'imagine y voir, lui donne la chair de poule.

Une seconde plus tard, il se secoue. Furieux, presque en rage. Quoi, de nouveau se laisser happer ? Il allume inutilement le chauffage. Allume tout aussi inutilement la radio. Emplit ses poumons de l'air formaté de la soufflerie. Emplit son cœur de deux chansons formatées. S'approche de la route accompagné par les bêlements d'une chanteuse dont il n'est pas sûr de connaître le nom mais qu'il écoute attentivement. Elle crie qu'ils sont faits l'un pour l'autre, il est prêt à la croire... jusqu'au deuxième refrain, où il comprend qu'elle-même n'y croit pas. Elle a une voix si métallique et si creuse qu'à l'évidence elle serait incapable de reconnaître l'amour même si celui-ci lui donnait un direct dans l'œil gauche. Il passe sur une autre station, où les chanteuses savent de quoi elles parlent, *I need you*. C'est Billie Holiday et elle, il la croit comme il n'a jamais cru personne auparavant. Peut-être parce qu'elle est morte depuis si longtemps que son amour n'est plus quelque chose de tangible mais uniquement un bon matériau pour notes de musique ? De vieilles chansons qui racontent de vieilles histoires. C'est ce dont il a besoin. Ce qui s'est passé cette nuit deviendra aussi de l'histoire ancienne. Pensée qui, indéniablement, a tout pour le réconforter.

Il va s'engager sur la route quand une camionnette toute cabossée bifurque sur le chemin de terre exactement au moment où il le quitte. Elle va si vite qu'elle se déporte sur la gauche et qu'il doit piler pour éviter de justesse l'accrochage. Depuis qu'il a percuté l'Érythréen, il ne se considère plus le droit de faire la morale à qui que ce soit, pourtant il reste abasourdi en constatant que le conducteur n'a aucune intention de s'arrêter ni de s'excuser. Au contraire, la camionnette continue sa course sans même ralentir.

— Tarés de Bédouins, marmonne-t-il en redémarrant.

Soudain il pile. Il décide de les suivre du regard dans son rétro. À trois cents mètres, il y a un croisement qui mène soit au garage, soit au kibboutz. Il prie pour les voir se diriger vers le kibboutz bien qu'une petite voix glacée lui murmure que non. Effectivement, la camionnette continue tout droit vers le garage et roule aussi vite que le permettent le sol rocheux et le piteux état du véhicule. Ils reviennent terminer le travail. Lui extorquer le paquet ou la tuer. Ou les deux.

Sans réfléchir, il fait demi-tour. Fonce lui aussi vers le garage, mais par un raccourci qu'il connaît. Pendant tout le trajet, il ne pense pas une seule fois à ce qu'il fait. Sinon, il se serait arrêté et aurait pesé le pour et le contre, ce qui aurait donné le temps à ceux qui avaient cassé les côtes, le nez et les dents de Sirkitt de lui casser tout ce qui restait à casser. Il est assuré d'arriver avant eux, se voit déjà entrer dans le garage, attraper Sirkitt, la pousser dans le 4 x 4 et se tirer de là le plus vite possible. Ce n'est peut-être pas un plan très sophistiqué mais c'est le meilleur qu'il arrive à concocter.

Il s'arrête dans un crissement de pneus devant l'issue de secours, à l'arrière du garage, et s'élance à l'intérieur. Elle est toujours allongée à l'endroit où il l'a laissée. Son œil gauche est encore plus enflé et violet, son œil droit le regarde avec une incrédulité telle qu'en d'autres circonstances il s'en serait amusé. Mais là, il hurle :

— Ils arrivent, levez-vous !

Aussitôt, il se penche pour la soulever. Elle ne résiste pas. Peut-être a-t-elle compris, peut-être simplement est-elle trop stupéfaite pour protester. Il se met à courir pour sortir au plus vite quand il entend des bruits de pas précipités et de cris en arabe. Ils sont encerclés.

Ils n'ont pas l'air de mauvais garçons. Ont des visages tout à fait ordinaires. Aussi différents les uns des autres que des visages peuvent l'être : là, il y a un menton pointu, et là, un carré, celui-là a des yeux enfoncés et l'autre globuleux – mais ils partagent tous les composantes universelles qui les rattachent à la famille des humains. Le gars qui bloque l'issue de derrière a un physique qui rappelle à Ethan son premier instructeur militaire, en un peu plus jeune. Celui qui bloque la porte de devant ressemble (peut-être l'est-il en réalité) aux vigiles qui surveillent le parking du centre commercial du Néguev. Ethan s'étonne de ne pas les trouver plus effrayants. Pas de bras musclés ni d'épais sourcils ou de regards chargés de haine, comme on en voit sur les photos des terroristes à la télé. Les deux jeunes Bédouins face à lui, ainsi que le troisième qui déboule quelques secondes plus tard, lui font davantage penser à un trio de lycéens qui arrivent en retard en classe, essoufflés et stressés.

Mais il y a aussi un pistolet, ce qui change la donne. Et au moment où celui qui ressemble à son instructeur dégaine un cran d'arrêt (il le fait avec la dextérité de quelqu'un qui tire un stylo pour signer une facture), Ethan comprend que ça va très mal se passer pour eux. Parce que, s'ils n'ont pas l'air de mauvais garçons, ils ont, en revanche, l'air de gens venus travailler, leur tâche consistant à récupérer un paquet et accessoirement à éliminer ceux qui ont essayé de le leur piquer. En l'occurrence (si on tient compte des conclusions que ces trois-là ont certainement tirées), Sirkitt. Et lui aussi.

Sur un ordre lancé en arabe par l'homme qui ressemble à un vigile, les deux autres se mettent à fouiller le garage. Ethan essaie d'évaluer combien de temps s'est écoulé depuis qu'il a renvoyé Samar et les deux gardes du corps érythréens. Y a-t-il une chance pour que l'un d'eux décide tout à coup de revenir vérifier l'état de la blessée ? Quoique… Ils ne pourraient pas faire grand-chose, vu le pistolet que le Bédouin braque sur eux et dont il se sert pour indiquer à Ethan de déposer Sirkitt. Il s'exécute aussi délicatement que possible tout en se demandant si elle arrivera à se tenir debout. Elle y arrive, au prix d'un tel effort qu'elle tremble comme une feuille – à moins que ce ne soit la peur qui la secoue ainsi. Du coup, Ethan se met aussi à trembler. C'est plus fort que lui. (Si Sirkitt a peur, ça veut dire que les craintes qui le submergent sont justifiées.) L'homme qui ressemble à un vigile s'en aperçoit, ricane et dit quelque chose à son acolyte au couteau, lequel ricane en retour. Peut-être sont-ils finalement de mauvais garçons. Ou simplement ont-ils la réaction normale de ceux qui mettent enfin la main sur la personne qu'ils cherchent depuis longtemps, celle qui les a volés, les a mis dans un sale pétrin et a obligé le boss à crier tellement fort qu'ils ont cru devenir sourds.

— Où est le paquet ? demande à Ethan celui qui ressemble à son instructeur.

— Je ne sais pas.

Il anticipe le coup de poing mais rien ne l'a préparé à une telle violence. La dernière fois qu'il s'est fait tabasser, c'était en troisième. Il a eu le temps d'oublier le goût du sang dans la bouche, l'explosion de la douleur en mille morceaux insupportables. Il manque de s'écrouler sur le sol en béton. Retrouve son équilibre à la dernière seconde. Essaie d'ouvrir son œil gauche, découvre qu'il en est incapable. Peut-être est-ce le même Bédouin qui a éclaté le visage de Sirkitt dans l'après-midi, un forcené qui frappe toujours du même côté. Les voilà devenus jumeaux de castagne, différents en tout mais avec le même cocard violet et peut-être aussi la même fracture du nez.

— Où est le paquet ?

Il ne répond pas. Non qu'il cherche à jouer les gros durs. C'est juste qu'il ne sait pas quoi dire. La seule qui pourrait révéler quelque chose est à côté de lui et, même si elle tient à peine sur ses jambes, elle se tait comme une brave. Il se demande si ça vient de sa placidité hors norme ou si une fierté démente la pousse à préférer mourir sur place plutôt que de leur donner ce qu'ils veulent.

Non, ce n'est une question ni de placidité ni de fierté. Elle se tait parce qu'elle sait que si elle leur dit où est le paquet, ils les tueront. Ethan à coup sûr, car personne ne croira que c'est elle qui a organisé le coup. Trop bête. Trop noire. Trop femme. Debout à côté d'elle, son docteur essuie le sang qui lui coule du nez. Il le fait d'une main hésitante, sans doute est-il plus doué pour nettoyer le sang des autres que le sien.

— Nous avons tout notre temps, déclare alors l'homme au pistolet en allumant une cigarette.

Il fait un signe au jeune joueur de couteau, lequel s'approche et frappe de nouveau Ethan au visage. Malgré l'envie qu'elle a de détourner les yeux, Sirkitt s'oblige à regarder. Elle lui doit bien ça.

Il est à terre, rapetissé. Oui, incroyable comme il semble petit. C'est pourquoi elle n'en croit pas ses yeux quand il se redresse soudain et dit à l'homme au pistolet qu'il va lui donner le paquet. Le chef semble très content. Il tire encore une bouffée de sa cigarette, uniquement pour montrer à ses deux otages qu'il n'est pas pressé. Bon, il lance tout de même :

— *Yallah,* mon coco, c'est où ?

Ethan se relève prudemment, elle le suit du regard, il avance en direction de la porte. Impossible qu'il sache pour le rosier, alors que fait-il ? Il s'arrête à côté de la caisse de matériel médical.

— Pas de conneries, hein ? le menace le Bédouin.

— Pas de conneries, répond son docteur. Je l'ai caché là, déclare-t-il tout en tirant une bonbonne d'oxygène de la caisse.

Sirkitt le regarde, stupéfaite. Apparemment, il ne faut pas plus de deux coups de poing pour rendre définitivement fou un homme blanc. Sauf si elle est la seule à ignorer que les bonbonnes sont des armes.

Eh bien, c'est apparemment le cas car, au moment où Ethan explique qu'il doit juste ouvrir la bouteille, il envoie un jet d'oxygène pur vers le visage de l'homme au pistolet. Le gaz réagit comme de la poudre au contact de la cigarette, ça ne dure qu'un instant, mais c'est suffisant pour brûler la moitié de la lèvre et la moustache du Bédouin qui lâche son arme pour éteindre le feu qui menace de s'étendre à tout son visage. Son comparse au cran d'arrêt bondit à sa rescousse. Vu sous cet angle, ils ne sont pas des mauvais garçons. Dévouement mutuel et tout le bazar. Mais sous un autre angle, mieux vaut qu'Ethan et Sirkitt décampent fissa.

Ils se mettent donc à courir. Mais ils ne sont pas les seuls. Si le brûlé continue à se tordre de douleur sur le sol, les deux autres se lancent à leur poursuite. Le jeune au cran d'arrêt s'attarde pour ramasser le pistolet, ça peut toujours servir, et, une fois dehors, découvre le couple sur le point de s'échapper en 4 x 4. Il a une idée assez claire de la réaction de Saïd si, après tous les efforts déployés, ils reviennent à nouveau sans la marchandise. Il sait que la colère de son cousin devra se déverser sur quelqu'un et que, ce quelqu'un, ce sera lui. Il n'a donc pas d'autre choix que de se planter devant la voiture, de braquer le pistolet droit sur le salopard et sa pute d'Érythréenne, et de tirer.

La balle explose le pare-brise avant, traverse l'habitacle puis ressort par la lunette arrière. Elle ne touche rien entre les deux, mais passe si près de l'oreille d'Ethan que le sifflement est insupportable. Sirkitt hurle. À moins que ce ne soit lui. Il n'en est pas sûr. Exactement comme il n'était pas sûr pour l'oxygène, quelques instants plus tôt. Même s'il avait appris en classe de chimie comment se comporte l'oxygène pur au contact d'une cigarette, il savait qu'il y a une grande différence entre une expérience de laboratoire et un homme armé d'un pistolet. Sentant le regard que Sirkitt braquait sur lui tandis qu'il se penchait et prenait la bonbonne, il avait prié, si son stratagème fonctionnait, qu'elle soit suffisamment intelligente pour se précipiter tout de suite dehors. Évidemment qu'elle l'est : elle a commencé à courir avant lui et, sans elle, il serait peut-être resté paralysé devant son succès.

Une fois dans le 4 x 4, il s'apprêtait à foncer quand le jeune qui ressemblait à son instructeur s'était planté devant eux et avait tiré.

La deuxième balle touche le siège bébé sur la banquette arrière et laisse une odeur de plastique brûlé. Au moment où le Bédouin rectifie sa position pour un troisième tir, Ethan le regarde droit dans les yeux et lui fonce dessus.

Le 4 x 4 est à peine secoué par le corps qu'il percute, mais le choc résonne aux oreilles d'Ethan aussi fort qu'une explosion atomique. Ce bruit est gravé dans sa mémoire depuis l'autre nuit.

Cette fois, il l'a fait exprès.

En quoi l'autre nuit diffère-t-elle de cette nuit ? Une lune identique, énorme, brillait dans le ciel. Un même cri strident, guttural, emplissait la voiture. Deux mois plus tôt, c'était Janis Joplin, maintenant c'est Sirkitt. Ou lui. Ou tous les deux, un cri d'Ethansirkitt. De Sirkittethan. L'autre nuit, elle et lui étaient seuls, chacun de son côté ; cette nuit, ils sont ensemble, et c'est apparemment ensemble qu'ils vont mourir, parce que, après avoir écrasé le Bédouin, le 4 x 4 continue à rouler et heurte de plein fouet la chicane en béton qui barre l'entrée du garage. Il freine. Elle hurle. La voiture fait un tête-à-queue et s'arrête juste devant les deux Bédouins encore vivants.

À cet instant, ce dont il a envie plus que tout, c'est de sentir la main de cette femme dans la sienne. Mais il trouve ça trop désespéré, trop sentimental. Il se prépare donc à mourir sans contact réconfortant, sans sentir des doigts serrer les siens. Tout ça pour ne pas paraître désespéré et, encore moins, sentimental. Incroyable qu'il se censure jusqu'au bout mais, voilà, il est incapable de se débarrasser de la crainte que sa main reste vide s'il la tend vers le monde.

Derrière le pare-brise explosé, Sirkitt réfléchit. Si elle se saisit d'un tesson de verre, elle pourrait s'en servir d'arme même si elle sait que les mains enragées de leurs agresseurs la désarmeront vite. Pourtant, elle ne peut pas rester assise là, à attendre de les voir décider de son sort. Elle a assez attendu : dans les camps de torture du Sinaï, dans le désert, dans son village. Ça suffit. Elle est désolée pour son docteur, assis au volant tout pâle, qui fixe les deux hommes dans une sorte de douce incrédulité – jamais elle n'a croisé de Blanc aussi blanc. Quant au 4 x 4 rouge, ce merveilleux engin qui isole de la terre entière, il est cassé. Plus de pare-brise avant ou arrière, et la collision avec le bloc de béton a enfoncé le capot. À travers le trou laissé par la vitre brisée, le monde et sa terrifiante réalité lui sautent à la gorge.

La haine dans les yeux du garçon face à eux est effroyablement tangible. Il vient d'essuyer sur son pantalon le sang qui s'écoulait du crâne de son compagnon mort. Tout aussi tangible est la rage de l'homme à la lèvre brûlée. Sa douleur a beau être cuisante, sa fureur l'est encore plus. Et c'est elle qui l'a poussé à se relever, à sortir du garage et à voir le 4 x 4 écraser son ami.

Il récupère son arme et dévisage l'homme et la femme piégés dans leur voiture, qu'il a été chargé d'éliminer. Et si, auparavant, cette mission ne lui faisait ni chaud ni froid, c'est à présent avec un total engagement, une ferveur quasi religieuse qu'il l'accomplira.

Ethan le voit approcher. Il essaie de penser à Itamar, à Yali, à Liath, mais la seule image qui lui vient à l'esprit, c'est celle de sa mère qui sera à nouveau en train d'accrocher le linge dans le jardin au moment où quelqu'un ouvrira le portail.

« Non, ce n'est pas sérieux ! » dira-t-elle.

Elle réagit toujours ainsi aux annonces qui la prennent de court. Cette expression « non, ce n'est pas sérieux ! » a aussi bien valu pour le voyage-surprise en Grèce offert en cadeau d'anniversaire par son mari, que pour les responsables de l'administration militaire venus lui annoncer le décès de Youval. Comme si, entre elle et ce qu'on lui dit, il y a toujours un rempart de « ce n'est pas sérieux », un petit mur d'incrédulité sur lequel les messagers sont obligés de se hisser pour l'atteindre et lui faire comprendre que justement, si, c'est très sérieux.

Le Bédouin braque son arme sur lui, hurle en arabe et Ethan se demande s'il est censé fermer les yeux. C'est à cet instant qu'il entend la sirène. Il a presque envie de dire lui aussi : « Non, ce n'est pas sérieux ! » Tant d'émotions contraires en une seule nuit, ça vous déstabilise un homme. De nouveaux cris en arabe fusent, puis il voit leurs agresseurs détaler. Ethan et Sirkitt se regardent. Deux voitures de police banalisées surgissent du virage et s'arrêtent devant eux dans un crissement de pneus. Les sirènes sont à présent assourdissantes. Trois policiers sautent à terre et s'élancent aux trousses des fuyards, trois autres encerclent le 4 x 4.

— Mains en l'air ! hurlent-ils.

Ethan et Sirkitt mettent les mains en l'air.

15

Il ne sait pas depuis combien d'heures il est dans cette cellule. La pendule au bout du couloir indique trois heures moins dix, mais les aiguilles restent accrochées sur le trois et le dix sans se préoccuper du temps qui passe. Sabotage dans l'intention d'altérer ta perception du temps afin d'altérer aussi d'autres choses en toi ? Ton alibi, par exemple. Sauf qu'aucun de ses codétenus ne paraît suffisamment important pour qu'on leur sacrifie quelque pendule que ce soit. Il y a là deux jeunes boutonneux qui empestent l'alcool, un drogué plutôt sympathique qui ne cesse de demander à Ethan s'il a une cigarette, et un Russe à crête iroquoise qui enchaîne les injures. Si Ethan arrivait à imaginer qu'ils sont tous là en train d'attendre l'infirmière de service à Soroka, ça rendrait la chose plus agréable et atténuerait un peu le fait que, en l'occurrence, il n'est pas extérieur à ce groupe mais bien partie intégrante. Depuis qu'il est là, personne ne lui a demandé pourquoi il a été arrêté. Personne n'a essayé d'engager la conversation. Sur ce plan-là, ils se comportent aussi poliment que s'ils étaient au théâtre.

À Soroka, en revanche, les malades parlent beaucoup entre eux. Ce qui les aide sans doute à surmonter leur angoisse. Ils râlent en chœur contre la machine qui avale les pièces mais refuse de leur donner du café. Échangent leurs récriminations au sujet de tel médecin antipathique ou telle infirmière négligente. Se refilent le nom de rabbins ou de cabalistes, de guérisseurs holistiques ou d'acupuncteurs. En fait, ils sont prêts à parler de tout – ça va de la politique jusqu'au sudoku –, pourvu qu'ils ne restent pas assis en silence sur un banc pendant de longues minutes à entendre le martèlement des pas de la mort sur le lino. Dans les couloirs de l'hôpital, les gens sont d'une extrême gentillesse, bien plus que partout ailleurs. À l'instar des moutons transis par le froid de la nuit et qui se pressent les uns contre les autres, les malades se raccrochent les uns aux autres, se cramponnent à leurs conversations anodines. Tandis qu'ici, dans cette cellule, chacun reste sur son quant-à-soi. Même les regards ne se croisent pas.

Il attend. Regarde la pendule qui indique trois heures moins dix. Ne parle à personne. Remarque que le Russe à iroquoise a remplacé son flot d'injures par une chanson qu'il fredonne dans sa langue. C'est beau et si doux qu'Ethan essaie de deviner pourquoi le type se trouve là. Sans doute est-il plus facile que s'interroger sur son voisin que sur soi-même. Alice s'était introduite dans le terrier du lapin, Ali Baba dans la grotte des voleurs, mais lui, qu'avait-il fait sinon rentrer à la maison en voiture après une journée de travail ? Comment avait-il soudain atterri dans ce Pays des merveilles, obscur et difforme, qui comptait déjà un bébé cyanosé et trois morts, dont deux qu'il a lui-même tués (un par erreur, l'autre volontairement) ? Un pays où entre ces décès s'étaient faufilés des Érythréens pissant le sang, blessés par balle ou à l'arme blanche, des pistolets, des couteaux et un paquet à l'absence effroyablement présente. Le tout éclairé par une immense lune blanche qui peut-être n'était pas du tout la lune mais la planète d'où il était issu, celle d'où, cette fameuse nuit, on l'avait extrait pour le lancer dans un film d'horreur alors qu'il était censé rentrer à la maison en voiture sans faire de mal à personne. Aller dormir et se lever le lendemain comme d'habitude. Comme d'habitude.

Le corps d'Ethan est secoué par des vagues successives de « que se serait-il passé si ? ». S'il avait simplement pris la direction de sa villa cette nuit-là. Si, une fois son travail terminé, il était rentré directement, avait embrassé Yali et Itamar avant de s'allonger sur son lit à côté de Liath. Cette image est si limpide, si évidente, qu'il ne comprend pas vraiment pourquoi ça ne s'est pas passé ainsi. Pourquoi n'est-il pas rentré chez lui ? Pourquoi a-t-il roulé jusque là-bas ? Ce là-bas qui va à présent l'avaler, qui en fait l'a déjà avalé et va bientôt le broyer définitivement entre ses mâchoires pour ne recracher que ses os.

Le gars à iroquoise continue à chantonner. Le drogué s'est endormi la tête contre le mur. Les deux jeunes boutonneux empestent moins l'alcool et davantage la trouille. En cellule, la sueur n'a pas la même odeur. Ethan sent leurs émanations moites et se doute qu'ils sentent les siennes. Il cherche à souvenir s'il a transpiré comme ça face aux Bédouins, n'y arrive pas mais sait aussi qu'au cours de leur affrontement il agissait sous l'empire de l'adrénaline. À présent que celle-ci s'est dissipée, ne lui reste que l'attente. Quelques heures auparavant, il se battait contre une menace réelle et extérieure, maintenant il doit faire face à toutes les menaces, à tous les scénarios possibles et imaginables. Le visage de sa mère. La déception de son père. Les regards de reproche de sa femme. La désolation des parloirs face à ses enfants. Sans compter la tête que feront ses patients, les infirmières, ses collègues médecins, les directeurs des différents services et le Pr Zackaï.

Le Pr Zackaï. Le choc d'Ethan en découvrant que son mentor avait un faible pour, outre la littérature russe et le bon vin, les grosses enveloppes de billets. Et son indignation en comprenant qu'il les collectionnait avec autant de dévotion que les vieilles toupies de Hanoukka. Ce qui n'était pas peu dire : ses vieilles toupies, il les rangeait méticuleusement dans son bureau à l'université et s'en prenait à la femme de ménage éthiopienne dès qu'elle les déplaçait fût-ce d'un millimètre. Elles trônaient sur une monstrueuse table en verre, et il obligeait chaque étudiant qui venait le voir à faire un pari.

« Alors, que dit monsieur ? Sur quelle face va tomber cette toupie ? »

Les étudiants s'en fichaient, ils venaient juste contester leur note d'examen, mais le professeur s'entêtait.

« Il faut parier sur la face marquée de la lettre *noun*, c'est-à-dire sur le mot *Ness,* le miracle. N'est-ce pas ce que font les Juifs depuis la diaspora ? Ce que fait tout médecin, même s'il n'a pas envie de l'admettre. »

Zackaï le répétait à tout bout de champ. Voilà peut-être ce qui expliquait pourquoi il trouvait normal de recevoir des enveloppes bourrées de fric. À moins que ça ne réponde à une logique encore plus simple : ceux qui payent le plus sont les mieux soignés. N'est-ce pas le principe économique de base qui régit le monde ? Ethan aurait-il un instant imaginé s'occuper gratuitement d'Érythréens pendant des nuits entières si Sirkitt ne l'avait pas payé par son silence ?

Évidemment, tout ça ne change rien à présent. Mais il y pense quand même. Il est trois heures moins dix, éternellement trois heures moins dix, et le cerveau d'Ethan commence à fatiguer. Ses pensées vagabondent en un zapping incessant. Alors il se raccroche à Zackaï, au Pr Shakedi, à la chanson que fredonne le Russe, à une série télé récemment diffusée. Oui, il est prêt à penser à tout, sauf à une seule chose : le moment où il ne sera plus trois heures moins dix.

Finalement, quelqu'un vient ouvrir la porte. Ethan se demande si le policier qui le conduit en salle d'inter- rogatoire l'observe avec curiosité ou si ce n'est qu'une impression. Son départ ne réveille pas le drogué, mais le gars à iroquoise cesse un instant de fredonner pour lâcher ce qui est peut-être une sorte d'au revoir. Quant aux deux jeunes boutonneux, ils ont été extraits de là depuis longtemps, même si leur odeur de transpiration stagne encore dans la cellule. Ethan est guidé le long d'un cou- loir sinueux et, après le troisième coude, il se retrouve en face du commissaire Marciano. Il comprend que c'est lui parce que son nom figure sur le badge piqué à sa chemise. Mais pas seulement. Liath est tellement douée pour les imitations, tellement précise ! Et puis, il se doutait bien que le chef voudrait lui parler en personne : ce n'est pas tous les jours qu'on coince un suspect de meurtre qui se trouve être aussi le mari de son inspectrice.

La pendule dans le bureau de Marciano ne pense pas du tout qu'il est trois heures moins dix. Elle indique huit heures et demie et Ethan lui fait confiance. En revanche, il fait beaucoup moins confiance au sourire amical qui est accroché au visage du commissaire ou à sa poignée de main, aussi surprenante que maladroite, au moment où il s'assied sur la chaise face à lui.

— Désolé de vous avoir imposé cette longue attente. J'avais un enquêteur sur l'Érythréenne, deux sur les Bédouins, et une inspectrice qui s'est tirée chez elle plus tôt parce qu'elle ne se sentait pas bien, dit-il sans se départir, au coin de la bouche, de son sourire de gros matou roublard.

Ethan comprend tout de suite que l'inspectrice en question n'est autre que sa femme. Voilà bien une affaire que l'homme en face de lui a décidé de savourer au maximum.

— On commence par la version de l'Érythréenne ou par celle des Bédouins ?

Ethan reste silencieux. La jovialité de son interlocuteur commence à lui taper sur les nerfs. Les différences de version entre Sirkitt et les Bédouins n'auront pas une grande incidence sur son sort, quelques mois d'incarcération de plus ou de moins, mais en considérant les ruines de sa vie antérieure, ça ne changera vraiment pas grand-chose. Au bout du compte, il y avait deux morts dans cette histoire. Et tous deux ont été percutés par son 4 x 4.

— Les Bédouins disent que vous êtes le roi des dealers de tout le secteur sud. Que vous avez abattu leur livreur, que vous lui avez piqué la marchandise et que vous avez tué tous ceux qui ont essayé de la récupérer. Gaï Davidson, leur intermédiaire, a disparu depuis vingt-six heures et ils prétendent que vous y êtes pour quelque chose. Sharef Abbou Iyad est mort il y a deux heures à Soroka et ils ont vu de leurs yeux que c'est votre faute. Qu'est-ce que je peux vous dire ? D'après ces gens-là, vous êtes plus dangereux que Saladin le Magnifique.

Sur ces mots, Marciano se tait, tellement content de sa comparaison qu'il rayonne. Ethan est prêt à parier qu'il a en poche un master d'histoire, le genre de cursus court qui augmente le salaire des fonctionnaires de quelques centaines de shekels par mois. Les hauts gradés de la police s'y inscrivent par dizaines. Pourquoi donc Ethan s'intéresse-t-il tant aux ambitions académiques de Marciano ou à sa fiche de paie ? Depuis qu'il a été conduit au poste, son cerveau emprunte des chemins de plus en plus reculés et qui ne mènent qu'à des pensées sans issue. Des chemins tortueux alors que tout est en fait très simple : ce qui jusqu'à présent était secret allait sortir au grand jour, même si on n'avait pas encore prévenu Liath, l'hôpital ou les médias. Ce n'était plus qu'une question de temps.

Il est pourtant curieux de savoir ce qu'a bien pu leur raconter Sirkitt. Parce qu'il y a tout de même une différence entre tuer une personne avec préméditation, ou deux… Or Assoum, il l'a tué par erreur, malgré un délit de fuite avéré. Le Bédouin, en revanche, il l'a écrasé intentionnellement, (« mais, mesdames et messieurs les jurés, il n'avait pas le choix ! clamerait son avocat. Il s'agissait de légitime défense ! »). Les jurés opineraient du chef, parce que c'est ce qu'ils font dans les séries télé, mais le président de la cour de justice de Beer-Sheva demanderait plutôt à l'accusé de lui préciser à quel moment il avait appris qu'une livraison de drogue avait disparu et pourquoi il n'en avait pas aussitôt informé les autorités. Pourquoi n'avait-il pas appelé la police en voyant Sirkitt penchée sur le cadavre de l'homme qui était apparemment Davidson ? Pourquoi avait-il pris la fuite après avoir percuté l'Érythréen ? Oui, le juge poserait des questions et Ethan se tairait, parce que les réponses qu'il imagine à présent sont toutes fausses.

Marciano se renfonce dans son siège.

— Elle est très particulière, cette Érythréenne. Au début, j'ai cru qu'on aurait besoin d'un interprète, mais elle parle encore mieux hébreu que les Bédouins. Vous avez déjà vu un truc pareil ?

Ethan secoue la tête. Il n'a jamais vu un truc pareil.

— Elle a un don pour les langues. Y a des gens comme ça. Mon grand-père, par exemple, savait jurer en neuf langues et commander un café bouillant en cinq autres.

Ethan dévisage le commissaire. Ou bien ce type est un fin stratège super-intelligent, ou c'est juste un chieur qui aime parler pour ne rien dire. Quoi qu'il en soit, voilà une bien étrange manière d'essayer d'obtenir des aveux. (À moins qu'il n'ait pas besoin d'aveux, songe-t-il tout à coup. Maintenant qu'il a ceux de Sirkitt et des Bédouins, les miens ne sont sans doute plus indispensables.)

— Je vais vous dire la vérité, poursuit Marciano après un bref silence. Je n'aime pas cette histoire. Je comprends que, pour vous, c'est un sacerdoce, Hippocrate et tout le bazar, mais je vous le dis, un État de droit ne peut pas fonctionner comme ça. On ne peut pas accueillir toute la misère du monde ! Si on assure une couverture sociale et des soins médicaux gratuits, mais c'est la moitié de l'Afrique qui va débarquer chez nous !

Il s'arrête et couve d'un regard sérieux, pétri de compréhension, un Ethan qui lui renvoie un regard pétri de la plus grande des perplexités.

— Ne vous méprenez pas sur ce que je dis, reprend-il. J'estime énormément ce que vous avez fait. Je ne connais pas beaucoup de médecins prêts à s'occuper de clandestins comme ça, bénévolement, sur leur temps libre. J'appelle ça de la pure générosité juive. Mais à force de générosité, vous voyez le bordel que c'est devenu ? Sans parler des fois où ça dérape, comme ça vient de vous arriver. Si on n'avait pas eu un véhicule banalisé en planque devant le self de Davidson, ce gang vous aurait tous les deux égorgés dans le garage. Vous croyez peut-être qu'ils auraient pris le temps de vérifier si vous étiez un sale trafiquant ou un bon Samaritain ? Dès qu'ils vous ont dans le collimateur, ces gens-là ne posent plus de questions. Si vous n'aviez pas écrasé cet Abbou Iyad, il vous aurait transformé en passoire. Vous pensez que je l'ignore ? Mais enfin, même votre Érythréenne le sait, pas besoin d'avoir son bac pour ça !

Marciano continue à parler encore quelques minutes. S'excuse pour la nuit en cellule, qui a certainement été pénible, et explique qu'il n'a pas eu le choix.

— Certes, l'Érythréenne vous a blanchi dès la première minute et tous les indices trouvés sur les lieux par les collègues témoignent de l'existence d'un dispensaire dans le garage, exactement comme elle l'a raconté, mais docteur, vous avez quand même tué quelqu'un en lui roulant dessus. Malgré le fait qu'il avait un pistolet et que c'était une merde de dealer, je ne pouvais pas vous libérer tout de suite. Ç'aurait fait mauvais effet. Maintenant que tout est clair, qu'il y a des dépositions signées et des indices sous scellés, vous pouvez rentrer chez vous, prendre une douche et aller dormir.

Et le commissaire va même jusqu'à se lever pour le raccompagner à la porte, non sans en profiter pour se plaindre des Érythréens, des Bédouins, des journalistes qui lui mettent la pression…

— Préparez-vous à ce qu'ils vous téléphonent aussi. Ce n'est pas tous les jours qu'ils ont une telle affaire à se mettre sous la dent ! Nous ne communiquons pas sur un dossier en cours d'instruction, mais si vous avez envie de leur parler, faites donc. On n'a toujours pas mis la main sur le salopard qui a écrasé l'Érythréen et piqué la drogue. Et on doit aussi retrouver ce Davidson. Bref, préparez-vous à ce que votre femme bosse dur la semaine prochaine. Si vous voulez mon avis, tout ça, c'est un coup des Bédouins. Un problème de bandes rivales. Dans un État qui se respecte, vous savez ce qu'on leur aurait fait ?

Il se tait. Peut-être attend-il une réponse. Ethan, quant à lui, s'obstine à fixer le vide, aussi indifférent au silence de Marciano qu'à ses paroles. Une seule pensée a envahi son cerveau : elle ne l'a pas dénoncé. Tout le reste est pour le moment brouillé. Liath, Yali et Itamar. Son travail. Les médias. Oui, tout attend dans l'obscurité, tandis qu'une lune gigantesque rayonne dans sa tête : non seulement elle ne l'a pas dénoncé mais elle a fait de lui un héros.

Qu'est-ce qu'elle se sent conne ! La femme la plus conne du monde. Elle se sent si conne qu'elle a mal partout, dans tout le corps, entre les omoplates et en bas du dos, avec point de côté et tempes qui cognent. (Il se peut aussi que ça n'ait rien à voir avec sa connerie ni avec l'humiliation, mais juste avec la route qu'elle a avalée en roulant comme une folle d'Or-Aqiva jusqu'à Beer-Sheva. Deux heures et quart sans s'arrêter, muscles crispés et pensées hurlantes.)

Au commissariat, debout dans le couloir, Liath se masse lentement les épaules, comme si c'était la seule chose qui la préoccupait. Comme si l'homme assis derrière la porte du fond n'était pas son mari. Elle se masse les épaules tout en sachant que dans son dos Guépard et Rakhmanov, Esthy la standardiste et l'agent Amsalem l'observent, et s'ils ne le font pas précisément à cette minute, ils l'observent quand même. Ils sont tous au courant. Du chef du commissariat jusqu'au dernier des interpellés. Ils voient tous ce qu'elle n'a pas vu. Ce qu'elle a eu sous le nez tout ce temps-là mais n'a pas décrypté.

Son téléphone avait sonné à trois heures du matin et elle avait tout de suite répondu. Ne dormait pas. À croire qu'elle l'attendait, cet appel de Marciano. Ensuite, les choses s'étaient précipitées. Elle avait réveillé sa mère, lui avait demandé de garder les garçons, avait sauté dans sa voiture non sans se répéter qu'en tant qu'officier de police elle risquait gros si on l'arrêtait pour excès de vitesse, avait roulé deux heures et quart sans s'arrêter et tout le chemin n'avait cessé de se demander comment ç'avait pu être possible. Deux individus ont vécu sous un même toit. Ont dormi ensemble. Baisé ensemble. Se sont douchés l'un après l'autre. Ont fait la cuisine, mangé, couché les enfants, se sont passé la télécommande, le sel, le rouleau de papier-toilette. Et tout ce temps, en réalité, ils n'ont pas vécu ensemble. Tout ce temps ils ont vécu chacun de son côté et elle ne se doutait de rien.

Deux heures et quart sans s'arrêter et toujours incapable de relier les différents éléments. Que faisait-il en pleine nuit au milieu de dealers bédouins ? Qu'est-ce qu'il cherchait là-bas, nom de Dieu ? Sa stupéfaction était si grande qu'elle ne laissait aucune place à la colère. Un énorme point d'interrogation de plus en plus gros barrait le visage de l'homme qui était son mari. Jusqu'à ce nom – Ethan Green – soudain propulsé hors du domicile conjugal, hors de tous leurs souvenirs communs, redevenu l'inconnu de la première fois où elle l'avait croisé, quand elle ne savait rien de lui et que ce patronyme était un vide qui attendait un contenu. Ethan Green. Un total étranger.

Avant qu'elle arrive au commissariat, Marciano avait été en mesure de lui raconter ce qui s'était passé aux abords de Tlalim, mais ça n'avait fait que compliquer davantage les choses, si bien qu'une fois dans les locaux, elle lit tout d'abord les dépositions des Bédouins ainsi que l'interrogatoire de l'Érythréenne, puis va s'enfermer dans son bureau (le couloir est trop offert aux regards inquisiteurs). Là, elle passe à nouveau en revue tous les éléments du dossier. Il y a quelque chose qui cloche.

— Voyez-vous un problème à ce que j'aille m'entretenir brièvement avec l'Érythréenne ?

— Je pensais que vous voudriez d'abord parler avec votre mari, il se dessèche en cellule.

Les paroles du chef suffisent à lui labourer le ventre. Elle a eu raison de lui poser la question par téléphone, les coups de poing dans le diaphragme, mieux vaut les recevoir assis.

— Je vais voir l'Érythréenne.

— Comme vous voulez. Moi, pendant ce temps, je vais aller annoncer à M. Green qu'il est libre.

Il semble beaucoup s'amuser, cet imbécile, et Liath se dit qu'il ne comprend peut-être pas ce qu'elle est en train de vivre. Que ce n'est peut-être ni de la joie mauvaise ni de la moquerie, ces coups qu'il lui décoche – simplement, il croit que tout ça n'est que de la rigolade, une dispute de couple un peu marrante. Un conflit de sitcom. Le mari agit derrière le dos de la femme, la femme lui inflige une bonne leçon, l'engueule en rentrant à la maison et tout finit par s'arranger.

— Il est trop tôt pour le libérer, lâche-t-elle avant de raccrocher vite fait.

Ne pas lui laisser le temps d'ajouter quoi que ce soit, de susurrer tout sourire que ça va chauffer ou de lui suggérer lourdement de prendre une paire de menottes avant d'aller le voir. Surtout, ne pas lui laisser le temps de se demander s'il n'y a pas là quelque chose qui va au-delà du simple jeu de pouvoir, de la petite vengeance mesquine d'une petite femme minable et vexée qui tombe des nues.

Leurs regards se croisent au moment où elle ouvre la porte. Le visage de l'Érythréenne est dans un état désastreux. Elle a un gros cocard à l'œil gauche et son nez est très probablement cassé.

— Bonjour, Sikritt.

— Sirkitt, rectifie la femme.

Liath l'examine attentivement. Ce n'est qu'en salle d'interrogatoire qu'elle ose détailler ainsi les gens. La politesse reste à l'extérieur de ces quatre murs. Les gens qui marchent dans la rue ont le droit d'exiger d'être regardés avec discrétion, décence et mesure afin de leur éviter l'embarras qui donne le rouge aux joues et des picotements dans les genoux. Mais en salle d'interrogatoire, ce droit-là est confisqué. Elle s'installe donc confortablement sur une chaise et examine le visage de la clandestine. Elle a tout son temps.

Ça ne prend que quelques instants avant que l'Érythréenne cède. Rien de surprenant, la plupart des interpellés réagissent de même. Petits délinquants ou gros caïds, ils baissent les yeux vers le sol au bout d'une minute maximum. Ou bien dirigent le regard vers un autre coin de la pièce. Les plus arrogants la dévisagent en retour, par bravade. Avec celle-ci cependant, c'est différent. Elle ne regarde ni le sol ni un autre coin de la pièce. Elle ne la dévisage pas non plus en retour. Elle ferme les yeux.

— Sikritt, ça va ?

Elle se rend compte trop tard qu'elle a de nouveau écorché son nom. Cette fois, la femme ne rectifie pas. Peut-être n'a-t-elle pas remarqué. Peut-être renonce-elle à entendre son nom prononcé correctement par quelqu'un dans ce pays.

— Ça va, répond-elle, les yeux toujours fermés.

Liath hésite : est-elle censée s'apitoyer sur le sort de cette suspecte au visage défoncé, la laisser dormir un peu parce qu'elle a vraiment l'air exténuée ou s'entêter à lui poser des questions, comme elle en a eu l'intention ? (À aucun moment elle ne pense que des yeux peuvent rester fermés par défi et non par fatigue. D'ailleurs, elle n'imagine même pas qu'une personne dans cette situation puisse défier qui que ce soit).

Alors elle décide de poursuivre comme prévu et lui demande de répéter sa version. Entend ce qu'elle a déjà lu dans la retranscription de son interrogatoire : Davidson a obligé son mari à faire une livraison et au matin, on l'a retrouvé mort sans le paquet. À cause de ça, les Bédouins s'en sont pris à elle parce qu'ils croyaient qu'elle savait quelque chose sur la bande qui les a volés.

— Mais le médecin, demande-t-elle, quel rapport avec le médecin ?

Là, l'Érythréenne se tait soudain et ouvre enfin les yeux, comme si elle avait senti que cette question était différente des autres. Liath attend un instant puis répète. Avec un ton posé et tout le sang-froid qu'elle a réussi à mobiliser.

— Et le médecin dans tout ça ?

— Une nuit qu'il roulait en 4 x 4 dans les dunes, il nous a vus. Il a vu qu'on avait besoin d'aide et il a voulu faire quelque chose pour nous.

Encore quelques questions, auxquelles elle reçoit des réponses semblables à celles données lors de son précédent interrogatoire, et concordantes avec les indices récoltés. Un dispensaire avait été créé dans le garage et celui qui s'en occupait n'était autre que son mari. Elle n'a plus rien à faire dans cette salle, pourtant elle ne se résout pas à la quitter. Pas encore. Elle examine à nouveau le visage qui lui fait face. Avant d'être surpris par les Bédouins, Ethan l'a soignée. Il a accouru pour la soigner. Il a quitté le lit de son fils, a roulé deux heures et quart – seul un ange est capable d'un tel dévouement (or son mari n'est pas un ange. Alors quoi ?). A-t-il agi ainsi parce que sa femme ne l'a pas laissé devenir monsieur Propre ? Est-ce parce qu'il n'a pas pu révéler la corruption de Zackaï qu'il est allé jouer les héros clandestins ? Peut-être. Peut-être que c'est exactement ce qui s'est passé. Déjà elle sent la tension se relâcher entre ses omoplates et son point de côté se calmer. Progressivement, tout son corps se libère du doute, se détend au fur et à mesure que l'histoire se clarifie et Liath sent le soulagement gagner du terrain : trop coupable d'avoir accepté – sous ses injonctions à elle – de ne rien dire au sujet des pots-de-vin perçus à l'hôpital, Ethan avait dû se trouver un moyen de réparer. Une rédemption. Ça convient tellement bien à sa rigidité d'esprit ! À son ego blessé aussi. Normal qu'il ne lui ait rien dit, elle l'en aurait empêché sous prétexte que c'était illégal, dangereux – quoi, tu n'as rien de mieux à faire que t'occuper de ces réfugiés ? Elle comprend enfin pourquoi il s'était tellement intéressé à son enquête sur la mort de l'Érythréen. Pour lui, ça n'avait rien à voir avec un gros titre dans le journal. Il connaissait ces gens. Il les soignait.

Elle continue pourtant à le haïr, continue à vouloir le pendre par les pieds. Et elle a toujours l'intention de ne pas lui adresser la parole pendant des jours. Voire des semaines. Mais en sortant de la salle d'interrogatoire, elle sait aussi qu'elle aurait dû remercier la femme noire au visage cabossé. Nez cassé. Cocard à l'œil gauche. Tache de sang sous l'oreille. Ethan s'en était occupé. Son mari.

Grâce à cette étrangère, il est redevenu l'homme qu'elle connaissait.

16

Il gare le 4 x 4 non loin du centre de rétention et va s'acheter un esquimau. La station-service est envahie par des familles détendues qui partent en week-end. Quelques clients le regardent et plissent le front dans un effort pour se rappeler où ils ont vu son visage. Un enfant lui demande s'il participe au festival de musique. Il est sur le point de lui dire oui mais renonce. Il a déjà mangé la moitié de sa glace quand une femme poussant un landau s'approche de lui.

— Vous, vous êtes le médecin qui est venu en aide aux réfugiés, j'ai vu votre photo dans le journal.

Il ne répond pas car en fait, elle ne lui a pas posé de question, d'ailleurs elle enchaîne :

— C'est bien, ce que vous avez fait. Il en faudrait encore d'autres comme vous, dans ce pays.

— Merci, dit-il, parce qu'il suppose que c'est la réaction attendue.

Du coup, d'autres personnes s'approchent, veulent savoir ce qu'il a fait. La femme leur explique. Après avoir écouté, l'enfant qui l'avait pris pour un musicien lui demande un autographe pour sa collection.

— Mais je ne suis pas chanteur, proteste Ethan.

— Je sais, admet le garçon sans dissimuler sa déception, mais quand même, vous étiez dans le journal.

Autour de lui, on commence à débattre. Impossible d'accueillir ici toute l'Afrique. Si on est trop charitable, on n'aura plus de pays. Les phrases sont lancées et les regards se tournent vers lui, comme si les gens attendaient qu'il intervienne. C'est la femme au landau qui s'en charge, tout en le dévisageant, elle aussi. Peut-être espère-t-elle une réaction de sa part, mais il termine sa glace et remonte dans sa voiture.

À l'entrée du camp, il est accueilli par un représentant de la direction, un jeune homme enjoué de vingt-sept ans, qui, lui révèle-t-il, se marie la semaine prochaine. D'ailleurs, il passe son temps à envoyer des textos à sa petite amie. On dirait un gamin déguisé en policier.

— Ils sont tous dans la cour, je vous y conduis.

Tandis qu'ils longent les hauts grillages, le futur marié lui énumère les problèmes que pose l'organisation de la réception.

— Croyez-moi, je ne savais pas qu'on avait inventé autant de couleurs de serviettes en papier, se plaint-il au moment où ils débouchent sur un grand terrain rempli de femmes. Voilà, frère, on est arrivés. Je vous ouvre le portail. Vous la voyez ? Parce que moi, je n'arrive pas à les différencier.

Ethan entre et balaie du regard ce lieu bruyant. Effectivement, elles ont toutes le même visage noir et éteint, la même expression de lassitude indifférente et molle. Chacune pourrait être Sirkitt. Yeux marron. Cheveux noirs. Nez épaté. Érythréennes Soudanaises Noires Réfugiées. Semblables. Comme un troupeau de moutons. Ou de vaches. Quelques années auparavant, Spencer Tunick était venu en Israël pour une de ses compositions photographiques de nus en masse. En voyant les clichés, Ethan avait eu la chair de poule. À l'époque, les journaux avaient qualifié ce geste artistique de tentative pour s'émanciper de la dictature de la minceur et transformer la pornographie en quelque chose d'intime. Mais devant ces corps nus, ce défilé de tétons, de nombrils et de poils pubiens, Ethan, lui, avait eu l'impression qu'on avait volé quelque chose à tous ces anonymes. Pas leur pudeur, si chacun d'eux s'était fait photographier seul, totalement nu, il n'aurait eu aucun problème avec ça. Mais les voir tous ensemble – un tas de corps agglutinés – lui avait évoqué quelque chose de l'ordre de la privation, de la négation de toute singularité : les petites différences qui font que chacun est une individualité propre étaient fondues dans une seule grande masse de chair. Dans ce terrain clos, les femmes ne sont pas nues, mais c'est comme si les conditions similaires et le confinement dans lesquels on les maintient les dépouillaient de leur personnalité pour ne laisser qu'une seule essence commune : africaine. Dans un tel espace, la gentillesse de l'une et la méchanceté de l'autre n'ont aucune importance, pas plus que le sens de l'humour ou la timidité excessive. Ce sont des Africaines qui vont être expulsées et lui est un Israélien en train de les regarder.

(Pourtant, il y en a une ici qui t'a touché. Il y en a une ici dont le corps – le sien et pas un autre – a hanté tes rêves. Il y en a une ici qui s'appelle Sirkitt, qui a une voix froide et indifférente, une peau de velours. Tu l'as détestée et aimée, elle se tient maintenant devant toi et tu n'es pas capable de la reconnaître.)

Il lui faut quelques minutes pour la repérer. Elle est adossée au grillage parmi un groupe de femmes, ses longs cheveux enroulés au sommet de son crâne. Les yeux d'Ethan glissent d'abord sur elle comme sur les autres avant de s'arrêter net. Il reconnaît ce regard. Il reconnaît ce corps. Son corps à elle : tongs en plastique ; hanches noyées dans un large pantalon informe ; tee-shirt bleu qui porte l'inscription (illisible pour celle qui le porte) : « Mon Tel-Aviv ». Et des doigts avec des ongles rongés accrochés au grillage, dire qu'il ne savait même pas qu'elle se rongeait les ongles ! Peut-être a-t-elle commencé ici, peut-être avait-il eu cet indice sous le nez sans jamais le remarquer… Voilà en tout cas la preuve irréfutable que même Lilith était un être humain, Lilith qualifiée de démone parce qu'elle restait éveillée à l'heure où les femmes honnêtes dormaient au fond de leur lit. Parce qu'elle chevauchait les hommes au lieu de se laisser chevaucher. Parce qu'elle volait les bébés. Et tout ce temps, elle se rongeait les ongles. Machinalement, Ethan tâte ses propres ongles. Coupés avec soin. Qui poussent en moyenne de quatre centimètres par an. (Pas seulement les siens, tous les ongles, même ceux des gens d'ici, poussent en moyenne de quatre centimètres par an. Et il a l'impression de les voir soudain tous, tous les ongles des dizaines de femmes noires ici présentes ainsi que ceux du gardien russe à l'entrée, du garde-chiourme qui va se marier et même de sa future épouse. Tous ces ongles qui poussent de quatre centimètres par an.)

Elle ne l'a pas encore remarqué. Il en profite pour l'observer. Qui est-elle quand je ne la regarde pas ? Quand je ne lui dois rien et ne la désire pas. Qui est-elle quand elle est elle-même, telle qu'elle était un instant avant mon arrivée, telle qu'elle sera un instant après mon départ ?

Les femmes parlent autour de Sirkitt qui les écoute ou qui laisse son esprit vagabonder dehors, de l'autre côté du grillage. Dans une seconde, un tigre géant sortira du désert, sautera par-dessus le béton et les barbelés et atterrira à ses pieds. Les autres femmes hurleront, le gardien russe s'enfuira, elle tendra la main pour caresser le front orné de rayures et le fauve ronronnera sans protester. Il lui léchera les joues comme un chiot. Elle montera alors sur son dos, il bondira à nouveau par-dessus les barbelés et tous deux disparaîtront au galop.

C'est grâce au tigre qu'il la reconnaît, c'est le tigre qui la sort du lot. Elles sont nombreuses à observer l'extérieur ce matin-là, mais une seule a un tigre dans le regard. Du coup, Ethan se désole de l'ersatz minable de bête sauvage qu'il s'apprête à proposer à cette femme – lui, en l'occurrence, scrute le grillage, des croisillons métalliques qui quadrillent le monde. Le désert et le ciel à l'horizon sont contenus dans des petits carrés limités par du fil de fer.

Quand il tourne les yeux vers l'intérieur, il comprend que, depuis quelques instants, elle s'est redressée et le dévisage. Il s'en trouve très embarrassé, car c'est une chose d'observer Sirkitt à son insu et c'en est une autre d'être observée par elle. Peu importe que le regard soit critique ou encourageant, ouvert ou réprobateur, en tant que regard, il implique un regardant et un regardé. Un fouillant et un fouillé. Que Sirkitt l'ait regardé sans qu'il s'en aperçoive signifie qu'elle était proche de lui sans qu'il le sache, qu'elle s'est introduite en lui sans rien lui révéler. D'ailleurs, la nuit de l'accident, leur première nuit, elle l'avait aussi regardé sans qu'il le sache. Fondue à la nuit qu'elle était. Créature de la nuit. Lilith. Par ce regard, le premier, elle avait pris possession de lui. Et c'était par la grâce de cette emprise qu'il avait, en retour, commencé à la regarder. Mais, à aucun moment, il n'avait remarqué qu'elle se rongeait les ongles.

Elle se détache du groupe et avance vers lui, suivie des yeux par les autres femmes. C'est alors qu'Ethan prend désagréablement conscience de la sueur accumulée sous ses aisselles.

— Vous êtes venu me voir.

Il hoche la tête. Tout ce qu'il voulait lui dire, les mots qui avaient envahi l'habitacle du 4 x 4 pendant le trajet, tout disparaît maintenant qu'il se trouve devant elle. On dirait un gosse confus. Mais derrière le gosse confus, il y a le portraitiste. Qui profite de chaque seconde pour détailler les traits de cette femme et les apprendre par cœur, empêcher qu'elle soit engloutie dans la marée des années comme elle l'a été dans celle des femmes du camp, quelques minutes auparavant. Nez. Bouche. Front. Yeux. Sirkitt.

Il se rend compte qu'elle aussi le grave dans sa mémoire. Debout face à lui, elle s'imprègne de son image. Nez. Bouche. Front. Yeux. Ethan. Son docteur. Elle l'a déjà fait une fois, la nuit de l'accident. Elle était allongée sur le sable à cause d'un coup de poing particulièrement vicieux. C'était une des spécialités d'Assoum. Si tu l'énervais à midi, il ne réagissait pas tout de suite. Il attendait patiemment. Une, deux heures, voire un jour entier. Et quand enfin tu pensais que c'était oublié et que tu respirais un air débarrassé de cette sale odeur de peur, il te tombait dessus. C'était direct et rapide. Il ne parlait jamais en frappant. Ne criait pas, n'expliquait pas. Il t'enfonçait le poing là où ça faisait mal et continuait, impassible, comme on frappe une vache récalcitrante ou une chèvre qui s'entête à s'écarter du troupeau. Sans émotion. Simplement parce qu'il le faut.

Cette nuit-là, couchée sur le sable, elle se disait qu'un jour elle le tuerait, que c'était ce que feraient les vaches si elles avaient un tant soit peu de cervelle. Mais elle savait aussi qu'à l'instar des vaches, elle ne le ferait jamais. Les taureaux ou les chiens redressent parfois la tête. Ces animaux-là ont une certaine fierté, c'est d'ailleurs pour ça que, dans le cas des chiens, on leur explose le crâne à coups de pierre, et dans le cas des taureaux, on leur tranche la gorge. On ne gâche pas de balles pour les tuer, c'est trop cher. Cette nuit-là, Assoum s'était planté au-dessus d'elle avec son paquet à la main et lui avait ordonné de se relever, ils étaient en retard. À cet instant, la voiture avait surgi de nulle part et l'avait percuté.

Dans un premier temps, elle avait cru que c'était à cause d'elle, que sa haine était si rouge et si violente qu'elle s'était échappée pour prendre la forme d'un 4 x 4 roulant à toute vitesse. Mais alors un homme blanc en était sorti. Elle l'avait détaillé, avait vu la peur décomposer ses traits au moment où il avait compris. Elle avait vu le dégoût avec lequel il avait posé les lèvres sur celles d'Assoum. Juste avant qu'il ne se relève et prenne la fuite, elle avait deviné qu'il allait agir ainsi. Ça aussi, elle l'avait vu sur son visage et ça l'avait beaucoup énervée. Pas à cause de son mari. Elle n'avait pas l'intention de verser la moindre larme pour lui. À cause de l'inconnu qui était remonté dans son véhicule et s'était passé une main sur la tête comme s'il essayait de se débarrasser d'un mauvais rêve, sans comprendre que c'était le cauchemar de quelqu'un d'autre. « Mauvaise journée, se plaignait souvent son père, les vaches m'ont rendu fou, j'ai mal aux mains tellement j'ai dû leur distribuer de coups. »

Un instant plus tard, le 4 x 4 avait disparu. Elle s'était relevée. Jamais de sa vie elle n'avait vu de lune plus belle que cette nuit-là. Pleine, parfaitement ronde. Il respirait encore, son mari, et la fixait d'un regard mauvais. Il ne l'avait pas laissée aller aux toilettes avant de sortir. L'avait houspillée pour qu'elle le suive sur-le-champ, elle ne savait pas où, elle savait juste que Davidson lui avait confié une mission et qu'il allait en profiter pour la tabasser ou la baiser sans que personne n'entende. Il y avait trop de promiscuité dans les caravanes pour les coups ou les gémissements, alors maintenant que Davidson lui avait fourni un magnifique prétexte pour s'éloigner, il comptait bien en profiter ! Malgré une très forte envie de pisser, elle l'avait suivi dans les dunes, courant derrière lui, jusqu'à ce qu'il se retourne et que, sans un mot, il lui flanque son coup de poing vicieux. Juste avant d'être percuté par le 4 x 4. Alors elle avait baissé sa culotte, s'était placée au-dessus de lui et avait libéré un jet chaud et doré. Ça avait coulé le long de ses cuisses sur les yeux méchants en dessous. La pisse qu'elle avait retenue pendant des heures jaillissait enfin librement. C'était jouissif. Avec la lune au-dessus, magnifique.

Ensuite, elle avait aperçu le portefeuille, à l'endroit précis où l'homme s'était agenouillé. Elle avait vu sa photo sur sa carte professionnelle : sérieux et sûr de lui. Rien à voir avec l'homme qui quelques instants auparavant était descendu du 4 x 4, les jambes chancelantes. Elle avait bien regardé la photo. Depuis, elle avait appris à connaître son visage, ses sourires, sa colère, son enthousiasme de scientifique et sa morale d'homme blanc. Et pourtant, au fil des journées passées dans le camp, derrière les barbelés, le visage de son docteur s'estompait. Et pas seulement lui. Le garage. La table de soins. Les longues files d'attente des patients. Tout ça disparaissait petit à petit parce que, à quoi bon les garder en mémoire ? Elle devait maintenant se concentrer sur d'autres détails, par exemple, étudier attentivement le visage des gardes pour découvrir avec qui elle pourrait coucher. Sur qui, parmi les plus vieux à la silhouette épaisse ou les plus jeunes à la peau encore criblée d'acné, jeter son dévolu ? Elle en avait déjà repéré plusieurs qui la lorgnaient en douce. Soupesaient ses seins, jaugeaient ses fesses et s'échangeaient des propos du genre : « Mate-moi celle-là, là-bas, tu ne la trouves pas jolie ? » De simples regards ne suffisaient pas. Il lui fallait un vrai corps qui écraserait le sien, un visage boutonneux ou ridé qui se déformerait au moment de l'éjaculation. Alors, elle pourrait prononcer le seul et unique mot qui la sortirait de là : viol. Pas d'autres possibilités ici. Si c'était moins que ça, on te renvoyait là-bas. Elle avait beau se languir du village et plus encore de la mer qui bordait le village, elle savait aussi qu'elle ne retournerait jamais au pays des enfants morts. Donc, il lui fallait bien se concentrer, observer et trouver le bon. Ensuite, il y aurait un procès. Quand tout serait terminé, on n'oserait pas l'expulser et elle resterait ici, ferait de nouveaux enfants qui remplaceraient ceux d'avant, des enfants semblables à ceux d'avant sauf que ceux-là vivraient. Et parmi ses nouveaux enfants, il y aurait une fille dont elle coifferait les cheveux pour en faire des tresses. Les cheveux de sa fille d'avant n'avaient pas eu le temps de pousser suffisamment pour être tressés. Sa nouvelle petite fille atteindrait l'âge où on lui parlerait comme à une grande. Comme à un être humain. Aucun de ses enfants d'avant n'avait atteint l'âge où on leur parlait comme à des êtres humains. Yemani et Myriam s'exprimaient encore dans un gazouillis de bébé quand ils étaient tombés malades et Goitom, même s'il parlait déjà comme un grand, ne comprenait pas vraiment ce qu'on lui disait, la preuve, il ne s'était pas arrêté quand le soldat lui avait dit stop. Ses nouveaux enfants ne sauraient jamais ce qu'elle avait dû subir pour qu'ils existent. Ils seraient fiers et idiots. Pas comme les femmes d'ici, les plus intelligentes du moins, celles qui comprennent comment va le monde et qui, du coup, n'ont plus une once de fierté. Pas comme elle.

Sirkitt n'attendait pas que le tigre saute par-dessus les barbelés et bondisse dans l'enceinte du centre de rétention. Le fauve se trouve déjà à l'intérieur, tapi dans l'ombre, à guetter. D'ailleurs peut-être que ce n'est pas un tigre mais une antilope hallucinée qui s'entête à être ce qu'elle n'est pas du tout. Elle ne savait pas et ne voulait pas savoir. De telles pensées sont nuisibles. Si l'oiseau se demande comment il arrive à voler, il tombe immédiatement. C'était ainsi que sa mère répondait à ses questions, à part les plus simples. Tu pouvais par exemple lui demander où se trouvait la farine et tu recevais une réponse, mais si tu demandais pourquoi les soldats avaient pris toute la farine, on t'expliquait que si le poisson demandait comment il arrivait à respirer sous l'eau, il étoufferait. Alors elle avait cessé de poser des questions et avait fait comme les oiseaux et les poissons : elle avait avancé. Du village au désert, du désert à la frontière, de la frontière à un autre désert (qui était en fait le même désert mais derrière une ligne que quelqu'un avait tendue pour qu'on l'appelle Égypte), du désert d'Égypte aux Bédouins d'Égypte sur lesquels la mémoire devait passer très vite, surtout ne pas s'y arrêter, parce que, sinon, impossible de continuer ; des Bédouins d'Égypte à ce pays-ci, où les gens étaient blancs, les routes larges et les maisons couvertes de toits rouges étrangement inclinés. C'est là qu'elle s'arrêtait. Hors de question d'aller plus loin. S'il fallait rester toute la journée debout contre la clôture à scruter le visage de ses geôliers, elle le ferait. Tôt ou tard, elle débusquerait l'étincelle sombre dans les yeux d'un homme – une étincelle qui s'y trouve toujours, il suffit de savoir observer.

Et tout à coup, son docteur. Qui débarque de nulle part. Elle l'avait déjà presque oublié. Ou du moins, c'est ce qu'elle avait voulu croire. Dans un premier temps, elle a juste envie de se jeter sur lui et de le rouer de coups, de le gifler. De lui crier, allez-vous-en, qu'est-ce que vous êtes venu faire ici ? Parce que, s'il est là, ça veut dire que ce n'était pas uniquement de l'ordre du fantasme. Toutes ces choses qu'elle avait senties et rejetées existaient donc peut-être. Peut-être qu'une eau lourde et obscure avait coulé entre eux pendant tout ce temps, bien qu'ils n'en aient jamais parlé.

Elle le regarde, il est là, planté au milieu de cette marée de femmes noires, petit voilier blanc sur une mer sombre (le petit voilier d'Assoum, pense-t-elle soudain en se souvenant qu'elle le suivait des yeux quand il s'éloignait vers le large et surtout comme elle était déçue de le voir réapparaître avec les autres en fin de journée – non, il ne s'était pas noyé). Au bout d'un instant, elle remarque que son docteur est bien là mais qu'il ne la regarde pas. Il pense apparemment à autre chose. Peut-être à sa femme ou à ses enfants, c'est drôle, elle ne sait même pas s'il a des filles ou des garçons. A-t-il un jour essayé de faire une tresse avec des cheveux crépus ? Sont-ils encore à l'âge où on les porte dans les bras ? Au contraire, marchent-ils déjà très droits à côté de leur père ? Il y a une chose dont elle est sûre : ils sont aussi fiers qu'idiots. Comme lui.

Voilà, il pose enfin sur elle ses yeux gris. Elle avance vers lui, il reste cloué sur place.

— Vous êtes venu me voir.

— Oui.

Il se tait. Elle aussi se tait, le cerveau soudain aussi vide de pensées que le puits du village dont on avait simplement découvert un jour qu'il était à sec. Le silence grossit, s'épaissit, on dirait un éléphant gonflable, il atteint des proportions gigantesques.

— Je voulais vous dire merci, finit-il par marmonner, mais il n'a pas terminé sa phrase qu'il la regrette déjà.

Quoi, il lui doit des remerciements, à cette femme ? Il a failli mourir la nuit où il est revenu. Si le tir avait été plus précis, l'affaire se serait conclue différemment. Elle entend son « merci » et pense que s'il avait voulu, il aurait pu se démener pour elle. Envoyer des lettres, passer des coups de téléphone, taper du poing sur la table. Quand les gens comme lui tapent du poing sur la table, le monde les écoute. Mais les gens comme lui ne tapent pas du poing sur la table. Le coup risque d'être trop douloureux, de leur bousiller les articulations. Et soudain elle comprend qu'il n'est pas venu pour la remercier. Et encore moins pour la faire libérer. Il est venu lui dire adieu. Le regard triste, agiter la main avec l'espoir (dont il ignore lui-même la nature) de ne plus jamais la revoir. Il est venu boucler cette sombre histoire qui a perturbé son repos et menacé sa famille, voire sa vie. Oui, une bien sombre histoire, mais qui l'a captivé et attiré, a été le titiller jusque dans les tréfonds de son âme. Telle est la nature des sombres histoires. Maintenant, ça suffit. Il faut y mettre un terme. La vie doit reprendre son cours dans le calme et la sécurité. Même s'il la regarde, même s'il lui caresse le visage avec des yeux dont les mouvements d'aller et retour indiquent clairement qu'il est en train de libérer de l'espace dans sa mémoire pour y conserver son portrait à elle, il ne veut en réalité rien de plus qu'une photo sur le mur. Un souvenir sur lequel méditer. Parce qu'il va continuer. Comme les oiseaux et les poissons. Lui aussi, s'il s'arrête trop longtemps, s'il demande pourquoi, tombera et s'étouffera.

— De rien.

Deux personnes se tiennent debout face à face et n'ont rien de plus à se dire. La femme en tongs, avec un pantalon trop large et un tee-shirt sur lequel est inscrit : « Mon Tel-Aviv ». L'homme, en jean et chemise avec des chaussures de sport aux semelles orthopédiques achetées au duty-free. Les mots qu'ils échangent et ceux qu'ils auraient pu échanger paraissent soudain dérisoires.

Un quart d'heure plus tard, lorsque son 4 x 4 rouge s'engage sur la route en direction d'Omer, Ethan Green veille à rouler exactement à la vitesse autorisée.

Un homme se lève de bon matin, sort de chez lui et découvre que la terre tourne rond à nouveau. Il dit à sa femme « on se retrouve ce soir », et ils se retrouvent effectivement le soir. Il dit à l'épicier « je repasserai bientôt » et sait qu'il repassera effectivement quelques jours plus tard. Il sait aussi que, même si le prix des tomates flambe, il pourra se les offrir. Comme elle est belle, la terre, quand elle tourne rond. Comme c'est agréable de tourner avec elle dans le bon sens et d'oublier qu'un jour il y a eu un écart. D'oublier qu'un écart est toujours de l'ordre du possible.

MIXTE
Papier issu de
sources responsables
FSC® C003309

Dépôt légal : XXX 2017

Imprimé en France
N°: 4550414312117
Dépôt légal: 09/2017